爱情故事

莫言作品

Love
Stories

浙江出版联合集团
浙江文艺出版社

愛情故事

莫言

莫言2012年诺贝尔文学奖获奖证书

诺贝尔奖晚宴致辞（原稿）

尊敬的国王陛下、王后陛下，女士们，先生们：

我，一个来自遥远的中国山东高密东北乡的农民的儿子，站在这个举世瞩目的殿堂上，领取了诺贝尔文学奖，这很像一个童话，但却是不容置疑的现实。

获奖后一个多月的经历，使我认识到了诺贝尔文学奖巨大的影响和不可撼动的尊严。我一直在冷眼旁观着这段时间里发生的一切，这是千载难逢的认识人世的机会，更是一个认清自我的机会。

我深知世界上有许多作家有资格甚至比我更有资格获得这个奖项；我相信，只要他们坚持写下去，只要他们相信文学是人的光荣也是上帝赋予人的权利，那么，"他必将华冠加在你头上，把荣冕交给你。"（《圣经·箴言·第四章》）

我深知，文学对世界上的政治纷争、经济危机影响甚微，但文学对人的影响却是源远流长。有文学时也许我们认识不到它的重要，但如果没有文学，人的生活便会粗鄙野蛮。因此，我为自己的职业感到光荣也感到沉重。

借此机会，我要向坚定地坚持自己信念的瑞典学院院士表示崇高的敬意，我相信，除了文学，没有任何能够打动你们的理由。

莫言2012年诺贝尔奖晚宴致辞（原稿片段）

你也说爱情我也说爱情其中的奥妙谁能说得清 为什么美少女嫁给白头翁 小屁孩迷恋老知青 为什么翻山越岭不嫌累 喫糠咽菜不嫌窘 请看河边柳 请听江上风 还有那冰雪梅花伴青松 奥秘尽在不言中。

丁酉二月顺口溜释拙作"爱情故事" 莫言

作者题词

题《爱情故事》

你也说爱情，我也说爱情，其中的奥妙谁能说得清？
为什么美少女嫁给白头翁？小屁孩迷恋老知青？
为什么翻山越岭不嫌累？吃糠咽菜不嫌穷？
请看河边柳，请听江上风，还有那冰雪梅花伴青松。
奥秘尽在不言中。

丁酉二月顺口溜释拙作《爱情故事》。

莫言

目录

1	苍蝇·门牙
22	凌乱战争印象
29	革命浪漫主义
44	猫事荟萃
68	养猫专业户
79	人与兽
93	遥远的亲人
107	落日
122	爱情故事
131	初恋
140	奇遇
143	辫子
153	夜渔
161	鱼市
170	地道

179	地震
187	天才
196	良医
202	神嫖
211	飞鸟
221	粮食
231	灵药
240	铁孩
250	翱翔
259	姑妈的宝刀
270	屠户的女儿
282	麻风的儿子
293	马语
296	拇指铐

苍蝇·门牙

苍　　蝇

　　代管我们的守备区四十三团的徐团长在我们工作站的饭堂里对着我们站全体战士怒火冲天地说："我当兵三十年，转了七个团九个连——我可是从战士、副班长、班长、排长、连长一步步升上来的，五十三岁熬成四十三团团长，不是容易的，所以你们尽管是上级领导机关的兵，我还是不怕犯上作乱地说——军人见了千千万万，还从来没有见过你们单位这种兵。你们一个小战士到了我们团部里就像到了你们家里一样，自己动手倒水喝，在我们冬青树后小便，有一天早晨我起来散步，发现马路上有一泡屎，我研究了半点钟，坚决认为那不是狗屎是人屎，头天晚上你们开车到我们团部看电影——还有你们的车！那是人开的吗？进了我们团部跑得比野兔子还快！那泡屎也一定是你们'七九一'的人拉的，我们四十三团的战士没有那么粗的肛门！（我们一齐大笑，我真喜欢徐团长这个老头，他跟我是一个县的。）笑什么，亲爱的同志们！你们'七九一'直属北京，架大气粗，肛门才粗。当前全国全军形势大好，反击右倾翻案风运动如火如荼，就是如火如荼么！你们不去如火如荼，反而到我们团里去蹲屎橛子，像话不像话！还有，你们的群众纪律问题——"

徐团长手扶着我们饭堂里一张油腻腻臭烘烘的饭桌边缘训话，他的头上是一根从南窗拉到北窗的铁丝，铁丝上伏着连篇累牍的苍蝇，铁丝变得像根顶花带刺的小黄瓜那么粗。今天天气阴沉，苍蝇情绪不是太好，都伏在铁丝上休息，窗外久已堵塞的下水管道泛上来无穷无尽的绿水，臭气浓得像满天的乌云。营院外唐家埠生产大队的养狗场里的臭味是黄色的，营院外唐家埠生产大队的绿豆粉丝作坊里的臭味是蓝色的，还有厕所、沤肥池、马圈等等臭味。五彩缤纷的臭气包围着我们这座小小的兵营。徐团长一面讲话一面抽搐鼻子："你们学不学'三大纪律八项注意'，会唱不会唱'革命军人个个要牢记'？"

我们站的秃得脑袋光明的主任肩上搭着一条葱绿色的白毛巾，左手托着一个水淋淋的西瓜，右手提着一把菜刀，从伙房里颠颠地跑出来，说："徐团长，徐团长，吃瓜，吃瓜。"

徐团长惊讶地叫了一声，半张着嘴不说话，老老实实地看着我们主任。

我们主任面带笑容，放下菜刀，从肩上扯下毛巾，揩干西瓜，放在桌上，把毛巾往肩上搭，搭了一下没搭住，便扬手把毛巾扔在头上的铁丝上，苍蝇们一哄而起，满饭堂乌云翻滚，苍蝇们愤怒地叫着，冲撞着，玻璃窗子和墙壁嘭嘭啪啪地响，铁丝惊恐不安地跳动，我们的耳朵都被苍蝇的尖啸声给震聋了。我们主任大声喊："团长，蹲下！"徐团长慌忙蹲下。主任又对我们喊："都别动，安静，安静，安静。"苍蝇的骚动逐渐减弱，飞行动作变得舒展大方，刺耳的尖啸被轻柔但沉重的嗡嗡声代替。我们坐在小板凳上，呆呆地看着苍蝇。我的浓稠的意识随着苍蝇的飞行舒展地流动，碰到墙壁上，碰到玻璃上，同样嘭嘭啪啪地响。同样如明亮的人造卫星在四四方方的宇宙里飞行，划着一道道淡绿色的弧线……后来我从饭桌的腿空里，看到守备四十三团徐团长金黄色的脸，我想他也许想起了一九五一年在朝鲜战场上趴在战壕里挨轰炸的情景,美国人的飞机也不一定比得上我们工作站饭堂里的苍蝇厉害,要不这个老战斗英雄怎么会把一张黑里透红的脸膛弄得像黄金一样辉煌呢?苍蝇的飞行更加舒缓了,满天星斗般的纷繁状开始变得简洁,变得有条理,苍蝇汇集成了七八股蟒蛇般的带子,在饭堂空间的上半部分蜿蜒扭动,有时互不干涉,有时缠绕在一起,像盘蛇般翻滚。徐团长要站起来,被我们主任按住了肩头,我们主任说:"动不得!团长,不能动,要让它们落下。"团长那么委屈地蹲着,我看到他的腿在哆嗦,我想他一定是累了,因为他把左腿跪在了地上,右腿还在哆嗦,我看到他嘴巴动了几下。我听到他骂:"我操他妈!"他仰着脸看着苍蝇,下巴上几十根一厘米多高的黄白间杂的胡茬子十分粗壮,生着粗壮黄白间杂胡茬子的徐团长的下巴像一个加工粗糙的蒜锤子。我们主任说:"再等一会儿,一会儿,它们就要落下。"

苍蝇像我们工作站院子里那个臭水池水里的沉渣一样,搅动起来后,需要时间沉淀,时间就是耐心,耐心是一种人格力量,我们都久经考验,我们都有点麻木,因此时间也是一种麻木的催化剂,麻木是时间的结晶。

苍蝇们开始有秩序地往铁丝上下落了,铁丝的震颤幅度减小。徐团长把左腿抬起来,把右腿跪下去。我还在被他的下巴吸引着,他的胡子有点像我们警卫班班长的胡子。团长的胡子里白色的多一些,我们班长的胡子里黄色多一些。但团长的下巴形状与我们班长的下巴形状是一样的,都像加工粗糙的蒜锤子。

我们警卫班长肖万艺就坐在我的前边,他用两只手捧着下巴,我看不到他的脸,能看到他那两只带着极端狡猾表情的小耳朵,能看到他的长方形的头,好像有三个脑子装在他的铁砧子一样形状的脑壳里,前凸的部分一个,后凸的部分一个,中间一个。所以我们班长智力过人是有理由的。我们班长是河南焦作人,二十六岁,一九六九年入伍,一九七〇年加入中国共产党。他还是我们工作站的党支部委员,是我们工作站的团支部书记,未婚。据说我们部队驻地生产队会计的老婆外号"航空母舰"是我们班长的相好,因为"母舰"的第三个小男孩也有一个长方形的头颅。有人跟我们班长开玩笑说这个男孩是他的儿子,我们班长爽快地承认,并说这是为祖国繁殖优良的三脑人种。

我经过十三天训练从新兵连分配到工作站那天,班长帮我从车上把背包提拎下来,我那么标准地给他敬礼,他抬起手来,像撸鼻涕似的还我一个礼。我当时感到受了极大的侮辱,但是想到自己是"新兵蛋子",只好忍辱负重。班长的头把一顶油腻腻的军帽撑得像一艘乌篷船也像一只东北靰鞡棉鞋,我对这件怪物畏若神明,不敢想象这个奇特头颅的制造过程,更不敢想象如此出色扁长的脑袋当初是怎样从狭窄的产道里钻出来的。我入伍前当过一年"赤脚医生"。在万般无奈的情况下,曾经用土洋结合的方法为一个大姑娘接过一次生,那个婴孩脑袋圆溜得像个小皮球一样还生得那般艰难,我们班长是个长方形的砘子头!

已经有二十几只硕大的苍蝇落在微微颤抖着的铁丝上。铁丝上沾满暗绿色的苍蝇分泌物。落下的苍蝇们高支着腿,转动着碧绿的眼睛、转动着鲜红的眼睛、转动着明亮的半透明的眼睛,用棒状的沾着纤细黑毛的前腿蹭着透明的脉络清楚的翅膀,我听到这二十多个苍蝇嘤嘤细语召唤着它们的同伴,它们的同伴却像失去控制似的绞在一起滑翔着旋转。终于有那么一股苍蝇停止旋转,噼里啪啦地掉到铁丝上。这时铁丝上落上了一行苍蝇。苍蝇们一齐转动眼睛刷翅膀,铁丝开始旋转。不久又落下两股苍蝇,铁丝没有了。有了一根南窗户联结着北窗户的手指头那么粗的苍蝇棍子。一线阳光从南窗户里射进来,苍蝇们的彩色眼睛愉快地闪烁着,散发出一圈又一圈的彩色的温暖柔软的波纹。苍蝇拥拥挤挤,苍蝇联结着苍蝇,铁丝为核的苍蝇棍子下垂着,轻轻悠动。还有两股苍蝇在铁丝上方滑翔着,盘旋着,它们发出的声音单调刺耳,透着一股无聊、乏味、耐不得烦的情绪。

我们主任说:"团长,起来吧。"我们主任先站起来,顺手又把麻木了双腿的四十三团徐团长拖起来。我们主任一松手,徐团长的双腿便嘟噜一下矮了一截,好像双腿是两根弹簧,耐不得上身的压迫,我们主任慌忙扶他一把,两扶三扶,徐团长才恢复到苍蝇骚乱前那么高。

我们主任从地上捡起毛巾,又扬起胳膊来。徐团长一把攥住我们主任的手腕说:"哎哟祖宗,您可千万别惹它们啦,俺是真草鸡啦。当年挨美国炸弹也没有这滋味难受。"

主任说:"不搭了不搭了,团长放心。"主任把毛巾放到桌子上,拿起菜刀,从瓜腚上旋下一块皮来擦擦菜刀的两面,擦得那块瓜皮上暗红一片锈,然后,高高地举起刀,喀嚓一声把西瓜切成两半,又喀嚓成三半,又喀嚓成四瓣,喀嚓,六瓣,喀嚓喀嚓七瓣八瓣。我们主任双手端着一瓣瓜,恭恭敬敬地献到徐团长面前,说:

"团长,请吃瓜!"

西瓜不是红瓤是蜜黄色瓤,我们警卫班的战士都知道这西瓜比红瓤西瓜甜。前四天夜里零点,我们班长把我捅醒,说:"小管,起来上岗。"我懵懵懂懂地爬起来,拖着半自动步枪到大门口岗楼换他。我说:"班长,您回去睡吧。"我打了一个呵欠,嗓子里还像雄鸡打过鸣后噢了一声。黑暗中我们班长那两只美丽的杏核眼贼亮贼亮的,他问我:"困吗?"我说:"困极了,班长,你把我送到战场上去打一仗,我宁愿让炮弹炸死也不愿站岗。"他说:"哪里有他妈的战场,当兵捞不上次打仗的机会,窝囊透了。"我说:"战争年代可是靠本事吃饭,一仗打好了,就能弄个团长营长的干干。现在是靠后门,靠舔腚。"班长说:"打起仗来老子准是侦察英雄!"我说:"班长,不会提你当干部吧?"他说:"当屎!"我说:"我想学开汽车,回家好找个工作。"他说:"就他妈的一辆汽车,有两个司机,轮不到你。"我说:"班长,你回家能找到工作吗?""找个屎!"他说,"别唠叨了,你想不想吃瓜?"我说:

"哪儿有?"他说:"你想吃不想吃?"我说:"想吃。"他说:"跟我走。"我看看从机要工作房里射出来的灿烂光线,听着啾啾乱叫的电子讯号,犹豫道:"这岗……"班长说:"和平年代,屎事没有,走吧走吧!"

班长让我别害怕,出了事他兜着,我就跟他走。他大背着冲锋枪,我拖着上了顶门火的半自动步枪。我们沿着营院墙边的小路溜到唐家埠大队的苹果园里。苹果园外是沙地,沙地外边是海滩,海滩连结着大海。我们想穿过苹果园到沙地上去,沙地上种着西瓜。

我们在苹果园里穿行着就听到大海的梦呓,一定是非常平滑的长浪从海的深处爬过来,舔一下沙滩又退回去。看园屋子里有条小狗汪汪了两声,便不再理我们,我们也不理它。苹果树冠黑魆魆的,近前可看到毛绒绒的叶片,和叶片间闪闪烁烁的苹果。一股福尔马林药液的味道从苹果树上清淡地散出来。在苹果树间穿行还可以闻到海里的螃蟹味。我想起了包围着营院的五彩缤纷的臭气,不想不知道,一想吓一跳,我非常庆幸跟着班长来。我们其实是在苹果园里大摇大摆地走,班长大背着冲锋枪,我拖了上了顶门火的半自动步枪,苹果树下套种的落花生圆圆的硬币般的叶子被我们的裤子蹭得哗啦哗啦响,或者是我们的裤子被硬币般的圆圆的花生叶子蹭得响。班长顺手从树上撕下一个乒乓球般大小的绿苹果,啃了一口,立刻吐掉。班长说它奶奶的又酸又涩小管你这个小子别睡着啊再有半个月"秋花皮"就熟了有点甜味也酸得厉害还是"金帅"甜再有一个月就熟了"国光"分大小"青香蕉""红香蕉""大红袍""印度青"熟得晚甜得像蜂蜜黏糊嘴唇我一头撞到一棵干粗叶茂的苹果树上。半自动步枪在我手里跳了一下,枪口里迸出一溜火星子,迸出一个响,子弹打着唿哨上了天,又落下海。海声像轻柔的喁喁情语,非常动人。我们班长一个前卧钻进花生棵里。我心里格登一声,毁了!我想,我把班长毙了。毙了班长我也完了,我被人毙还不如自己毙了简化。

"班长——"

我扔下半自动步枪扑到我们班长身上,呜呜地哭起来。班长啊班长,你的三个脑子还没发挥作用就给我毙了,你长了一颗风格鲜明的头颅竟死在我的枪口之下,你还没结婚,班长,虽说"母舰"的三小子的头像你的头但鬼知道他是不是你的儿子……

"你他奶奶的嚎什么!"班长爬起来,对着我的大腿踢了一脚。枪声远去,海里涛声明亮,苹果园里的小狗汪汪汪地叫着。

我惊喜地说:"班长,你没死?"

班长抬起袖子揩揩额头,说:"别咋呼啦,你这个兔崽子,不是班长我躲得快,早就牺牲啦!"

我笑起来。

班长低声吼:"还笑!"

我不笑。

我们蹲在花生棵子里,静听了一会儿。狗不叫了,夜色深沉,星斗璀璨,好像什么事情也没有发生过

"班长,"我低声说,"回去吗?"

"回去干什么?还没弄到瓜呢!"

"要是主任听到枪声来查岗呢?"

"他听不到,听到他也不会起来,他老婆厉害着呢。"

"我少了一颗子弹怎么办?"

"你别吱声,等下次打靶时弄发补上。"

我们站起来。班长让我把枪膛里的子弹退出来。我把枪膛里的子弹退出来。我们走到苹果园与沙地相接的地方。班长示意我蹲下,他也蹲下。这时出来一颗明星,苹果树模糊不清的影子遮掩着我们。我看到琥珀色沙地上种着一大片西瓜,西瓜油亮油亮的,遍地都是。西瓜地外边是雾蒙蒙的大海,只能听到愈到近前愈觉遥远的海声,却看不清海的面孔。也许是因为我紧张得喘息吧,我听到海也在喘息。

班长说:"地边上没有好瓜,要吃好瓜必须到地中间里去。"

我觑着西瓜地中央那个碉堡状的看瓜屋子,胆怯地说:"叫人抓着怎么办?"我的声音有点哆嗦。

"害怕了?"班长问我。

我点点头。

"连偷瓜都怕,上了战场还不把你吓死!"班长鄙夷地说,"胆小鬼是上不了战场的。告诉你没事,把枪大背起来,跟着我匍匐前进。"

我大背着半自动步枪,跟着班长向瓜地中央匍匐前进。班长爬得很快,像条大蜥蜴。只是他的后脑勺子太高影响了他匍匐前进的质量。我必须在匍匐前进里掺假才能跟上班长的速度。西瓜的藤蔓不是缠住我的手就是缠住我的脚。我听到我弄出来的响声很大,我确实心里发慌,又怕被班长落下,匍匐前进实际上变成了跪地爬进,这样我听到我弄出来的声音更大。西瓜藤蔓更频繁地找我的麻烦,我愤怒地抖擞着它们。

我后来才知道踏住了我的脊梁的是一只沉重的大脚。贫农老大爷王顺儿踩着我的脊梁,双手攥着一柄寒光闪闪的鱼叉,大吼一声:"反革命分子,你往哪里跑!"

我感到我的心脏急促地敲打了两下沙土。然后就不跳了。我闻到了沙土里的豆饼味儿和揉烂的西瓜藤叶的味道。王顺儿扯着我的脖领子把我提拎起来,说:"反革命,还带着枪!"我这时才看到了鱼叉尖上的寒光。

我们班长从地上一跃而起,笑嘻嘻地说:"王大爷,我们在执行任务呢!您老真是老贫农,心红眼亮骨头硬,手握鱼叉干革命,阶级斗争的弦绷得紧。"

"是肖班长啊,哎呀呀!我还以为是偷瓜贼呢!"

"你没听到枪响?"班长压低声音,严肃地说。

"听到了。"王顺儿也降低了调门。

"这不是说话的地方,"班长说,"到你瓜棚里去。"

王顺儿把我们带进瓜棚,要寻火点灯。班长低声说:"不许点灯。"

班长美丽的杏核子眼在黑暗的瓜棚里明亮如星,他说:"老王同志,你知道吗?不久前天安门广场发生了反革命武装暴动,哎,你是党员吗?是就好,无事不可对党言嘛!国内的阶级敌人一活动,国际上的帝修反遥相呼应,据可靠情报,台湾蒋匪帮近日内可能派遣特务在我沿海登陆,听到适才那声枪响,我们赶快到海边来侦察,我们从西瓜地里爬行,是为了缩小目标,谁知被您这一阵吼——"

我咬牙切齿地不笑。王顺儿局促不安地说:"肖班长……"

班长说:"别说了。小管,走,到海边看看去。"

班长从背上抡下冲锋枪双手端着,弯着腰出了瓜棚,我抱着半自动跟在他后边。走出西瓜地,又往前走了一截,海滩上热乎乎的沙子流到我的鞋旮旯子里。班长一屁股坐下,脱下鞋来,把脚丫子插到沙土里,冲锋枪扔到一边。班长对我小声说:"坐下。"我坐下,也脱了鞋,把脚丫子插进沙土里。我龇牙一笑。班长说:"笑什么,严肃点。"我说:"到底没吃上瓜。"班长说:"什么?你别多说话,待会儿撑死你个兔崽子。"

海近在眼前,但响声更加遥远,班长躺在沙上,面向满天星辰,问我:"小管,你和女人睡过觉吗?"

"你说什么呀班长!"我挺不好意思地说。

"这有什么,睡过就是睡过,没睡过就是没睡过。"

"没睡过,真没睡过,班长。"

"小子,骗鬼去吧!"

"那么你呐,班长,跟多少女人睡过?"

"千把个吧!"

"哎哟,我的天!"

班长哧哧地笑了。他忽然问我:"高中生,懂得什么是爱情吗?"

我说不懂,请您给讲讲。这么神圣的字眼从他的嘴里冒出来,像狗头上生角一样使我吃惊。

他躺在沙滩上不动,并且闭着眼睛。海声还是那么遥远。海上的雾气似乎淡薄了一些,隐隐约约能看到近处淡白的海面。

班长坐起来,穿好鞋,说:"走,吃西瓜去!"

我说:"你还没告诉我什么是爱情呢!"

班长说:"去去去,吃瓜就是爱情。"

我和班长沿着海滩急跑一段,然后疲惫不堪,气喘吁吁地走进瓜棚。

王顺儿怯生生地问:"肖班长,有情况吗?"

班长沮丧地把枪往铺板上一摔,说:"你以为特务是聋子?就冲你那一通咋呼,有一个团也跑光了!"

王顺儿说:"肖班长……我可不是成心的……我是老贫农、老党员……"

班长说:"军法无情,可不管你是什么老贫农老党员!"

"肖班长……"王顺儿好像要哭。

班长说:"算啦算啦,你也别害怕,我们回去不提你的事就是啦!算我们倒霉,要不,抓回去个特务,准立大功,你说是不是,小管?"

我说:"一定立大功。"

班长说:"口渴死了,老王,有凉水吗?"

王顺儿说:"班长,您瞧我这个糊涂劲儿!忘了摘瓜慰劳解放军啦!"

班长说:"不要不要,解放军不拿群众一针一线!"

老王说:"这是哪里的话!军民一家,解放军抓特务辛苦理当慰劳!"

老王提着一个篓子往瓜田走去。

班长伸出手捅了我一下,说:"小子,怎么样?"

我看着班长在黑暗中闪烁的眼睛,一时竟语塞了。

老王挎着四个大西瓜进了瓜棚。

班长说:"你点灯吧。"

老王划火点亮灯。我看着老王那枯萎的老脸,看着老王那两只惊惶不安的眼睛,突然想起了我的父亲。我的鼻子像被人揍了一拳,酸溜溜地不通气。

老王抱起一个椭圆形的绿皮大西瓜,放在搁板上,抄起一把锃亮的瓜刀,喀嚓喀嚓喀嚓,西瓜裂成四瓣。老王双手端着一瓣瓜递给班长,又双手端着一瓣瓜递给我。老王说:"吃吧,解放军同志,吃了不够再去摘。"

班长有两颗凸出的门牙,特别适宜啃瓜皮。他吃瓜一定是久经训练,他把嘴扎到瓜上,像吹口琴一样来回拉动,黑油油饱满的西瓜籽儿一会儿从他左边的嘴角上掉出来,一会儿从他右边的嘴角上掉出来……

我们主任双手捧着一瓣西瓜请四十三团徐团长吃。徐团长余悸未消地看看那根粗壮的苍蝇绳子,怒火冲天地说:"你少来这一套!想用西瓜堵住我的嘴?没门!我告诉你。你即使反我的潮流把我打成走资派我也要说!你养着这么多苍蝇!"

团长头顶上最后一股苍蝇正在降落,绳子上的苍蝇极力排斥它们。苍蝇们啮咬着,搏斗着,发出飞机俯冲般的尖啸。团长的又变成了黄金色的脸在不停地哆嗦。苍蝇们终于安定下来,一根像顶花带刺的小黄瓜那么粗的苍蝇绳子横断了贯穿了整个饭堂,悬在团长和主任的头上也悬在我们头上。团长的惊惧传染了我,我意识到了我们熟视无睹的苍蝇的巨大威胁,一个潜在的、随时都会要了我们命的巨大威胁。

四十三团徐团长批评我们不讲卫生,讽刺我们是苍蝇王国,有饲养苍蝇癖好。他还说回去要派个防化连来彻底消灭"七九一"大院里的苍蝇。我们都麻木地听着,我看到我们班长侧了一下头,脸上露出一个狡猾的笑容。我知道徐团长不了解情况,好像我们站从来就没想法消灭苍蝇似的。他委屈了我们。我们曾喷洒过大量的"敌敌畏",头两次也确实有效,死去的苍蝇和半死不活的苍蝇把地皮都遮没,一脚踩下去,咯吱咯吱响,听着让人齿底生津。药死一批苍蝇,又飞来更多的苍蝇,后来的苍蝇对"敌敌畏"毫无畏惧,竟有愈喷愈活泼机灵的荒唐效果。

徐团长后来讲的什么我就不知道了,我只看到他的黄金脸上的黄金嘴唇在不停地翕动,我们主任捧着一瓣瓜,像被一个肉眼看不见的大冰壳子锢住了似的。我更多的是看看千千万万连缀在一起压得铁丝低垂的苍蝇们,它们的眼睛汇集成一条浪漫的彩虹,挂在四四方方的空间里,它们的翅膀摩擦出轰轰烈烈的巨响,震疲了我的耳膜。我在片刻的意识泯灭状态中,突然看到苍蝇们的极不规则的、生着无数倒刺挂钩的、半流质的、黏稠的、红中透绿的思想。它包围了我,刺着我、扎着我、胳肢着我、努力渗透着我。我动员了每一个细胞的力量进行着顽强的抵抗,像拔河一样。第一个细胞的失败导致了全线崩溃。我一头扎到我们班长背上。

我在恍惚中听到四十三团徐团长说:反击右倾翻案风动员会到此结束。操他妈妈,我再也不来啦。我们班长说:拿西瓜来。

我感觉到蜜黄色的西瓜瓤子触在我的嘴唇上……我躺在空气清新的海滩上,海风挟带着雪白的泡沫从我额上掠过。一只孤孤单单的青青的鸥鸟围着我低低地盘旋着,它好像仅仅看到我的被泡沫濡湿了的贫瘠的额头,而我更希望它能看到我的心。

门　牙

四十三团徐团长批评我们工作站纪律松弛作风不正派也许是有道理的。刚由新兵连分到工作站第三天晚上,我们班长就跟天津市一个大干部的儿子——我们工作站的业务参谋"磷化锌"打了一架,原因是"磷化锌"把我们班长养的五只老母鸡偷走一只,在值夜班时煮着吃啦。后来我才知道"磷化锌"真名林华欣,是天津市革命委员会办公室主任的儿子。我们班长像老鹰叼小鸡一样把值了夜班白天睡觉的"磷化锌"从被窝里拖出来,拖到我们宿舍门口一个碾盘口那么大的臭水坑边上。正是古历的三月初头,冻人不冻水的时节。"磷化锌"穿着一条大裤衩子,赤着脚,麻秆一样的细腿上生满黑毛,肋巴骨从破背心里露出来。池子里水明如镜,映着飞驰着白云的蓝天和池边那株萌着米粒大花骨朵的小杏树,"干什么干什么,你妈的'小玩意儿'!""磷化锌"骂着,跳换着脚,"干什么?你这个'鼓上蚤',偷鸡偷到你二大爷头上来了。"我们班长连续屈起膝盖猛顶着瘦骨伶仃的"磷化锌"的尾骨。班长顶一下,"磷化锌"往前一打挺,口里同时叫一声亲妈。班长说:"老实交待,我的鸡是不是被你煮吃了?""磷化锌"哼哼唧唧地怪叫着,却不回答问题。班长说:"你说不说?不说我把你推到坑里去了——""磷化锌"用力后退着说:"是我吃了,肖班长,你放开我,我赔你只鸡就是了。""放开你,便宜,堂堂天津市主任的大公子,偷穷百姓的鸡吃,我让你变只落汤鸡。"班长抬膝顶屁股,伸手推颈子,只一下,就把"磷化锌"给弄到臭水坑里去了。池里沉淀物搅动,清水变成黑水,臭气扑人。林参谋是海河岸边长大的,熟谙水性,顶着一脑袋黑泥爬上来,裤头子汗衫子紧贴着骨头,站在三月的小凉风里瑟瑟打抖,像生理解剖图上的骨骼标本从挂图上跳了出来。

几个业务参谋把林参谋抬回去,打热水的,打凉水的,忙成一团。

我们秃顶主任手持一根装着黑橡皮头的练刺杀用的木枪,跑到我们班里来训斥我们班长。

"肖万艺,你是共产党员吗?"

"不是你介绍我入的吗?"

"共产党允许打人吗?"

"共产党允许偷鸡吗?"

"他偷鸡不对你把他推进坑里难道就对了吗?"

"按说也不对。"

"是么是么,承认了错误就是好同志么!"

"我承认错误啦!"

"没事啦,有空给林参谋道歉。"

"他要不要给我道歉?"

"当然要。"

"那就算了吧,主任,他给我道,我再给他道,跟不道不是一样吗?"

"去你们的。小肖,带着新同志好好训练,先练射击,后练投弹。"

"是,主任。"

正说着呢,就见一个女人饿鹰般从家属小院那边飞过来。扯住我们主任又撕又掳又叫唤:"老头子老头子你不给我做主谁给我做主杜家那个卖脬的臭婆娘又指鸡骂狗骂我光吃食不下蛋我不下蛋关她屁事她下了两个斜眼歪歪蛋老娘连脬都不愿夹噢哟哟亲娘啊叫人欺负喽……老头子不是我的毛病一定是你的毛病你去医院检查检查咱养几个孩子争争气……"

主任可能因为当着我们新兵的面,有点不好意思,用力推开老婆,双手端着木枪,威严地喊:"你给我滚回去!"

女人愣了愣,蔑视着那镶着橡皮头的木枪,有条不紊地解开衣扣,露出囊囊的肚皮。她拍着肚皮说:"反动派,开枪吧!革命不怕死,怕死不革命,一个倒下去,一千个站起来!哎哟我没有孩子……"

肖班长走上去,劝着她:"老羊老羊,回去吧,让新兵们笑话你。"

"笑去吧!笑去吧!笑我就是笑他娘!小肖啊,要不是你们主任有病,我早有了一群孩子呢!"女人像糖一样黏在我们班长身上。

"李家田!"我们班长喊了一个老兵,一人架着一条胳膊,把老羊送走了。

我们主任满面青紫地站了一会儿,就提着木枪向业务办公室那边走,路过一个躺在墙边上的汽油桶时,我看到主任像头豹子似的端着木枪冲上去,捅得汽油桶咕咚一声响。汽油桶遍地打滚。一只大耗子沿着墙根,唧唧叫着逃跑了。

就是那天晚上,我们班长带我们到唐家埠"骡子"家闹洞房。"骡子"家院子里出出进进好多人,红窗纸被电灯照得那么漂亮。班长和院子里的人打着招呼。一个女人喊:"大婶子,解放军来了,快出来接待!"

一个小脚女人跑出来。

我们班长说:"恭喜大娘!恭喜大娘!"

老女人兴奋得浑身哆嗦,说:"谢谢解放军……谢谢解放军,'骡子','骡子',快来。"

那个叫"骡子"的新郎穿着一身铁板样的新衣,站在班长面前,搔着后脑勺子,傻呵呵地笑。班长撞他一膀子,说:"小子,快带我们去看看新媳妇。"

"骡子"像领了将令一般,跑进洞房,轰赶着满屋的小孩子。

小孩子们愤愤不平地站在院子里,看着我们鱼贯进洞房。

一个小男孩大声喊:"解放军!别进去,他家是富农,他媳妇家是地主!"

"骡子"和"骡子"的母亲都垂下了头。

班长命令我:"小管,去把那个喷粪的小兔崽抓住,骗了他的蛋子!"

没等我出门,那个小男孩就一溜烟走了。

房间很小,地上站不下,班长带头上了炕。新媳妇坐在炕角上,满脸通红不敢抬头。

"骡子"手忙脚乱地为我们倒茶递烟。

班长拿着一支烟,盯着新媳妇问:"你叫什么名字?"

新媳妇像蚊子嗡嗡一样回答。

"你抬起头来让我们看看。"班长说。

新媳妇的头垂得更低了。

班长说:"'骡子',让你媳妇抬起头来。"

"骡子"说:"你……抬起头来……给解放军看看……"

新媳妇抬起头,果然很漂亮,鹅蛋脸,圆眼睛,鼻子小巧端正,两颗泪珠在新媳妇眼里骨碌碌打转。

"真俊,活活地跟我妹妹一个模样,'骡子',你真是好福气!"班长拍了"骡子"一巴掌,转脸又对新媳妇说,"哎,你家还有姐姐妹妹吗?介绍个给我。"

"骡子"说:"班长,您开什么玩笑,就是天仙下凡,您也不喜要呢!"

班长说:"去你的!这样吧,'骡子',我回老家把俺妹妹领来嫁给你,你把她让给我。"

新媳妇那两颗酝酿已久的泪珠滚出眼眶。她从身后不知什么地方,摸出一个纸包,剥出二十几颗水果糖,递给班长,说:"大哥,让同志们吃糖吧!"

那糖好酸啊!

班长带我们去闹洞房的事不知怎么传到四十三团去了,八月份我去四十三团军务股领手榴弹时,一个当仓库保管员的老乡诡秘地问我:"哎,老三,听说你们带着枪去地主家闹洞房,把人家新媳妇的裤子都给剥了?"

我说:"纯属放屁!你去问问那个'骡子',他可感谢我们啦!"

我的老乡搬出两箱手榴弹,说:"我们这些稀拉兵,会不会放真手榴弹?"

"你别小瞧我们,我们练了两个月了。"我说。

领回实弹后,班长带着我骑着自行车到处看地形,最后把地点选在南堡村东一条干涸的河道里。河滩上丛生着红柳树。河道里净是结着白碱的鹅卵石。踏在鹅卵石上,可以北望大海。

训练投弹是在苹果园外的沙地上进行的,连续两个月,只要轮不到站岗就去。

我们在沙地上排成一行,每人的粗线腰带里别着两枚教练弹。班长站在队前,阳光照得他睁不开眼,他把帽檐往下一拉,说:"手榴弹是共产党的传家宝,这玩意儿打起仗来没准还用得着,投七十米八十米屁用不管,投四十米就够了,关键是要准,准头怎么练呢?关键是要有目标,我们的目标在哪里啦?在正前方。"

我们正前方是唐家埠村的苹果园。

班长说:"看到那棵'伏花皮'了吗?那就是我们的目标,谁投下来苹果谁吃,我已经跟仲书记说好了,他说支援解放军苦练杀敌本领甭说一棵'伏花皮',十棵'印度青'也豁得出来,遗憾的是'印度青'要到老秋才熟。"

班长在脚下划出一条线,说:"踩着这根线投,不准过线。"

班长给我们示范。他从腰里拔出一颗手榴弹,活动了一下胳膊腿,他让我们也活动一下关节筋骨。他撤步、扭腰,胳膊一扬,手榴弹疾速地翻滚着飞到苹果树上。苹果树上成千上万个半边红半边黄的苹果像活物一样灵活生动,手榴弹飞进去,像老鸹闯进了鹦鹉巢,噼里啪啦乱一阵,挟带着几个苹果掉下来。

班长命令:"去捡弹捡苹果。"

我飞快地跑过去,跳过那道又稀又矮用紫穗槐枝条夹成的篱笆,钻到庞大的苹果树冠下,捡起斜立在沙土上的教练弹,又捡起两个苹果,跑回来向班长交差。

班长接过手榴弹和苹果,把手榴弹扔在地上,把苹果举起来,对我们说:"看到了吧?胜利果实!"他把苹果放在衣襟上擦了擦,咯嚓咬了一口,咯咯吱吱地嚼着,呜呜噜噜地说:"开始吧,一个挨一个投,自己投完自己捡。"

班长吃完苹果看我们投弹。

那棵苹果树我有时认为它在藐视着我们,擎着成千上万闪烁的果子。

有时我认为那棵苹果树在仇视着我们,抖着成千上万闪烁的果子。

　　我认为有时那棵苹果树在哀求着我们,垂着成千上万闪烁的果子。

　　战友们都有收获,围着班长像一群贪吃的小兽,紧张地啃着苹果,大家都兴高采烈,固然不久以后我知道了这种"伏花皮"苹果并不好吃,它有一种让人涕泪交流的味道。

　　班长说:"小管,轮到你投了。"

　　我提着一颗手榴弹站在画出来的那条线上,这时我望着苹果树苹果树也望着我。

　　"投啊,不想吃苹果?"班长说。

　　我按着班长告诉我的要领,用力把手榴弹甩出去。一刹那间我停止了呼吸苹果树也停止了呼吸。我看着我的手榴弹平稳地向前飞行,它一点也不打滚翻筋斗,它飞得非常慢,好像伸手就能非常容易地抓住。我的这颗手榴弹根本违背了物体运动规律,它笔直地飞行着,突然垂直地下落,像中了枪弹的鸟儿一样掉在沙地上。离苹果树还差一大截子呢。

　　"咦——小子,你投的什么怪弹?"我们班长把苹果核扔了,亲自跑过去,围着我的手榴弹转了三圈,然后像捏着一条蛇似的走回来。

　　班长又教了我一遍动作要领,允许我跨线十米再投。

　　我的手榴弹还是那样稳稳当当地飞行着,满以为它能飞到苹果树上方再下落,谁知道它在篱笆上空突然停住,一头扎下来,离苹果树还差着三五米远啦。

　　班长说:"他奶奶个熊,你这颗手榴弹是他娘的魔术弹?"

　　班长让我换了一颗手榴弹,又让我前跨五米。

　　班长说:"投!"

　　我严格按照动作要领,把手榴弹撇出去。我撇出去的手榴弹都是反抛物线飞行,它依然不翻筋斗,平稳如鸟儿滑翔。在苹果树上空,它犹豫片刻,轻轻地掉下去。苹果树梢头轻动,良久良久,不见手榴弹掉下来,更不见苹果掉下来。

苹果树忧悒地望着我,我忧悒地望着苹果树。

千万颗果子一齐翻动着,好像落了一树翠鸟。

"噢,邪门!你这个小子。"我们班长怪声怪气地说。

我苦练两个月也未能改变从我手中飞出去的手榴弹的反动轨迹,所以,蹲在干河道外的红柳子丛里,心里始终忐忑不安,为什么我按照班长教给的要领却投不出班长式的翻滚弹?它为什么总要平稳滑行然后垂直落下?班长播下龙种,收获的是跳蚤。我那时朦朦胧胧地意识到事物的复杂性和最简单的事物里包含的神秘因素。投弹不但是肉体的运动而且是思想的运动;不但是形体的训练更重要的是感情的训练。手榴弹呆板麻木大起大落的运动轨迹也许就是我的思维运动方式的物化表现。投弹训练有时就是感情训练,飞行的手榴弹多么像飞行的思想。我多么希望你就是那棵苹果树,你结满了丰满诱人的果子,我的同伴是那么贪婪地想攫取你或者攫取到了你几颗果实。我一投不及,二投不及,三投方及。我的爱情的运动多么像我投出的手榴弹的运动。我不想得到一时的口腹之乐,我只想让我的心栖息在你的浓密的树冠里,得到你的温暖和庇护,我的心为你跳动。如果我死了,请把我的肉体埋在你的荫下。

我坐在红柳子丛里胡思乱想,想着驻地那位大姑娘。我们班长指挥两个战士在柳棵子后边挖了两个半米深的掩体。

班长集合起我们,庄严宣布了几条纪律。

实弹投掷正式开始。

班长说:"你们都到柳棵子后边趴着去,我先投两颗试试。"

我们贴地趴着,看着班长撬开木箱,揭掉两层油纸,小心翼翼地拿起一颗把儿雪白头儿漆黑的手榴弹,拧掉把上的铁盖子,把一个银亮的小铁环套在手指上,喊一声"注意隐蔽",然后用力一甩胳膊。手榴弹翻滚着飞进河道,一、二、三、四、五,我暗暗数着。手榴弹爆炸了,响声非常单薄,我感觉它薄得像刀刃一样。

班长跑向河道,我们也跟着跑去。

手榴弹在河道里炸出一个西瓜大的坑,十几块像五分硬币那么大的弹片紧凑地摆在坑里。

班长捡起两块弹片看看,愤怒地说:"这尿弹,质量糟透,塞到屁眼里也炸不烂屁股!"

我们回到掩体边,班长说:"小管留下,其余的到柳棵子后边趴着去。"

班长说:"投吧,五颗。"

我看着那一箱子手榴弹,心里别别地跳。

"拿一颗。"班长说。

我小心翼翼地拿起一颗弹。

"拧开盖子。把套环挂到小手指上。"

我的手哆嗦得厉害。

班长帮我把套环挂到小手指上。我的小手指紧张地翘着。

班长说:"预备——投!"

我稀里糊涂把手榴弹扔出去,一头扑到掩体里趴起来。

班长从掩体里抬起头,惊异地说:"他奶奶的,一分钟啦,怎么还不响?"

战友们在柳树丛子里喊:"班长,带着弦飞出去的——没拉弦——"

班长扯过我的右手一看,说:"你没蜷起手指?"我点点头。

班长弓着腰走到十几米外那颗手榴弹旁,审视了半天。

班长把那颗手榴弹捡回来,交给我,说:"再投!怕死鬼是上不了战场的!"

我横下一条心,下死劲把手榴弹撇出去。手榴弹冒着白烟飞走了。一会儿,河道里响起了爆炸声。

班长看着河道中腾起烟雾的地方,高兴地说:"小子,投得不近,再投！"

我越投越远。弹片在半空中飞行。

班长高兴,又赏我一颗弹。我握弹在手,望着那丑陋的烂河滩,用力一挥臂。手榴弹嗤嗤地叫着,在空中疾速翻滚着,落地后立即爆炸。我听到扑哧一声响,慌忙侧目一看。我们班长一低头,从嘴里吐出一块乌黑的弹片,又吐出两颗雪白的门牙。

班长用双手捧着弹片和门牙,迷迷糊糊地说:"咦,则稀磨东希?"

(一九八六年四月)

凌乱战争印象

其实,那时候的战争并不是如我们想象出来的样子,当然谁也不敢因为我把战争想象成那个样子而把我枪毙掉——固然谁枪毙了我我就感谢谁——但战争确实不是如我想象出来的样子。

战争是什么样子只有经过战争的人知道,没经过战争的人一般都比较白,都比较阴毒、刻薄、嫉妒、功利心特强、争名夺利如蝇逐臭,我家三老爷毫不客气地这样说,一个人过了五十岁还争名夺利争权夺势一般来说都是不可灌药的王八蛋,应该让他去扛着破大枪打一场仗,让他去抬着担架看一场打仗就够了,看一场打麻湾就够了。

麻湾是一个庞大的村庄,离我们村子三十里远,游击队打麻湾前在我们村子里住了半个多月,司令部安在我家的五间正房里,我家的人多半跑到青岛避难去了,留下看家的三老爷和三老妈被挤到厢房里。

三老爷说司令部里工作繁忙,一天到晚吵吵嚷嚷不断人。这支游击队可是个大游击队,据说有三千多人,分散住在毗邻的三个村庄里。游击队司令部设在我家正房里是我家正房的光荣也是我们家族的光荣。司令部里抻出几十根电话线,电话线上经常落麻雀,一个小个子的勤务兵打一手好弹弓,左边口袋里装着一只红皮子弹弓,右边口袋里装着一堆泥巴蛋子,每逢电线上落上麻雀,他就跑出来打麻雀。他打麻雀没有十分的把握也有九分的准确,一般情况下是弹起雀落,偶尔打不下,也不是因为他打得不准而是因为麻雀太狡猾。三老爷说这个勤务兵十六岁或是十七岁,鼻子下一片又黄又细的茸毛,眼睛大大的,双眼皮,是个挺俊的小伙子。司令部里的人都喊他小宁,不知是姓宁呢还是名字叫小宁,小宁后来被姜司令枪毙了,就是在麻湾战斗打响前的一个早晨,天刚麻麻亮,小宁被拉到村南苇子湾里枪毙了。枪毙小宁前的夜晚,司令部里灯火辉煌,吵嚷声通宵不断,桌子被拍得嘭嘭啪啪响,凳子摔得嚓里咔啦响,就差没开盒子炮了。从沙口子村赶来开会的韩团长日妈操娘地骂着,三老爷和三老妈缩在厢房里,吓得整整哆嗦了一夜。他们不敢点灯,他们在黑暗中看着司令部里明亮的灯光和灯光中晃动着的幢幢人影,知道要有什么大乱子发生了。果不其然,天麻麻亮的时候,街上传来叫骂声和哭叫声。三老爷说他一下子就从嘈杂中听出了小宁的声音,小宁哭着喊:"姜司令——救救我吧——你知道我娘会想我——我没有偷卖子弹——"

三老爷说当街上传来小宁的哭叫声时,吵嚷了一夜的司令部变得鸦雀无声,明亮的灯光扑到院里的树上,树叶沙拉沙拉地响着,电话线里响着嗡嗡的通电声。

小宁的哭声出了村子,但传到院里时仿佛变得更清晰。后来听到"叭勾"一声响,"叭勾"两声响,"叭勾"三声响,"叭勾"四声响,"叭勾"五声响,"叭勾"六声响,"叭勾"七声响。三老爷说那天凌晨处决了七个人,其中一个是姜司令的一母同胞亲兄弟,好像是为了一起盗卖军火的案子。

小宁这孩子真是可惜了,他要是活着,也是六十多岁的老头子了,没准儿子孙子一大群了,军法无情,有什么办法子。小宁扎在苇湾里,脑盖都炸了,脑浆子像豆腐脑子一样涂满了苇棵子,这孩子是真正的可惜。

枪毙了人后,三老爷亲眼看到姜司令躲在厕所里流眼泪,枪毙了亲弟弟,不伤心是假的,小子,你也别反对人家走后门什么的,古来就是这样,你小子要是有本事当上了联合国的国长,三老爷也就不用在这里剥麻了。黑夜四合,一灯如金豆,照耀四壁黑亮的老墙。三老爷拿起一把麻秆,在油灯下引燃,放在地上。麻秆啪啪地燃烧着,火焰明亮,驱赶着寒冷,照亮着黑亮的墙壁。

那时候姜司令就住在这间房子里,他是个瘦高挑子,白净面皮,眼不大,嘴里镶着一颗灿亮的金牙,姜司令每天早晨都沾着牙粉刷牙,他好口才,蓬黄一带口音,听说进过矿业学院,还在报社里当过记者。姜司令写得一手好毛笔字,画一手好牡丹花,你三老妈那条缎子被面上的牡丹花就是他画的,你三老妈照着他画出来的花样子一针一线地绣……他画得可真是快……哦……可真是快……你三老妈……一针一线地绣……针扎破手指头还是绣……三老爷把一束麻秆扔进奄奄一息的火烬里,青烟冒几缕,火焰升起来,黑暗驱出去,光明升起来,寒冷驱出去,温暖升起来。

其实也怨不得你三老妈……

三老爷克揸着脸说。

姜司令司令部里听说还有一个美国顾问?

不对不对,是个美国飞行员,大高个子,满脑袋金黄头发,眉毛、眼睫毛都是白色的,眼珠子绿汪汪的,像黑狗的眼睛。他骑着一匹小白马,小白马在他胯下像条狗,姜司令每天早晨都陪他骑马出去,身后跟着四个卫兵,卫兵都披着双匣子,每人骑一匹黑马,四匹黑马好像一个模子铸出来的,胖得像蜡一样,生人不敢动,一动就"啊啊"地叫,马有龙性!那四匹黑马,啊咦!真是威武,像墨像炭,周身没有一根杂毛。姜司令骑一匹花爪子大黄马,六匹马里数着他那匹马个头大。花爪子大黄马乍一看傻不棱登的,像个半老的黄病汉子。司令部的马夫叫老万,东北乡万戈庄人,常常跟我聊大天,人挺好。马棚在前边单家的院子里,老万喂马可是精心。我和你三老妈一觉醒来,就听到老万起来给马添草的声音。老万咳嗽着,铡得半寸长的干草在竹皮筛子里嚓啦嚓啦响着,马哼哧哼哧地喷着鼻子,啪哒啪哒地弹着蹄子,炒焦的麸皮的香气在凉森森的夜气中漫开,马咀嚼草料的声音是那么好听。你三老妈无缘无故地叹一口长气,鬼知道她的心里打的什么主意。满天的星光透过窗户,村子里响起鹅叫声。后来又是鸡叫声。司令部大门口士兵换哨的声音。

姜司令司令部的人一大早就起来,刷牙、洗脸。刷洗完毕,姜司令、美国飞行员、四个卫兵就到单家院里去了。老万早就把马备好了,满院子"咴咴"马叫声。他们一出院子就跨上马,姜司令和美国飞行员并马在前,四个卫兵勒马在后,从我们胡同里,蹄声响亮着,跑向村后大道。那些马太胖了,胖得屁股像木头一样僵硬,胖得像生来不会走,一行动就必须小跑或飞跑一样。一上大道,正逢着太阳初升,田野宽大无边,遍野的麦苗上沾着一层冰霜,太阳血红,麦苗金黄,人口马嘴里喷出一股股五彩的热气,马身上涂满了金红色,所有的马腚都像镜子一样闪烁光芒。六匹马先是小跑,沿着冻得梆硬、被风刮得干干净净的平坦大道,小跑一阵,马活动开筋骨,跑热了蹄子,便飞跑起来,冻得梆硬的大道被刮得干干净净。马蹄声像打鼓一样,六匹马二十四只马蹄翻卷着,全然看不清马蹄怎样起落,只见一地雪亮的光芒闪烁。看过姜司令带着马队清晨骑马的人,谁敢不肃然起敬!

只要姜司令的马队一上了大道,早起捡狗屎的老头,清晨搂茅草的孩童,无不停步凝视,像看着天兵和天将。姜司令部队里人一色灰军装,腰束牛皮带,司令部里人当然衣饰更加鲜明,牛皮腰带上挂着皮枪套子或是木枪套子。

马队飞跑着拐过河滩边那一抹白杨树林,又飞跑着从白杨树林后跑回来,逼近村庄时,马队放慢速度。阳光渐渐明亮,人马都倍加舒畅,马腚上一片片银子般的汗光,人脸上微微的汗星,汗湿的皮鞍具上发出熟皮革的鞣酸味道。马和人都似乎跑得大了。姜司令端坐马上,谈笑风生。姜司令会说英语吗？说得挺流,他叽里咕噜地和美国飞行员说着洋文,美国飞行员擎着颗孩子般的大头,傻不棱登地听着。有时候他也用洋文说话,他的嘴唇不和中国人的嘴唇一个动法,怪不得说出的话来不一样。中国人说话时的嘴是这样动的,怎么动？这样动、就这样,巴哈巴哈的；美国人说话嘴唇是那样动、那样,哈哒哈哒的。我可是经心观看过的。美国飞行员像根大木桩子,直撅撅地坐在小白马上,红皮子夹克带着开胸的拉链,腚上挂着一把巴掌大的手枪,我看过他的枪,黑蓝的枪身,玉石的枪柄,真是件好宝！子弹像花生米那么大,十颗八颗恐怕也难把人打死。我总觉得美国飞行员跟姜司令坐骑的那匹花爪子大黄马好像一个娘生出来的亲兄热妹,一举一动都像,姜司令为什么不把那匹花爪子大黄马让给美国飞行员呢？姜司令骑上小白马该多精神,马是龙性,人是龙种,天衣无缝！美国飞行员骑上花爪子大黄马有多好对付,弯刀对着瓢切菜。

姜司令通鬼子话,但司令部里还有一个翻译,专门跟着美国飞行员。你别觉得游击队里净是些大字不识一筐的乡巴佬,错了,你把游击队看低了,你爷爷那种游击队是一种游击队,姜司令的游击队又是一种游击队。参谋长吕颂华,留学东洋,一口日本话说得可是好。吕参谋长戴着一副金丝边眼镜,白净脸,鹰钩鼻子,会唱京戏。电台台长栾山风(姜司令有两部电台),北京清华大学毕业,后来听说当了青岛广播电台台长。军法处长刁光旦,北京朝阳大学毕业,下一手好棋。秘书处长丁芸础,北京中国大学毕业。军医处长张法鲁,留学美国,能开膛破肚为人治病。你三老妈生头一个孩子就是张处长的徒弟接的,那是打麻湾后半年多的事了。张处长的徒弟姓唐,女的,听说是黄县一个大地主家的小姐。司令部里有六个女兵,精神着呢,她们住在四神婆子家里,不断地到司令部里来。打麻湾时小唐腿上挂了彩,在咱家养伤巧碰上你三老妈生孩子。他们都说孩子像姜司令,去他娘的,像就像吧,你三老妈愿意的事,也不是你三老爷能拦挡住的。多了,记不过来了,司令部政治部里都是一窝子大学问人。你在小说《红高粱》里写的那个任副官,就在咱家住过,那时候姜司令他们叫他小任,好像也是个大学生呢,他口袋里装着一把琴,常常含在嘴里吹,像啃猪蹄爪子一样。你怎么不把他吹琴的事写进书里去呢?你这个笨蛋!

你还想知道打麻湾的事,那是阴历的二月初二,龙抬头的日子。头着好几天部队就不安稳了,又是杀猪,又是杀羊,又是包饺子。我跟你三老妈也吃得嘴唇上油汪汪的。那些日子,当兵的走起路来都跷腿跷脚,马也乱叫,马也知道要打仗了。

二月初一夜里,队伍就开拔了,满街的马蹄声,脚步声。你三老妈哭了呢!

天要亮的时候,东南角上传来了枪声,起初那枪声像刮风一样,后来又像下雨一样。

谁也不知道打成什么样子了。麻湾驻着二百多日本鬼子,黄皮子有七八百。这一仗从早打到晚。吃过晌午饭时,伤员就送下来了。小唐就是第一批送下来的。她的裤子上净是血,脸蜡黄蜡黄。一见你三老妈,小唐就呜呜地哭起来了。

伤员一批批送下来,街上尽是担架,满街的哭叫声。

枪声炮声,响了整整一天,到傍晚时才静下来。半夜时,响起了敲门声,你三老妈急忙跑出开门。

姜司令他们回来了,电棒子乱照,贼亮贼亮。后来点起了灯,几个勤务兵去打水洗脸。

灯光影里,姜司令他们都闷着头抽烟,没有人说话。参谋长吕颂华缠着白布的胳膊吊在脖子上,他的脸铁青。这一仗没打好,麻湾没打开,听说姜司令损失了五百多人。

人们都说姜司令受了美国飞行员的怂恿才去打麻湾的,吕参谋长不同意强攻麻湾。

打麻湾后不久,美国飞行员被送走了,有人说送重庆了,有人说送延安了。那家伙有个古怪的名字,叫什么"巴死"。

　　打麻湾的事没有亲眼见,不敢乱说,前街上许聋子去抬担架了,回来后,痴痴巴巴了好几年,你去问问他吧。

（一九八六年十一月）

革命浪漫主义

　　我的屁股正巧蹾在越军埋设的一颗小香瓜那么大的地雷上,我一坐下时就听到——就感觉到一声细微的叹息,好像有一个小弹簧被我的屁股压缩得很紧张,我立刻知道十分倒霉的事被我撞上了。我坐在了地雷上,那声细微的叹息是地雷的叹息。天当中午,南方的太阳毒辣凶狠,密集的野草和灌木在我周围蓬勃生长,袅袅湿气,沿着葱绿葳蕤的植物梢头上升,百鸟鸣啭,可以看到远处的山坡上盛开着一团团血一样的杜鹃花,我军的炮火在几分钟前一齐吼叫,把那个小山头打出了好些个窟窿。我们本来是跟着炮弹往越军的地窨子里扔手榴弹的,我本来是背着火焰喷射器往越军的猫耳洞里喷射火焰的,可是,我的命运不济,我一跤跌倒我就知道坐在地雷上了。我们是沿着火箭清扫出来的道路向山头进攻的,但我还是坐在一颗地雷上,可见火箭排雷也他妈的不是一扫而光,世界上没有绝对可靠的事情,你认为绝对不可能发生的事情,肯定是能够发生的事情,这才是世界。我坐在一抬腚就注定无腚的地雷上,咒骂着火箭排雷的缺德,我不是不知道我骂得没有道理,我只是觉得有点窝囊,所以骂人仅仅是一种发泄郁闷的方式,并无实际意义。连美国的航天飞机都在太空中爆炸了,中国的火箭排雷漏网一个地雷有什么稀奇。参军前我们家一匹母骡生了一匹小骡子,我们以为这匹小骡子是个怪异,不久又听说东村里一头黄牛生了一个小男孩,南村里一只母猫生了一窝小耗子,我们家的母骡生的小骡与黄牛生的男孩、母猫下的耗子比较起来算什么怪异呢?世界这么大,什么事不会发生呢?尤其是在战争中,什么怪事不会发生呢?

  我带着千疮百孔的多半个屁股来到温泉疗养院疗养,我可怜巴巴地问一个很漂亮又很严肃因此十分可怕的小护士——当然是女的——医生,我问(我总结了一条经验,见了医疗单位的人一律称呼医生保准没人不高兴)我的屁股能长出来吗?那个护士把漂亮的眼睛从晚报上摘下来,看了我一眼,说:世界上什么样的奇迹都可能发生,你听着,晚报上说,台湾阿里山区一个老年妇女一夜之间头上生出两只金光闪闪的角。沈阳市一个姓王的青年妇女两只大辫子长达二米八十六公分,梳头时要站在一个特制的高凳上,一节一节梳理。苏联古尔吉斯有一位妇女,肚脐眼里经常分泌出小颗粒的金刚石。你好好洗我们的温泉,我们的温泉里包含着多种人体发育必需的矿物质,没事你就到池子里泡着去,泡在池子里你什么都别想,练太极拳要意守丹田,你洗温泉要意守屁股,你一定要坚信,我能生出屁股,我一定能生出屁股。

  疗养院对我特别优待,让我和一个三〇年参加革命的老红军共用一间水疗室,水疗室里有两架藤床,两双拖鞋,两个衣架,两个水疗池子,地面都铺了瓷砖,干净整洁舒适。环境如此好,空气如此新鲜,温泉水呈杏黄颜色,似有一股兰麝香气。我坚信,在这间水疗室里我一定能生出个崭新的健康的屁股。跟那么多世界性奇事比较起来,我如果不能再生出个漂亮的屁股只能怨我自己懒惰。我本来是有屁股的,我有过一次生长屁股的经验,与头上生角比较要容易得多;我的屁股还残存着一部分,就像被砍伐的树木,树干虽倒,树根犹在,只要营养足够,就没有理由不生长。

  进行温泉水疗的第一天,我就和那个老红军混得像爷爷与孙子一样熟。那个既漂亮又严肃的小护士告诉过我,这个老红军天真活泼,超级幽默,一点都没有老革命盛气凌人的架子,喜欢无穷无尽地开玩笑,是个典型的"革命浪漫主义"。我说,医生姐姐,是不是"革命乐观主义"比"革命浪漫主义"更确切些。小护士严肃地说:小男孩,小傻瓜,你懂什么?你多大啦?我说:我什么都懂!我十九岁零三个月啦!小护士龇牙一笑,我忽然发现她两颗门牙很长很尖锐,我猜想她吃了至少十吨西瓜,啃瓜皮把门牙练长了。但这两颗长门牙生在她的嘴里显得严肃活泼,充满"革命浪漫主义"精神。她笑的时候,鼻子上的表情极像我的妈妈。我从前线上撤下来,妈妈去医院看我,妈妈抚摸着我的耳朵,凄凉一笑,她的鼻子上布满皱纹。小护士笑的时候,鼻子上同样布满皱纹。她不笑了,鼻子上的皱纹立刻消失,嘴唇抿紧,长牙亦不见。她说:我四岁的时候,已经背熟了白居易的《长恨歌》,那时候,你还在你妈妈的子宫里喝羊水呢!你应该知道,"革命乐观主义"是一种精神,"革命浪漫主义"是一种人格!去去去,找老红军水疗去吧,见了他就叫老爷爷,然后学一声猫叫。

她把我推出值班室,拿起电话听筒,咯吱咯吱地拨号。电话要通,我听到一个男子的声音在电话里响,我心里酸溜溜的,恨电话里那个男人。我抬起腿,踹了一脚值班室的门,然后一瘸一颠地走下楼梯。

在去水疗室的路上我想,等我把新屁股长出来,一定要向长牙小护士展开猛烈进攻,我要跟她结婚,让她给我生个门牙颀长、鼻子上有皱纹的儿子。

水疗室里雾气腾腾,右边的藤床上散乱地扔着一堆衣服,右边的池子里有泼剌剌的水声,我蹲下,蹲在无蒸气的空间里,看到一个肥大的老头子在水疗池中蛙泳。我遵照着现在是管辖着我的小护士将来要受我管辖的妻子的教导,大叫一声老爷爷,然后,学了一声猫叫。本来我想学的是天真的小狸猫的叫声,叫出口来,竟变成大黑猫发情的嚎叫。

老头子吸了一口温泉水,腮帮子鼓得像两个小皮球,我还以为他要把水咽到肚子里去呢,他却把水喷到我身上,水柱笔直有力,说明他肺活量相当大。他"汪汪"叫了两声,惟妙惟肖的一只小狗的叫声。

我叫"咪呜",他叫"汪汪"。咪呜——汪汪——咪呜——汪汪——咪呜汪汪咪呜汪汪,咪呜汪汪合鸣着,我们的友谊从此开始。

小鬼,快脱衣服。他催促我。伤残之后,我一直羞于将残缺不全的屁股示人,事到如今,顾不上羞耻,没有屁股是我肉体上的耻辱是我精神上的光荣,我的屁股在温泉水里泡泡何况是能再生的。我脱了衣服,站着,我的头弥漫在团团簇簇充满硫磺气息的蒸气里,我什么都看不见。我的屁股在没有蒸气的空间里,那里凉森森的,我知道这个老革命正在研究着我的屁股,我的神经外露感觉敏锐的伤残屁股上有两点麻酥酥地发痒,一定是他的目光。

怎么搞的,小鬼?他的声音从雾下传来,重浊而凄楚。

被越军的地雷炸的,真他妈的窝囊!我说,老革命爷爷,你说我窝囊不窝囊,我本来是第一流的突击队员,我本来是背着火焰喷射器冲在最前面的,我本来是要立大功的,我本来是能够成为一个真正的英雄的,可是我摔了一跤,一屁股坐在了一颗抬屁股就炸的地雷上。

他转过身来看看我。他在朦胧中对我说。我想,站在老红军爷爷面前就应该像站在上帝面前一样,没有什么可以掩饰的,于是我转过了身。我听到他高兴地笑起来,他说:很好很好,没把传宗接代的家伙炸掉就有希望,革命一代传一代,革命自有后来人。这是不幸中之大幸。

坐在那颗地雷上,我一动也不敢动,尽管战后我说我之所以一动不动是怕一抬屁股引起地雷爆炸,炸伤别的战友,影响部队战斗力。这样解释合情合理,没人认为我是在撒谎。我确实是个勇敢的战士,要不是坐在了越军的地雷上,我要么是英雄,要么是烈士。可是我运气不好,我坐在地雷上,看着战友们跌跌撞撞地向敌人的阵地冲去,道路根本不是道路,他们无法不跌跌撞撞。后来,敌人阵地上响起了手榴弹的爆炸声,响起了喷火器的疯狂呼啸。战友们腾跳闪挪,如入无人之境。在强烈的爆炸声中,黑色的泥土像一群群老鸹漫天飞舞,起码有两个完整的越南人像风筝一样飘起来,飘起好高好高,然后才慢慢下落。我远远地注视着这场战斗,鼻子一酸,眼泪像泉水一样涌出来,我也说不清为什么要哭。

尽管有惊天动地的爆炸声,有从洞口里猛烈地溢出来的凶猛火焰,有流血有死亡有鬼哭狼嚎,但是,一个奇怪的、荒唐的念头总在我心头萦绕:这好像只是一次军事演习,而不是一场真正的战斗。真正的战斗在我的心目中要比这英勇悲壮得多,要凶狠残酷得多。我总觉得我的战友们在下意识地重复着我们在"拔点"演习中形成的一整套动作。这一定是因为我坐在地雷上的缘故。

有一段时间我很轻松,那时候我面前的光秃秃的山头上异常安静,阳光照在红色的泥土上,红色泥土瑰丽多姿。战友们伏在一个山洼里,都一动不动,好像睡着了。没有枪声,没有炮声,一切都像睡着了。难道这里真是不和平吗?几分钟前,战友们笨拙运动的身躯,战友们背负重载脚踏泥泞投弹喷火的可怖面孔果真存在过吗?十几分钟前那一道道明亮炽热的火箭炮弹果真划破过南方沉郁的天空吗?我的屁股下果真坐着一颗一抬即炸的地雷吗?

我甚至就要悠闲地、像我在家乡牧牛时那样从牛背上跳下来一样从地雷上跳起来,但这时,伏在洼地里的战友们慢吞吞地爬起来,他们一个个被炮火硝烟呛黑了脸,他们的迷彩服破破烂烂,周身沾着烂泥,他们精疲力竭地往下撤,踉踉跄跄,慌慌张张,好像随时都会摔倒的样子,原来即便是胜利者的撤退,也不像电影上演的那样从容大方。这时,我恍若梦醒,知道战斗已经胜利结束,我们摸爬滚打吃尽千般苦头演习过的这场"拔点"战斗像闪电一样结束了,而我,竟然还别别扭扭地坐在越南人的地雷上。

清醒过来的越军开始往山头上开炮,他们知道躲在掩体里的自己人都停止了呼吸,所以他们毫无顾忌地炮轰着自己的阵地。弹片疾飞,把空气撕扯得裂帛般响。散开!散开!我们突击队的队长声嘶力竭地吼叫着。他戴着花花绿绿的钢盔,脸庞显得很短。一颗炮弹在离地一米处爆炸,三个战友飞上了天,我们队长身体瘦弱,所以他飞得最高。后来我想,这个省略了大前提的三段论未必正确。我们队长生前曾批评我喜欢乱下结论,我说我学过形式逻辑,我们队长说形式逻辑学得二五眼比不学形式逻辑还要可怕、可恶、可恨。

① 在同样的爆炸气浪冲击下,身体重量最轻的人飞得最高。(大前提)

② 我们队长身体瘦弱。(小前提)

③ 所以他飞得最高。(结论)

我查阅了形式逻辑辞典,知道我犯了若干错误。我感到我对不起队长,他可是大学中文系毕业的,他的逻辑严密,像钢铁长城一样无法突破。为了哀悼队长,我深刻地对照检查我的逻辑错误。第一,我在小前提中偷换了概念,"身体瘦弱",并不一定"身体重量最轻"。进一步讨论,外观上瘦弱并不一定本质上瘦弱,我们队长的瘦弱仅仅是外观上瘦弱,他跑起来比野兔子还要快,他在单杠上像风车一样旋转,他和人家掰手腕曾经把人家的手腕子掰断过,他吃饭从来不咀嚼,他消化能力好,我们认为他吃钢锭拉铁水,吃石子拉水泥,我们队长其实是钢筋铁骨。第二,我的大前提概括不全,我忘记了风向、地势、角度诸因素。

我们的队长在爆炸气浪中飞快地上升,是我亲眼看到的。他的四肢优雅地舒展着,他的脸上阳光灿烂,他的迷彩服上五彩缤纷,鲜红的血珠像一片片飘零的花瓣轻巧下落。我认为队长是一只从烈火中飞升起来的金凤凰,他的羽毛灿烂,他一定是到太阳里去叼金子去了,这是我奶奶在凄凉的星光下多次讲给我听过的故事,那时候夜深如海,篱笆上蝈蝈鸣叫,清净的露珠从星星的缝隙里滴下来。我坚定不移地认为,沉重地落下来,摔在泥泞里的不是我们队长,或者,那仅仅是我们队长的躯壳,我们队长的灵魂已经飞升,轻飏飞升,他的翅膀上流光溢彩,美丽非凡。

队长飞升上天那一瞬间,我忘记了屁股下坐着的地雷。我像灌木丛中被惊起的麻雀,斜刺里射向我们队长,我的嘴里还高叫了一声队长。队长是好人,是我的好朋友,虽然队长经常毫不留情地踢我的屁股,但我还是认为队长像我的亲哥哥一样。我跳得也很高,我只是感觉到屁股上被猛托了一把,然后天空和大地调换了几次位置。我一头扎在野草里。

真的,老红军爷爷,不是骗您,我本来是可以立大功当大英雄的!我赤裸裸地站在老红军面前,好像站在上帝面前一样。

他说,小鬼,战争嘛,战争中什么怪事都有,抗日战争时期,八路军一二〇师一个战士把一颗子弹打进了一个日本士兵的枪口里,你信不信?我被一颗子弹把传宗接代的工具打掉了,你信不信?你快进池里去泡着,让你的屁股慢慢往外长。

我战战兢兢爬进滚烫的温泉水,屁股又痛又痒,额头上汗水淋漓。

躺在池里,我和老红军处于同一平面上,温泉里升上去的雾气如同旋转的华盖,笼罩在我们头上。我看着老红军,他有一颗又大又圆的头颅,鼻子通红,眼睛明亮,闪烁着智慧狡猾之光。他在水里俯着,手刨脚蹬,酷似蟾蜍游泳。

我的屁股上热辣辣地疼痛,我想起长牙护士让我意守屁股生长屁股的叮嘱,便意守屁股,幻想着屁股像出土的竹笋一样滋滋生长。但越是意守屁股,它越是疼痛,发麻发痒。老红军孜孜不倦地练着蛙泳,我猜想这是他发明的一种水中健身体操。

我把意念从屁股上移开,问老红军:老爷爷,您会游泳吗?

他操着一口浓重的闽南话说:会游泳?会游泳早就淹死啦。

老红军对于战争的回忆支离破碎,但滔滔不绝。他说过草地前夕,他们渡过一条河,河水滔滔,河名阿坝。队伍过河时,正值河水暴涨,过河的战友们起码有一半被淹死。有一个水性极好的连长,一到河心就沉了下去,老红军说连长沉下去前回头望了他一眼,好像示意他不要下河,又好像命令他立即下河。突然间河边剩下寥寥几个人,有蹲着的,有站着的,全是六神无主,心慌意乱的样子。他坐在河边草地上,望着滚滚的河水,想起了家乡,想起了刚刚被淹没的连长在河里洗澡时的情景。后来他想起了干粮袋里还有一碗炒焦了的青稞麦,肚子咕噜噜响。河里水声响亮,他连狗刨水也不会,下河必死无疑。淹死了也要做个饱鬼,他说,我从干粮袋里抓着青稞麦咀嚼着,越嚼越香,越嚼越饿,起初是一把一把地嚼,后来是一撮一撮地嚼,最后是一粒一粒地嚼。我回头看到没过河的人都在一粒一粒地咀嚼着青稞麦。一抬头看到红日西沉,干粮袋都翻过来了,下河的时候到了,这时奇迹发生,河里的水突然跌落,远处的河面上露出了一座木桥,我们都从河边草地上蹦起来,刚吃了青稞麦,浑身是劲,飞跑着过了桥,去追赶队伍,这时后悔着不该一次把所有的青稞麦都吃光。你们现在打仗,大米白面随你们吃,好枪好炮随你们放,打的都是林彪式"短促出击"!

他停止蛙泳,从水池子里爬出来,站在白瓷砖铺成的地面上。我看到了子弹留给他的痛苦疤痕。他意识到了我看到了什么,他说:这就是战争,没有那么浪漫,战争不浪漫,革命是浪漫的。你小子丢了一瓣屁股,是马克思看你年轻。

过了河,追了一晚上部队,追上了。第二天早晨饿得就不行了,野菜树皮都被前边的队伍吃光了。当然当然,你说的也对,有时前边的队伍也留给后卫部队一些粮食,有时饿急了就顾不上了。

我是五军团,军团长罗炳辉,从奴隶到将军,罗胖子,那匹马被他骑得瘦骨伶仃。罗炳辉过河时差点淹死,是拽着马尾巴挣扎到对岸的。

听到他说起罗炳辉这个赫赫战将,我心中崇拜的英雄,竟然差点淹死,那么狼狈,我的感情上难以接受,便从池中折起身,怒吼:你侮蔑红军!

你见过红军吗?

见过。

在什么地方见过?

在电影上。

电影是革命浪漫主义,不能信的。

老红军严肃地教育我,革命不是请客吃饭,不是做文章,不是绘画绣花,不能那么雅致,那么文质彬彬。革命是暴动,是一个阶级推翻另一个阶级的暴烈的行动。我说这是毛主席的话,他说是毛主席的话,毛主席过草地时躺在担架上让人抬着走,头发老长,脸皮灰黄,毛主席也饿得肚子咕噜噜响。我问他听到毛主席的肠子咕噜噜响了吗?他说听到没听到都一样,反正毛主席过草地时也饿得半死不活。

老红军索性不进池子了,光溜溜地站在我的水疗池边上,像话剧演员一样为我表演着他在过草地之前的革命历史。我相信他说的都是真理,因为真理都是赤裸裸的,老红军就是赤裸裸的。

头天过了阿坝河,第二天,被饥饿折磨着,满街找吃的,像一条饿疯了的狗。草根树皮都被吃光了。找老百姓?在中央苏区还可以,可是我们失败了,我们在撤退,国民党诬蔑我们青面獠牙,杀人放火,老百姓早就跑光了。我徜徉在街上,忽然,有一股焦香的味道爬进我的鼻孔,我循着味道前行,曲曲弯弯,左拐右拐,来到一个马厩。我们的卫生队长正用一盘手摇小石磨粉碎炒焦的青稞麦。我使劲地搐动着鼻孔,凑到石磨前,没话找话地说:卫生队长,您磨炒麦?卫生队长警惕地看我一眼,不说话。我说卫生队长炒面一定比炒麦好吃吧?卫生队长低头摇磨,不理我。炒面的香味像小虫子一样在我的鼻孔里爬,在我喉咙里爬。我伸手抓了一把炒面掩到口里,炒面呛得我连声咳嗽,我双手捂着嘴,生怕把炒面浪费掉。咳嗽平息,炒面进肚,饥饿更加强烈,我望着卫生队长,卫生队长也望着我。我的眼里流出了眼泪,卫生队长的脸神经质地抽搐着。

我站起来,晃晃荡荡地向马厩外走去,我听到了阿坝河里澎湃的水声。身后有脚步声,是我们卫生队长,他拍了一下我的肩头,说:同志哥,不是我小气,你知道,有那把炒面,我也许就过了草地;没有这把炒面,我也许就过不了草地。

我知道卫生队长说得不错,关键时刻,一把炒面就能救一条性命。

我一把炒面也没有,我的干粮袋翻了个底朝天,草地茫茫无边,我是注定过不去啦。突然,有个人跑来对我说,八连在西村起出了一窖粮食,还没分配。我想起八连的指导员胸口受伤那天,是我把他从火线上背下来的,我是他的救命恩人,不跟他要粮,跟谁要粮?

我飞跑到八连,找到指导员,拍着空空的干粮袋说:指导员,您救我一命吧!

指导员把我带到粮囤边,我急急忙忙脱下一条单裤,把裤腿扎紧。指导员摘下我的干粮袋,当着两个持枪护卫粮囤的战士,用一只小搪瓷碗往我的干粮袋里装粮食,他用一块小木板,把每一碗粮食都刮得平平的。一碗两碗三碗,六碗七碗八碗。两个站岗的战士目光灼灼,使我脊背一阵阵发凉。装了八碗后,指导员说:行喽,同志,不能多给你啦!指导员转过身去跟两个站岗的士兵说话,趁着这个机会,我又赶紧盛了一碗粮食装进了干粮袋。

温泉水凉了,水疗室里雾气消散,老红军打了一个响亮的喷嚏。

我说,老革命,快披上衣服,防止感冒。

他说,我从来不感冒。你听我说,我要用亲身经历过的铁的事实,粉碎你头脑中的虚假革命浪漫主义观念,帮你树立真正的革命浪漫主义观念。

他跳进池子,拔掉塞子,放掉凉温泉,换上热温泉。他让我也换水,他说水不热血液不循环,要生出新屁股比登天还难。

蒸气重新升腾起来,在我们头上盘旋如华盖。泉水滚烫,灼人肌肤,我的屁股早已丧失知觉。我用手摸了一下它,似乎比初入池时膨胀了一些,我的心顿时被希望之光照亮了。

老红军像一条隐匿在泉水中的大娃娃鱼,说话声如同从遥远的洞穴中传来。他说,贵州苗山地区的茅坑特别深,掉下去要淹死的。我们到达那里时,老百姓也跑光了。夜晚漆黑,伸手不见五指,我的班长要去拉屎,又怕掉进茅坑,他点起一把稻草,举着,像举着火炬照耀道路。他光顾脚下,忘了头上,头上是低矮的草棚,早就点着,风随火起,一片刮剌剌的火光,照得半山通明。第二天集合,我们都坐在地上,班长就坐在我前边。军团保卫局长训话,训完话就问:昨夜里是谁弄起的火?我们班长站起来说:报告局长,是我不小心弄起的火。

军团保卫局长盯着我们班长看了一分钟,他的眼睛蓝幽幽的,满下巴的黑胡子扎煞着,十分威严。我们班长满脸愧疚地站着。

军团保卫局长低沉地说:把他捆起来!

保卫局里两个干部走进队伍,把我们班长扭着胳膊拉出去,用绳子反剪了背,我们班长挣扎着,吼叫着:我不是故意的!不是故意的!

保卫局长说:拉出去,枪毙!

班长带着绳子跪倒,哭着喊叫:局长,我参加革命五年多,身经百战,大功小功都立过,大错小错都犯过,饶了我吧,让我戴罪立功,让我北上革命……

保卫局长一劈手,那两个干部把我们班长拉到一片草地上,让我们班长站着,他们退后三步,两人好像互相推让着,显出十分谦虚的样子。后来,一个干部闪开,另一个干部拔出手枪,瞄准我们班长的后脑勺开了一枪。班长一头栽倒,两条腿在草地上乱蹬崴。那两个干部低垂着头,提着手枪,无精打采地走过来。

枪声一响,我心里一阵冰凉,前后不到十分钟,我们班长就完蛋了,死前连一句口号都没喊,死后只能蹬崴腿,像条狗一样窝囊。

班长的背包就在我的膝前,班长的破了边的大斗笠靠在背包上。

斗笠上四个鲜红大字,一颗耀眼红星。我和班长都是中央红军。

队伍继续前进,我们班长就伏在那里,背上蒙了一张白纸布告。

为什么要枪毙班长?我怒吼着,身体在池水中像鲤鱼一样打了一个挺,屁股无有,动作不灵,头颈入水,一口温泉灌进喉咙,温泉水有一股浓烈的硫磺味,麻辣着我的口腔和喉咙。

他罪不该杀,顶多给个警告处分!你们这些红军干部太残酷了。

小鬼,你的"虚假革命浪漫主义"根深蒂固,一时半晌难以消除,你听说过诸葛亮挥泪斩马谡吗?

马谡失了街亭,罪大恶极;班长烧了间草棚,算个什么?

小鬼,国民党到处宣传共产党杀人放火,苗民惧怕,躲到山上,夜里草棚火起,苗民们一定在山上观望,这不正应了"杀人放火"的说法吗?所以保卫局长从革命利益出发,枪毙了我们班长,这个决定是英明的。

我泡在滚烫的泉水里,心里竟像冰一样凉。

老红军滔滔不绝地说着,但声音愈来愈模糊,好像池塘里沼气上升的声音。我头上冷汗不断,我意守屁股,屁股,当我在穿衣镜上第一次看到我伤愈后的狰狞屁股时,我怪叫了一声。我痛恨越南人为什么不把地雷造得大一点。躺在泉水里,如同趴在担架上,晃晃悠悠,晃晃悠悠。我几个月里一直十分倒霉地趴着,当我失去了屁股时,我才意识到屁股的重要意义。没有屁股坐不稳,没有屁股站不硬,人没有了屁股如同丢掉了尊严。我踯躅在大街上,看到裹在牛仔裤里那些小苹果一般可爱的屁股,心里酸溜溜的,那股酸溜溜比从护士电话筒里传出来的男人声音更强烈。护士有两个颀长秀美光洁如玉的门牙,有一根布满皱纹的鼻子,什么时候她才能给我生一个门牙颀长鼻子上布满皱纹的儿子呢?这当然是幻想,幻想是一个人最宝贵的素质……正当梨花开遍天涯河上飘着柔缦的轻纱喀秋莎!喀秋莎像一道道贼亮的银蛇,飞向光秃秃的红土山头,山上尘泥飞舞,硝烟弥漫,那时候我屁股上的神经高度紧张,我把身上的武器弹药卸下来，正欲飞身一跃时，我们队长已经飞上了天，另一个战友被拦腰打成两段，弹片呼啸着从我头顶上掠过，击中了一只惊慌逃窜的飞鸟。我们的迷彩服比美国兵的迷彩服还要漂亮，老红军对这身迷彩服极端反感，我们队长认为迷彩服最能显示军人风度。老红军说他被子弹打掉传宗接代的工具之后，曾要求连长补他一枪，连长踢了他一脚，并给了他一个留党察看处分。我姐姐给我介绍了一个对象，她要我陪她跳舞，我说走都走不好，还跳什么舞。她说她想疯狂地跳疯狂的迪斯科，我说你自己跳去吧，她跳去了，我坐在沙发上抽"凤凰牌"香烟，喝"青鸟牌"汽水。烟雾缭绕中，我们队长飞向太阳，他的羽毛上金光灿烂。我的女朋友浑身颤抖，手指叭叭地剥着"榧子"，她的疯狂扭动的屁股上表情丰富。我起身走出舞厅，走上大街，街上细雨霏霏，汽车的尾灯射出的光芒像彩色的雾一样飘摇着，我再也不想见这个女人啦，她用她丰满生动的屁股嘲弄我，她当我的面大跳迪斯科就如同对着我的额头放了一个响屁，臭气冲天。我狠狠地啐了一口唾沫，一个中年人走到我身边，严肃地说：根据市政府规定，随地吐痰者罚款五角。我说我吐的是唾沫！他说唾沫和痰之间没有不可逾越的鸿沟。我付给他一元钱，他说找不开钱，我灵机一动，又往地上啐了一口唾沫，我说一口五角，两口一元，甭找了。他说：根据市政府规定，对卫生监督人员进行侮辱诟骂，罚款五元！我愤怒地骂：他妈的！他说：十元！你再骂，骂一句十元！我说：大叔我错了，我只有五元一角钱，给您五元，剩下一角我还要买车票回家。他通情达理地说：行啊！他递给我一张发票，我说不要，他说拿着吧，让你们领导给你报销去。

　　我的屁股在温泉里飞速生长着，这是我的美好愿望，世界这么大，只要有决心，什么人间奇迹都可以创造出来。没有人可以有人，没有枪可以有枪——这是老红军说的，没有屁股可以生出屁股——这是长牙小护士说的。在温泉里，我几乎要睡着了，也许我已经睡着了。我开始做梦，梦境纷纭，只记住我的新生的屁股如新出笼的馒头一样白净松软,我向长牙小护士求爱,长牙小护士说:哎呀呀,你这个毛头孩子,我儿子都快一米高了,同志,你动手晚了点!

我难过地哭起来。

男儿有泪不轻弹,只因未到伤心处。

小鬼,你怎么啦?老红军披上浴衣,对着走廊大叫:护理员!

革命浪漫主义与虚假革命浪漫主义的根本区别在于:前者把人当人看,后者把人当神看;前者描画了初生的婴儿,不忘记不省略婴儿身体上的血污和母亲破裂的生殖器官,后者描画洗得干干净净的婴儿躺在母亲温暖的怀抱里,母与子脸上都沐浴着天国的光辉。

革命浪漫主义者讲述了长征途中一件真实的事情:一个团政委晚上喝了酒,醉眼朦胧地摸进女战士的宿舍。宿舍里并排睡着二十个女战士。团政委刚点着灯,就有一股凉风把灯吹灭,刚点着就吹灭。点着,吹灭;点着吹灭……管理处长在远处看到女兵宿舍里的灯明灯灭,便大声喊叫:你们干什么,闹鬼了吗?——这个故事好熟悉,我于是怀疑革命浪漫主义者也是个二道贩子。

我问老红军:长征路上,你摸过"夜老四"吗?

他说:摸你妈的鬼哟,人都快饿死喽,还顾上去摸"夜老四"!

我问老红军:为什么长牙护士称你为"革命浪漫主义"?

他说:我爱唱歌。

我陪同着老红军走在疗养院落满了金黄梧桐叶的水泥路上,白头叠雪,红日西沉,疗养院里饲养的白唇鹿和扭羚羊踏着落叶跑来跑去,山下阳光温暖,山上,在古老的烽火台左右的山峰上,白雪闪烁着滋润的寒光。老红军拉开苍凉的嗓门,唱起了据说是过草地时的流行歌曲:

牛肉本是个好东西,
不错呀!

吃了补养人身体,
是真的!
每天只吃四两一,
不错的!
多吃就会胀肚皮,
是真的!

(一九八六年十二月)

猫 事 荟 萃

　　数月来日夜攻读鲁迅先生的著作——这是一个双目炯炯匪气十足的朋友敦促的结果。当时他对我说："你一定要读鲁迅。"我不以为然地说："读过了呀。"他说："读过了还要读！要下死功夫！"随即这"读鲁迅"的话头也就扔掉，喝着酒扯到鲁迅的小说。我马虎地记着前些年一些文章中说鲁迅先生曾计划要写一部红军长征的长篇小说，终未写成，是天大的遗憾，云云雨雨。朋友则说一点都不遗憾，鲁迅先生如果真写成了这部小说，也未必就是伟大著作，伟大人物也有他的局限性。他认为先生最大的遗憾是没有修成一部中国文学史，先生是有这能力有这计划并做了充分准备甚至拟定了一些篇目，如"《离骚》与反《离骚》"、"从廊庙到山林"之类，这些篇目就不同凡响，此书若成，才是真正的杰构。又扯到老舍先生，朋友认为老舍备受推崇的几部书如《四世同堂》之类，"水"得很，因老舍在沦陷后的北平呆了并没几天，他的最伟大的著作是仅写了开头八万字的《正红旗下》，此书若成，亦不是可以什么同日而语的。看来"面壁虚造"真是文学的大敌，近年来被青年作家们几乎忘光了的革命现实主义创作原则并没过时，事情怕只要没亲身体验过就难得其中真正的味道，调查也好、读档案也好，得到的印象终究模糊。大如某先生的滚滚历史长河小说,也是一部比一部稀松,农民起义领袖都像在党旗下举着拳头宣过誓的共产党员了。这使人十分容易想起"评法家"的故事,贴上十分"马克思主义"的商标,也未必就是马克思主义的真货。真是到了认真读马列主义的时候了,不但青年作家要读,老年作家恐怕也要读,因为马列主义并不是如"长效磺胺"类的药品,吞一丸可保几百年不犯病——我"死读"鲁迅了。读到妙处,往往心惊肉跳;读到妙处,往往浮想联翩。心惊肉跳是不能入小说了,浮想联翩大概是艺术的摇篮或曰"翅膀"吧?

鲁迅先生的《狗·猫·鼠》里,写着:"那是一个我的幼时的夏夜,我躺在一株大桂树下的小板桌上乘凉,祖母摇着芭蕉扇坐在桌旁,给我猜谜,讲故事。忽然,桂树上沙沙地有趾爪的爬搔声,一对闪闪的眼睛在暗中随声而下,使我吃惊,也将祖母讲着的话打断,另讲猫的故事了——"先生的祖母给先生讲了猫如何教虎捕、捉、吃的本领,虎以为全套本领学到,只要灭了猫,老子便天下第一,就去扑猫,猫一跳便上了树。这故事我在高密东北乡当天真烂漫的幼儿时,也听老人们说过,几乎一模一样,只是比先生晚听了七十多年。想想这故事倒像一个寓言或讽刺小说。在这故事中,猫是光彩夺目的,虎却不怎么样。

在人的世界里,口头流传或见诸书刊的猫事不比狗事少,鲁迅先生文章中举过一些例子,如 Edgar Allan Poe 小说里的黑猫,日本善于食人的"猫婆",中国古代的"猫鬼",等等。但这都是丑化猫的,美化猫的例子没举,这类猫也是很多的。这类猫或聪明伶俐,如《小猫钓鱼》;或娇憨可爱,如《好猫咪咪》;或执法如铁,如《黑猫警长》。这类猫与"猫婆"、"猫鬼"、"猫精"们成为鲜明的对照,善与恶、正与邪、美与丑,截然对立,前者给儿童心灵留下阴影,后者使儿童心灵美。在一片"我是一个父亲"的呼声中,我这个父亲也茫然如坠大荒,不知是该把 Edgar Allan Poe 的书烧掉呢,还是在孩子的课本上涂满美猫的形象——这大概也是杞忧,上述猫形象并存于世,久矣,我辈也并没因受猫鬼猫怪们的影响而变成魔鬼，也没有因真善美猫的影响而变成天使。正如人不是天使也不是魔鬼一样，猫也不是恶的典型或美的象征；正如阴邪奸诈的猫形象与活泼美丽的猫形象可以并存一样，写人的阴暗心理与写人的光明内心的作品也未尝不可并存，谁也不会去有意毒杀孩子。猫撒娇时、猫捕鼠时的形象是有益儿童的，可猫偷食墙上悬挂的带鱼时、猫偷食儿童养的鸟雀时却未必使童心爱猫。编造十万则美好的猫童话，猫一旦偷食了小鸟，童心还是要觳觫，岂止觳觫，他会感到受了骗，才被猫钻了空子，早知猫吃鸟，他不会把鸟笼挂得那么低。

　　还有一类猫形象，就很难用善或恶来概括了。记得前几年看过戴晴一篇写猫的小说《雪球》，还看过中杰英一篇《猫》，都有些象征意味，固然这两只猫被写得猫毛毕现，但总让人想到某种人的生存状态，对认识猫世界无多裨益。

　　还有一类被剥了皮的猫，最著名的是《三侠五义》中被太监郭槐剥了皮换出太子的狸猫。这类猫最冤枉，既没寄托作者的高尚感情，又没抒发作者的刻毒心理，但被剥皮的狸猫这形象真不但令童心觳觫，连翁心也觳觫了。《三侠五义》看过多年，故事都忘了，这血淋淋的猫形象却历历在目。我认为这剥皮狸猫实在是该书的精彩象征物，无意之象征实乃大象征。那后被皇帝封为"御猫"的大侠展昭我总感觉他是那匹正在等待太监们剥皮的狸猫，还没剥皮是因为白玉堂、卢方、徐庆、韩彰、蒋平这五匹大耗子还在兴风作浪，扰乱朝廷，捉尽了耗子必剥猫皮无疑。猫皮可充貂皮做女大氅之风领，猫之肉体则可与鸡、蛇做伴，成一盘名为"龙虎凤大斗"的名菜。我还是在十几年前看李六如先生的《六十年的变迁》时，知道了广州有这样一道名菜。剥皮之猫一旦被烹炸成焦黄颜色与鸡、蛇一起盘桓一大盘中，芳香扑鼻。看着书就垂涎，还觳觫个屁！可见影响人的感觉的，多半是颜色和味道，同是一只剥了皮的猫。

　　换了太子的狸猫和盛在盘里的"猫虎"还是幸运的，起码在它临被剥杀前,会得到主人精心喂养。因要换太子,就要肥大些;因要成名菜,自然要有肉吃。这些猫生前还是享福的。真正受苦的猫是受虐待的猫,如冰岛女作家 F·A·西格查左特小说《傍晚》中那只无辜受害的猫,虐待者是一个受虐待的少年,他把猫当成了发泄胸中愤怒的对象。这少年绝对不是受了写猫小说的影响,如受恶猫形象影响,他若以为猫能成精成怪,谅他也不敢下手;如受美猫形象影响,爱都爱不够,何忍折磨它?如果冰岛也有一个剥猫皮的郭槐,自然又另当别论。

以上都是书上的猫,不是真猫。

有关猫闹春的描写或以猫闹春时发出的恶劣叫声比喻坏女人笑声的字句在小说里比比皆是,可见猫与人生活关系之密切。可见人非但对同类的事情十分地感兴趣,对猫的恋爱也颇为关注。人即便是成了什么"作家"或"灵魂的工程师",也并无超脱到坐怀不乱的程度,更无坦荡到敢把自己的叫声像写猫的叫声一样恶毒地写出来的程度。不过也是咎由猫取,如猫们悄悄地干那事,也就没人骂他们,甚至可以去骂别人了。鲁迅先生是嫉恶如仇的,他说他手持长竿把恋爱中出狂呻的猫们打跑,这是因为他要夜读。只要不烦扰他,先生也决不会手持长竿去专找情猫们痛打的。视性描写如洪水猛兽,中外大都有过这阶段,目下在小书摊上高价出售的英人劳伦斯的大著《查泰莱夫人的情人》当年在英国亦是禁书,禁又禁不住,干脆开了禁,印上几十万本,也就蹲在书架上无人问津了。目下在小书摊上的这《查泰莱夫人的情人》听说售价已由十五元降至八元,再过几天连八元也卖不出了吧?国家禁书,小书摊发财,这也要怨读者不能令行禁止,越说是老虎,偏要捋虎须,这也是人类一个既宝贵又可恶的特点。

还是猫事为要,至于性描写,大家其实心里都有数。一窝蜂钻进裤裆里去不好,避之如蛇蝎也不是好态度。私心而论,一个"作家"

（加引号是向别人学习,我始终怀疑作家是当然的"灵魂工程师"的资格,好像一戴上"作家"桂冠,自然就成了德行高贵的圣人,就不争权夺利,就见了漂亮女人掩面哭泣,就不去偷别人的老婆,就不嫉妒别人的才能,就不写错别字,就不大便与放屁,这样的好"工程师"大概还没出生)敢暴露阴暗心理总比往自己的阴暗心理上涂鲜明色彩的人要可信任一些。即便是交朋友,也要交一个把缺点也暴露给你的人。其实都是废话,只有一句话是真的。连我在内,也是"马列主义上刺刀"的时候多。只要到了人人敢于先用"马列刺刀"刮了自己的鳞,然后再用"马列刺刀"去剥别人的皮的时候,被剥者才虽受酷刑而心服口服。

半夜里的猫叫对于成人,其实并不残酷,对于孩子,才真是精神上的酷刑。我在孩提时代,一听到这凄厉的"恋爱歌曲"就拼命往被窝里缩,全不怕呼吸哥哥姐姐母亲父亲及我自己的屁臭脚臭与汗臭的——这又不是好的话,怎么哥哥姐姐父亲母亲都睡一个被窝呢?这只好为读者(一部分)解释了:睡在一个被窝里并不是要为乱伦创造便利,而是为了取暖,而是为了全家只有一条被子。这当然都是过去的事了。其实饥饿和寒冷是彻底消灭性意识的最佳方案,一九六〇、一九六一、一九六二这三年,我所在的村庄只有一个女人怀过孕,她丈夫是粮库的保管员。到了一九六三年,地瓜大丰收,村里的男人和女人吃饱了地瓜,天气又不冷,来年便生出了一大批婴儿。——这正应了"饱暖生淫欲"的旧话。这批孩子,被乡间的"创作家"们谑称为"地瓜小孩"。这都是过去的事了,随便扯来,竟也感觉不到有多大恐怖,一旦吃饱,那饿肚的滋味便淡忘了许多,以为那果真就是一场梦。我之所以还有些感受,大概是因为一九七六年参军之前,很少与"丰衣足食"这种生活结过亲缘的关系。当兵之后,一顿饭吃八个馒头使司务长吃惊的事也是经历过的,扯得更远啦,打住。

暗夜中之猫叫,是关于猫的最早记忆,真正认识一只猫,并对这只猫有了深刻了解,则是很晚——大概是一九六四年的事情吧。因为那时村里住进了"四清"工作队,工作队一个队员来我家吃"派饭"时,那只猫突然来了,所以至今难忘。

当时,有资格为工作队员做饭,是一种荣誉,一种政治权利。地主、富农、反革命、坏分子、右派家是无权的,大概怕这些坏蛋们在饭菜里放上毒药,毒杀革命同志吧。富裕中农(上中农)家庭比较积极的,可以得到这殊荣,比较落后的,就得不到。所以我家得到招待工作队员吃饭的通知时,大人孩子都很高兴,很轻松,心里油然生出一片情,大有涕零的意思。那些被取消了"派饭"资格的中农户,可就惶惶不安起来,也有提着酒夜间去村里管事人家求情,争取"派饭"资格的。——这种故事一直延续到一九七六年之后。自"四清"工作队之后,各种名目的工作队一拨一拨进村来,有"学大寨工作队","整党建党工作队","普及忠字舞工作队","斗私批修工作队"。给我留下深刻印象的是一九七三年那支"学大寨工作队"。那支队伍有二十七个人,队员和队长都是县茂腔剧团里的演员和拉胡琴、敲小鼓的。这群人会拉会唱会翻筋斗,人又生得俏皮,行动又活泼,把村里的大姑娘小媳妇青年小伙子给弄得神魂颠倒,这工作队撤走后,很留下了一批种子,只可惜长大了,也没见个会唱戏的就是了。这段故事也许编成个小说更好。

"四清"工作队是最严肃的工作队,水平也最高,后来的工作队都简直等于胡闹。与其说他们下来搞革命,毋宁说他们下来糟践老百姓。我记得派到我们家吃饭的那个"四清"工作队员是个大姑娘,个子不高,黑黑瘦瘦的,戴一副近视眼镜,一口江南话,姓陈,据说是外语学院的学生。家里请来了这尊神,可拿什么敬神呢?那时生活还是不好,白面一年吃不到几次的,祖父是有些骨气的,愤愤地说:"咱吃什么就让她吃什么!"我们吃什么?霉烂的红薯干、棉籽饼、干萝卜丝子,这都是好的了,差的就无须说了。祖母宽厚仁慈,想得也远,因我父亲那时是大队干部,请着就不是玩。于是决定尽量弄得丰盛一点。白面还有一瓢,虽说生了虫,但终究是白面;肉是多年没吃了,为贵客杀了惟一的一只鸡；没有鱼，祖母便吩咐我跟着祖父去弄鱼。时令已是初冬，水上已有薄冰，我和爷爷用扒网扒了半天，净扒上些瘦瘦黑黑的癞蛤蟆，爷爷抽搐着脸，咕咕哝哝地骂着谁，后来总算扒上来一条大黄鳝，可惜是死的，掐掐肉还硬，闻闻略略有些臭味，舍不得丢，便用蒲包提回了家。祖母见到这条大黄鳝，十分高兴。我说臭了，祖母触到鼻下闻闻，说不臭，是你小孩嘴臭。祖母便与母亲一起，把黄鳝斩成十几段，沾上一层面粉，往锅里滴上了十几滴豆油，把黄鳝煎了。鸡也炖好了，鱼也煎好了，单饼也烙好了，就等着那陈工作队员来吃饭了。

我闻着扑鼻的香气，贪婪地吸着那香气，往胃里吸。那时我有一种奇异的感觉，感觉到香味像黏稠的液体，吸到胃里也能解馋的，香味也是物质，当时读中学的二哥说，香味是物质，鱼香味是鱼分子，鸡肉香味是鸡分子，我恍然认为分子者就是一些小米粒状的东西，那么嗅着鱼香味我就等于吃了鱼分子——小米粒大小的鱼肉；嗅着鸡肉香味也就等于吃了鸡肉分子——小米粒大小的鸡肉。我拼命嗅着，脑里竟有怪相：那鱼那鸡被吸成一条小米粒大小的分子流，源源不断地进入了我的肚子。遗憾的是祖母在盛鱼的盘和盛鸡的碗上又扣上了碗和盘。我的肚子辘辘响，馋得无法形容。我有些恨祖母盖住了鸡、鱼，挫了我的阴谋。但马上也就原谅了她：要是鸡和鱼都变成分子流进了我的胃，让陈同志吃屁去？在我二十年的农村生活中，我经常白日做梦，幻想着有朝一日放开肚皮吃一顿肥猪肉！这幻想早就实现了，早就实现了。再发牢骚，就有些忘本的味道啦。

陈同志终于来了，由姐姐领着。

陈同志要来之前，祖母和母亲恨不得"掐破耳朵"叮嘱我：不要乱说话，不要乱说话——我从小就有随便说话的毛病，给家里闯过不少祸，也挨过不少打骂，但这毛病至今也没改，用母亲的话说就是："狗改不了吃屎！"这句话貌似真理，实则不正确，这边一块肥猪肉，那边一泡臭屎，我相信没有一匹狗不吃肉去吃屎，即便那屎也是吃过肉的人拉的,到底也是被那人的肠胃吸取了精华的渣滓,绝无比肉味更好、营养更丰富的道理,何况那都是吃地瓜与萝卜的人拉的屎呢。

陈同志进了院,全家人都垂手肃立,屁都憋在肚子里不放,祖母张罗着,让陈同志炕上坐。陈同志未上炕,母亲就把鸡、鱼、饼端上去,香味弥散,我知道那鱼盘和鸡碗上的碗和盘已被母亲揭开。

陈同志惊讶地说:"你们家生活水平这样高?"

站在院里的父亲一听到这句话,脸都吓黄了,两只大手也哆嗦起来。

我是后来才悟出了父亲骇怕的原因的。父亲早年念过私塾,是村里的识字人,高级合作社时就当会计,后来"人民公社化"了,虽然上边觉得让一个富裕中农的儿子当生产大队的会计掌握着贫下中农的财权不太合适,但找不到识字的贫下中农,也只好还让父亲干,对此父亲是受宠若惊的,白天跟社员一块儿在田里死干,夜里回来算账,几十年如一日,感激贫下中农的信任都感激不过来,怎敢生贪污的念头?但"四清"开始,父亲当了十几年会计,不管怎么说也是个可疑对象——这也是祖母倾家招待陈同志的原因。

所以陈同志那句可能是随便说的话把父亲吓坏了。全村贫下中农都吃烂地瓜干子,你家里却吃鸡吃鱼吃白面,不是"四不清"干部又是什么?你请她吃鱼吃鸡吃白面,是拉拢腐蚀工作队!这还得了!

父亲吓得不会动了。

母亲和我们都是不准随便说话的。

祖母真是英雄,她说:"陈同志,您别见笑,庄户人家,拿不出什么好吃的。看你这姑娘,细皮嫩肉的,那小肚、肠子也和俺庄户人不一样,让你吃那些东西,把你的肚和肠就磨毁了。所以呀,大娘要把那只鸡杀了,他媳妇还舍不得,我说:'陈同志千里万里跑到咱这兔子不拉屎的地方,不容易,要是咱家去请,只怕用八人大轿也抬不来!'他们都听话,就把鸡杀了。这鱼是你大爷和小狗娃子去河里抓的,冻得娃子鼻涕一把泪一把。我说:'为你陈大姑姑挨点冻是你的福气,像地主家的富农家的娃子,想挨冻还捞不着呢!'这面年头多了点,生了虫,不过姑娘你只管吃,面里的虫是'肉芽',香着呢!快脱鞋上炕,他大姑,陈同志!"

我们只能听到祖母的说话声,看不到陈同志的表情。

祖母说完了话,就听到陈同志说:"大家一起吃吧!"

祖母说:"他们都吃饱了的,姑娘,大娘陪着你吃。"

我站在院子里,痛恨祖母的撒谎,心中暗想:你们大人天天教育我不要撒谎,可你们照样撒谎。这世界不成样子。

陈同志走出来,请我们一起去吃,父亲和母亲他们都说吃过了,很高兴地撒着谎,我却死死在盯着陈同志的眼,希望她能理解我。

她果然理解我啦。她说:"小弟弟,你来吃。"

我往前走了两步,便感到背若芒刺,停步回头,果然发现了父亲母亲尖利的目光。

陈同志有些不高兴起来,这时祖母出来,说:"狗娃子,来吧!"

母亲抢上前几步,蹲在我面前,拍拍我身上的土,掀起她的衣襟揩揩我的鼻涕,小声对我说:"少吃!"

我知道这顿饭好吃难消化,但也不顾后果,跟随着陈姑娘进了屋,上了炕。

在吃饭的开始,我还战战兢兢地偷看一下祖母浮肿着的森严的脸,后来就死活也不顾了——陈同志走后,因我狼吞虎咽,吃相凶恶,不讲卫生,嘴巴呱唧,嘴角挂饭,用袄袖子揩鼻涕,从陈姑娘碗前抢肉吃,吃饭时放了一个屁,吃了六张饼三段黄鳝大量鸡肉,吃饭时不抬头像抢屎的狗,等等数十条罪状,遭到了祖母的痛骂。城门起火,殃及池鱼,连母亲也因为生了我这样的无耻的孽障而受了祖母的训斥。祖母唠叨着:"让人家陈同志见了大笑话!他爷爷都没捞着吃!我也没吃多点!"祖父愤愤地说:"我吃什么?嘴是个过道,吃什么都要变屎!我从小就不馋!"

进了母亲的屋,母亲流着泪骂我,骂我不争气,骂我没出息,骂我是个天生的穷贱种。哥和姐姐也在一旁敲边鼓——他们其实是见我饱餐一顿眼红——真到了关键时刻,连兄弟姐妹也不行——爱是吃饱喝足之后的事——这也可能是乡下人生来就缺乏德行——没有多看"灵魂工程师"们的真善美的伟大著作之故——按时下的一种文学批评法,凡是以第一人称写出的作品,作品中之事都是作家的亲身经历,于是莫言的父亲成了一个"土匪种",莫言的奶奶和土匪在高粱地性交……那么,照此类推,张贤亮用他的知识分子的狡猾坑骗老乡的胡萝卜,也不是个宁愿饿死也要保持高尚道德的人。这不是因为张贤亮说了什么话,我来攻击他,只是顺便举个例子。那些不用第一人称做小说的人也许能像伯夷叔齐一样吧?但愿如此。不过张贤亮行使的骗术并不是他的发明,他一定看过这样一本精装的书,书名《买葱》,里边写着这样一个故事:一乡下人卖葱,一数学家去买葱。买者问:"葱多少钱一斤?"卖者答:"葱一毛五分钱一斤。"买者说:"我用七分钱买你一斤葱叶,八分钱买你一斤葱白,怎么样?"卖者盘算着:葱叶加葱白等于葱,七分加八分等于一毛五,于是爽快地说:"好吧,卖给你!"——这个写《买葱》的人是个教唆犯。

就在那次吃饭的时候,我即将吃饱的时候,一只瘦骨伶仃的狸猫,忽地蹿上了炕。祖母抡起筷子就打在猫的头上,猫抢了一根鱼刺就逃到炕下那张乌黑的三抽桌下,几口就把鱼刺吞下去,然后虎坐着,目光炯炯地盯着炕桌上的鱼刺——这只猫还是恪守猫道的,它知道它只配吃鱼刺。祖母挥着筷子吓着猫,陈姑娘则夹着一节节鱼刺扔到炕下喂猫,猫把鱼刺吞下去。既是陈同志爱猫,祖母也就不再骂猫,反而讲起了猫故事,而这时我也吃饱了,看着祖母浮肿着的慈祥的脸,听着祖母讲述的猫故事——祖母那么平静地讲述猫事时,心里却充满对我的仇恨,这是我当时绝对想不到的。祖母说:

"猫是打不得的!猫能成精。"

陈同志微笑不语。

"早年间,东村里一个闲汉,养了一只黑猫,成了精,那闲汉想吃鱼啦,只要心里一想,不用说话,就有一盘煎好的大鱼,从半天空里飘飘悠悠,飘飘悠悠,落在闲汉眼前,酒盅、酒壶、筷子也跟着飘来。那闲汉想吃肉啦,只要一想,就看到一盘切成鸡蛋那么大的红烧猪头肉,喷香喷香,冒着热气,飘飘悠悠,飘飘悠悠,落在闲汉眼前……人吃饱了,就挑口吃了,有一天那闲汉想吃鲤鱼,飘来了一盘鲫鱼,闲汉生了气,把那盘喷香冒热气的鲫鱼给倒进圈(厕所)里了。黑了天,就听到黑猫在窗外说:'张三,你这个没良心的东西!你想吃鲤鱼,全青岛大小饭馆都没有,寻思着鲫鱼也不差,女人生了小孩没有奶都吃鲫鱼,就给你来一盘,一百八十里路,远路风程,给你弄来,你竟倒进圈里!张三,你等着吧,我饶不了你!'张三也不是个省事的,就说:'你能怎么着我?'黑猫说:'你看,着火啦!着火啦!'张三躺在炕上,就看到窗户棂上的纸冒着蓝色的小火苗着起来……打这天起,张三可就跟黑猫斗上了,两位斗得你死我活,分不出个高低。有一天黑夜,张三坐在炕上吃烟,吧嗒吧嗒的,一袋接着一袋,黑猫在窗外说:'真香!这烟儿真香!'张三也不吱声。黑猫又说:'我吃口烟,好张三!'张三说:'吃口就吃口。'他慢吞吞地把早就装足了药的枪从身后拿过来,把枪筒子伸到窗棂子外边。张三说:'老黑,你含住烟袋嘴。'黑猫说:'好。''含住了?'张三问。黑猫说:'含住了。''真含住了?''真含住了。''点火啦。''点吧。'张三一勾枪机子,只听'呼通'一声响,把窗户纸都震破了。张三说:'杂种!叫你吃!'刚要出去看看,就听到黑猫咳嗽着说:'吭吭……这烟好大的劲!'"

陈姑娘笑起来。

蹲在炕前的狸猫叫了一声。

陈姑娘夹起一段鱼,扔给了猫。

祖母的腮帮子哆嗦起来。

二哥踢了一脚猫,说:"连你都吃了一块鱼!"——这是以后的事。

这匹狸猫在我家呆着,任你踢,任你骂,它都不走啦。

这是匹女猫。

根据我的观察,猫是懒惰的动物——至于那些成为宠物的贵种,就不仅仅是懒惰而是十足的堕落了——不是万不得已,它是不会去捉耗子的。在我的记忆里,我们家那只猫只捉到过一只耗子。

那是一个傍晚,祖母刚烧完晚饭,祖父他们尚未从田野里归来,我和叔叔家的姐姐在院子里架起一根葵花秆练习跳高,就见那猫叼着一匹大鼠从厢屋里跳出来,我和姐姐冲上去,猫弃鼠而走,走到祖母身边,呜呜叫着,仿佛在告我们的状。

祖母兴奋得很,飞速地移动着两只小脚,跳到院子里,把那匹大鼠夺过去。

"啊咦!这么大个耗子!"祖母说,"拿秤去!"

我们赶快拿来了秤,看着祖母用秤钩挂住鼠肚皮称它。

"九两,高高的九两!"祖母说。(那是一杆旧秤,十六两为一市斤。)

"孩子们,该犒劳你们了。"祖母说。

祖母把老鼠埋在锅灶里的余烬里。

我和姐姐蹲在灶门前,直眼盯着黑洞洞的灶膛。

猫在我们身后走来走去。

香味渐渐出来了。

我和姐姐每人坐一小板凳,坐在也坐着小板凳的祖母面前吃耗子肉的情景已过去了几十年,但我没忘。烧熟的老鼠比原来小了许多,乌黑的一根。祖母把它往地上摔摔,然后撕下一条后腿,塞到姐姐嘴里,又撕下它另一条后腿,塞到我嘴里。鼠肉之香无法形容,姐姐把鼠骨吐出来给了猫,我是连鼠骨都嚼碎咽了下去,然后,我们眼睁睁地看着祖母的手。暮色沉沉,蚊虫在我们身边嗡嗡地叫着。我总感到祖母塞到姐姐嘴里的鼠肉比塞到我嘴里的多。写到此,我感到一阵罪疚感在心里漾开,那时我们是个没分家的大家庭,吃饭时,我和这个比我仅大三个月的姐姐总能每人得一片祖母分给的红薯干,我总认为祖母分给姐姐的薯干比分给我的薯干大而且厚,于是就流着眼泪快吃,吃完了就把姐姐手里的薯干抢过来塞到嘴里。她抖着睫毛,流着泪,看着她的母亲我的婶婶。婶婶也流泪。母亲举着巴掌,好像要打我,但只叹息一声就把手放下了。前年回家,我对姐姐提起这事,姐姐却笑着说:"哪有这事?俺不记得了。"今年回家,一进家门,母亲就对我说:"你姐姐'老'了。"

"老"了就是死了。

母亲说姐姐死前三天还来赶集卖菜,回家后就说身上不舒坦,姐夫找了辆手推车推她去医院,走出家门不远,就见她歪倒了脖子,紧叫慢叫就"老"了。

人真是瞎活,说死就死了,并不费多少周折。

我想起了和她一起坐在祖母面前分食老鼠的情景,就像在眼前一样。

祖母十几年前就死了。她是先死了,打了一针,又活过来,活过来又活了一个月,又死了,这次可是真死了,真"老"了。

祖母说,猫抓耗子,并不需要真扑真抓,猫一见到耗子,就竖起毛大叫一声,老鼠一听猫叫,立刻就抽搐起来,猫越叫老鼠越抽搐,猫上去咬死就行了,根本不要追捕。这说法我不知是真是假。

祖母还讲过一个故事:明朝时,有五个千斤重的大耗子成了精,变成人,当了皇帝的宰相一类的大官,他们扰乱朝纲,怂恿着皇帝干坏事。一个大臣,自然是忠臣,自然也是有慧眼的,看破了机关,回家对父亲说了——这又引出了一个故事:相传,古代,为了削减人口,人到了六十岁,不管健康与否,统统要"装窑"的,这"装窑"据祖母说,就是把人背到一个专门的地方去饿死(有点像日本小说《楢山节考》里的情景)。这大臣是个孝子,因为孝,就把父亲放在夹壁墙里藏起来(其实是利用职权破坏皇家的法规,是孝子不是忠臣)。大臣说:爹,朝里那五个重臣是五匹成精的老鼠,每匹有一千斤重,不知可有法子降服没有?大臣爹说:八斤猫可降千斤鼠。大臣说:哪里去寻八斤重的猫?大臣爹说:咱家那匹黑猫差不多就有八斤。大臣唤了猫来用秤一称,只有七斤半重。大臣爹说:不妨事,明日上朝前,你弄半斤猪肉让猫吃了,不就八斤猫了吗?大臣点头称是。次日,那大臣割了九两(旧秤)猪肉喂给猫吃。为什么割九两呢?因为猫吃肉不会不掉渣,余出一两来保险。大臣把原重七斤半吃了九两肉的黑猫揣在袍袖里胸有成竹地上了朝。文武群臣分列两边,皇帝坐在龙墩上打盹。大臣把藏在袍袖里的猫往外露了露,那猫凄厉地叫了一声,群臣诧异着,皇帝也睁开了睡眼。猫又叫了一声,就见那五个耗子变成的重臣索索地抖起来。大臣一松袍袖,那猫嗖地蹿出,跳到龙墩前的台阶上,竖毛弓腰,扬尾奓须,连连发威鸣叫,那五重臣抖抖索索,抖抖索索,瘫倒在堂前。猫继续鸣叫发威,五重臣显出原形,袍靴之类尽脱落,就见五匹大鼠一字儿排开,初时都大如黄牛,后来越缩越小,越缩越小,缩得都如拳头般大,猫慢慢踱上去,一爪一个,全给消灭了。皇上翻然醒悟,要重赏那大臣,大臣却跪地叩头,求恕欺君之罪。皇上听他诉说,知道这奇谋出自一该"装窑"而未"装窑"的老人,由此可见,老人还是有用处的,于是就撤销了六十岁"装窑"的命令——我总怀疑这故事与《三侠五义》里的"五鼠闹东京"有些瓜葛,不过考证这些事也没意思就是了。后来又读《西游记》,见孙悟空被陷空山无底洞那匹金鼻白毛耗子精折腾得狼狈不堪,最后去玉皇大帝那儿告了李靖父子一刁状(母耗子是托塔天王的干女儿)。干爹和干哥哥出面,才把她降服了。孙悟空如果听过我祖母的故事,只须寻一只八斤猫抱进洞去就行了。那耗子精也实在迷人,不但美丽绝伦,而且体有异香,连唐三藏都心猿意马,有些守不住,悟空不得不变成苍蝇,叮在耳朵上提醒师傅不要被美人拉下水。记得当年看到这里时,不由得恨唐僧太迂,要是我,就留在这无底洞当女婿了。

　　后来我和姐姐天天盼望猫捕鼠,可再也没见到过。只见到那家伙每日懒洋洋地晒太阳,吃饭时就蹭到饭桌下捡饭渣吃。这猫,是被我们伤了心。它捉了耗子,被我们烧吃,这行为也是"欺猫太甚",猫从此不捕鼠,也有它的道理。

鲁迅先生在《狗·猫·鼠》里,开玩笑般地引用一外国童话里所说的狗猫相仇的原因。引用完毕,先生接着写道:"日耳曼人走出森林虽然还不很久,学术文艺却已经很可观,便是书籍的装潢,玩具的工致,也无不令人心爱。独有这一篇童话却实在不漂亮;结怨也结得没有意思。猫的弓起脊梁,并不是希图冒充,故意摆架子的,其咎却在狗的自己没眼力。"

　　鲁迅先生所引童话里说,动物们要开大会,鸟、鱼、兽都齐集了,单缺象。大家决定派一伙计去迎接象,谁也不愿去,于是就运用了某团体分派救济金的方式:拈阄。这倒霉的阄偏被狗拈着。狗说不认识象,大众说象是驼背的,狗遇见一匹猫正在弓着脊梁,可能是因为没请它去参加动物大会而发怒吧! 狗就把它请来了,大家都嗤笑狗不识象。狗猫从此相仇。

　　这童话里猫是很冤的。动物大会,鸟、鱼都去了,偏不请它,它如何能舒服? 正在发怒弓背,巧被狗请,于是放平脊梁赴会,到会后又发现不是那么回事,它又被陷进一个尴尬的泥潭里,狗与猫都是受害者,不知那动物大会的主席是谁,如果是百兽之王老虎,那虎主席就是怕见猫老师,便故意不发给猫请帖,虎怕猫把它当年逼猫上树的丑事给抖搂出来呢。矛盾的对立面是虎和猫,狗代虎受过了。

　　这童话真该焚烧,不知编这童话的覃哈特博士是不是"现代派",如果是"现代派",又写了这坏童话,那就岂止该烧书!

　　比较之后,还是我祖母讲的猫狗成仇的原因对头。

　　祖母说,很早很早以前啦,有一个人养了一条猫和一匹狗。主人是开劈柴店的,外出时,就吩咐狗和猫劈柴。狗埋头苦干,猫偷懒耍滑。主人回来,猫就蹦到主人肩头上,把劈柴之功据为己有,然后又说狗如何如何奸猾不卖力气。猫一边说一边用爪子轻轻搔着主人的耳垂——那纤细的小爪子挠着耳垂痒痒的实在是舒服——主人就痛打狗一顿,连分辩都不许。分配饮食时,主人自然就偏着猫。狗只好生闷气。第二次,狗为赎罪,更努力地劳动。主人回来,猫更快地跳到主人肩上——那纤细的小爪子挠着耳垂痒痒的实在是舒服——猫哭诉道:"主人啊,主人!你不要表扬我啦!也不要嘉奖我啦!狗今天对我冷嘲热讽,我受不了啦!"主人大怒,打了狗一顿。分配饮食的时候,一丁点儿也不给狗。猫吃食时,狗蹲在一边,生着闷气挨着饿。第三次,狗干脆罢工了,猫更不干。主人回来,一看,一根柴也没劈,便气冲冲地问:"怎么回事?"狗自然不吱声。主人就问猫。猫哆嗦着说:"我不敢说……"主人道:"你说,我给你做主!"猫哭着说:"主人啊,狗今天说我拍马屁,我跟它争了两句,它张嘴就咬我,幸亏我会上树,跳到杏树上才没被它咬死。狗在树下蹲着,我不敢下来。我虽然想下来劈柴,但我怕死。主人啊,我有罪,我没能坚持工作,我错了啊!"主人这一次把狗腿都打断了,分配饮食时,一点也不给狗。猫吃饱了,就把一条剩下的鱼叼到狗面前,说:"狗大哥,你把这条鱼吃了吧!"狗张开嘴,一下就把猫的脖子咬断了。主人一棍就把狗打死了。从此,狗与猫便成了仇家。

我自认为祖母的故事比覃哈特博士的童话要高明得多,这也是"外国月亮没有中国月亮圆"的一条证据。

其实,现代生活中的狗和猫看不出有什么仇。你捉你的耗子我看我的门,又无共同的异性要争夺,互不干涉,无利害冲突,能有什么仇?只有当它们一同劈柴为同一主人效劳时才可能有酿成大仇的机会。但"劈柴"毕竟是久远的往事了。没有永远的朋友,也没有永远的敌人,狗和猫也早就无宿怨了吧?猫之媚主不消说了,从"劈柴"时代就如是,可是狗的子孙们,也从被打杀的老祖宗那里吸取了教训,固然不能像猫一样跳到主人肩膀上为主人抓痒,但在主人面前摇着尾巴替主人舔去靴子上的灰尘,其媚不逊于猫。

偶尔还有猫狗死斗的情形,但这并不是狗猫之间自发的战斗,而是人的挑唆。

我家那只猫生第二窝猫的时候,已是初夏,家家户户都赊了毛茸茸的小鸡雏。放在院子里,唧唧地叫着,跑着,确实有几分可爱的样子。我家自然也赊了鸡雏。

我经常发现猫蹲在黑暗的角落里,目光炯炯地窥测着鸡雏,我把这个发现告诉了祖母,祖母对猫说:"杂种,你要是敢动它们,我就扎烂你的嘴!"

猫咪呜着,好像懂了祖母的意思。

几天之后,邻居一个孙姓的老太太,我要呼之为"姑奶奶"的,拄着拐棍,骂上门来了,自然是骂猫,说有一只小鸡被我家那只该千刀万剐的瘟猫给吃了。

祖母与这孙姑奶奶不是太睦,跟着骂了几句猫。孙姑奶奶还不完,叨叨着,意思好像是要从我家这群鸡雏中捉走一只权充赔偿。祖母说:"姑奶奶,畜生的事,人能管着吗?要是我的孙子吃了你的小鸡,我这群小鸡里就任你挑走一只,这还不完,我还要拔掉他的牙!"祖母对着我挥了挥手。

孙老姑奶奶还在絮叨,意思是非要祖母赔偿她一只小鸡不可的。

祖母那群屁股上染上鲜红颜色的金黄色小鸡雏在院子里欢快地奔跑着。

猫卧在门旁一个蒲盘上,团着身体睡觉。

"反正是你家的猫吃了我的鸡……"孙老姑奶奶说。

有些愠色上了祖母的脸。她把小鸡唤到眼前,捉起一只,攥着,走到猫旁,蹲下,拍了猫一掌,问:"猫,你吃小鸡吗?"猫睁开眼看着祖母。祖母把小鸡放到猫嘴边,猫闭上眼睛,把嘴扎到肚皮下,又呼呼地睡起来。小鸡雏在猫的背上蹒跚着。

祖母冷笑一声,说:"姑奶奶,看到了吧?这只猫怎么会吃你的小鸡?你的小鸡兴许是被老耗子拖去,被黄鼠狼叼走,被野狮子吃掉啦!"

孙姑奶奶说:"你家的猫当然不吃你的鸡,再说它吃了我的鸡,已经饱了。"

祖母说:"'抓贼拿赃,捉奸拿双',你说我家猫吃了你的小鸡,有什么证据?"

孙姑奶奶说:"我亲眼看见!"

祖母说:"我亲眼看见你吃了我家一条牛!"

孙姑奶奶气翻了白眼,捣着小脚,原地转了两圈,嘴里骂着猫,歪歪扭扭地走啦。

祖母抄起扫地笤帚,扑了猫一下子,说:"你要再出去闯祸,我就打杀你。"

几天之后,又有一个人提着一只鲜血淋淋的小鸡雏骂上门来了。猫正蹲在门边,舔着胡子上的血。

祖母无法,只好捉了一只小鸡雏,换了那只死鸡雏。

祖母抄起棍子打猫,猫纵身上了梨树。

后来又接二连三地有人骂上门来,我们本是积善之家,竟因一只猫担了恶名,并不仅仅赔偿人家几只鸡罢了。我家的猫恶名满村,骂猫时,总是把我父亲的名字作为定语:××××家的猫……

祖母惶惶起来,先是以涂满辣椒的小死鸡喂猫,想借此戒掉它的恶习——祖母是用给小孩子断奶的方式——乳头上涂满辣椒,孩子受辣,便不想吃奶——来为猫戒"食鸡癖"的,但毫无效果,想那涂满辣椒的鸡不是成了一道大饭馆里才肯做的名菜"辣子鸡"了吗?人尚求食不得,拿来戒猫"食鸡癖",无疑是火上浇油啦。

再以后,凡有人找上门,祖母便说:"这原本不是俺家的猫,它赖着不走。现在俺更不管了,谁有本事谁就打死它。"再要祖母把自己的鸡雏赠给人家是万万不能啦。

这只猫作恶多端,但无人敢打杀它,是有原因的。乡村中有一种动物崇拜,如狐狸、黄鼠狼、刺猬,都被乡民敬作神明,除了极个别的只管当世不管来世的醉鬼闲汉,敢打杀这些动物食肉卖皮,正经人谁也不敢动它们的毛梢。猫比黄鼠狼之类少鬼气而多仙风,痛打可以,要打杀一匹猫,需要非凡的勇气。这里本来还蕴藏着起码十个故事,但为了怕读者厌烦,就简言一个吧。

也是祖母对我说过的：从前，一个女人在案板上切肉，家养的猫伸爪偷肉，女人一刀劈去，斩断了一只猫前腿，那只猫蔫了些日子就死了。女人斩断猫腿时，正怀着孕，后来她生出一子，缺了一只胳膊，此子虽缺一臂，但极善爬树，极善捕鼠。此子乃那猫转胎而生。

这故事也不太恐怖，那缺臂的男孩也可爱，也有大用处，在这鼠害泛滥的年代，他不愁没饭碗，多半还要发大财。关于念咒语，拘出全村的老鼠到村前跳河自杀的故事，是祖母紧接着"猫转胎"的故事讲的，因与猫少牵连，只好不写了。

但我家的猫实属罪大恶极，村人皆曰该杀，可谁也不肯充当杀手，聪明者便想出高招：让狗来咬杀它。

事情发生在一个炎热的中午，柳树上的蝉发了疯一样叫着，一群人远远地围着一条健壮的大狗和我家的猫，看它们斗法。他们如何把我家的猫骗出来，又如何煽动起狗对猫的战斗热情，我一概不知道。

大狗的主人是个比我大三或二岁的男孩，乳名"大响"，据说他出生时驻军火炮营在河北边打靶，炮声终日不断，为他取名"大响"是为了纪念那个响炮的日子。

围观的不仅仅是孩子，还有青年、中年和老年，他们看到狗和猫对峙着，兴奋得直喘粗气。

那条狗叫"花"，大响连声说着："花花花，上上上，咬咬咬！"

狗颈毛直竖，龇着一口雪白的牙，绕着猫转圈，似乎有些胆怯。猫随狗转，猫眼始终对着狗眼，也是耸着颈毛，呜呜地叫着，像发怒又像恐惧。狗和猫转着磨。

众人也叫着："花花花，上上上，咬咬咬！"

狗仗人势，一低头，就扑了上去，猫凄厉地叫一声，令人周身起栗。地上一团黑影子晃动着。

狗不知何故退下来，猫身上流着血，瞅着空，蹿出圈外。

人声如浪，催着狗追猫。我忽然可怜起猫来了，毕竟它在我家住了好几年了。

猫腿已瘸,跑得不快,看看就要被狗赶上时,它一侧身,钻进了一个麦秸垛上的小孩子藏猫猫时掏出的洞穴里。洞穴不大,猫在里边蹲着,人在外面看得很清楚。

狗逼住洞口,人围在狗后,狗叫,人嚷,十分热闹。

狗占了一些小便宜,翘起尾巴,气焰十分高昂,在人的唆使下,它一次次往洞穴里突袭着。狗每突袭一次,猫就发出一阵惨叫。

狗又退下来,耷拉着舌头,哈嗒哈嗒喘着粗气,狗脸上沾满猫毛。

"花花花,上上上,咬咬咬!"人们吼着。

狗闭住嘴——这是狗进攻前的习惯动作——正要突袭,就见那洞穴中的猫眼里射出翠绿的火花,刺人眼痛,射到麦草上似乎窸窣有声,与此同时,猫发出令人小便失禁的瘆人叫声,狗和人都惊呆了。正呆着呢,就见那猫宛若一道黑色闪电从洞穴里射出来,射到狗头上,看不清楚猫在狗头上施什么武艺,只能看到狗全身乱晃,只能听到狗转着节子的尖声嗥叫。

大响挥动木棍乱打着,也看不清是打在了狗身上还是打到了猫身上。

猫从狗头上跳起来,眼里又放着绿光,比正午的阳光还强烈,它叫着,对着人扑上来。人群两开,闪出一条大道,猫就跑走了。

惊魂甫定的人们看那狗。这条英雄好汉已经狗脸破裂,耳朵上鼻子上流着血,一只黑白分明的狗眼已被猫爪抠出,挂在狗脸上,悠悠荡荡的,像一个什么"象征"之类的玩意儿。

狗在地上晃晃荡荡地转着圈,看热闹的人都不着一言,挂着满脸冷汗,悄悄地走散。只余下大响抱着狗哭。活该!这就叫作:炒熟黄豆大家吃,炸破铁锅自倒霉!

猫获大捷之后,在家休养生息,我因钦佩它的勇敢,背着祖母偷喂了它不少饭食。那时,三只小猫都长得有二十公分长了(不含尾巴),生动活泼可爱无比,它们跟我嬉戏着,老猫也不反对。

几天之后,猫养好了伤,能上街散步了,又有猫食鸡的案子报到我家来了。祖母把猫装进一条麻袋里,死死地捆扎住了麻袋口,然后,由二哥背到街上,扔到一辆去潍坊的拖拉机后斗里。祖母对拖拉机手说了半天好话,央求人家第一不要厌烦猫叫把它中途扔下;第二到了潍坊后要把麻袋左转三圈右抡三圈,把猫抡得头晕了再放它出袋,免得它记住方向跑回来;第三就是希望千万把麻袋给捎回来。祖母再三强调麻袋是借人家的,我知道这麻袋是我们自家的。

猫被扔进拖拉机后斗里,拖拉机后斗颠颠簸簸,把猫给拖到潍坊去了。

这下子好了。

村里的鸡雏们太平了。

潍坊的鸡雏该倒血霉啦。

潍坊离我们村子有多远?

三百零二十里。

失去母亲的四只小猫彻夜鸣叫,激起我的彻夜凄凉。天亮后,祖母连连叹息,说:"可怜可怜真可怜,人猫是一理,这四个孤苦伶仃的小东西。"

祖母腾出一个筐子,絮上一些细草,做成了一个猫窝。又吩咐我从厢房里把四只小猫抱到家里来。

梅雨时节到了,半月雨水淋漓,连绵不断。我无法出家门,百无聊赖,便逗着四只小猫玩,便用土豆糊糊喂它们。老猫已被送走半月多,那条麻袋,拖拉机手也给捎了回来。拖拉机手姓邱,四十多岁,是个"右派",人忠实可靠。

我看着生满绿苔的房檐下明亮的雨帘,想象着笼罩田野的云雾,想象着那一片片玉米,一片片高粱,成群的青蛙癞蛤蟆,泥泞不堪的田间道路,被淋湿了羽毛的鸡擎着瘦脖子缩在树下打盹,远处传来沉闷的火车笛声。明亮的钢轨被雨水冲洗得锃亮或生满稀疏的红锈……

雨大一阵小一阵,但始终不停,屋子里也一阵晦暗一阵明亮。当晦暗时,四只小猫的八只眼睛绿绿地闪着光,好像鬼火一样。树叶沙沙响着,是风在吹,我想象着那只老猫的情景,它在那遥远的潍坊,生活得怎么样?

农村的阴雨天,无事可干,劳累日久的大人们便白天连着黑夜睡觉,雨声就是催眠曲。我逗着猫玩一阵,看一阵雨,胡思乱想一阵,瞌睡上来,伏在一条麻袋上便睡。

朦胧中看到那只猫穿越河流与道路,出没郁郁青纱帐,顶风冒雨,向家乡奔来……

一阵喧闹吵醒了我,我揉揉眼睛,我又揉揉眼睛。那只猫果真回来了。它遍身泥巴,雨湿猫毛更显得瘦骨嶙峋。四只小猫与老猫亲热成了一个蛋。

我大叫着:"猫回来啦!猫回来啦!"

家里人纷纷起来,看着猫儿女与猫母亲生离死别又重逢的情景,这情景委实有点动人。祖母立刻吩咐母亲给猫备食,它吃鸡的罪恶阴影消逝,起码是在我家老幼的心里,洋溢着一片猫中英雄所创造的奇迹的辉煌光彩。

猫离家十七天,如果不走弯路,跋涉三百余华里,它是被装进暗无天日的麻袋里运走,老邱又忠实地履行了祖母"左转右抡"的嘱咐,它是靠着什么方法重返家园的呢?这个谜我始终解不开。

祖母看着急急进食的猫,感叹道:"猫老多啦!"

多年来,我一直珍藏着对这只猫的敬佩,一直认为这只猫创造了猫国的奇迹,并一直存着写篇文章歌颂这只猫的这段光荣的念头。但偶然翻阅今年的《参考消息》,看到一则题为《一只猫孤身穿越日本》的珍闻,方知天外有天,人外有人,猫外更有猫。抄录珍闻如下:

日本《朝日新闻》三月三十一日报道:一只母猫为了寻找她的家,从东往西穿越日本,走了三百七十公里的惊险旅程,花了一年七个月的时间。

　　这只五岁的母猫名叫米基,一九八四年八月随主人乘火车到须知夫人的故乡旅行。她被装在一个纸盒子里随主人从东到西通过了整个日本,即从太平洋沿岸的平冢到日本海岸的糸鱼川。

　　但是到达目的地后不久,这只猫就跑掉了,须知一家只好返回。从此,这只猫就"失踪了"。直到一九八六年二月九日,猫的主人在花园里发现了这个小家伙,可是她已经变瘦了,尾巴上的毛也被拔掉了,耳朵也被弄破了,但它仍安然无恙。

　　有关方面为了表彰她的功绩,特授予她"模范猫奖",即免费供给她一年多的食物。

　　东京动物园的一位兽医说,这只猫创造了令人难以想象的奇迹,因为家猫的活动半径只有二百米至五百米。

初读此文,我不免沮丧。好像不但人间奇迹多由外国人创造,连猫间奇迹也是外国猫创造得多。读过之后一想,我不沮丧了。数据最能说明问题:

猫别	跋涉路程	跋涉时间	日均跋涉路程(≈)
中国猫	320 华里	17 日	18.823 53 华里
日本猫	740 华里	575 日	1.286 96 华里

简直不可同日而语!

这又是一个"外国月亮不如中国月亮圆"的铁证。

日本猫得了"模范猫奖",我家那只猫因为得不到足够的饲料,重犯偷食鸡雏毛病,竟被当场捉获,可能是它恶贯满盈的报应,也可能是因长途跋涉健康状况大不如前。它万不该偷鸡偷到大响家去,独眼狗协助大响把它擒住,也应了"冤家路窄"的话。

　　大响把猫拉到河滩上去,只一镰,就把猫头削落黄沙。

我为此难过了好久。

大响斩猫之后，日子很不好过。村里那些恨猫的人，这时却把同情赐给了猫。有关猫的神话鬼话流传很盛，人们见了大响，都换了一种眼光，好像大响不日就要遭到天谴或被猫鬼所祟。

大响却始终安然无恙。去年我探家时，听说他成了"灭鼠养猫专业户"，这真是天下之大无奇不有，故乡人丰富的想象力由此可见一斑。我带着满肚皮兴趣去找他，"铁将军把门"，他不在，邻人说他赶集卖猫去了。三只大猫在他家墙上徘徊着，满院子猫叫。几天后我见到了他，发现他已成了一个"通仙入魔"的奇人，奇人须有奇文，愿家猫在地之灵佑我佐我，赐我成就奇文的奇思妙想。

文章本已写完，忽然想到北京土语"猫儿腻"，我总认为这话与"猫盖屎"的行为有关系。我亲眼见过猫盖屎，也就是拉过屎后用后爪子象征性地蹬点土盖盖，并不真正盖得不露一点痕迹。我在农村锄地时，锄一盖二，队长批评我："你这是'猫盖屎'！糊弄谁呀！"

"猫盖屎"——"猫盖腻"——"猫儿腻"。

（一九八七年五月）

养 猫 专 业 户

姑姑对我说过,他的爹不务正业,闲冬腊月别人忙着下窨子编草鞋赚钱,他的爹却抱着两只大猫东游西逛。姑姑说他出生时,解放军的炮队在村后那片盐碱地上实弹射击,荒地上竖着一股股烟,有白色的,有黑色的。炮声很响,震得窗户纸打哆嗦。

他长到七岁时,和我打架,用手抓破了我的腮,用牙咬破了我的耳朵,流血不少。被姑姑撞见,姑姑骂他:"大响,你这个野猫种,怎么还咬人呢?"

他不住地用舌尖舔着嘴唇,好像猫儿舔唇上的鼠血,眼睛眯缝着,在我姑姑的数落声中,不吱声,也不挪动。一只蓝猫从我家磨屋里叼着一匹耗子蹿出来,耗子很大,把猫头都坠低了。他眯缝着的眼突然睁开,从眼里射出一道光线,绿荧荧的。手提到胸前,身体缩起来,片刻都不到,他直飞到猫前去,把那匹大耗子截获了。蓝猫怪叫几声,像哭一样,对着他龇牙咧嘴,无奈何,悻悻地贴着墙根又溜进磨屋里去了。姑姑停止了用玉米皮包扎着我的耳朵的手,嘴不说话,僵硬地半张着。我和姑姑都定着眼看手提着大耗子的大响,他的脸上挂着谜一般的好像是愚蠢也许是残酷的笑容。

后来,大响跟随着他爹闯关东去了,一去也就没了音信。我当兵前二年,一个老得有点糊涂了的关东客回了老家,我跟他坐在一起为生产队编苫,问起大响一家,关东客眯着眼说:大响的爹死了,大响被山猫吃了。问到山猫形状时,关东客满嘴葫芦,只说好像一种比猫大点比狗小点的十分凶猛的野兽,连老虎狗熊都怕它三分。

大响被山猫吃了,我也没感到难过,只是又恍然记起他脸上那谜一般的好像是残酷也许是愚蠢的笑容来。

老关东回乡一年就死了,埋在村东老墓田里,村人都说这叫叶落归根,故土难离,哪怕再穷,也难忘了,老来老去,终究要转回来。

又一年初冬,征兵开始了,来带兵的解放军都穿着大头皮鞋羊皮大衣,问问说是黑龙江来的。我马上就想起老关东客那些关于关东的神秘传说,想起了那个被山猫吃掉了的大响,那怪异而凶残的动物正用带刺的舌舔着大响的白骨,凄厉一声叫,连山林都震动了……那时农村日子不好,年轻人都想当兵,争得头破血流的。因我姑姑头二年嫁给了民兵连长邢大麻子,我沾了光,没争没抢就拿到了入伍通知书。坐上闷罐子车,连白带黑地往北开了不知几多工夫,到了一座大森林的边上,触鼻子扎眼的树、雪,风呜呜地叫,夜里满树林子都是狼嗥。首长听说我在家养过猪,就把我分配去养狼狗。养狗的日子里,我经常偷食喂狗的一种红色肉灌肠,挨过批评,但也改不了,因我一见那红色灌肠,就像生精神病似的烦躁不安,非吃不可,非吃不能平息烦躁情绪……现在我还是不敢回忆那红色灌肠的形状和味道……吃着红色灌肠的时候,我的眼前交替出现着两幅幻景:大响像电一般扑到猫头上,截获耗子,脸上是愚蠢的或是残酷的笑容……山猫用带刺的舌舔着大响的白骨,舔着那笑容,像用橡皮擦纸上的字迹一样……

我就好像见过了山猫似的脑海里浮动着山猫机警而凶残的脸。

因我恶习难改,被调到炊事班,负责烧火喂猪。有一天,指导员和炊事班长到山上去谈心,抓回三只小猫崽,山猫崽子!通体花纹,黑与灰交织,黑得特别鲜艳,耳朵直竖,似比家猫尖锐,别的也就与家猫无大差别了。山猫吃掉大响的故事从此完结了。

　　抓回小山猫不几日,老兵复员,一宣布名单,炊事班长是第一名,我是最后一名。炊事班长已当兵五年,风传着要提拔成司务长的,他工作积极,经常给我做思想工作。我当兵两年,被复了员,是因为我偷食红色灌肠吧！复员就复员,总算吃了两年饱饭,还发了好几套里里外外从头到脚的新衣新帽,够穿半辈子啦！当了两年兵,这一辈子也算没白活。我是这么想。可炊事班长不这么想,宣布复员名单时,一念到他的名字,他当场就昏倒了。卫生员用针扎巴了半天,才把他扎醒了。醒了后,他又哭又闹。后来,他用菜刀把两只小山猫的头剁下来——他把一只小山猫按在菜板上(小山猫还以为他是开玩笑呢,咪呜咪呜地叫着,用爪子搔他的手),高举起菜刀,吼一声:"连长！你娘的！"同时,菜刀闪电般落下,猫头滚到地上,菜刀立在菜板上,猫腔子里流黑血。猫眼眨眨,猫尾巴吱吱地响着直竖起来,竖一会儿,慢慢地倒了下去。第二只小山猫又被他按在菜板上,在满板的猫血上,在同胞的尸体旁,这只小山猫发疯地哭叫着。炊事班长歪着嘴,红着眼,从菜板上拔出刀来,高举起,骂一声:"指导员,你娘的！"话起刀落,猫头落地,猫血溅了他一胸膛。人们呼呼隆隆跑过来,其中有连长也有指导员。炊事班长蹲在地上,歪歪嘴,就有两颗泪涌出来,他说:"指导员……连长……留下我吧……我不愿回去……"

　　那只没被炊事班长斩首的小山猫被我装进一个纸盒里带回了家乡。炊事班长杀猫、哭求也无济于事,与我坐同一辆汽车,哭丧着脸到了火车站,乘一辆烧煤的火车,回他的老家去了。据说他的家乡比我的家乡还要穷。

　　生怕那只山猫在火车上乱叫被列车员发现罚款,副连长送我一铁筒用烧酒泡过的鱼,把猫喂醉了,让它睡觉。副连长说,它一醒你就用鱼喂它。副连长是我的老乡,他说家乡鼠害成灾,缺猫。

　　虽说见过山猫之后便不再相信大响被山猫吃掉的鬼话,但在街上碰上了他,心里还是猛一"格登",互相打量着,先是死死地互相看着脸,接着是从头到脚地上下扫,然后便互相大叫一声名字。

他身体长大了很多,脸盘上却依然是几十年前那种表情,不开口说话的时候,脸上便浮现那种神秘的微笑,好像愚蠢,又好像残酷。

"'喀巴'说你让山猫吃了呢!"我说的"喀巴"是老关东的名字。

他咧咧嘴问:"山猫?"

连田野的老鼠都跑进村里来了,它们嘴里含着豆麦,腮帮子鼓得很高,在大街上慢吞吞地跑着,公鸡想去啄它们的时候,它们就疾速地钻进墙缝里,钻进草垛里,钻到路边随处可见的鼠洞里。

"你见过山猫吗?"他问我。

我告诉他我从关东带回来一只小山猫,在姑姑家躺着,还没真正醒酒呢!

他高兴极了,立即要我带他去看山猫。

我却执意要先看他的家。

他的家是生产队过去的记工房,被他买了。房有四间,土墙,木格子窗,房上有三行瓦,两行瓦蓝色,一行瓦红色。两只大猫卧在他的炕上,三只小猫在炕上游戏。土墙上钉着几十张老鼠皮。他枕头边上摆着一本书,土黄色的纸张,黑线装订,封面上用毛笔写着几个笨拙的黑字:鼠催猫。我好奇地翻开书,书上无字,却画着一些奇奇怪怪的花纹。也许别的页上有字,我不知道,我只看了一眼那些花纹,他就把书夺走了。他厉声呵斥我:"你不要看!"

我的脸皮稍稍红了一下,自我感觉如此,讪讪地问:"什么破书?还怕人看。"

他似乎有些不好意思,摩挲着那本书道:"这是俺爹的书。"

"是你爹写的?"

"不是,是俺爹从吴道士那里得的。"

"是守塔的吴道士?"

"我也不知道。"

那座塔我知道,砖缝里生满了枯草,几十年都这样。道士住塔前的小屋里,穿一袭黑袍,常常光着头,把袍襟掖在腰里,在塔前奋力地锄地。

"你可别中了邪魔!"我说。

他咧咧嘴,脸上挂着那愚蠢与残酷的微笑。他把书放在箱子里,锁上一把青铜的大锁,嘴里咕哝着什么,五只猫都蹲起来,弓着腰,圆睁眼看着他的嘴。

我的背部有点凉森森的,耳朵里似乎听到极其遥远的山林呼啸声,正欲开口说些什么,就听到啪嗒一声响,见一匹雪白的红眼大鼠从梁上跌下来,跌在群猫面前,呆头呆脑,身体并不哆嗦。白鼠的脸上似乎也挂着那愚蠢又残酷的笑容。

大响捉着鼠,端详了半天,说:"放你条生路吧!"嘴里随即嘟哝了几句,猫们放平了腰,懒洋洋地叫了几声,老猫卧下睡觉,小猫咬尾嬉闹。那红眼白毛鼠顿时有了生气和灵气,从大响手里嗖地跳下,沿着墙,咻溜溜爬回到梁头上去,陈年灰土纷给落下,呛得我鼻孔发痒。

我当时有很大的惊异从心头涌起,看着大响脸上那谜一般的微笑,更觉得他神秘莫测。一时间,连那些猫,连那土墙上贴着的破旧的布满灰尘的年画,都仿佛通神通鬼,都睁了居高临下、超人智慧的眼睛,在暗中看着我冷笑。

"你搞的什么鬼?"我问大响。

大响赶走那微笑认真地对我说:"伙计,人家都在搞专业户挣大钱,咱俩也搞个专业户吧!养猫。"

养猫专业户!养猫专业户!这有趣而神秘怪气十足又十分正常富有吸引力的事业。

"听说你从关东带回来一只小山猫?"他又一次问。

晚上我就把小山猫送给了大响,他兴奋得一个劲搓手。

我到姑姑家去喝酒。

姑父三盅酒进肚,脸就红了,电灯影里,一张脸上闪烁着千万点光明。他把我的酒盅倒满,又倒满了自己的盅,把酒壶放在"仙人炉"

上燎着,清清嗓子,说:"大侄子,一眨巴眼,你回来就一个月了,整天东溜西溜,不干正事,我和你姑姑看在眼里,也不愿说你。你也不小了,天天在这里吃饭,我和你姑即便不说什么,只怕左邻右舍也要笑话你!现在不是前二年啦,那时候村里养闲人,游游逛逛也不少拿工分;现如今村里不养闲人,不劳动不得食。我和你姑不知道你心里怎么想的,是分几亩地种还是出去找个事挣钱?"

我的心有点凄凉,喝了酒,说:"姑父,姑姑,我一个大小伙子,自然不能在你家白吃干饭!虽说是要紧的亲戚,毕竟不是自己的家,就是在爹娘家里,白吃饭不干活也不行。吃了你们多少饭,我付给你们钱。"

姑姑说:"你姑父不是要撑你,也不是心痛那几顿饭。"

我说:"明白了。"

姑父却说:"明白就好,就怕糊涂。你打的什么谱?"

我说:"这些日子我跟大响商量好了,我们俩合伙养猫。"

纸糊的天棚上,老鼠嚓嚓地跑动着。

姑父问:"养猫干什么?"

我说:"村里老鼠横行,我和大响成立一个养猫专业户,卖小猫,出租大猫……"

我正想向姑父讲述我和大响设想的大计划时,姑父冷笑起来。

姑姑也说:"哎哟我的天!你怎么跟那么个神经病搞到一堆去胡闹?大响是给他爹那个浪荡梆子随职,你可是正经人家子女。"

姑父讽刺道:"有千种万种专业户,还没听说有养猫专业户!你们俩还不如合伙造机器人!"

姑姑说:"我和你姑父替你想好了,让你一头扎到庄稼地里怕是不行,当过兵的人都这样。喇叭里这几天一个劲儿地叫,县建筑公司招工,壮工一天七块钱,除去吃喝,也剩三五块,你去干个三年两载,赚个三千两千的,讨个媳妇,就算成家立了业,我也就对得起你的爹娘啦!"

我又见了大响,把准备去建筑公司挣钱不能与他养猫的事告诉他,他很冷淡地说:"随你的便。"

以后我就很难见到大响的面了。建筑公司放假时我回家去探望过大响,那两扇破门紧锁着,门板上用粉笔写着一行大字:养猫捕鼠专业户。旁有小字注着:捉一只鼠,仅收酬金人民币一元整。铁将军把着门,这老兄不在。但我还是吼了几声:"大响!大响!"院子里一片回声,好像在两山之间呼唤一样。我把眼贴到门扇上往里望,院里空荡荡的,低洼处存着夜雨的积水,那匹我曾见过的白耗子在院里跑,墙上钉着一片耗子皮。

大响的邻居孙家老太太迎着我走过来,一头白发下有两点磷火般的目光闪烁。她拄着一只花椒木拐杖,干干的小腿上裂着一层白皮。她问:"您是请大响拿耗子的吧?他不在。"

"孙大奶奶,我想找大响耍耍,我是老赵家的儿子,您不认识我?"

老太太一只手拄定拐棍,一只手罩在眉骨上方,打量着我,说:"都愿意姓赵,都说是老赵家的儿子,'赵'上有蜂蜜!有香油?"

我立刻明白,这老太太也老糊涂了。

她以与年龄不相适合的敏捷转回头来,对我说:"大响是个好孩子,他发了财,买蜂蜜给我吃,你买毒药给我吃,想好事,我不吃!前几年,你们药耗子,把猫全毒死了,休想啦,休想啦……"

回家与姑姑说大响的事,姑姑说:"这个疯子!不是个疯子也是个魔怪!"

姑父插言道:"你可别这么说!大响不是个简单人物,听说他在墨河南边一溜四十八村发了大财!"

有关大响的传说如雷贯耳是一九八五年,那时我时来运转,被招到县委大院干部食堂烧开水,婚也结了,媳妇的肚子也鼓了起来,满心里盼她生个儿子,可她不争气,到底生了个女儿。

女儿出生后,我告了一个月假,回家侍候老婆坐月子。这些日子里,大响来过一次,坐在院子里也不进屋。他比从前有些瘦,但双目炯炯,言语中更有一些玄妙的味道,但细揣摩,又好像是正常的。他说:"老兄,贺喜,喜从天降!浩浩乎乎乾坤朗朗!没有工夫煮鸡汤,吃耗子在南方,多跑路身体健康,不可能万寿无疆!送你二百元,给嫂子和侄女添件衣裳。"他把一个红纸包拍在我手里,一转身就走了。我没及谦让,就见他那黑黑的身影已溶到远处的月影里。一声柳哨,令人肠断。我不知这柳哨是不是大响吹的。又隔了几天,因寻一味中药,我骑车跑到邻县的马村,那里有一家大中药铺,三个县都有名。骑到距马村不远的一个小庄子,见村里男女老幼都跌跌撞撞地往村中跑,下车问一声,说是有一师傅在村中摆开法场,要把全村的耗子拘到池塘里淹死。心里一扑棱,立即想到这是大响,便推了车,随着人群往前拥。将近池塘时,早望见红男绿女,围成了一个大大的圆圈。垂柳树下,站着一瘦高个子男人,披一件黑斗篷,蓬松着头发,恰如一股袅袅的青烟。我把草帽拉低,遮住眉头,支起自行车,挤进人圈里,把头影在一高大汉子背后,生怕被大响瞧见。

起先我想这人也未必就是大响,他的眼神时而涣散,时而凝结,涣散时如两池星光闪烁,凝结时则如两坨青水冷气,仿佛直透观者肺腑;我才觉得他必定是大响。因为他不管目光涣散还是凝结,那种我极端熟悉的谜一般的愚蠢或残酷的微笑始终挂在脸上。他的身后,蹲着八只猫。

好像是村里的村长一类的人物——一个花白胡子的老汉走到大响面前,哑着嗓子说:"你可要尽力,拘出一匹耗子,给你一块钱,晌午还管你一顿好烟好菜;拘不出耗子嘛……这里离派出所并不远,前天还抓走了一个跳大神的婆子呢!"

大响也不说什么,只是更加强烈了那令人难以忘却的笑容。花白胡子退到人堆里。大响从猫后提起一面铜锣,用力紧敲三响,锣声惨厉,铜音嗡嗡,不知别人,我的心紧缩起来,更直着腰看大响。他赤着脚,那黑袍上画着怪纹,数百根老鼠的尾巴缀在袍上,袍袖摆动,鼠尾嚓嚓啦啦细响。他提着铜锣,紧急地敲动,边敲锣身体边转动起来。黑袍张开,像巨大的蝙蝠翅膀。群猫也随着他跳动起来,它们时而杂乱地跳,时而有秩序地跳,但无论杂乱无章还是秩序井然,那只我从关东带回来的山猫无疑始终充当着猫群的领袖。两年不见,它长大了许多,只是从它的格外尖锐的耳上,从它那些缠绕周身的格外鲜艳夺目的黑色条纹上,我才能认出它。它的身体比那七匹猫要大,正应了老关东客"比猫大点,比狗小点"的话。我总觉得群猫脸上,尤其是山猫脸上的表情与大响脸上那微笑有着密切联系,在本质上是一致的、共同的、互通的,同属于一个尚未被人类完全认识的因而也就是神秘的精神现象的朦胧范畴。

猫们的跳跃舞蹈协调一致时,就好像八颗围绕着大响旋转的行星。阳光灿烂,照耀着光亮的猫皮,垂柳吻着生满青萍的池塘,蜻蜓无声地滑翔。猫的身体都拉得很长很细,八猫首尾连接,宛若一条油滑的绸缎。

大响与群猫旋转舞蹈,约有抽两袋旱烟的工夫,众人正看得眼花缭乱时,锣声停了,人与猫俱定住不动,好像戏台子上演员的亮相。天气燥热,大响脸上挂着一层油光光的汗。大家都不错眼珠地盯着他,他嘴里振振有词,语音含糊,听不清什么意思,两条洁白的泡沫挂在他的嘴角上。定住的猫在他的"咒语"中活动开来,猫嘴里发出瘆人的叫声,猫腿高抬慢落,徘徊行走,八匹猫好像八个足蹬厚底朝靴在舞台上走过场的奸臣。

群众渐渐有些烦恼,毒辣的太阳晒着一片青蓝的头皮,烦恼是烦恼,但也没人敢吱声。我私下里却为大响担忧起来,全村的耗子难道真会傻不棱登地前来跳塘?

忽然,猫叫停止,八匹猫在大响身前一字儿排开,山猫排在最前头,俱面北,弓着腰,尾巴旗杆般竖起,胡须扎煞,嘴巴里咻咻地喷着气,猫眼发绿,细细瞳仁直竖着,仿如一条条金线。我的汗马上变得又冷又腻,眼前幻影重重,耳朵里钟鼓齐鸣,恍惚中见群马奔驰在塞外的冰冷荒漠上,枯黄的羊儿在衰草中逃窜……赶忙晃头定神,眼前依然只有八匹发威的猫。大响从腰里掏出一支柳笛,嘟嘟地吹起来,笛声连续不断,十足的凄楚呜咽之声。斜目一看,周围的观众都紧缩着头颈,脸上挂着清白的冷汗珠。不知过了几多时光,人背后响起一片嘈杂声,笛声忽而高亢如秋雁嘹唳,群猫也大发恶声。有人回头,喊一声"来了",人群便豁然分开,裂开一条通衢大道,数千匹老鼠吱吱叫着,大小混杂,五色斑驳,蜂拥而来。众人都不敢呼吸,身体紧缩,个个矮下一截。大响闭着眼,只管吹那柳笛,群猫毛发戗立,威风大作,逼视着鼠群。鼠们毫不惊惧的样子,一个个呆头呆脑,争先恐后地跳到池塘里去,池塘里青萍翻乱,落水的老鼠奋力游动着,把青萍覆盖的水面上犁出一条条痕迹。后来都沉下去,挣扎着,露出红红的鼻尖呼吸,又后来,连鼻尖也不见了。

柳笛声止,群猫伸着懒腰徘徊,大响直立在烈日下,低着头,好像一棵枯萎的树。

湾水平静,众人活过来,但无有敢言语者。村里管事的花白胡子蹒跚到大响面前,叫了一句"先生",大响睁开眼,嫣然一笑,几乎笑破我的心。

我骑着自行车疾速逃走,浑身空前无力,寻了一块花生地,便扔下车子,不及上锁,一头栽倒,沉沉睡去。醒来时红日已平西,近处的田畴和远处的山影都如被血涂抹过,稼禾的清苦味道直扑鼻孔,我推车回家,回想上午的事,犹如一场大梦。

回到县里后,我见人就说大响的奇能,起初无人相信,后来见我说得有证有据,也就半信半疑起来。

初冬时,邻县的领导向我们县里领导问起大响的事,县委莫书记很机智地做了回答。

莫书记到伙房里找我,了解大响的情况,我把我知道的有关大响的一切都说了。

大响成了名人,市里有关部门也派人前来调查。这样张张扬扬地过去了半年。

　　麦收的时候,县粮食局一号库老鼠成灾,准备请大响来逮鼠。消息很快传开,市电视台派了记者来,带着录像器材,省报也派了记者来,带着照相机和笔,据说有几位很大的领导也要来观看。

　　那天上午,一号粮库的防火池里贮满清水,池旁排开一溜桌子,桌子上铺了白布,白布上摆着香烟茶水。县里领导陪着几个很有气派的人坐在那儿抽烟喝茶。

　　半上午时,一辆黑色的轿车开进院子,大响从车里钻出来。他穿着一双皮鞋,一件藏青的西服挂在身上,显得十分别扭。我寻找着他脸上那谜一般的微笑。

　　从轿车里把八匹猫弄出来就费去了约十分钟,猫们显得十分烦躁,尤以山猫为甚。

　　总算开场了,记者把强光灯打在大响的脸上,那微笑像火中的薄纸一样颤抖着。强光灯打在猫脸上,猫惊恐地叫起来。

　　表演彻底失败。我听到一片骂声。

　　水池旁一个戴眼镜的人站起来,冷冷地说:"彻头彻尾的骗局!"然后拂袖而去。

　　莫书记急忙追上去,脸上一片汗珠。

　　我的脸上更是一片汗珠。

(一九八七年十月)

人 与 兽[*]

又一个凌晨,札幌海面上的大团浓雾缓慢地向陆地移动。它们首先灌满了林木繁茂的山谷,然后蓬勃上升,包围了山峰与峰上丛生的灌木。黑岩壁上那道跌跌撞撞注入谷底的清泉,在雾里放出清脆神秘的音响。爷爷趴在山半腰他栖身的山洞里,警惕地谛听着清泉的声响,山下村庄里雄鸡报晓的声音和海上浪潮的低沉轰鸣。

我经常想,总有一天,我会怀揣着一大把靠我自己劳动挣来的、变成了世界性坚挺货币的人民币,坐上一艘船,沿着日本人当年押运中国劳工的航线,到达北海道,按着爷爷在数百次谈话中描画出来的路线,在一个面对大海的山上,找到爷爷栖身十几年的那个山洞。

雾涨到洞口,和野蛮的灌木、繁复的藤葛混在一起,遮住了爷爷的视线。山洞里湿漉漉的,洞壁上覆着铜色的苔藓,几块坚实的棱上,沾着一些柔软的兽毛,狐狸的味道从石壁上散发出来,向他提醒着他占据着狐狸巢穴的壮举或是暴行。此时的爷爷,已忘记了他逃入山中的时间。我无法知道一个在深山老林里像狼一样生活了十四

---

[*] 此篇作品曾以《野人》为题目编入《红高粱家族》的早期版本。——编者注

年的人对于时间的感受和看法。他或许觉得十年如一天那样短暂,或许觉得一天如十年那样漫长。他舌头僵硬,但一个个清晰的音节,在他的思想和耳朵里响起:好大的雾!日本的雾!于是,一九三九年古历八月十四日,他率领着他的队伍和他的儿子去墨水河大桥伏击日本汽车队的全部过程便栩栩如生地浮现出来。那也是一个大雾弥漫的早晨。

无边无际的红高粱从浓雾中升起来,海浪撞击礁石的轰鸣变成了汽车引擎的轰鸣,清泉注在石上的脆响变成了豆官撒欢的笑声,山谷中野兽的脚步声变成了他和队员们沉重的呼吸。雾沉甸甸的,好像流动的液体,好像盐水口子村刘小二摇出来的棉花糖,伸手就可掬起一捧,举手就可撕下一块。花官吃棉花糖,棉花糖沾在她的嘴上,好像白胡子,她被日本鬼子挑了……一阵剧痛使他蜷起四肢。他龇出牙齿,喉咙里滚出一团团咆哮,这不是人的声音,当然也不是狼的声音;这是我爷爷在狐狸洞发出的声音。子弹横飞,高粱的头颅纷纷落地,枪弹拖着长尾巴在雾里飞行,在狐狸洞里飞行,映照得石壁通亮,如同烧熟的钢铁,溜圆的清亮水珠在钢铁上滚动,鼻子里嗅到蒸气的味道。石棱上挂着一绺绺浅黄色的狐狸毛。河水被子弹烫得啾啾鸣叫,宛若鸟的叫声。红毛的画眉,绿毛的百灵。白鳝鱼在碧绿的墨水河里翻了肚皮。黑皮糙肉的大狗鱼在山谷的清泉中打扑楞,水声格外响亮。豆官哆嗦着小爪子举起了勃郎宁手枪。射击!黑油油的钢盔像鳖盖。哒哒哒!你这个东洋鬼子!

我无法见到爷爷趴在山洞里思念故乡的情景,但我牢记着他带回祖国的习惯:无论在多么舒服的床上,他都趴着——屈着双腿,双臂交叉,支住下巴——睡觉,好像一头百倍警惕的野兽。我们搞不清楚他什么时候睡觉什么时候清醒,只要我睁开眼,总是先看到他那双绿光闪闪的眼睛。所以,我就看到了他趴在山洞里的姿势和他脸上的表情。

他的身体保持原状——骨骼保持原状——肌肉却紧张地抽搐

着,血液充斥到毛细血管里,力量在积蓄,仿佛绷紧的弓弦。瘦而狭长的脸上,鼻子坚硬如铁,双眼犹如炭火,头上铁色的乱发,好像一把刮刺刺的野火。

雾在膨胀中变得浅薄,透明,轻飘;交叉舞动的白丝带中,出现了灌木的枝条,藤葛的蔓萝,森林的顶梢,村庄的呆板面孔和海的灰蓝色牙齿。经常有高粱的火红色脸庞在雾里闪现,随着雾越来越稀薄,高粱脸庞出现的频率减缓。日本国狰狞的河山冷酷地充塞着雾的间隙,也挤压着爷爷梦幻中的故乡景物。后来,雾统统退缩到山谷间的林木里,一个硕大无比、红光闪闪的大海出现在爷爷眼前,灰蓝色的海浪懒洋洋地舔舐着褐色的沙滩,一团血红的火,正在海的深处燃烧着。爷爷记不清楚,也无法记清楚看到过多少次水淋淋的太阳从海中跃起来的情景,那一团血红,烫得他浑身战颤,希望之火在心里熊熊燃烧,无边的高粱在海上,排成整齐的方阵,茎是儿女的笔挺的身躯,叶是挥舞的手臂,是光彩夺目的马刀,日本的海洋变成了高粱的海洋,海洋的波动是高粱的胸膛在起伏,那汨汨漓漓的潮流,是高粱们的血。

根据日本北海道地区札幌市的档案材料记载:一九四九年十月一日上午,札幌所属清田畋村农妇顺河贞子去山谷中收稻子,遭野人玷污……这些材料,是日本朋友中野先生帮我搜集并译成中文的,资料中所谓"野人"即指我的爷爷,引用这段资料的目的是为了说明爷爷叙述中一个重要事件发生的时间和地点。爷爷一九四三年中秋节被抓了劳工,同年底到达日本北海道,一九四四年春天山花烂漫时逃出劳工营,在山中过起了亦人亦兽的生活,到一九四九年十月一日,他已经在山林中度过二千多个日日夜夜。现在被我描绘着的这一天除了凌晨一场大雾使他更方便、更汹涌地回忆起故国的过去那些属于他的也属于他的亲人们的火热生活外,并没有什么特殊的意义,中午发生的事情另当别论。

这是一个普通的日本北海道的上午。雾散了,太阳在海与山林的上方高挂着。几片耀眼的白帆在海上缓缓地漂着,远看似静止不动。海滩上晾晒着一片片褐色的海带。捕捞海带的日本渔民在浅滩上蠕动,好像一只只土色的大甲虫。自从那位白胡子老渔民坑了他们后,爷爷对日本人,不论面相凶恶还是面相慈祥的,都充满了仇恨,所以,夜里下山偷起海带和干鱼来,他再也不产生那种一钱不值的罪疚感,他甚至用那把破剪刀把日本渔民晾在海边的渔网剪得粉碎。

  阳光强烈了,山谷林间的薄雾也消逝了,海在泛白,山上山下的树木,红与黄的大叶夹杂在青翠的松与柏之间,宛若一簇簇燃烧的火苗。红与绿的浓色里有一柱柱的洁白,那是桦树的干。又一个美丽的秋天悄然降临,秋天过后是严冬,北海道严酷的冬季,促使爷爷像熊一样冬眠,一般来说,当标志着秋色的紫色达子花漫山开遍时,也是爷爷一年中最胖的季节。今年的冬天前景美好,前景美好的主要理由是,三天前他占据了这个向阳、背风、隐蔽、安全的山洞。下一步就是储存越冬的食物,他计划用十个黑夜,背上来二十捆半干半湿的海带,如果运气好,还可能偷到一些干鱼、土豆,那道清泉距洞口不远,攀藤附葛即可过去,不必担心在雪地上留痕迹。一切都证明,幸福的冬天因为山洞而来。这是个幸福的日子,爷爷心情很好,他当然不知道这一天全中国都在兴奋中颤抖,他感到前景美好的时候,他的儿子——我的父亲,骑着一匹骒马,穿着新军装,大背着马步枪,跟随着部队,集结在东皇城根的槐树下,等待着骑马从天安门前驰过那一大大露脸的时刻。

  阳光透过枝叶,一条条射进洞口,照在他的手上。他的手指黑如铁,弯曲如鹰爪,手背上层生着发亮的鳞片,指甲残缺不全。他的手背上有刺刺痒痒的热感,这是阳光照射产生的效应。爷爷微微有了些睡意,便闭合了双眼,朦朦胧胧中,忽听到遥远的地方炮声隆隆,金光与红光交相辉映,成千匹骏马连缀成一匹织锦,潮水一般,从他脑子里涌过去。爷爷的幻觉与开国的隆重典礼产生的密切联系,为爷爷的形象增添光彩,反正有心灵感应、特异功能这一类法宝来解释一切不能解释的问题。

多年的山林生活,逼得爷爷听觉和嗅觉格外发达,这不是特异功能,更不是吹牛皮,这是千真万确的事实。事实胜于雄辩,谎言掩盖不住事实,爷爷在报告会上常说这套话。他在洞里竖起耳朵,捕捉洞外的细微声响,藤萝在微微颤抖,不是风,爷爷知道风的形状和风的性格,他能嗅出几十种风的味道。他看着颤抖的藤萝闻到了狐狸的味道,报复终于来了,自从把四只毛茸茸的小狐狸一刀一个砍死并摔出洞外那一刻开始,爷爷就开始等待着狐狸的报复。他不怕,他感到很兴奋,退出人的世界后,野兽就是伴侣和对手,狼、熊、狐狸。他熟悉它们,它们也熟悉他。经过那一场殊死搏斗,熊与他达成了相逢绕道走,互相龇牙咆哮半是示威半是问候但互不侵犯的君子协定。狼怕我爷爷,狼不是对手,狼在比它更凶残的动物面前简直不如丧家狗。与狼和熊比较,狐狸是狡猾阴险的小人,它们只能对野兔和农舍里的鸡施威风。他把两件至宝——菜刀与剪刀,攥在左右手里,臊狐的异臭与藤萝的抖索愈来愈剧烈,它在攀着藤萝上行。爷爷一直认为这次进攻会发生在深夜里,狐狸的机敏活跃从来都是与漆黑的夜晚联系在一起的,光天化日之下发动收复失地、报杀子仇的战斗大出爷爷意料之外。兵来将挡,水来土掩,比这种情况危急十倍的局面他应付过很多,所以他镇静自若。与往昔那些蛰伏的白昼比较,这个上午将会充实、充满趣味。共和国的威武马队正在海的对面接受那位高大英挺、嗓音高亢的领袖检阅,数十万人脸上挂着热泪。

那只火红的老狐狸用四个爪子抱住那根粗大的藤条,攀援到与爷爷隐身的洞口平齐的高度。狐狸的脸上带着狡猾的微笑,强烈的阳光使它眯着一只眼睛,它的眼圈黑黑的,眼睑上生着茂密的金色睫毛。这是只母狐,爷爷看到它因为失去哺乳对象肿胀起来的两排黑色乳房。肥大的红狐狸附着在紫色的藤萝上,妩媚地晃动着粗大的尾巴,像一只流里流气的大傻瓜,像一团动摇钢铁意志的邪恶的火焰。爷爷攥着刀把子的手突然感到十分疲倦,十指酸麻僵硬。问题根源在于母狐的表情,它应该是龇牙咧嘴一副凶相,而不是摇晃着色迷迷的尾巴,眼睛里流露出甜蜜的微笑,爷爷因此六神无主,手指麻木。藤条距离洞口约有二尺,悠悠晃晃。一团燃烧的火,映照得灌木叶子片片如金箔。爷爷只要一举手,就能砍断藤条,使狐狸坠入山谷,但他举不起手。狐狸魅力无穷,菜刀沉重无比。关于狐狸的传说涌上爷爷的心头,他不知道自己的脑袋里何时积淀了这么多狐狸的传说。手边没了盒子炮,爷爷的胆量减了一半,在坐骑黑马手持钢枪的岁月里,他从来没有怕过什么。狐狸在摇动尾巴的同时,还发出嘤嘤的鸣叫,好像一个妇人在哭泣。爷爷不明白自己为什么会这样犹豫、软弱,你还是那个杀人不眨眼的土匪头子余占鳌吗?他用力捏紧了腐朽的刀柄,蹲起身子,摆好进攻的架势,等着狐狸荡过来。他的心脏噗噗地跳动着,一股股冰冷的血上冲脑壳,使他的眼前出现一片冰与水的颜色,他感到两个太阳穴在针扎一样疼痛着。狐狸好像看破了他的行动计划,它还在荡着,但幅度明显减小,爷爷必须探出大半截身体才能砍到它。它的脸上表情越来越像一个荡妇。这种表情对他来说一点也不陌生。爷爷觉得,那狐狸随时都会摇身变成一个遍身缟素的女人。他终于非常迅速地探出身去,一手抓住了那根藤条,另一只手挥刀对准狐狸的头颅。

狐狸的身体自然地往下滑动,爷爷用力过猛,大半截身体探出洞外,但那红锈斑斑的刀,终于砍中了狐狸的头颅。他正想缩回身体,就听到头上一声呼啸,一股热烘烘的臊臭气息随着那呼啸下来,罩住了爷爷的身体。一只大狐狸骑在了他背上,那四只爪子紧紧地搂抱着他的双胁和肚腹,那条粗大的尾巴紧张而兴奋地扇忽着,尾上的粗毛使爷爷双股之间刺痒难捱。与此同时他的脖子上感觉到狐狸嘴里喷出来的热气,他的脖子下意识地缩起来,腿上暴起鸡皮疙瘩,很快,颈上爆发了尖利的痛楚,狐狸咬住了他。至此,爷爷才领略日本北海道狐狸的狡猾。

想缩回身去是绝对不可能了。即便能勉强挣扎回洞里,藤上受了轻伤的狐狸就会攀援上升进洞,到时,公狐母狐腹背夹击,爷爷将是死爷爷。他的脑子以闪电般的速度分析了形势,只有以死相拼,也许有一线生机。公狐的利牙猛力咬进着,爷爷感受到了狐牙与他的颈骨相摩擦的坏滋味。他把身体猛往下一蹲,破剪刀与破菜刀同时失落,他两手抓住藤条,背负着公狐狸,悬在峭壁上。

母狐狸额头上被砍出了一条血口子,流出一串串鲜艳的血珠,这是爷爷跃出洞口那一瞬间看到的情景。他脖子上的血沿着肩膀,热乎乎地流到肚子和屁股下。狐牙似乎嵌在骨头缝里,骨痛胜过肉痛七至八倍,这是他在中国总结出的经验。活的兽牙比钢铁的碎片更厉害,前者制造出的痛苦生气勃勃,后者制造出的痛苦死气沉沉。爷爷原想靠这冒死一跃,把公狐狸从背上甩掉,但公狐狸坚硬的四肢粉碎了他的如意打算。它的四肢上仿佛带着吸盘或是倒刺钩儿,牢牢地搂住爷爷的肩膀和腰肢,还有它的嘴巴、牙齿,也跟爷爷的颈子融为一体,更加令爷爷狼狈不堪的是:那只额头受伤的母狐狸,竟轻伤不下藤蔓,它攀援上升半米,瞅个真切,咬住了爷爷的脚掌。爷爷的脚虽然久经磨炼,变得不怕扎不怕刺,但终竟是父母生的皮肉,阻不住锐利的狐牙。爷爷不由自主地哀嚎起来,痛苦的泪水朦胧了他的双眼。

爷爷剧烈地晃动着身体,狐狸的身体随着晃动,但它们的牙齿并未松开,不但未松,反而愈来愈深地楔进去。爷爷,你松手吧!与其这样活着,还不如撒手利索。但爷爷的双手死死地攥着藤条。藤条活了这么长久,还是头一次承受这么大的重量,它吱吱扭扭地响着,好像在呻吟。藤条生根在狐狸洞口上方那一片山的漫坡上,那里紫色花朵怒放,花的毯承接着上边的树落下来的黄叶与红叶。爷爷就是在那里发现了脆甜多汁的山萝卜,在自己的食谱中增添了一道大菜,也是在那里发现了狐狸踩出来的弯曲小径,并顺藤摸瓜,摸进狐狸窝,摔死了小狐狸。爷爷,如果你早知道会悬在空中受苦,就不会杀死狐狸儿女,抢占狐狸洞穴了吧?爷爷面孔如铁,闭口不言。

藤条大幅度摇摆,洞上的浮土刷刷下落。艳阳高照,狐狸洞西侧那注清泉银光闪烁,蜿蜒到谷底森林中去,谷外的村庄在海滩上旋转,海上万千光辉闪烁的浪花,拥拥挤挤,一刻也不安宁。海的音乐断断续续送入爷爷的耳朵,忽而如万马奔腾,忽而似轻歌曼舞。他抓紧藤条,死不松手。

藤条对人和狐狸发出警告,人和狐狸继续折腾着。它愤怒地断裂,洞口缓缓地升上去了。爷爷抓住藤条死死不松手。悬崖上升,郁郁葱葱的山谷迎面扑来。林木间清凉的空气和树叶腐败的气息像一个温柔的大垫子,托着爷爷的肚腹。长长的紫红色藤条在空中飞舞着。爷爷看到——感觉到脚下那只母狐狸已与藤条脱离,它在下降的过程中翻着优美的筋斗,像一团天火。海水汹涌而来,浪花翻卷,犹如马的鬃毛。

在下降的过程中,爷爷没有想到死。他说自从那年在林中上吊绳子连断三次后,他就知道自己死不了。他预感到在海那边的高密东北乡才是最终的归宿。排除了死亡的恐怖,下降成了难得的幸福体验。身体似乎变得宽而薄,意识扁平透明,心停止跳动,血液停止循环,心窝处微红、温暖,像一个火盆。爷爷感觉到风把他和公狐狸剥离开。先剥离开狐狸的四肢,后剥离了嘴巴。狐狸的嘴巴似乎从他脖子上带走了一些什么,又好像把一些东西留在了他脖子里。骤然失去重负,爷爷在空中轻盈地翻卷了三百六十度。这个车轮转让他看到了公狐狸的身体和那张尖狭而凶狠的脸。公狐狸毛色青黄,肚皮洁白如雪。爷爷自然会想到这是张好皮子,剥下来可缝一件皮背心。森林的上升突然加快了,宝塔状的雪松、白皮肤的桦树、黄叶翩翩如满树飞蝶的栎树……跳跃着伸展开树冠。爷爷死死地攥着那根盘旋飞舞的藤条不放。藤条挂在一棵栎树的坚韧但舒曼的枝条上,爷爷挂在树冠上。他听到几根树枝断裂了,屁股摔在一根粗大的树杈上,往上弹起,落下,又弹起,终于稳住。在树的颤抖里,他看到两只狐狸一先一后摔在树下厚厚的腐叶里。两个柔软的狐狸竟如两枚炸弹，把腐土与腐叶砸得訇然四起，林木间两声低沉的浊响，激励得树叶嚓嚓作响，成熟的树叶则纷纷下落，落在同类的尸体上，落在狐狸的尸体上。爷爷低头看到被红叶和黄叶掩埋得五彩缤纷的狐狸，突然感到胸膛里热辣辣，口腔里甜蜜蜜，脑袋里红旗漫卷，眼前灿烂辉煌，周身没有一处是痛苦的。他心中充满了对这两只狐狸的美好感情。狐狸下落与红叶黄叶流畅优美的下落过程在他脑海里周而复始地循环着，我毫不客气地说：爷爷，你昏过去了。

爷爷被鸟的鸣叫声唤醒。正午的太阳火辣辣地晒着他的部分皮肤，太阳从树枝树叶的间隙里射下来一道道灿烂的金光。有几只浅绿色的松鼠在树上灵巧地跳跃着，它们不时咬开一颗栎树的果实，让白色的果仁散出微微如丝的苦香味儿。爷爷开始体会身体各部位的情况，内脏正常，双腿正常，脚上痛，有凝结的黑血和翻开的皮肉，被母狐咬的。颈痛，被公狐咬的。双臂不知所在，寻找，它们高举着，手抓着那根救命的藤条。根据经验，爷爷知道它们脱了臼。他站起来，头有些晕，不望树下。用牙齿咬开握住藤条的手指，借助腿和树，使胳膊回位，他听到骨头的咯嘣声，感觉到汗水从毛孔里渗出来。邻近的树上，有一只啄木鸟在笃笃地啄树，他立刻又感到脖子痛苦。啄木鸟的尖嘴似乎在啄着他的一根白色的神经。森林里的鸟声压不住海的涛声，他知道海近了。一低头便晕，这是下树的最大困难，但不下树无异于自杀，他的肚肠绞紧，喉咙干渴。他操纵着不灵敏的胳膊下树，腿与腹发出最大的能力，贴着树皮，吸着树皮，尽管如此，他还仰面朝天跌在树下，腐烂的树叶保护着他。由于高度太小，绝对没有炸弹效应。酸与香与臭混合的气息从身下泛起，注满了嗅觉。他爬起来，听着水声一脚深一脚浅地走，那道泉水隐没在腐叶里，脚下有凉气上升，水从脚窝里渗出。他趴下，用手扒开腐叶，在水声最响的地方腐叶层层，像饼一样，水初盈出来时有些混浊，他稍等一下，水清了，低头便喝，清凉的泉水透彻胸腹，到后来才尝到了腐味。我想起他在墨水河里喝那游动着蝌蚪的热脏水的历史。喝满了肚子，他感觉舒服了些,有了精神,被水充斥的胃暂时不饿。他伸手去摸脖子上的伤口,烂糊糊没有形状。回忆方才剥离时,那刺痛的是狐狸折断的牙齿,咬着牙伸进一个指头去抠,果然抠出了两颗折断的狐狸牙。血又冒出来,不多,就让它流一会儿,冲洗出毒素。爷爷平心静气,排除杂念,从森林中万千气味的洪流里,辨别出"红叶金针草"的独特辛辣味儿,循着味儿去,在一株大松树的背后,找到了它。这种草药,我翻遍图文并茂的中草药词典也没找到,爷爷采了草,用嘴咀嚼成糊状,糊到伤口上、颈上的、脚上的。为了治疗头晕,他又找来紫茎薄荷,撕下叶片,揉得出汁儿,贴到太阳穴上。伤口不痛了。他在橡树下吃了几簇无毒的蘑菇,又吃了几把甜甜的山韭,运气很好,又找到一株野葡萄,放开肚皮吃了一饱,然后拉屎撒尿,爷爷又变成了精力旺盛的山妖。

他到栎树下看狐狸,狐狸的周围已经飞来飞去很多绿头苍蝇。他一向怕苍蝇,便躲开了。这时候,松树上流出的油脂散发着香味,熊在树洞里打瞌睡,狼在岩缝里养精蓄锐,爷爷本该回他的山洞,但他被海浪那懒洋洋的哗哗声吸引,竟破坏了自己昼伏夜出的生活规律,大着胆儿——他未感觉到怕——向着海浪的声音走去。

海的声音很近,海的距离有些远。爷爷穿越了这条与山谷同样狭长的树林,翻上了一道平缓的山梁。树木渐渐稀疏起来,林中有很多被砍伐后留下的树桩。他很熟悉这道山梁,但以往见它是在黑夜,这次见它是在白昼,不但颜色有异,而且气味不同。林间有些开辟出来的土地,种植着枯瘦的玉米和绿豆,爷爷蹲在田垄里吃了一些青嫩的绿豆角儿,感到舌头沙涩。他态度安详,不慌不忙,像一个无忧无虑的农民。这种精神状态在他十四年的山林生活中只出现过几次,这算一次,用铝壶在海汊子里熬出咸盐是一次,吃土豆撑了半死是一次,每一次都有特殊情况,都有纪念意义。

吃过绿豆后,他又往前走了几百米,站在了山梁的顶端上,看到了吸引着他的蓝色与灰色交错横流的海与山梁下那个小小的村庄。

海边上静悄悄的,有一个看上去很老的人在翻晒海带,村子里不安静,有牛的叫声。他第一次在亮光光的太阳下接近村子,看清了日本农村的大概模样,除了房屋的样式有些古怪外,其他的如气味、情绪与高密东北乡的农村相似。一只肯定是病弱狗的怪异的嗥叫提醒他不可继续冒进,只要在白天被发现,要逃脱性命十分困难。他在一条荆条后隐蔽起来,观察了一会儿村庄和海洋的情况,感到有些无聊,便懒洋洋地往回走。他想起了丢在山谷中的菜刀和剪刀,十分恐慌,如果没有了这两件宝贝,日子会非常难过。他的脚步加快了。

在山梁上,他看到了一块玉米田,玉米的秸秆晃动,发出嚓啦嚓啦的声响。声响很近,他急忙蹲下身,隐藏在树后。玉米田约有五亩左右,玉米长得不好,一穗穗棒子短而细小,看来既缺肥又缺水。他在孩童时代,听村里老人讲述过关东的熊瞎子掰棒子的故事。他嗅到了久远的燃烧艾蒿的香气,蚊虫在艾烟外嗡嗡叫,蝈蝈在梨树上细声细气地鸣叫,马在黑暗中吃着麸皮拌谷草,猫头鹰在墓地的柏树上哀鸣,深厚的黑夜被露水打得精湿。她在玉米田里咳嗽了一声。是女人不是熊瞎子,爷爷从梦幻中醒来,他感到兴奋和恐惧。

人是他最怕的,也是他最思念的。

在兴奋和恐惧中,他屏住呼吸,集中目力,想看一看玉米田里的女人。她只轻轻地咳了一声他就感觉到了她是女人。在集中目力时,他的听力也自然地集中了,爷爷嗅到了日本女人的味道。

那个女人终于从玉米地里露出了身体。她面色灰黄,生着两只大而黯淡的单眼皮眼睛,一只瘦瘦的鼻子和一张小巧的嘴巴。爷爷对她连一丝恶感也没有。她摘下破头巾,露出头上黄褐色的乱发。她是个饥饿的女人,与中国的饥饿女人一模一样。爷爷心中的恐惧竟被一种不合时宜的怜悯情绪偷偷替换着。她把盛着玉米的筐子放在地边上,用头巾擦着脸上的汗水。她的脸上灰一道白一道。她穿着一件肥大的裤子,黄不拉叽的颜色。这件裤子激起爷爷心中的邪恶。秋风稀薄,啄木鸟单调的啄木声在树林里响,海在背后喘息着。

爷爷听到她用低哑的嗓子嘟哝着什么。像大多数日本女人一样,她的脖子和胸膛很白。她肆无忌惮地解开衣扣扇风,被爷爷看了个仔细。爷爷从她那两只胀鼓鼓的乳上,知道这是个奶着孩子的女人。豆官吊在奶奶的乳房上胡闹,奶奶拍打着他的光屁股蛋儿。瘦小结实的豆官笔挺在他那匹骒马背上,松松地挽着缰绳从天安门前跑过,马蹄得得,坚硬的石板大道上,响着蹄铁。他与同伴们一起高呼着口号,口号响彻天地。他总是想歪头去看城楼上的人,但严格的纪律不允许回头,他只能用眼睛的余光去斜视大红宫灯下那些了不起的大人物。她没有理由躲躲闪闪,在一个荒凉的、没有人迹的山梁上。女人的小解很随便。她的全过程对准爷爷进行。爷爷感到血潮澎湃,伤口处一鼓一胀地疼痛,他弯着腰站起来,不顾胳膊碰响树的枝条。

那女人散漫无神的目光突然定住,爷爷看到她的嘴大张着,似乎有惊恐的叫声从她的嘴里发出来。爷爷歪歪扭扭、但是速度极快地对着那女人扑过去,他不知道自己的形象是怎么样地骇人。

不久之后,爷爷在山谷里一汪清水边,看到了自己的面孔,那时他才明白,日本女人为什么会像稀泥巴一样,软瘫在玉米田头。

爷爷把她摆正。她的身体软绵绵的任凭摆布。他撕开她的上衣,看到她的心在乳下卜卜地跳动着。女人很瘦,身上黏腻腻的都是汗水与污垢。

爷爷撕扯着她,一串串肮脏的复仇的语言在耳朵里轰响着:日本、小日本、东洋小鬼子,你们奸杀了我的女人,挑了我闺女,抓了我的劳工,打散了我的队伍,作践了我的乡亲,烧了我们的房屋,我与你们是血海般的深仇,哈哈,今天,你们的女人也落在我的手里了!

仇恨使他眼睛血红,牙齿痒痒,邪恶的火烧得他硬如钢铁。他扇着那女人的脸蛋,撕掳那女人的头发,拉扯她的乳房,拧她的皮肉,她的身体颤抖着,嘴里发出梦呓般的呻吟。

爷爷的声音继续在他自己的心里轰鸣着,现在是淫秽的语言:

你怎么不挣扎？我要奸死你，日死你！一报还一报。你死了？死了我也不会放过你！

他撕开她的下衣，糟烂的布顺从地破裂，像马粪纸一样。爷爷对我说，就在她的下衣破裂的那一瞬间，他躯体里奔涌着的热血突然冷却了，钢枪一样坚挺的身子随即萎缩，像一只斗败的公鸡垂头丧气，羽毛凌乱。爷爷说他看到了她的红布裤衩，裤衩上，补着一个令人心酸的黑布补丁。

爷爷，像您这样的钢铁汉子怎么会害怕一个补丁？是不是犯了您那铁板会的什么忌讳？

我的孙子，爷爷怕的不是补丁！

爷爷说，他看到了日本女人的红布裤衩上的黑布补丁，像遭了当头一棒。日本女人变成了一具冰冷的僵尸，二十五年前那片火红的高粱又一次奔马般涌到面前，迷乱了他的眼，充斥了他的脑。凄凉高亢的音乐在他的心灵深处响着，一个音节如一记重锤，打击着他的心脏。在那片血海里，在那个火炉里，在那个神圣的祭坛上，仰天躺着我奶奶如玉如饴的少女身体。同样是粗蛮地撕开衣服，同样是显露出一条红布裤衩，同样的红布裤衩上补缀着同样的黑布补丁。那一次爷爷并没有软弱，黑布补丁作为一个鲜明的标志，牢牢地贴在他的记忆里，永不消逝。他的眼泪流在嘴里，他尝到了泪水的甘苦混合的味道。

爷爷用疲倦至极的手，把日本女人的衣服胡弄了胡弄，她肉体上的青红伤使他感到了深重的罪孽。然后，他摇摇晃晃地站起来，举步欲行走。他的腿又酸又麻，脖子上的伤口又热又胀，咚咚蹦跳，似乎在跳脓。眼前的树木和山峰突然彤红耀眼，奶奶蜂窝着一个血胸膛从很高的地方，从天上，从白云里，缓缓地跌下来，落在了他伸出的手臂上，奶奶的血流光了，身体轻软，如同一只美丽的红色大蝴蝶。他托着她向前走，柔软的高粱林闪开一条路，路光上射，天光下射，天地合为一体。他站在墨水河高高的大堤上，堤上黄草白花,河里的水鲜红如血,凝滞如油,油光似鉴,映着蓝天与白云,鸽子与苍鹰。爷爷一头栽倒在日本山梁上的玉米田里,就像栽倒在故乡高粱地里一样。

爷爷并没和那位日本女人交媾,所以,日本文史资料中所载她后来生出的毛孩与爷爷没有关系,虽说有一位全身生毛的半日本小叔叔并不是家族的耻辱,甚至是我们的光荣,但必须尊重事实。

(一九八八年)

遥远的亲人

一

春节前,我从外地赶回高密东北乡与家人团聚。进了家门,屁股尚未坐稳,父亲好像极平淡地说:"你八叔来信了。"

我站起来。

我们家是八十年前从县城迁到这穷地方来的。据父亲说,我的曾祖父与人打官司输光了家产,不得不搬迁。曾祖父生了三个儿子,我爷爷是老二,爷爷的哥哥——我的大爷爷——就是八叔的父亲。父亲这一辈堂兄弟八个,八叔是大爷爷的独生儿子。八叔十七岁时娶了媳妇,那是一九四六年。第二年,为逃避"土地改革",大爷爷一家跑到青岛避难,国民党军队撤退了,八叔失踪了。从此就没了音讯四十多年。"文化大革命"中,学校里曾逼着我们交待八叔的下落,我们如何能知道?后来学校里说八叔在台湾当国民党,要我们划清界限。我们谁也说不准这八叔是死还是活,但他的影子却死死地纠缠着我们,让我们不愉快。

母亲曾对我们说过八叔的模样和形状。在我的印象里,他似乎有一张圆圆胖胖的脸,嗓音有点沙哑,头发黄黄,眼儿细细,很和善的样子。在那些遥远冬天的夜晚,母亲在油灯下做针线活儿,院子里响起了"嚓啦嚓啦"的脚步声……

"老八来了,"母亲抬起头,把缝衣针放到头发上蹭着,对就着灯光看闲书的父亲说,"他走路总不抬脚,费鞋的老祖宗。"

父亲眼不离书,说:"大伯今早晨在药铺里说,年前要给老八娶媳妇。"

母亲悄声问:"听说大伯跟亲家母相好?"

父亲厉声道:"胡说什么你!"

一语未了,八叔推门进来,笑眯眯地问:"大哥大嫂,吵架吗?"嘴里说着话,手早伸到母亲背后去摸我大哥的饼干。母亲说:"老八,你羞不羞,就要娶媳妇的人啦,还抢你侄子的干粮!"八叔嘻嘻地笑着,咀嚼着干粮,呼噜呼噜地说:"没抢他的奶子吃算我客气!"母亲脸红着,骂父亲:"你还不掌他的嘴!"父亲说:"嫂嫂小叔子,亲嘴搂脖子!"母亲骂道:"你们兄弟们,没个正经货!"八叔伸手去摸正在睡觉的我大哥的肚子。母亲说:"老八,你安稳坐着行不行?弄醒了他你抱着!"八叔说:"我抱着我抱着。"一边说着,一边伸出手,脱了那双蒲草编成的大鞋,盘腿上了炕。父亲说:"老八,大伯要给你娶媳妇啦!"八叔乐了。母亲说:"看恣得那样,嘴都合不拢了。往后小心着你,再敢油嘴滑舌没正经我就找个人整治你!"八叔说:"她敢!她敢对我扇翅膀,我不打她个皮开肉绽才怪了。"母亲说:"去去去!这才叫'光棍汉打老婆觅汉打驴',等俺那仙女般的弟媳妇一来,早像块糖一样化了!"……

"一眨巴眼就是四十三年……"父亲感慨地说。

"信在哪里?"我问。

"在你小姑姑那里,"父亲说,"你别去要着看呵,怕人呐。"

我说:"现在政策变了,不搞阶级斗争了,怕谁呢?"

母亲晃着花白的头说:"怕你八婶与盼儿知道呗。"说完了这话,母亲嘴边显出了很多皱纹。

立刻,虽然苍老了但依然清清爽爽的八婶就仿佛站在我的面前了。在她的身后,还站着两个小伙子。一个年纪大些,个头矮小,紫红脸膛,两扇大耳朵,唇边生着稀疏的黄胡髭。他就是盼儿。盼儿究竟是不是八叔的亲骨肉,家族中一直有分歧。母亲说盼儿的相貌虽不像八叔,但那沙哑的嗓音却像。听说大爷爷临终前曾放出口风,说盼儿的小姨子在青岛与八叔黏糊过一段,盼儿有可能是八叔的种子。八叔的小姨子是一个紫红脸膛的小个女人。站在八婶身后的另一个小伙子身材高大,方脸阔口,仪表堂堂。最引人注目的是他那两只漂亮的大手。他是八婶的私生子,名字叫熬儿。盼儿和熬儿都已娶妻生子,他们的孩子都姓八叔的姓——"管"。

二

第二天上午,大哥也从外地赶回家。吃过午饭,母亲说:"看看你们大奶奶去吧,听说她病得不轻。"

大奶奶家住在东胡同里,原有三间旧草房,后来又在西头接上了两间,一圈土墙围成院落。每年夏秋,土墙上爬满扁豆蔓,一串串紫色的扁豆花盛开着。院子里有一棵梧桐树,树下年年必种一架丝瓜。大爷爷在世时,常坐在树下为人切脉诊病,大奶奶则在旁边搓制梧桐子般大小的黑色丸药。

我跟大哥进了屋子,小姑姑跟我们寒暄了几句。她满脸倦容,说话没有往常那般响亮,那般斩钉截铁,那般滔滔不绝。小姑姑是个能干的女人,她从小跟大爷爷学医,现在也算是乡里的名医,求她的人很多。八叔不在,八婶不见容于公婆,搬回娘家村里居住,赡养老人的事儿实际上全落在小姑姑的肩上。

大奶奶闭着眼躺在炕上,面孔有些浮肿。炕前立着一根支架,架上吊着盐水瓶子,小姑姑正给大奶奶滴注。大奶奶不停地移动插着针头的右手,小姑姑侧身坐在炕沿上,攥住大奶奶的手脖子。说心里话，我对大奶奶没有好感。她过日子太抠，非常贪财，不舍得给人家吃。八婶就是不堪她的虐待才搬走的。有好几次，我去她家，正碰上吃饭，桌上有肉，见我进来，她立刻把肉碗藏到桌子下去。这些小孩子一样的把戏令家族中人人讨厌她，大爷爷也看不惯她。大爷爷曾对我说："你们要来看我，你大奶奶就是那种穷贱毛病，一辈子也改不了。"她已经八十多岁，满头银发，躺在炕上熬着她最后的岁月，无论她从前怎么样地伤过我们的心，我们也没有恨她的理由了。

她的右手被攥住，便把左手抬到胸前，沿着被子边儿摸来摸去。那只生满褐斑的老手宛若一只盲眼的小兽，在嗅着什么味道，仿佛它正在惧怕着什么东西似的。

大奶奶一边摸索着，一边用含糊不清的声音念叨着什么。我们猜到了她的意思。如果真有"心灵感应"之类东西，八叔在台湾一定会心痛吧。毫无疑问，大奶奶是一个非常不幸的母亲。

小姑姑在我们的沉默中红了眼圈，她说：

"你们八叔有信了。"

我说："听俺爹说了。"

小姑起身，从柜子里摸出信给我们看。信很简短，没有特别的话，信纸里夹着一张彩照，照片上有一个穿西装扎领带脸庞长大的老男人和一个中年肥胖女人——肯定是第二八婶了——与一男一女两个孩子。这个男人与我想象中的八叔相差太远了。

小姑姑眼泪汪汪地说："你八叔这一辈子不容易……你大爷爷生前算过卦，说你们八叔还在，果然还在呀……你大爷爷一辈子没干过坏事，报应啊……"

小姑姑又给我们说她接到信时浑身都凉了，哭一阵笑一阵。又说把八叔的消息给大奶奶一说，大奶奶把正涮着的碗往锅里一掼——

"放屁，放屁！"大奶奶挥舞着炊帚，脏乎乎的刷锅水淋了小姑姑满脸。她骂了两句，嗓音突然低落，浑浊的老泪涌流着，呢呢喃喃地说:"我没有儿子……一辈子没生过儿子……"

"娘,真是俺哥的信呀!"小姑姑说着,哭着,"您看照片上,俺哥,俺嫂子,这是您孙子,这是您孙女儿……"

大奶奶抬起袖子揉揉眼,把那照片远远地送到光明里,看着看着,擎着照片的胳膊像被利刃斩断的树枝一样折下来,整个人也如同一堵墙向后倒去……

其实是八叔的信要了大奶奶的命。

小姑姑叹息着说:"四十多年,一家人受了多少磨难,最苦命的是我……"

哭够了也说够了,小姑姑用毛巾擦着通红的眼皮,叮嘱我们:"你们八叔有信的事,咱们自家人知道就行了,千万别张扬出去。"

我说:"其实没事,海峡两岸已经开禁,许多老兵都回来探亲了,八叔迟早也要回来。"

大哥踢了我的脚一下,站起来告辞。

走到梧桐树下时,八婶清清爽爽的形象又立刻浮现在我的面前。

三

八叔的婚礼定在腊月十六日举行。那天果然是个好日子,红太阳冒出来时,树上的白霜闪烁出美丽光彩。亲戚们头天就来了,大爷爷家住不下,就挤到我们家。那时候没有我,大哥刚三岁,穿着新衣新帽,在院子里追麻雀。大哥追赶一会儿麻雀,闻到了从大爷爷家飘出来的熟面条味儿和白菜炒猪肉的味儿,看到了乳白色的水蒸气从大爷爷家门口上扑出来,弥漫在早晨清新寒冷的空气里。浑身上下放光彩的八叔跑来了,他招呼亲戚们去吃面条——新婚早晨阖家吃面条,并挟走了我大哥。

大哥说八叔结婚那天早晨,前来吃面条的人足有一个连。大奶奶黑着脸站在锅灶旁边,一副极不高兴的样子。

母亲说大奶奶太抠门儿。儿子结婚的大喜事儿,竟擀了些掺红薯的杂面条儿,煮出来黏黏糊糊,像糨糊一样。如果是穷也罢了,明明有十几石麦子在厢屋里囤着,硬是不舍得给人吃。

大哥是我们这一辈里第一个男孩,全家珍贵着,惯出了他很多小性子。大奶奶端给他一碗杂面条,他耍脾气不吃,哭着要白面条吃。大爷爷正在药铺里跟人喝酒,听到大哥的哭声,便带着三分醉意过来,问了几句,明白了端详,双眼立刻发了绿。他狠狠地瞪了大奶奶一眼,骂一声:"狗食!"然后,撩撩袍子弯下腰,端起一盆杂面条,大步走到猪圈外,隔着土墙,把面条倒进猪圈里。大家都被大爷爷给吓愣了。大爷爷只手提盆进屋,将盆往锅台上一掼,对着大奶奶吼叫:"给我重擀!用白面,用最好的白面!"大奶奶一屁股坐在地上,哇哇地哭起来。大爷爷抄起一根擀面杖冲上去,立刻被人们拉住劝说:"大掌柜的,别发火,别发火。"大爷爷用擀面杖指着大奶奶吼叫:"你给我滚起来,要不我休了你!"大奶奶怔了怔,低声嘟哝着什么,从地上爬起来,拍拍腚上的土,斜眼看看大爷爷,依然嘟哝着,走到面缸前,揭了缸盖,一瓢一瓢,往外舀白面,大奶奶的泪珠儿一串串落下。母亲说她是哭她的白面,不是哭别的。

总算打发了众人的肚子,大奶奶又跑到猪圈里去哭。哭什么?哭那盆杂面条儿。大家又好气又好笑,一旁嘀咕着:天底下怕是找不到这号的娘!

正围着猪圈闹哄着,就听到大街上锣声铛铛响,喇叭唢呐声也悠悠地传过来。有人喊:"来了!"于是大家便不再管大奶奶,一窝蜂拥上街头看热闹。远远地望到两乘轿子——一蓝一红——从街那头颤悠悠地飘过来。轿前有一班吹鼓手吹奏着喜庆乐曲,十几个半大孩子高擎着旗牌伞扇,竟有些威风生出来。走近家门时,队伍移动缓慢,轿夫们都双手抱着肩膀头,脚下踩着四方步,显示潇洒姿态。轿杆颤悠悠,轿子如在水上漂流。八叔自己把轿帘掀起来,看外边的人也让外边的人看他。母亲说八叔穿长袍,戴礼帽,披着红,簪着花,坐在轿子里甜蜜蜜地嬉笑。在街上显摆够了,轿子落在大奶奶家门口。我奶奶和三奶奶死拖硬拽把大奶奶从猪圈里揪出来。大奶奶滚了一身猪屎,浑身散出脏气。我奶奶和三奶奶剥皮般为她脱掉脏衣服,又急匆匆地为她换上几件干净衣裳。

我奶奶和三奶奶把大奶奶架出来准备受新郎新娘礼拜,母亲和四婶把八婶从轿子里搀出来。有调皮男人挤过来挑起裙边看新娘的脚,并喊:"好大脚!"母亲说:"脚大踩四方!"人群中发出哄笑。大哥说他看到八婶腰间悬挂着一面铜镜,闪闪发光,不知有何讲究。后来才知道这叫作"照妖(腰)镜",是连同轿子一块赁来,用过即还给人家。

拜天地时,八叔花拳绣腿,好像故意出洋相,逗得人们捂着肚皮笑。拜过天地又拜高堂,大爷爷端坐受礼,满脸威风,一副大人物气派。大奶奶侧着脸,把嘴咕嘟老长,好不高兴的模样。母亲说八婶身上发散着一股甜丝丝的香气,好像新蒸出来的白面馒头。因为这味道,使母亲对八婶充满了好感。母亲感到八婶的手凉森森的,暗暗思忖是什么原因使新人的手这般凉。繁琐的礼节终于进行完毕,母亲和四婶把八婶领到洞房上了炕,盖头红布也在这时揭了。母亲说揭开盖头红布时她吃了一惊。八婶粉红脸皮,细长眉毛,一双漆黑单眼皮儿大眼睛,嘴巴很大,两个嘴角上翘,弯勾月儿样,唇色鲜红,肥肥的。母亲说八婶五官单独看都不是标准的美人零件,但搭配在她那张脸上,却生出别样的雅致别样的光彩。八婶是真正的细高挑儿身材,到老也不见臃肿。她说起话来轻言曼语,脾气温顺,一点也不张狂。八婶在炕上坐定后,大奶奶拉着一张长脸,端上来一张红漆木盘,紧接着上来茶水和点心,点心存放时间太久,有一股霉味儿。母亲说大奶奶一进来,八婶的手指就不知该弯着还是直着,好不自然的样子,大奶奶却恶狠狠地盯着儿媳的脸,好像有深仇大恨。八叔鬼鬼祟祟探进头来,被母亲轰了出去。下边锅灶里不停地烧着火,炕热得烙人。八婶坐的炕头尤其热,母亲看到她不停地挪动屁股,便说:"妹妹,垫上条被子吧。"

八婶点头,表示同意母亲的建议。她刚要欠起身来,就听到炕席下一声巨响,八婶从炕头蹦起来,粉脸灰白,挂着清汗珠儿。洞房里硝烟弥漫,母亲和四婶也惊得张嘴结舌。新炕席崩破了一个洞。八婶的屁股也受了点伤。外屋的女眷们闻声赶来,经研究,爆炸物系一外裹牛皮纸、内装黄色炸药和碎玻璃的纸炸炮,一摔、一挤、一压都会响,过年时孩子们摔着玩。按习惯,新媳妇的新炕由大伯子来铺,八婶的炕是父亲铺的。大奶奶一看崭新的炕席被炸破,怒火冲上头。在炕下跳着高儿骂我父亲坏了良心。大伯子不能进入弟媳的房子,父亲站在窗户外大声分辩着。父亲说也许是小孩子把炸炮扔到草垛上,他拉草铺炕时带了进来。大奶奶不依不饶,一口咬定是父亲存心使奸行坏。最后还是大爷爷来为父亲解了围,大爷爷说有点响声比没有响声吉利。母亲说她心如乱麻,仿佛看到了这家人七零八落的下场。

几十年后,八婶苦笑着对父亲说:"大哥哟,你也是个好样的,往兄弟媳妇炕头上埋炸弹!"

父亲也苦笑着说:"本来是想跟老八开个玩笑的,没想到闹出了大乱子!"

母亲说八婶结婚第二天早晨,大奶奶就从鸡窝口搬来一块捶布石,放在八婶炕前,又拎来一把铁锤,端来一盆沾着点红肉星星的猪骨头,冷冷地说:"闲着也是闲着,找点活儿给你干。把这些猪骨头砸成泥,搓萝卜丸子吃。"母亲说大奶奶太刻薄了,新媳妇三日不出洞房不下灶是老辈子传下来的规矩,在她手里竟改了。人家穿着一身绫罗绸缎,你让干点别的也好,可竟让砸肉骨头!母亲和众妯娌去看八婶,一撩门帘,就看到八婶在屋子里边砸骨头边流眼泪,溅起的骨头渣子把她的新衣服都弄脏了。

四

  大奶奶病情日渐沉重，看情形是挨不过春节了。八婶早就赶来，在床前日夜守候着。

  腊月二十三日，盼儿开着一辆拖拉机来了，说是来接八婶回去"辞灶"。因为大奶奶家那条胡同很狭窄，无法掉转，他便把拖拉机停在我家门口。停车后先到我家，见到我和大哥，他很亲热地笑起来。我以"哥"称呼他，但心里略感别扭。他穿着一件皮大衣，戴着一顶狗皮帽子，手上满是冻疮却没戴手套。

  他从大衣口袋里摸出一瓶白酒，说是送给父亲过年喝。父亲推辞着，但还是接了。坐在炕沿上，他抽着烟，雪白的烟卷儿与他乌黑的手形成鲜明的对照。每年春节，他都跟着八婶回来上坟祭祖，一般是年除夕下午来，初二晚上发完"马子"赶回去，年年如此，从不耽搁。可以想象愈老愈古怪的大奶奶如何对待他们，但他们依然来。

  我曾经对父亲说，要是我决不来！图什么？父亲叹息道：还不是为了找个归宿，让外边人看着，知道他们是咱老管家的人，要不两个孩子不就成了野种？我说野种又有什么不好！父亲说：事情不是那么简单，你八婶是个有心计的人。

  盼儿闷闷地抽着烟。大家都感到压抑。父亲长叹一声，说："盼儿，我对你说了吧，你爹有信了。"

  闷了半天，盼儿说："我早就听到风声了，小姑姑也是看差了秤，包着盖着干什么！没有爹我也活了四十多岁。难道下半辈子没有爹我就活不下去了？俺奶奶怎样对待俺娘们，你们也都看到了，都是俺娘痴心，不是为着她，我来这儿干什么？为了那两碗不咸不淡的烂饺子？大伯，您得为俺娘争公道！"

  说完，盼儿起身去东胡同看大奶奶，我和大哥把他送到门口，大哥责怪他不戴手套，他笑着说："越捂越冻。"

五

　　腊月二十八日下午,大奶奶喘完了最后一口气。父亲和几位叔叔以及我们兄弟都去看大奶奶的遗容。她笔直地躺在炕上,身穿明晃晃的寿衣,脸上蒙着一张黄裱纸,屋子里的味道非常难闻。小姑姑和大姑姑——大奶奶的大女儿——拍打着膝盖嚎哭。大姑夫也来了,倚着门框站着,眼皮飞快地眨巴,一脸的狡猾表情。八婶满脸泪痕,坐在灶前烧水。盼儿和憨儿站在院子里,听着屋里的动静。

　　父亲与叔叔们商量着大奶奶的后事,选择墓地啦,准备寿材啦,筹办酒席啦,等等事项,都安排了专人负责。最后,在让谁为大奶奶"摔瓦"的事上发生了争执。八叔不在,此事应由盼儿做,几年前大爷爷的瓦也是盼儿摔的,但大姑姑不同意。

　　父亲有些恼火,问大姑姑:"盼儿不摔谁摔?他是长孙!"

　　大姑姑撇着嘴说:"他是谁家的长孙?我们家没有他这个长孙!"

　　父亲生了气,眉毛吓人地抖动着,厉声说:"大伯去世时,也是盼儿摔的瓦!那时你们怎么没意见?"

　　大姑夫不阴不阳地说:"此一时彼一时也。"

　　父亲怒吼:"你姓什么?你姓黄!我们老管家的事你插什么嘴?"

　　大姑父满脸赤红,背过脸去抽烟。

　　盼儿说:"大伯,您别为我争,这片瓦,谁摔也行!"

　　八婶一改往常姿态,大声呵斥盼儿:"小孩子家,插什么嘴!一切听你大伯安排。"

　　两位姑姑也不再言语,只是把嗓门提高了些,一边嚎一边叫:"爹呀,娘呀,怎么不等俺哥回来就走了……"

　　八婶突然大放了悲声。我第一次看到八婶失态大哭。

六

　　腊月二十九日,阖族戴孝,为大奶奶送葬。

　　天下着小雪,刮着尖溜溜的小北风,非常冷。抬出棺材后,披麻戴孝的人们在棺材后排成拖拖拉拉的一队。大路两边站着看出殡的人群。街当中点着一个火堆,燃烧着大奶奶枕头里的谷糠,暗红色的软弱火苗上,盘旋着几缕乌黑的烟。我们嗅到了一股刺鼻的气味。队伍的最前头,行走着王家大叔,他充任"司事爷",擎着一支招魂幡引路,幡竿上的白色纸条在寒风中索啰啰地响着。我和大哥搀着盼儿,走在棺材前。盼儿身披重孝,右手持一根柳木哀杖,左手拎着一个新瓦盆,他没有哭。在王大爷的引导下,我们架着盼儿走到火堆前。火堆前摆着一块青砖。在女眷们唱歌一般的哭声里,盼儿举起瓦盆,对准青砖摔下去——瓦盆摔不破不吉利——因此才放了青砖——很少发生摔不破的情况——盼儿似乎很用了力气,但那青灰色的瓦盆却从青砖上蹦起来,在空中翻了几个筋斗,竟完整无损地落在地上。我看到盼儿脸上出现了痴痴迷迷的神情。王大爷敏捷地转回头来,对着我们挤鼻子弄眼扮怪相。我茫然失措,旁顾大哥,大哥麻木不仁。忽听到王大爷压低嗓音说:"踩!踩!踩破它!"我抬脚去踩瓦盆时,大哥脚踩在了我的脚上。瓦盆破了。毫不费力它就碎成了若干片,但盼儿在青砖上却没摔碎它。

　　墓地离村庄不远,一会儿就到了。大爷爷的墓已被启开,贴着那具尚未腐烂的棺材又凿出了一个大窟窿,大奶奶将与大爷爷地下相会。哭丧的人都散在墓穴四周,大睁着眼,看着十几个男人小心翼翼地把大奶奶的棺材往墓穴里放。天气寒冷,人手半僵,吊棺材的绳子上结着滑溜溜的冰,所以尽管小心翼翼,大奶奶的棺材还是很沉重地跌进了墓穴。棺材带下去的冻土把安放在墓穴里的豆油灯砸翻了。

　　大姑姑嚎哭起来:"娘哇,娘哇,跌坏你的骨头啦……"一边哭着,一边装腔作势地要往墓穴里跳。几位女亲眷拽着胳膊把她拉到一边去。王大爷一挥手,冻得鼻子通红的男人们便匆忙铲起冻土,扔下墓穴去。大奶奶的棺材在冻土的打击下发出空空洞洞的响声。

回来的路上,人们都缩着脖子,侧着脸,不敢面对那小刀子般的东北风。八婶与她的两个儿子和抱着孩子的儿媳妇走在一起。当所有的人都为躲避寒冷匆匆走动时,八婶一家人簇成一团,缓缓地行走,寒风挟着雪粒儿,啪啪地抽打着他们的面颊。

七

傍晚时,雪愈下愈大,我们劝八婶留一夜,她执意要走。于是,我们看到她一家人互相拉扯着翻过河堤,被纷飞的雪团模糊了身影。

夜里十点钟,我们一家人围着火炉,听父亲和母亲杂乱无章地讲述着家族中的往事。母亲说八叔失踪后,大爷爷被民兵从青岛抓回来,关押在乡政府里。八婶提着竹篮子一天三次送饭。大爷爷关了三个月,八婶送了三个月。于是大家都认为八婶是好样的,她理应受到家族的尊重而不是歧视。正说着话,就听着大门被拍得暴响,大家都有些吃惊。

我出去开了大门,一个人踉踉跄跄扑进来。随后,两根黄黄的手电筒光芒照出了一片世界,雪花在光里飞舞着,犹如翩翩飞蛾。持手电的是盼儿和熬儿,八婶已经走进屋里来了。

八婶指着盼儿骂:"这鳖蛋,他爹有信了也不早跟我说!"

她的真情实意令人感动。没掸净的雪花儿在她头发上融成亮晶晶的水珠儿,灯光里八婶的上翘嘴角已经变成了下垂的月牙儿了。

她说:"大哥,你陪我去找他小姑姑,让我看看他爹的信和照片。"

父亲想了想,对我和大哥说:"你们陪着八婶去吧,劝劝你小姑姑。"

好不容易才让小姑姑开了门。屋里灯光明亮,照着大姑姑那张酷肖大奶奶的脸和大姑夫那张猥琐的脸。他们用敌意的目光看着我们。桌子上,有两大捆黄色的线装书,我知道这是大爷爷的医书,而且我还知道这两捆书将被贪啬成性的大姑夫提走。

八婶开门见山地说:"他小姑,把你哥的照片拿给我看看。"

小姑姑不满地瞟了我们一眼,冷冷地说:"没有!"

八婶的身体晃了一下,两个嘴角抖颤起来。

盼儿说:"娘,回去吧!什么宝贝物似的,我没有爹!"

八婶扇了盼儿一巴掌,骂道:"畜生!"

盼儿捂着脸嚷起来:"你有点志气好不好?俺爹不是好东西,他在外边穿西装扎领带娶老婆生孩子,早把你忘了!你痴心!"

八婶尖利声叫着:"我就是痴心!男人娶小老婆古来就有,她为小,我为大!"

我和大哥把盼儿拉开了。

八婶说:"他小姑,咱姑嫂俩也混了四十多年了,你说我什么地方失过礼?爹生日孩儿满月,婚丧嫁娶,打墙盖屋,我没落漏过一次,我生是老管家的人死是老管家的鬼,走到天边你哥也是我的男人!"

大姑姑冷冷一笑,说:"好一节妇烈女,该给你树块牌坊了!"她指着熬儿问:"你说,他是哪儿来的?"

八婶脸色煞白,泪水在眼里打转儿。

八婶呜咽着说:"我是有错处……但你们想想:他爹走时我才十九岁!后来又背上了地主分子帽子……要吃,要活……我是没法子……"

大哥说:"小姑,小姑,八叔不容易,八婶也不容易,大家都活得不容易,到了今日,都该宽容。八婶没改嫁,从法律上讲她依然是八叔的妻子,所以,八婶的要求不过分。"

小姑姑犹豫了一下,说:"给你看可以,但不准你和盼儿写信要美元!"

八婶激动地说:"妹妹,你放心,有朝一日你哥回来,送给我万两黄金我也不要！我只要他这个人。"

"那好，"小姑姑说，"你红嘴白牙发了誓，大家都听清楚了。"

小姑姑把信拿出来，递给八婶。

八婶接过信，那张苍老的大嘴难看地歪斜着。照片捧在八婶手里时，那张信笺像一片大雪花落了地。窗户上的纸被雪片打得嚓嚓响着，夜愈深了。好久，八婶挺直了腰，把照片还给小姑姑，用袄袖子擦擦眼，转身对盼儿说："走吧，回家去，熬儿呢？"

（一九八八年）

落　　日

　　谁能为这篇小说写出一个不同凡响的开头呢？在哈密瓜飘香的季节里，这个问题就开始纠缠我，一直延续至今，至今无法解决。戈壁滩上黑色的光滑卵石泛着辛辣的白光，刺激着我们的眼睛。浅蓝色的骆驼刺一蓬蓬距离遥远，显得孤独，像都市里的孤寡老人一样。与我同行的伞兵英雄抬起巴掌举到额上，眺望着远处在湛蓝的天下灰褐山戴着皑皑白雪帽子的尖顶——巴掌的阴影落到伞兵英雄那只十分童年化的方鼻子上。他从背囊里摸出一支烟，不抽，他说："开头就要写他给中央打报告请求死后不火化尸体的事，来一个石破天惊！"

　　没把这个开头写出，我就知道世界上从没发生过石破天惊的事，石破人惊的事倒是发生过（这是本文重要的情节之一）。伞兵英雄跟着一个拉骆驼的老头走了，把我扔在荒凉的戈壁滩上。从此之后，本文中出现的所有"他"字都不指代伞兵英雄。他的大名，你一定知道。文化大革命期间曾流传过许多有关他的传奇故事，传说他能飞檐走壁，十八般武艺样样精通。还说他在北京开会时，一个"立地拔葱"从一棵杨树梢上捏下来一只小鸟，递给身边的秘书，把秘书惊得吐舌头。关于他给中央写信请求死后保存遗体的事，有充足的理由不是虚构的。他写道:"……我幼年丧父,依赖母亲讨饭养活。参加革命后南征北战,戎马倥偬,数十年未回故乡,比及回乡,母亲已亡……我生前为国尽忠,死后为母尽孝,请求死后保留遗体,埋于母亲墓前……"中国共产党的一位领袖看了他的报告,沉吟良久,尔后用红铅笔在报告上批示:"'生前为国尽忠,死后为母尽孝',亦人生高超境界,批准。"

伞兵英雄哪里去啦?你感觉到"石破天惊"了吗?毫无疑问,这是个极其平庸的开头。精彩的开头本身就是结尾,而平庸的开头却需要不停地解释。

解释之一:

我与伞兵英雄原准备合作这篇小说,后来,你被那匹驼峰像瘪面口袋一样耷拉在背上的瘦骆驼迷住了。迷恋的目光从骆驼的细尾巴到骆驼的厚嘴唇到骆驼的风情满溢的眼睛。我想不清楚背着伞从高空坠落与骆驼有什么联系,你非要说骆驼与跳伞的坠落感有关系。骆驼跟着拉骆驼的老头,你跟着骆驼,渐渐远去,消逝在水一样的戈壁滩上,骆驼和人宛若漂浮在水面的枯木。人各有志,不能勉强。

解释之二:

五十年代初,以毛泽东为首的中国共产党高级领导人,曾在一份提倡火化遗体的文件上签过名。他没签名,写了那封有名的信,如此才有了这篇小说的开头。毛泽东的继承者把他的尸体装进水晶棺材里的事与这篇小说不发生任何关系。

解释之三:

他已于前几年去世,遗体装殓在一具很一般的棺材里,埋葬在戈壁滩边缘他母亲的黑色的庄严的坟墓前边。

伞兵英雄走了，谁能为这篇小说写出个不同凡响的开头呢？面对着他生前的警卫参谋，我依然摆脱不了这个问题的纠缠。警卫参谋如今已因病复员，在西北一家食品加工厂的门房里当传达。虚胖的高大身躯里，闪烁着他昔年跟随Ｉ司令员鞍前马后的英武神采。他端坐在椅子上，腰背挺直，双腿与椅子的腿垂直并拢，他的双手按在被称为膝盖的部位上，说："Ｉ司令员没有孩子，我感到他像喜欢儿子一样喜欢我。有一次他腚上生了个小疮，命令我给他涂紫药水，"他的声调突然升高，双眼里放出光明，"Ｉ司令命令我：'景参谋！'"，他从椅子上下意识地弹起来，脚跟相碰，双臂垂直，手掌顺腿而下，中指紧贴裤缝，"到！"他说。他坐下，说："我响亮地应声，'到！'，那时我三十岁出头，身体健康，反应敏锐。"悲哀的神情蓦然漫上他的脸，今日的看门人思念着昔日的警卫参谋。他说："司令员说：'我腚上生了个疮，给我涂上点子紫药水！'他把一瓶紫药水从裤兜里掏出来递给我，他趴到了床上。我说：'司令员，让李护士给您涂吧……'他骂道：'流氓，让一个没结婚的大闺女看我的屁股？流氓。'"我笑了。他说："你不要笑，你以为我会胡编排吗？Ｉ司令员是了不起。但绝对没有传说的那般玄乎，他晚上办公时，有时只穿一条裤衩，有时一丝不挂，你不要龇牙咧嘴，你想我能胡编排我的首长吗？"

警卫参谋绝对不会胡造一些有损Ｉ司令员高大形象的情节，这我坚信不疑。但光着屁股办公毕竟有些不同凡响。当然啦，宪法上也没规定司令员不许光着屁股办公。当然啦，光着屁股办公形象就未必不高大，这跟传说中的陈毅将军下着棋指挥黄桥战役有某种意义上的共通之处。警卫参谋虽没明说，我猜测他的潜意识里也许就有这种想法，因为他非常爱戴他的首长，他把为Ｉ司令员做过警卫参谋当作他终生的荣耀啊！面对采访者，他所说的都是有利于首长的话，他认为。而且也确实是荣耀。敢于当着下属光屁股的司令员多么了不起，非但是警卫参谋的荣耀更是Ｉ司令自身的荣耀。警卫参谋再三叮嘱我不要把这些类隐私的东西写进小说，我现在却一无遗漏地写了，你是知道我会写进去的。

　　这里又要解释，下面所写，是本文的结尾部分。我又和伞兵英雄相遇，在Ⅰ司令员和他母亲的坟墓前。请允许我给您描述墓地情景：站在坟墓前，首先映入眼帘的是一望无际的戈壁。那天天气晴朗，万里无云，阳光强烈，戈壁滩里晃动着飘飘袅袅的蜃气，依稀还有些朦胧的树影，但不是树。坟墓北边十华里处，是那个著名的、以Ⅰ司令员名字命名的小村庄，这自然是解放后将军威名赫赫之后的事。昔日这村庄是戈壁滩上的无名小村落，司令员的老母亲背着她的瘦猫般的儿子漂过黄河流落到这里时，村里只有十几户人家。对久远往事的回忆也是本文的重要组成部分，此处先提一笔，以免遗忘。我们看到村庄里绿色的、泛白的树影，那是象征着大西北性格的银白杨。这戈壁滩上的一簇新绿使我们非常感动，从眼睛到心怀。坟墓被一道半人高的黄土墙环绕着，我们进入墙内时，曾看到迎风的墙根上，倾斜生长着从遥远的乌素怀海大沙漠吹来的金色细沙。坟墓一大一小，都用一种黑色的、特别光洁的大理石镶贴。大坟墓前有一块黑色的石碑，从碑文中读出墓中埋葬着的是Ⅰ司令母亲的枯骨。小坟墓约有大坟墓的三分之一大小，墓前无碑，但我们已猜到墓里埋着谁。值得再详说的是，母亲的黑色墓碑上，涂着一些曲里拐弯的红褐色线条，这些线条构成的图案，既像儿童的即兴胡涂乱抹，又像某种神秘图腾。两座坟墓上都干痂着一些黑白的鸟粪，因为我们进来时曾惊飞一群野鸽子，所以，判定坟墓上的鸟粪是鸽子们的排泄物是合乎情理的。伞兵英雄特别提醒了我两点：（1）司令员母亲的墓穴开口向东；（2）司令员的墓穴开口向西。这一大一小两个墓，就像一位身材高大的慈祥老母，低头弯腰抚慰着仰脸上望的孩子。当夕阳西下时，我们看到了金红的凄凉阳光涂到黑色的大理石上，这时候，我们感觉到了庄严、肃穆、神圣。伞兵英雄的嘴里突然哼出了《星条旗永不落》的旋律，我吃了一惊，抬起头来，观察着你笨重、结实的双唇，从"星条旗"的缝隙里,传下来羽毛摩擦的沙沙声,野鸽子群在坟墓上空也在我们头上盘旋,它们滑动的身躯后总是曳着一条千丝万缕的光的尾巴。

根据警卫参谋的讲述,我试图复制出逝去的东西。这就涉及到复杂的、越想越糊涂的时间和空间问题。过去的不可追回,留在录音带、录像带上也只是影子般的东西,留在人们口头上和记忆中的东西连影子都不如。想到此便感到沮丧。I司令员安眠在石头的洞穴里已有十年,他的肉体大概也腐烂了吧?采访过程中我在食品厂传达室里听到警卫参谋发生过类似意思的感叹。古今将相今何在?荒冢一堆草没了!可不是吗,司令员死去转眼就十年了,警卫参谋说,要不是背墓碑,他也许还活着,如果他不死,我绝对落不到这步田地,在传达室里当门房,你知道,只有狗才给人家看大门啊。

可不是闹着玩的,黑色墓碑足有三百斤,甚至有四百多斤,并没有一个胆大的偷偷地把那块黑石头称一称。在那些日子里,军区司令部里,有种暗暗窃喜的情绪。被石头崩死的战士的母亲在招待所的401房间里呜咽着,四个警卫员毕恭毕敬地把那块黑玉大理石墓碑抬起来,小心翼翼地放在年过花甲的I司令员背上。警卫参谋额上渗出冷汗心像兔子一样跳动。他看到司令员翘着屁股,双手扶着膝盖,好像惯常的拉屎姿势一样,之所以产生这种大不敬的联想,他对我说过,因为他是警卫参谋,与I司令朝夕相处十几年,非常熟悉I司令的生活习惯。警卫参谋的头部冒汗,牙缝里却有咝咝的冷气进去。尽管I司令武艺高强,力大无穷,但毕竟上了岁数,年龄不饶人,虎老不咬人。警卫参谋担心地看着。墓碑压在I司令背上,使他的下身和脊背弯曲。他的四方形的脑袋从墓碑边缘歪了,警卫参谋看到他的悲哀的脸。

"I司令,是不是算了?俗话说'心到神知'嘛。"警卫参谋小声地问。他从碑下的脸上明白自己说了废话。

按照预先设计好的程序,警卫参谋命令警卫员:"捆起来。"

两个警卫员扶持着墓碑,两个警卫员把一根粗大的、在水里浸泡过的麻辫子拖过来,按照司令员早就教会了他们的方式,左一道右一道、横一道竖一道,把司令员和黑墓碑捆绑在一起。在捆绑过程中,两个战士手哆嗦,使不足劲,警卫参谋说战士们的心情我理解,为了司令员的健康和安全我不得不下命令。

"用力!捆紧!"警卫参谋命令。

战士们咬牙切齿地把麻辫子往紧里抽,我又生怕他们用力过分把司令员的骨头勒断。

捆绑完毕,两个战士退到一边。警卫参谋发现战士们的后背被汗水湿透了。

"好了没有?"司令员的声音先喷在那蓬骆驼刺上,在骆驼刺上分化瓦解之后,尖锐而复杂地射到我们脸上。

"好了。"警卫参谋说着,同时示意战士们帮扶着,让司令员直起腰来。

他直起了腰,两只手把住墓碑的底座。在他站直身体那一瞬间,警卫参谋的脑袋里大量充血、耳膜颤动、太阳穴跳跃、头皮紧张。他看到I司令站直(相对直)身体那一瞬间,脸色蜡黄,蜡黄中泛出一层白,好像熟牛皮上出了一层碱。他一向昂然着的双肩像山崖一样塌陷了。粗壮的铁脖子被抻拉得细长,显示出久被埋没的喉结,脸也仿佛长了许多,脸上的横皱纹通通消逝,竖皱纹被格外强调,于是,一副耶稣受难的表情表现在一向威风凛凛的司令员脸上。警卫参谋眼窝子辣乎乎的,心里挺不是滋味。司令员毕竟是老啦!警卫参谋暗自叹息着。人老了就倔、就糊涂、就不讲道理……警卫参谋无可奈何地叹息着。

我们都撮着心,像观看一个庄严仪式一样被庄严传染。大家都板着脸,紧闭着嘴唇,看着I司令战战兢兢地把习惯上叫作脚的器官与和脚相连称呼为腿的器官抬起来。如果像新兵连训练步伐一样分解动作,让背着石碑的司令员一脚悬空一脚踏地呢?警卫参谋赶快驱赶走这反动的念头,招呼着战士们,紧紧护卫着艰难行进的司令员。无论如何不能让司令员摔倒,否则,石碑会把这位战功赫赫的老将军的内脏挤破,会真正地、亵渎神灵般地把老人家的大便挤出来!我们其实无法知道那时刻 I 司令的心理活动,我们同样感觉到石头的沉重。一个老头儿,背着一块大石头在前进。这件事不同凡响。

我不想去啰哩啰嗦地描述 I 司令的每一步,他背着墓碑走了三里路,中途还翻越了一个小沙包。此事流传甚广,不是亲眼所见几乎不敢相信。本文叙述者对此曾持疑问,但立刻惹得警卫参谋满脸不高兴。

"那墓碑是真的吗?你们是不是……"

"噢呀!"昔日的警卫参谋愤怒地说,"你是说我们搞了个木头的墓碑让司令员背上?亏你想得出!"

警卫参谋是个读过很多书的人,他鄙夷地说看过那篇写修道院修女背假十字架骗人的法国小说。我敢用性命打赌,I 司令那天背的墓碑是石头雕成的,警卫参谋说。

他还给我描绘过 I 司令的汗味和喘息声,还有跟随观看这大孝行的群众及跟随他们的羊儿。

为了掩饰或避免某些小说叙述技巧原生的缺陷,本文的叙述角度或曰观察点不得不频繁变化,这也是叙述者笨拙的表现。叙述者其实无法逃避冒充上帝的尴尬,必须全知全能,变成每一个被叙述者肠道中的蛔虫。如果我站在警卫参谋的角度上,这篇小说可以写成那些政协委员们所写的《我所知道的×××》或《我所知道的××事件中的×××》一类的样式,但这样我就无法写 I 司令员的内心活动。用任何方法其实都难十全十美,等等……以上都是废话。尽管确有几个老人说那次 I 司令所背墓碑是警卫参谋等人请巧匠用高级木料制作的模型,庄严的背碑活动其实是个精心设计的骗局,就连背碑的I司令员也是事后才知道自己背的是一块涂了油漆的木头。据说,当I司令员知道自己背的仅仅是一块木头时,他的精神立刻崩溃了。如果背一块木头就如背一块石头一样艰难,那就说明,当年威震三军、力大无穷的虎将已经垂垂老矣!据说只能是据说,叙述者发自真心地希望地球上从未存在过一块涂着黑油漆、刻着文字的木头碑。

我和伞兵英雄迎着落日瞻仰I司令和他母亲的坟墓时,曾捡起一块黑石头敲击过墓碑,它和敲击它的卵石都发出清脆的音响。确是石头,确是灰褐山雪线之上开采来的名贵的黑玉大理石。

我希望大家都相信警卫参谋的忠诚。

还是回到墓地里方便。如前所述,I司令员和他母亲的坟墓一大一小,一个面对着落日,一个背对着落日;一个面对着朝阳,一个背对着朝阳:好像母子二人在对面谈心。这联想使我感动。我们立在墓地的浓重暮色里,看到黄河的支流像灰黯的银蛇正在蜿蜒中闪烁。我们想象着黄河的汹涌浪头和黄水的独特味道。伞兵英雄追骆驼去后,我不得不拙劣地进入角色,根据采访、调查得来的零星素材,猜测I司令员背着墓碑行走三华里过程中的思维活动。

如果我是I司令员我是决不会干那种蠢事的。让警卫员把墓碑抬到墓地里去,或者让吉普车运去。一切就绪之后,我到墓前鞠几个躬就行了。所以你永远成不了I司令员,你只能把自己想象成I司令员……当四个战士把母亲的墓碑抬到我背上后,我立刻感到沉重的冰冷压住了我。扶住膝盖的双手胀起来了,跟当年扔过几十颗手榴弹后的感觉差不多。现在他们开始绑我了。他们把我与冰冷的石头捆在一起。抬起头,景超柱参谋在咕哝什么呢……

他抬起腿来往前运动时,身体不由自主地晃动着,并且感到脚下坚硬的砂石在下陷。他走了二百步时,突然想起了一九三八年在黄河东岸姚家渡口时,听团政委讲过周文王背姜太公的故事。那时他是团长。政委姓陈,一九四七年在胶东牺牲了,政委说,周文王求贤若渴、握发吐哺,姜子牙在渭水用直钩钓鱼,其实是摆架子。周文王找到他,要请他当军师,他说腿不好,让文王背他走。文王无奈,只得背他走,实在走不动了,就把他扔下了。他却说,你背我八百零八步,我保你八百零八春……政委是个秀才……他恍惚地听到两边有杂沓的脚步声,白了胡子的少年伙伴老单五一定在看着我走……他有一种强烈的不祥的预感,事实证明,这预感是灵验的,I司令背着母亲的墓碑走向了自己的坟墓。

老单五是个很机灵的孩子时,与同样是少年的I司令员一起给郑家大院里放过羊。

景参谋说,墓碑做好之后,司令员亲自护送,运到了他的家乡。安放墓碑的仪式第二天上午进行,这一夜,司令员坐在单五家的炕头上,操着地道的乡音,与一拨刚走一拨又来的老乡亲说话。老乡们都毕恭毕敬。司令员为单五递烟时,单五伸出颤抖的双手接了,他的混浊的眼睛里突然涌出了泪水。单五说:I司令……老五,别叫我司令。I司令说,你再给我说说我那老娘亲死时的情景。老五吸着烟,雪白的烟卷儿夹在他的指缝里显得很不协调,插在嘴唇里时显得更不协调。他嘴唇硬硬地说:I……大哥……你一走几十年……你走那天是个月黑天,后来出来了月亮。原来说好了咱俩一起走,过黄河去投红军,到了河边我就害怕了,你一个人走了。后来,听说你当了大官,我就想,要是当初跟你一块走了就好了,没准我也当大官了……I司令员苦笑一声说:没准早就打死啦,老五!……老五说,I司令的母亲是一九四八年去世的,她沿街乞讨为生,饿死在路边。乡亲们把她埋了。大家知道她的儿子在东边当了大官,带着成千上万的兵打仗,所以就把她的坟墓向着东方。据说,解放初期,司令员回来看过一次,草草地把母亲的墓修缮了一下,就匆匆赶到朝鲜战场了。这次,司令员调到西北,命令工兵连上山开采黑玉大理石修缮坟墓,是人之常情,并不过分,有人背地里说三道四,真是没人心。司令员又递烟给老五时,老五连连拒绝,他说:不敢当了,不敢当了,大贵贵的,大贵贵的,留着大哥自个儿抽吧。司令员说:老五,我对不起老娘,她跟着我吃了一辈子苦,连一丁点儿福都没捞到享……赶明日,我要把她的墓碑背到坟前去,也算赎我的不孝之罪吧!

我继续进入角色:汗水已经流干了。疲劳的极限过去之后,他进入麻木状态,背上的重量似乎减轻了许多。灼热的沙子灌满了鞋旮旯子……我的脚被细软的黄沙挤得疼痛难忍,膝盖上仿佛有一丝冷风侵入……呼吸急促,胸口憋闷,这个沙包我大概爬不上去了,我一定要爬上去。爬上去。……

他站在沙包上,看到前方被艳阳普照着的荒凉戈壁。母亲的坟墓像个黑色的馒头孤孤单单地坐在那里,几十个军人在阳光下笔直地、渺小地站着,好像栽在坟墓周围的几十棵小松树。下沙包时,沙土哗哗地流淌着,焦糊的土味浓郁而迷人,眼前都是金黄。流动的黄沙唤醒了他深埋在意识底层的记忆。在他的一生中,每到极端的时刻,总有浑浊黏稠的黄色在他脑海里流淌。他知道这是浩浩黄河留给自己的印象。沙的烟与水的烟令人陶醉,在陶醉中,石碑好像一个巨大的热气球,升腾力克服了地球的吸引力,他有飘飘欲仙的感觉……司令员,到了。他听到警卫参谋说。众人一拥而上,几十只手架着他,把墓碑从他背上解下来。他看到战士们一个个满脸煞气,以单老五为首的数十乡亲局促成一团,他们的脸上有泪水闪烁。墓碑卸掉之后,他感到身体轻若鸿毛,无所依凭,心中也一片茫然。工兵们把墓碑浇铸在高大的基座上了。他恍恍惚惚地又看到黄水的流动。他听到有人在遥远的地方喊叫:快来,司令昏过去了……

我感觉到这篇枯燥的小说该结束了。结尾跟开头同样困难,谁能为这篇小说写出精彩的结尾呢?埃尔温·斯特里马特说:"谁有好的情节和结尾,谁便能写得十分简洁;谁没有这些,谁便只好用华丽的词藻来装点自己的作品。"伞兵英雄扔下一堆素材给我就飞到加拿大去继承他姑姑的百万遗产去了,谁也帮不了我……这就是结尾。

结尾补充之一:

李护士给 I 司令注射了一支强心剂,又喂他一杯葡萄糖。他睁开了饱含泪水的老眼,示意扶他起来,这工作由李护士和警卫参谋共同完成。他的脖子梗着,说话非常困难,周围的人都有些怕。他说:"我死了后也埋在这里,不要墓碑,墓穴向着西方。"说完了话,他的眼睛里的黑眼球突然眦上去,他的胸腔里发出几声尖锐的"咯咯",好像噎住咽喉的鸡发出的声音,一口鲜红的血从他嘴里喷出来……

结尾补充之二:

I 司令手持一根红柳条,像提着一支马鞭,轻蔑地抽打着那几块黑色的石料,愤怒地对着军区工兵营长咆哮:"不是这种石料!你想糊弄我?"工兵营长是个年近四十的山东人,个子很大,在暴怒的 I 司令面前,他脸色苍白,浑身颤抖。

"你上到雪线了吗?"I 司令掏出烟,递给工兵营长一支。

"雪线上空气稀薄,战士们没有防寒服装……"工兵营长为难地说。

"去找后勤部长,就说是我的命令。你不要管了!"I 司令抄起电话,接通了后勤部长。

I 司令员拍了一下工兵营长的肩膀,说:"小伙子,这种黑玉石只有雪线之上才有,你亲自带一个连上去!"

"是!"工兵营长说,"请司令员放心,采不来黑玉石,我不来见您!"

I 司令员掩饰不住对这位下属的赏识之情,但还是严肃地说:"一定要注意安全,一定不能伤一个人!"

工兵营长敬礼,转身,开步走。

"站住!"I 司令命令。

工兵营长立定转身,说:"首长还有什么指示?"

I 司令员从抽屉里拿出两筒香烟,递给工兵营长,说:"拿去抽吧。你是山东什么地方人?"

　　"报告首长,山东高密。"

　　"高密?噢,我很熟悉,我在那里指挥过几次战斗。"

　　"首长,我在家乡当农民时,就听母亲和父亲说起过您。您指挥胶河阻击战时,指挥所就安在俺家里。"

　　"噢,你是什么村的?"

　　"报告首长,三份子村。"

　　"三份子?"I 司令搔搔漆黑的头,说,"想起来了,那是个三县交界处的小村子,村后就是胶河。你是那个小媳妇的儿子?"

　　"是的,首长,我小名叫龙子,俺娘说您还抱过我。"

　　I 司令员兴奋地拍着工兵营长的肩膀,说:"龙子!龙子!你娘还在吗?"

　　"去年去世了。"

　　"哎!"I 司令沉重地说,"你娘是个好人啊……死了……"

　　"俺娘前年来部队时,曾远远地见过您,她说,远远地望您一眼就行了,死了也就甘心啦。"

　　"你为什么不早告诉我?"I 司令轻轻地问,没及回答,他就挥手示意让工兵营长走了……

结尾补充之三:

　　……伙计,我现在坐在加拿大南部一个小城市的一栋小别墅的一个舒适的小房间里给你写信。窗户外是郁郁葱葱的树林和被绿树环绕的碧绿湖水,水边呆呆地立着一只白色的大鸟,它从早晨到现在一直站在那儿,一动也不动,好像雕塑一样。在这样的环境里,祖国荒凉的以黄色为主要色调的大西北的形象异常鲜明地浮现在我的面前……毫无疑问,I 司令是个英雄,是他那个时代的英雄,我们敬佩他,但更重要的是要批判他。他的英雄事迹你比我掌握得多,勿须多说。在你的小说中,究竟要用多少笔墨写他的英雄事迹,这是你的自由了。但有一点我必须提醒你,小说的结尾部分应写那个在雪线之上被崩死的战士。你去采访警卫参谋时,我去采访了几位当年上山开采黑玉大理石的战士。他们向我述说了在雪山上采石的艰苦以及I司令上山慰问时他们欢欣鼓舞的心情。那个牺牲的战士名叫李卫红,刚满二十岁,他被石头崩破了头颅,鲜血烫化了一大窝雪。李卫红被追认为革命烈士,他的母亲来过部队,I司令员还到招待所401房间里看望过她……另外,我希望你能借鉴巴尔加斯·略萨的最新小说《玛伊塔的故事》的手法来写I司令背碑的过程:I司令背着沉重石碑的心情、感受与当年他伏在母亲背上讨饭的心情、感受紧密交织在一起,把他对自己漫长的生活的回忆穿插进去,使背碑三里变成一种象征,变成他一生的漫长道路的缩影。你应该调动起全部的"感觉",不是用笔,而是用鼻子、嘴巴、耳朵、眼睛——用你的全部感官来涂抹这篇小说,使读者感受到那石碑的冰凉沉重,那石碑不仅仅压迫I司令,而且也压迫着我们每一个人的骨头、肉、神经。使读者能嗅到I司令腋下的汗味能闻到他的喘息和沙土的流动声,并且,能随着他的思想进入历史……一个身经百战、权重一方的大将军背着一块石碑在戈壁滩上艰难地行进着,这无论如何不是一件平常的事情……

结尾补充之四:

距今七十多年前的一个傍晚,血红的太阳漂浮在滚滚的黄河之上。一个三十多岁的瘦弱女人背着一个六岁左右的男孩,来到黄河的渡口边。女人衣衫褴褛,身上和脸上都沾着一层尘土。她坐在地上,放下男孩。那男孩正病着,发着高烧,黑色的眼珠泪汪汪的。不用多说了,大家都猜到了这就是I司令员和他的母亲。I司令多次对人讲起过这件往事,每次都大动感情。据传,中国共产党的前领袖毛泽东也知道I司令这段经历。I司令说他母亲背着他走了一年,从河南走到山西;又走了一年,从山西走到甘肃。这种故事在中国历史上并非独一无二,早就有孟姜女千里寻夫的故事。I 司令员趴在母亲背上去西北寻找父亲。有时候他也扯着母亲的衣角步行。他一路上不知挨过多少次狗咬,受过多少欺侮。这也是他后来发愤习武的原因。他身上被狗咬过的地方都结着紫红色的疤痕。他说他母亲身上的狗咬疤痕比他还多。太阳落山时让人感到亲近,亲近里表现出凄凉,凄凉里渗透出温暖,或者是温暖里渗透出凄凉。那女人用一扇小瓢舀来半瓢黄河水,放在身边沉淀着。河面上,有一具羊皮筏子正吃力地往这边漂来。女人喝了一口水,含在口腔里不下咽,然后,她把嘴唇噘成圆筒状,塞进昏迷的男孩的灼热的嘴里。她就这样像母鸽哺雏般地喂着儿子。撑筏子的老头像一根黑木头。他被苦苦哀求的女人感动,在夕阳沉入河水的时候把母子俩渡过河去。男孩虽在昏迷中,但依然感受到河水的澎湃骚动与水流中挥发出来的令人激动不安的巨大力量,这模糊的感觉——如前所述——在 I 司令员的生命中不断地泛滥出来,成为他战胜困难的力量。后来,他又渡过几次黄河,但都不是过去的黄河了。他的母亲没找到丈夫,他自然没找到父亲。他跟母亲就定居在这个小村庄里,他们没有力量回河南了。他的意识里,河南没有味道,有味道的是这戈壁滩上的小村庄……

结尾补充之五:

一九五二年深秋,I 司令站在母亲破败的坟墓前,久久地抬不起头颅。坟墓用乱石堆成,石缝里生长着几丛枯黄的野草。他的童年伙伴单五满脸愧色地站在他身后,结结巴巴地向他说着什么……

结尾补充之六:

积雪无法覆盖着的断崖陡面上,涂着一些暗红色的线条,线条构成的图案与生殖有关,那些被夸张了的器官引得工兵们嬉笑不止。战士李卫红说:可能是原始人画的壁画,应该向有关部门报告。工兵营长说:报告什么? 这些黄色图画。几天后,I 司令站在这道雪线之上的陡壁前,透过墨晶眼镜看着那些神秘的图案。他从警卫参谋手里接过手枪,对着壁画射出了九发子弹,有一发子弹恰恰打在一根极度夸张的男性生殖器上。石片飞迸。I司令员骂道:"它妈拉个巴子,流氓……"

结尾补充之七:

我问:"景参谋,I司令员为什么不结婚呢?"

警卫参谋好像没听到我的话。有一位女工骑着自行车冲进了食品厂大门,他怒吼着冲出传达室。

"站住!"

女工从自行车上跳下来,惊讶地看着昔日的警卫参谋今日的门卫被恼怒弄变了形的脸。

"干什么?"那高挑腰儿的女工不屑地问。

"看不见吗?"警卫参谋指着门口那块写有"出入下车"字样的大牌子说,"看不见吗?"

"大惊小怪什么你!"女工骗腿上车,低声地骂一句,"看门狗!"

警卫参谋手伸进腰间,好像攥住一柄无形的手枪。他咬牙切齿地说:

"妈拉个巴子,流氓!"

(一九八九年)

爱 情 故 事

那年秋天,队长分派十五岁的小弟与六十五岁的郭三老汉去摇水车。摇水车干什么?车水。车水干什么?浇大白菜。看水道的是一个名叫何丽萍的女知青,年纪在二十五岁左右。

立秋之后,大白菜必须每天上水,否则就要烂根。派活时队长说了,让他们三个不必每天早晨来等待派活,吃过饭去浇白菜就行了。

他们吃过饭就去浇菜,从立秋浇到霜降。当然,他们并不是一直不停地浇水,他们也干些别的事,譬如给大白菜施肥,给大白菜抓虫,用红薯秧把耷拉在地上的白菜叶子拢起来捆住,等等。他们每天都休息四次,每次半小时左右。女知青何丽萍有一块手表。节气到了霜降,地温变低,大白菜卷成了球形,浇水工作结束了。

他们把水车卸下来,用板车拖到生产队场院里交代给保管员,保管员粗粗检查一下就让他们走了。

第二天,他们吃过早饭后就到铁钟下边等着队长重新派活。队长分配郭三套牛去耕豆茬地,分配小弟去补种田边地角上的小麦。何丽萍问:"队长,我干什么?"队长说:"你跟小弟一起去补种小麦,你刨沟,他撒种。"

有一个滑稽社员接过队长的话头跟小弟逗趣:"小弟你看准了何

丽萍的沟再撒种,可别撒到沟外边去啊。"

众人哄笑起来,小弟感到心在胸腔里怦怦跳,偷眼看何丽萍时,发现她板着脸,好像很不高兴。小弟心里立刻难过起来。他骂那逗趣的社员:"老起,操你妈!"

白菜地在村子东头,紧傍着一个大池塘。塘里蓄积着很多雨水,水里生长了很多藻菜和苔藓,池水显得碧绿、深不可测。生产队把白菜地选在这里,主要是想利用池塘里的水浇灌。井里的水当然也可以浇灌,但不如池塘里的水效果好。水车凌空架在池塘上,像一个水上亭阁。小弟和郭三老汉脚踩着颤悠悠的木板,每人抓住一个水车的铁柄,你上我下,吱吱扭扭不停地车着水。从立秋至霜降,没有落过一次雨,几乎每天都是蓝天如洗,阳光明媚。无论有风没风,池塘里的水都很平静。天上有白云时,池塘里也有白云,池塘里的云比天上的云还要清晰。小弟有时候看云看痴了,竟忘了摇动手中的铁柄。郭三老汉丧气地吼一声:"小弟!睡着了吗?!"池塘的北头有像炕席那么大的一片芦苇。孤零零的那么一点芦苇,显得很不真实。芦苇一天比一天变黄,黄的苇叶被初升的太阳和西斜的太阳照耀着时,好像镀了金子。如果那只遍身通红的、奇异的大蜻蜓落在一片金苇叶上时,池水、芦苇、蜻蜓就成了一幅画。还有十几只鸭七八只鹅都是雪白的,在绿水里游来游去。那两只长脖子的公鹅有时趴在母鹅背上,有时趴在母鸭背上。公鹅这样做时小弟往往发呆,一发呆又忘了摇动水车的铁臂,于是,小弟又遭到郭三老汉的训斥:"想什么呢?"小弟慌忙把眼从鹅鸭身上撤下来,加倍用力地摇动水车。在哗哗啦啦的水车链条抖动声中和哗哗啦啦的水声里,他听到郭三老汉说:"毛儿还没扎全个小公鸡,也想起好事来了!"小弟感到羞愧。那只在池塘上飞来飞去的红色美丽蜻蜓,被郭三老汉命名为"新媳妇"。

何丽萍身材很高,比郭三老汉还高。她会武术,据说曾随着中国少年武术队到欧洲表演过。人们经常为何丽萍惋惜,要不是"文化大革命",她肯定能成个大气候。她家里成分不好,有人说她父亲是资本家,也有人说是走资派。走资派和资本家没有多少区别,所以谁也不愿深究。反正大家都知道何丽萍出身不好。

何丽萍不爱说话,村里人都说她老实。与她一起下来的知青上学的上学,就工的就工,回城的回城,就闪下了一个何丽萍。大家都知道她受了家庭出身的拖累。

何丽萍的武术只显过一次相,那还是她刚插队来村里时。那时小弟只有八九岁。那时村里经常组织毛泽东思想宣传会。知识青年们能说会唱,还有会吹口琴、吹笛子、拉胡琴的。那时候村子里显得特别热闹,社员们白天劳动,晚上闹革命。小弟感觉到那时候像过大年一样天天热闹得够数。有一天晚上跟很多天晚上一样,吃过晚饭大家都出来革命。迎面一个土台子,台子上栽两根柱子,柱子上挂两盏汽灯。知青们在台上又拉又唱,小弟记得,忽然那个报幕的小知青说:贫下中农同志们,伟大领袖毛主席教导我们说:枪杆子里面出政权!下面请看何丽萍的武术表演:"九点梅花枪"!

小弟记得大家像疯了一样鼓掌,就等着何丽萍出来。一会儿何丽萍出来了。她穿着一身红色的紧身衣服,脚上穿着白色胶鞋,头发盘在头上。年轻的小伙子在议论着她的紧绷绷鼓起的乳房。有说是真的,有说是假的,说假的那个人还说何丽萍的胸膛上扣着两个塑料碗。她手持一杆红缨枪站在台中亮了一个相。她挺胸抬头,两只眼黑晶晶的,十分光彩。然后抖抖枪杆,刷刷刷一溜风地耍起来了。耍到那要紧处,只见得台子上一片红影子晃眼,哪里去看清她的身腰动作?后来她收住势,手拄长枪定定地站在台上,好像一炷凝固的红烟。台下鸦雀无声好一阵,众人如梦方醒,有气无力地鼓起掌来。

这一夜村里的年轻人都失眠了。

第二天,在地头上休息的社员们七嘴八舌地议论着耍枪的何丽萍和她的"九点梅花枪"。有的说这丫头的枪术是花架子,好看但不实用;有的说枪耍得像风一样快,三五个人近不了身,还要怎么实用?有的说要找上这个老婆可就倒了霉了,等着挨揍就行了,这丫头注定是个骑着男人睡觉的角色,什么样的车轴汉子也顶不住她一顿"九点梅花枪"戳。往后的议论就开始下道了。那时小弟跟着大人们干活,听到这些话时心里有点不好意思又有点气愤。

何丽萍的"九点梅花枪"只要了一次就要不成了,据说是被人告到公社革命委员会里,公社里说:枪杆子应该握在根红苗正的革命接班人手中,怎么能握在黑五类的后代手中呢?

何丽萍不爱说话,每天垂头丧气地跟着社员们劳动。当所有的知青都插翅飞走时,她显得很孤单,大家都对她同情起来。队长再也不派她重活干。没有人想到她该不该找对象结婚的事。村里的小青年大概还记得她的枪术的厉害,谁也不敢去找她的麻烦。

有一天她悬空坐在水车的踏板上望着池塘里的绿水发愣时,小弟坐在池塘的边上,目不转睛地看着她。她的脸很黑,鼻梁又瘦又高,眼睛里黑黑的几乎没有白,两道眉毛向鬓角斜飞去,左边那道眉毛中间有一颗暗红色的大痦子。她的牙很白,嘴挺大,头发密匝匝的,小弟看不到她的头皮。那天她穿着一件洗得发白了的蓝华达呢军便装,没扣领扣,露出一节雪白的脖颈和一件内衣的花边,再往下一看,小弟慌忙转头去看在白菜地上飞舞着的两只蝴蝶。他看不见蝴蝶,他脑子里牢牢地记住了何丽萍的两只乳房把军便装的两只口袋高高挺起的情景。

郭三老汉不是个正经的庄稼人,小弟听人说郭三年轻时在青岛的妓院里当过"大茶壶"。"大茶壶"是干什么的呢?小弟不知道,也不好意思问人家。

现在郭三没老婆,光棍一人过活,村里人都说他跟李高发老婆相好。李高发的老婆梳着一个光溜溜的飞机头,一张白白的大脸,腚盘很大,走起路来一跩一跩的,像只鸭子。她的家离池塘不远,小弟和郭三踏着木板摇水车时,一抬头就能望到李家的院子。她家养了一条黑色的大狗,很厉害。

他们浇白菜浇到第四天时,李家的女人挎着个草筐子到池塘边上来了。她磨蹭磨蹭就磨蹭到水边上来了。她"格格格格"地在水车旁边笑。

她笑着对郭三说:"三叔,队长把美差派给你了。"

郭三也笑嘻嘻地:"这活儿,看着轻快,真干起来也不轻快,不信你问小弟。"

连摇了几天水车,小弟也确实感到胳膊有点酸痛。他咧嘴笑了笑。他看到李家女人那油光光的飞机头,心里感到很别扭。他厌恶她。

李家女人说:"俺家那个瘸鬼被队长派到南山采石头去了,带着铺盖,一个月才能回来……你说这队长多么欺负人,有那么多没家没业的小青年他不派,单派俺那个瘸鬼!"

小弟看到郭三的小眼睛紧着眨巴,听到他喉咙里挤出干干的笑。郭三说:"队长是瞧得起你呢!"

"呸!"李家女人愤愤地说,"那匹驴,他就是想欺负俺!"

郭三老汉不说话了。李家女人伸了个懒腰,仰着脸眯着眼看太阳,她说:"三叔,半上午了,您该歇歇了。"

郭三打着手罩望了望太阳,说:"是该歇歇了。"他松了水车把,对着菜地喊:"小何,歇会儿吧!"

李家女人说:"三叔俺家那条狗这几天不吃食,您去看看是怎么回事?"

郭三看了一眼小弟,说:"你先走吧,我抽袋烟再去。"

李家女人边走边回头说:"三叔,您快点呀!"

郭三好像不耐烦地说:"知道了知道了!"他拿出烟荷包和烟袋,突然用十分亲切的态度问小弟:"小伙子,你不抽一袋?"

但他却把装好烟的烟斗插进自己嘴里去了。小弟看到他点着烟站起来,用拳头捶打着腰,说:"人老了,干一会儿就腰疼。"

郭三老汉尾随着李家女人走了。小弟不去看他们,回头往白菜地里看,何丽萍正拄着铁锨站在畦埂上一动不动。小弟心中感到很难过,被水车的皮垫搅浑了的池水里泛上来一股腥腥的淤泥味,仿佛渗进了他的牙缝里。水车的铁管里空空一响,车链子响了几声,车把子倒转几下,被吸到铁筒里的水又回到池塘里,然后水车便安静了。

小弟看到水车把上的锈已经被自己的手磨光了。他坐在木板上,两条腿耷拉着。太阳很好,菜畦里的水还在缓缓流动着,并放出碎银子般的光芒。所有的白菜都停止不动,菜地尽头高耸的河堤也静止不动,堤上的柿子树也静止不动,有几片柿叶已经显出鲜红的颜色。小弟往西一望,正望到郭三静悄悄地走进李家的院落,那条大黑狗只叫了一声,便驯服地摇起尾巴来。郭三老汉跟狗一起钻到屋里去了。李家的篱笆上有一架扁豆,开放着很多紫色的花。池塘里的水被撩动了,鸭和鹅一齐叫,并用翅膀打水。那只长颈的白公鹅把一只母鸭压到水里去了,那母鸭在水里驮着公鹅游动。小弟跳到菜地边上,抓起一团团的泥巴,打击着那只公鹅。泥巴太软,不及到水就散开了,绿水被散乱的黄泥土打得唰唰响,公鹅依然骑在母鸭背上,在水中急速地游动。

小弟感到一种从未体会过的感觉。他身上很冷,池塘里的水汽使他的肌肤上生出一些鸡皮疙瘩。他的腰不敢直起来,撑起的单裤使他感到耻辱。而这时,何丽萍沿着畦埂朝水车这边走来了。

何丽萍在一步步逼近,小弟坐在了地上。他突然发现何丽萍高大了许多,而且她的头发上闪烁着一种金黄色的光芒。小弟的心脏噗噗地乱跳着,牙齿止不住地打起架来。他把手放到膝盖上,又移到脚背上。最后他挖起一块泥巴用力捏着。

他听到何丽萍问:"郭三老汉呢?"

他听到自己颤抖着说:"到李高发家去啦。"

他听到何丽萍走到木板上,还听到她向池水中吐唾沫。他偷偷地抬头,发现何丽萍出神地望着池塘中的鹅鸭们。何丽萍的上身伏在水车上望着池塘中的鹅鸭,何丽萍的屁股便翘了起来。小弟恐惧极了。

后来,何丽萍问他多大了,他说十五了。何丽萍问他为什么不读书,他说不愿上了。

小弟满脸是汗,站在何丽萍面前。何丽萍嘻嘻地笑起来。于是小弟更不敢抬头了。

从那天起,郭三老汉每天都要去李高发家为黑狗治病,何丽萍也过来跟小弟说话。小弟不紧张了,不流汗了,也敢偷偷地看何丽萍的脸了。他甚至闻到了何丽萍身上的味道。

有一天天很热,何丽萍脱下蓝制服,只穿着一件粉红色的衬衣,小弟看到她衬衣里边那件小衣服的襻带和纽扣,他幸福得直想哭。

何丽萍说:"你这个小混蛋,看我干什么?"

小弟脸顿时红了,但他大着胆子说:"看你的衣裳!"

何丽萍酸酸地说:"这算什么衣裳,我的好衣裳你还没看见呢!"

小弟红着脸说:"你穿什么都好看。"

何丽萍说:"你还挺会奉承人呢!"

她说:"我有一件红裙子,跟那柿子叶一样颜色。"

他和她都把目光集中到河堤半腰那棵柿子树上。已经下了几场霜,柿子叶在阳光照耀下,红成了一团火。

小弟飞跑着去了。他爬到柿子树上,折下了一根枝子,枝子上缀着几十片叶子,都红得油亮。有一片被虫子咬坏了的叶子,小弟把它摘下来扔掉了。

他把这一枝红叶送给何丽萍。何丽萍接了,用鼻子嗅着柿叶的味道,她的脸也许是被红叶映得发红。

小弟为何丽萍摘红叶的情景被郭三看到了。摇着水车时,郭三老汉嘻嘻地怪笑着问小弟:"小弟,我给你当个媒人吧!"

小弟满脸通红说:"我才不要呢!"

郭三说:"小何真不错,奶子高高的,腚盘宽宽的。"

小弟说:"你别胡说……人家是知青……人家比我大十岁……人家个子那么高……"

郭三说："这算什么！知青也知道干那事舒坦！女大十岁不算大。女的高，男的矬，两个奶子夹着脖，那才是真恣咧！"

郭三一席话把小弟说得浑身滚烫，屁股扭动。

郭三说："雀儿都竖起来了，不小了。"

从这天起，郭三不停地把那些事给小弟说，小弟也忍不住地问郭三当"大茶壶"的事，郭三就把妓院里的事详细地说给小弟听。

小弟摇着水车老走神，何丽萍的影子在他眼前晃动着。郭三看着小弟这模样，便用更加淫荡的话挑逗他。

小弟哭着说："三大爷，您别说这些事给我听了……"

郭三说："傻瓜蛋！哭什么，找她去吧，她也痒痒着呢！"

有一天中午，小弟去生产队的菜地里偷了一个红萝卜，放到水里洗净，藏在草里，等何丽萍来。

何丽萍来了，郭三老汉还没有来。小弟便把红萝卜送给何丽萍吃。

何丽萍接过萝卜，直着眼看了一下小弟。

小弟不知道自己的模样。他头发乱糟糟的，沾着草，衣服破烂。

何丽萍问："你为什么要给我萝卜吃？"

小弟说："我看着你好！"

何丽萍叹了一口气，用手摸着萝卜又红又光滑的皮，说："可你还是个孩子呀……"

何丽萍摸了摸小弟的头，提着红萝卜走了……

小弟和何丽萍去很远的地里补种小麦。因为地头上要回转牲口，总有些空闲种不上。他们来到一块高粱地茬。早种的小麦已经露出了苗儿。高粱秸子耸成一个大垛堆在地头上。这时候已经是深秋了，天气有些凉了。何丽萍和小弟种了一回麦子，便躲在高粱秸垛前，晒着太阳休息。阳光又美丽又温暖地照射着他们，收获后的田野一望无际，一个人影也没有，只有几只鸟儿在天上唧唧喳喳地叫着。

何丽萍放倒了几捆高粱秸，背倚着高粱秸垛，舒适地仰起来。小弟站在一旁看着她。她的脸闪闪发光,眼睛眯着,湿润的嘴微张着,露出洁白的牙齿。

　　小弟感到浑身发冷,他感到嘴唇僵硬,喉咙好像被人扼住了似的。他困难地说:"……郭三跟李高发的老婆干那种事儿……每天都去……"

　　何丽萍眯着眼,脸上的微笑闪闪发光。

　　"……郭三骂你咧……他说你……"

　　何丽萍眯着眼,身体摆成一个大字。

　　小弟往前挪了一步,说:"……郭三说你也想那种事……"

　　何丽萍望着小弟微笑。

　　小弟蹲在何丽萍身边,说:"郭三要我大着胆子摸你……"

　　何丽萍微笑着。

　　小弟呜呜地哭起来,他哭着说:"……姐姐,姐姐,我要摸你了……我想摸你了……"

　　小弟的手刚刚放在何丽萍的胸膛上,整个人就被她的两条长腿和两只长胳膊给紧紧地盘住了……

　　第二年,何丽萍一胎生了两个小孩。这件事轰动了整个高密县。

（一九八九年）

初　　恋

我九岁那年，已是小学三年级学生了。

班里的学生年龄距离拉得很大，最小的是我，最大的是杜风雨，他已是个十六岁的小伙子了。他的个头比我们班主任还要高；他脸上的粉刺比我们班主任脸上的还要多。很自然地，他成了我们班上的小霸王。更由于他家是响当当的赤贫农，上溯三代都是叫花子，他娘经常被学校里请来作诉苦报告，鼻涕一把泪一把地说如何冒着大风雪去讨饭，又如何在风雨之夜把杜风雨生在地主家的磨道里，我们班主任家是富裕中农，腰杆子很软，所以，面对着根红苗正、横眉立目、满脸粉刺的无产阶级后代的胡作非为，连屁都不敢放一个。

我们的教室原先是两间村里养羊的厢房，每逢阴雨潮湿天气就发散羊味。厢房北头的三间正房是乡里的电话总机室，有很多电线从窗户里拉出来，拴在电线杆子上，又延伸到不知何处去，看守电话总机的是一个操着外地口音的年轻女人。她的脸很白，身体很胖。那时我并不知道什么是沙发什么是面包，但村里的一个老流氓对我说看电话女人的奶子像面包肚皮像沙发。她有两个女孩，模样极不相似。村里的光棍儿见了她们就说："大平小平，我是你爸。"两个女孩起初很乖地呼光棍儿爸爸，后来不呼了。后来光棍儿再自封为爸爸时,两个女孩便像唱歌一样喊:"操你的亲娘!"看电话女人家里出出进进着许多穿戴整齐的乡镇干部,我们在课堂上,听到调笑声从总机房里飞出来。我隐约感到,那里边有很多美好的事情。有一天晚上,我去同学家看小猫,路过总机房,看到窗外站着一个人,走近发现那人是班主任。

我不知道为什么总让我们那位年轻的、满脸粉刺的班主任不满意,他经常毫无道理把我揪出教室,让我站在电话总机房外的电线杆下罚站,一站数小时,如果是夏天,必定晒得头昏眼黑,满脸汗水。

班里只有两个女生,一个是我叔叔的女儿,另一个姓杜,叫什么名字忘记了。她的双脚都是六个趾头,脚掌宽阔,像小蒲扇一样,我们叫她六指。六指长得不好看,还有偷人铅笔橡皮的小毛病,家庭出身也不算好,在班里很受歧视。我猜想我和六指是最被班主任厌恶的学生了,所以他把我和她安排在一张课桌前,坐在一条板凳上。虽然我和六指个头最矮,班主任却让我们坐在最后一排。

与六指同坐一条凳上,我感到十分耻辱,心里的难受劲儿无法形容,而杜风雨这个鳖羔子硬说我跟六指坐一条凳子要成为夫妻了。我当时并不晓得自己长得比六指还要丑,让我与她同坐一凳已是奇耻大辱,再让我与她成夫妻,简直是要了命!我的泪水哗哗地流出来,我哽咽着大骂杜风雨,杜风雨挥起拳头,在我头上擂,就让我一屁股坐在了地上。

我坐在地上哭着,没听到上课的铃声敲响,却看到班主任牵着一个头发上别着一只红色塑料蝴蝶形卡子、上身穿一件红方格褂子、下身穿一条红方格裤子的女孩走了过来。

班主任端着一盒彩色粉笔,夹着一根教鞭,牵着女孩的手,径直朝教室走,好像根本没看到我的丑脸也没听到我的嚎哭,可是他身边那个漂亮女孩却很认真地看了我一眼。她的眼睛是那样的美丽,漆黑的眼仁儿,水汪汪的,像新鲜葡萄一样。她看我一眼,我的心里顿时充满说不清楚的滋味,竟忘了哭,痴呆呆地沉醉在她的眼神里。

班主任牵着女孩走进教室。我痴想了一会儿,站起来,用衣袖子擦擦鼻涕眼泪,战战兢兢溜进教室去了。班里同学们都用少有的端正姿态坐着,看着黑板前面的班主任和那个女孩。我悄悄地坐在六指身边。我看到班主任凶恶地剜了我一眼,那个女孩,又用那两只美丽的眼睛,探询似的望了我一下。

班主任说:"同学们,这是我们班新来的同学,她的名字叫张若兰。张若兰同学是革命干部子女,身上有许多宝贵的品质,希望大家向她学习。"

我们一齐鼓掌,表示对美丽的张若兰的欢迎。

班主任说:"张若兰同学学习好,从现在起,她就是我们班的学习委员了。"

我们又鼓掌。

班主任说:"张若兰同学唱歌特别好,我们欢迎她唱支歌吧!"

我们再鼓掌。

张若兰脸不变色,大大方方地唱起来:

"蓝蓝的天上白云飘,白云下面马儿跑……"

哎哟我的个亲娘哟!张若兰,不平凡,歌声比蜜还要甜。你说人家的爹娘是怎么生的她?同学们听呆了。

我们使劲鼓掌。

班主任说:"张若兰兼任我们班的文体委员。"

我们刚要鼓掌,杜风雨虎一样站起来,问班主任:"你让她当文体委员,我当什么?"

班主任想了想,说:"你当劳动委员吧。"

杜风雨噘着嘴刚要坐下,班主任说:"你甭坐了,搬到后排去,这个位子让给张若兰。"

杜风雨挟着破书包,嘟嘟哝哝地骂着,穿过教室,坐在最后一排为他特设的一个专座上。

张若兰坐在杜风雨空出来的位子上,与我的堂姐共坐一条板凳。

杜凤雨被贬到后排，我心里暗暗高兴，张若兰一来，杜凤雨就倒霉，张若兰替我报了仇，张若兰真是个好张若兰。我无限眷恋地看着张若兰，看着她美丽的眼睛像紫葡萄一样，看着她红扑扑的脸蛋像成熟的苹果一样，看着她嘴角的微笑像甘甜的蜂蜜一样，看着她鲜艳的双唇像樱桃一样，看着她洁白的牙齿像贝壳的内里一样，看着她轻快的步伐像矫健的小鹿一样。她临就座前，对着我的堂姐莞尔一笑，我的泪水竟然莫名其妙地盈眶而出。她端正地坐下了，我的目光绕过同学们的脊背，定在张若兰的背上，定在那件红格子上衣的红格里。这一课，班主任讲了什么？我不知道。

由于来了张若兰，黑暗枯燥的学校生活突然变得绿草茵茵鲜花开放。在张若兰来之前，我烦死了怕死了恨死了学校，我多次央求爹娘：别让我上学了，让我在家放牧牛羊吧。自从来了张若兰，我最怕星期六，星期六下午，我心中的太阳张若兰就背着她的皮革书包，穿着她的花格子衣服，顶着她的蝴蝶卡子，蹦蹦跳跳地过了河上的小石桥，到她在乡政府大院中的家里去，使我无法看到她。

每到星期天，我就像丢了魂一样，不想吃饭也不想喝水。家里不让我放羊我也要去放羊。我牵着羊，过了河，在乡政府大院前来回逡巡。乡政府门前空地上那几蓬老枯的野草早就被那两只绵羊啃得光秃秃了，羊儿饿得"咩咩"叫，但我不满足它们想到青草丰茂的荒地里去吃草的愿望。我把它们拴在乡政府门前的树上，让它们啃树皮。我呢？我坐在树边的空地上，眼巴巴地望着乡政府的大门口，看着出出进进的人，盼望着张若兰能突然出现在我的面前。我一遍又一遍地鼓励自己：等一会儿，等一会儿，再等一会儿……

我的秘密终于被祖父从两只绵羊干瘪的肚子上发现了，但家里人对我为什么到乡政府大门前去放羊的心理动机并不清楚。一顿打骂之后，我逃到大门外哭泣。我的堂姐拿着个热地瓜来找我。她把地瓜递给我，说："我知道你为什么要到那里去放羊，我愿意为你保守秘密，但你必须把那本《封神榜》借给我看一个星期。"

我有一本用两个大爆竹从邻村的孩子手里换来的连环画《封神榜》,纸是土黄色的,开本比当时流行的连环画要大,上边画着能从鼻孔里射出金光夺人魂魄的郑伦,眼里生手手上生眼的杨任,骑虎道人申公豹,会土遁的土行孙,生着两只大翅膀的雷震子,还有抽龙筋揭龙鳞的哪吒……大个子杜风雨用拳头威逼我我都没有给他看,但我把这本藏在墙洞里的宝书毫不犹豫地借给了我堂姐。

张若兰来了一个月左右,班里出了一件大事。班主任在课堂上严肃地说:"同学们,有人偷食了电话总机家悬挂在屋檐下晾晒的一串干地瓜,最好自己交待,等到被别人揭发出来就不光彩了。"

我感到班主任意味深长地看了我一眼,心里顿时发了虚,虽然我没偷干地瓜,但竟像就是我偷了干地瓜一样。我的屁股拧来拧去,拧得板凳腿响,拧得六指不耐烦了,她大声说:"你屁股上长尖儿吗?拧什么拧?"

她的话把老师和同学的目光全招引到了我身上,他们一齐盯着我,好像我确凿就是那个偷地瓜的贼。我鼻子一酸,呜呜地哭起来了。这时,奸贼杜风雨大声喊:"地瓜就是他偷的,昨天我亲眼看到他蹲在厕所里吃干地瓜,我跟他要,他死活不给我。"

我想辩解,但嗓子眼像被什么堵死了一样,一个字也说不出来。班主任走过来,无限厌恶、极端蔑视地看着我,冷峻地说:"看你那个死熊样子!给我滚出去哭!"

狗腿子杜风雨遵照班主任的指示,凶狠地揪着我的头发,把我拖到总机窗外的电线杆下,并且大声对着机房里吼:"偷你家干地瓜吃的小偷抓住了,快出来看看吧!"

头上戴着耳机子的那个白胖女人从高高的窗户上探出头来,看了我一眼,操着一口悠长的外县口音说:"这么点儿个孩伢子就学着偷,长大了笃定是个土匪!"

我屈辱地站在电线杆下,让骄阳曝晒着我的头。电话总机家那两个小女孩跑出来,从墙角上捡了一些小砖头,笨拙地投我,一边投一边喊:"小偷,小偷,癞皮狗,钻阴沟。"

我自觉着马上就要哭死了的时候,眼前红光一闪,张若兰来了。

我的头死劲儿地垂下去。

张若兰用她洁净的神仙手扯扯我的衣角,用她的响铃喉对我说:"大哭瓜,哭够了没有?我知道干地瓜不是你偷的。"

张若兰把我领回教室,从书包里摸出一块干地瓜,举起手来,说:"报告老师,这是个冤案,干地瓜是杜风雨偷的。"

所有的目光都从张若兰手上转移到杜风雨脸上。杜风雨大吼:"你造谣!"

张若兰说:"这块干地瓜是杜风雨硬送给我的,谁稀罕!他的书包里还有好多干地瓜,不信就翻翻看!"

没人敢翻杜风雨。张若兰跑过去,抢了他的书包,提着角一抖搂,稀里哗啦,全出来了。干地瓜,王胜丢了的圆珠笔,李立福丢了的橡皮,王大才丢了的玻璃万花筒……都从他的书包里掉出来了。原来杜风雨是真正的贼,而我们一直认为这些东西是被六指偷走了。

六指跳起来,骂道:"我操你亲娘杜风雨,你姓杜,我也姓杜,论辈分我是你姑姑,你黑了心害我,我跟你拼了吧!"

班主任让杜风雨站起来。杜风雨站起来,歪着头,用脏指甲抠墙皮。

班主任底气不足地问:"是你偷的吗?"

杜风雨双眼向上,望着屋顶,鼻子里喷出一股表示轻蔑的气。

班主任说:"给我出去。"

杜风雨说:"出去就出去!"

他把那几本烂狗皮一样的破书往书包里一塞,提着班主任的名字骂道:"操你个妈,有朝一日我掌了权,非宰了你这个富裕中农不可!"

杜风雨掀翻了那张破桌子,气昂昂地走了。

班主任脸色焦黄,弯着腰站在讲台上,嘴唇直哆嗦。好半天,他直起腰,说:"下课。"紧接着这句话的尾巴他咳了几声,脸上像涂了金粉一样,黄灿灿的,一张嘴,一口鲜血喷出来。

张若兰帮我洗清了冤枉,我对她的感激简直没法说。本来我就像痴了一样迷恋着她,再加上这一重水深火热的恩情,我便是火上浇油、锦上添花、痴上加痴。去乡政府大门外放羊是再也不敢了,更没闯进乡政府大院去找她的胆量。我只能利用每周在校的那短暂得如电一般的五天半时间,多多地注视她,连走到面前,同她说句话的勇气都没有。

有一天,家里来了一位亲戚,送给我们四个苹果。亲戚走了,那四个苹果摆在桌子上,红红的,宛若张若兰的脸蛋儿,散发着浓烈的香气。我不错眼珠地盯着它们。祖母撇撇嘴,拿走了两个苹果,对我母亲和我婶婶说:"每人拿一个回去,分给孩子们吃了吧。"

母亲把那个鲜红的苹果拿回我们屋里,找了一把菜刀,准备把苹果切开,让我兄弟姐妹分而食之。一股很大的勇气促使我握住了母亲的手腕。我结结巴巴地请求道:"娘……能不能不切……"

母亲看着我,说:"这是个稀罕物儿,切开,让你哥哥姐姐都尝尝。"

我羞涩地说:"并不是我要吃……我要……"

娘叹了一口气,说:"你不吃,要它干什么?馋儿啊!"

我鼓足勇气,说:"娘……我有一个同学叫张若兰……"

娘警惕地问:"是男生还是女生?"

我说:"女生。"

娘问:"你要把苹果给她?"

我点点头。

母亲再没问什么,把菜刀放在一边,用衣襟把那红苹果擦了擦,郑重地递给我,说:"藏到你的书包里去吧。"

这一夜我无法安眠。

天刚亮,我就爬起来,背上书包,蹿出了家门。母亲在背后喊我,我没有回答。我用一只手紧紧地按着书包里的苹果,在朦胧着晨雾的胡同里飞跑,我钻过一道爬满了豆角和牵牛花的篱笆,爬上了高高的河堤,逆着清凉河水的流向,跑到了那座黑瘦小石桥的桥头上。

我手扶着桥头上那根冰凉的石柱子,开始了甜蜜的等待,几个早起担水的男人从我身边擦过去,我感受到了他们身上热烘烘的气息。他们都用疑惑的目光看着我,看着一个头发蓬乱、衣衫褴褛、满脸污垢的小男孩。

太阳出来了,照耀得满河通红。担水的男人站在桥中央,劈开腿,弯着腰,把盛满了清清河水的水桶从下面提上来,那么多的亮晶晶的水珠儿从水桶的边缘上无声无息地落到河里去了。一条皮毛油滑的黑狗在河堤上懒洋洋地走着,一只公鸡站在一个草垛顶上发呆,一缕缕乳白色的炊烟从各家的烟囱里笔直地升起,这就是清晨风景。我来得太早了,但我不后悔,我知道每熬过一分钟就离那个整夜在我脑海里盘旋的情景近一分钟。如果她穿着红衣服出现在小桥的那头,我就从小桥的这头跑过去,与她相逢在桥中央。当她惊讶地看着我时,我就双手捧着红苹果送到她面前,我要说:亲爱的张若兰同学,谢谢你在我最困难的时候帮助了我。我把苹果放在她手里,转身跑走,迎着朝阳,唱着歌子,像欢快的小鸟一样。

张若兰终于出现在小石桥的那头,她没穿那套给我留下深刻印象的红衣服,她穿着一套泛白的蓝衣服,一个高大的男人,一边走一边抚摸着她的头发。勇气顿时消失,我像小偷一样从石柱子旁边跳开,钻到桥头附近的灌木丛中去,生怕被张若兰发现。我听到张若兰说:"爸爸,你回去吧,那个杜风雨被你教训后,再也不敢找我的麻烦了。"

我看到张若兰的爸爸对着张若兰招招手,转身走了。我听到张若兰哼着小曲儿,从我的身边走过去了。我用一只手捂着书包里的苹果,弯着腰,在灌木丛中飞一样地穿行着,我一定要拦住张若兰,把苹果递到她手中。

我从学校附近的一垛柴草后边跳出来,气喘吁吁地挡住了张若兰。张若兰"啊"了一声,定定神,厉声喝道:"金斗,你想干什么?"

我的心怦怦地跳着,想把那几句背诵了数百遍的话说给她听,但是我张不开嘴。我想把那只鲜红的苹果从书包里摸出来给她,但是我动不了手。

张若兰对着我的铺在地上的长长的影子啐了一口唾沫,然后昂头挺胸,从我的身边高傲地走过去了。

(一九八九年)

奇　　遇

一九八二年秋天,我从保定府回高密东北乡探亲。因为火车晚点,车抵高密站时,已是晚上九点多钟。通乡镇的汽车每天只开一班,要到早晨六点。举头看天,见半块月亮高悬,天晴气爽,我便决定不在县城住宿,乘着明月早还家,一可早见父母,二可呼吸些田野里的新鲜空气。

这次探家我只提一个小包,所以走得很快。穿过铁路桥洞后,我没走柏油路,因为柏油公路拐直角,要远好多。我斜刺里走上那条废弃数年的斜插到高密东北乡去的土路。土路因为近年来有些地方被挖断了,行人稀少,所以路面上杂草丛生,只是在路中心还有一线被人踩过的痕迹。路两边全是庄稼地,有高粱地、玉米地、红薯地等,月光照在庄稼的枝叶上,闪烁着微弱的银光。几乎没有风,所有的叶子都纹丝不动,草蝈蝈的叫声从庄稼地里传来,非常响亮,好像这叫声渗进了我的肉里、骨头里。蝈蝈的叫声使月夜显得特别沉寂。

路越往前延伸庄稼越茂密,县城的灯光早就看不见了。县城离高密东北乡有四十多里路呢。除了蝈蝈的叫声之外,庄稼地里偶尔也有鸟或什么小动物的叫声。我忽然感觉到脖颈后有些凉森森的,听到自己的脚步声特别响亮与沉重起来。我有些后悔不该单身走夜路,与此同时,我感觉到路两边的庄稼地里有无数秘密,有无数只眼睛在监视着我,并且感觉到背后有什么东西尾随着我,月光也突然朦胧起来。我的脚步不知不觉地加快了。越走得快越感到背后不安全。终于,我下意识地回过头去。

我的身后当然什么也没有。

继续往前走吧,一边走一边骂自己:你是解放军军官吗?你是共产党员吗?你是马列主义教员吗?你是,你是一个唯物主义者,而彻底的唯物主义者是无所畏惧的,共产党员死都不怕还怕什么?有鬼吗?有邪吗?没有!有野兽吗?没有!世界本无事,庸人自扰之……但依然浑身紧张、牙齿打战,儿时在家乡时听说过的鬼故事"连篇累牍"地涌进脑海:一个人走在路上,突然听到前边有货郎挑子的嘎吱声,细细一看,只见到两个货挑子和两条腿在移动,上身没有……一个人走夜路碰到一个人对他嘿嘿一笑,仔细一看,是个女人,这女人脸上只有一张红嘴,除了嘴之外什么都没有,这是"光面"鬼……一个人走夜路忽然看到一个白胡子老头在吃草……

我后来才知道我的冷汗一直流着,把衣服都溻湿了。

我高声唱起歌来:"向前向前向前——杀——"

自然是一路无事。临近村头时,天已黎明,红日将出未出时,东边天上一片红晕,村里的雄鸡喔喔地叫着,一派安宁景象。回头望来路,庄稼是庄稼道路是道路,想起这一路的惊惧,感到自己十分愚蠢可笑。

正欲进村,见树影里闪出一个老人来,定睛一看,是我的邻居赵三大爷。他穿得齐齐整整,离我三五步处站住了。

我忙问:"三大爷,起这么早!"

他说:"早起进城,知道你回来了,在这里等你。"

我跟他说了几句家常话,递给他一支带过滤嘴的香烟。

点着了烟,他说:"老三,我还欠你爹五元钱,我的钱不能用,你把这个烟袋嘴捎给他吧,就算我还了他钱。"

我说:"三大爷,何必呢?"

他说:"你快回家去吧,爹娘都盼着你呢!"

我接过三大爷递过来的冰冷的玛瑙烟袋嘴,匆匆跟他道别,便急忙进了村。

回家后,爹娘盯着我问长问短,说我不该一人走夜路,万一出点什么事就了不得了。我打着哈哈说:"我一心想碰到鬼,可是鬼不敢来见我。"

母亲说:"小孩子家嘴不要狂!"

父亲抽烟时,我从兜里摸出那玛瑙烟袋嘴,说:"爹,才刚在村口我碰到赵三大爷,他说欠你五元钱,让我把这个烟袋嘴捎给你抵债。"

父亲惊讶地问:"你说谁?"

我说:"赵家三大爷呀!"

父亲说:"你看花了眼了吧?"

我说:"绝对没有,我跟他说了一会儿话,还敬了他一支烟,还有这个烟袋嘴呢!"

我把烟袋嘴递给父亲,父亲竟犹豫着不敢接。

母亲说:"赵家三大爷大前天早晨就死了!"

(一九八九年)

辫　子

胡洪波坐在同心湖南岸那片槐树林子里,膝盖上摆着一条一米多长的乌黑大辫子,满脸苦相,一支接一支地抽烟。刚刚下过大雨,槐树林子里到处都是水,他坐在那件发给干部们穿着下乡指挥防汛的军用双面塑胶雨衣上,还是感觉到潮气透上来,搞得双股很不舒服。

这是个星期六的傍晚,暴雨刚过,玫瑰色的天空上飘着一些杏黄色的云,倒映在清澈的湖水里。湖对面那几十栋红瓦顶二层小楼被青天绿水映衬着,显得很美丽。在紧临着湖边的那栋楼一层里,有一个六十平方米的单元,那就是宣传部副部长胡洪波的家。

胡洪波三十出头年纪,大专文化程度,笔头上功夫不错,人长得清瘦精干。有相当一部分姑娘喜欢嫁给胡洪波这种类型的男人,而一般地说,嫁给这种男人也总是能过上比较平静、温暖、有几分艺术气息的生活。这样的男人在机关里蹲上个十年八年的,一般总是能熬成一个不大不小的官儿。这样的家庭多数会生一个漂漂亮亮的女孩,这女孩一般总是很聪明,嘴巴很甜,头上扎着红绸子。这女孩如果不会拨弄几下电子琴,就会画几张有模有样的画儿或是会跳几个还挺复杂的舞蹈。最低能的也能背几首唐诗给客人听,博几声喝彩。

这样的家庭里的主妇一般都还不难看，都很热情，很清洁，很礼貌，让人感到很舒服。这样的女人多数都会炒几个拿手菜，端到席上向客人夸耀。这样的女人多数都能喝一两左右的白酒，在家宴将散时，必定腰系着白围裙上席来，以主妇和主厨的双重身份，向客人们敬酒，这样的敬酒绝大多数的客人都不好意思拒绝。这样的女人是湖边那十几栋楼里的灵魂。总之，这样的女人、这样的孩子、这样的男人，住在一个单元里，就分泌出一种东西。这东西叫做：幸福。

胡洪波原来是生活在幸福之中的。那时候他的妻子郭月英在新华书店儿童读物部卖连环画，虽然是生过孩子数年了的人，可还留着那条做姑娘时就蓄起来的大辫子。那条大辫子有一米多长，一把粗细，乌黑发亮，成为郭月英身上最引人注目的特征。县城的人都知道新华书店有个卖小人书的"郭大辫"。机关里的人都知道"郭大辫"是宣传部报道组"胡大主笔"的老婆。说实话郭月英的脸很一般，瘦瘦的，长长的，甚至有几分尖嘴猴腮，但郭月英的大辫子实在是全城第一份的漂亮。当初谈恋爱，每当胡洪波对郭月英的脸蛋儿表现出不满时，郭月英就从腰后拖过大辫子缠在他的脖子上。三缠两缠，胡洪波就被缠住了。

郭月英生下一个取名"娇娇"的女孩后，家务活儿增加了许多，梳大辫子浪费时间，胡洪波劝她剪成短发。她瞪着眼，红着脸说："你想逃跑？"

胡洪波立即想起新婚之夜的情景：郭月英伏在他的身上，用辫子缠着他的脖子，咬着他的耳朵说："只要我的辫子在，你就别想跑！"

胡洪波指指娇娇，说："有娇娇拴着我，你剃成秃瓢儿，我也跑不了。"

郭月英披散着头发，眼睛夹着泪，嘴里不停地嘟哝着。胡洪波正被一篇稿子弄得心烦，见郭月英纠缠不清，便火起来，拍了一巴掌写字台上的玻璃，吼了一句："神经病！"

郭月英"哇"地哭了一声，哭声很大，吓得胡洪波不由自主地从写字台边蹦起来,他倒不是怕郭月英哭坏了嗓子,而是怕郭月英的哭声邻居听到,那时胡洪波还是个干事,楼上住着宣传部的马副部长,一个让胡洪波感到极不舒服的顶头上司。他急忙跑上去,拍着郭月英的肩膀赔不是。郭月英又是"哇"地一声,吓得胡洪波伸手去捂她的嘴。胡洪波一松手,她又是"哇"地一声,好像她的嘴巴是个漏水的管子,就这样一捂就停,一松就"哇",一会儿工夫,胡洪波就汗水淋漓了。娇娇也被惊醒了,手舞足蹈地哭。胡洪波急中生智,跑到厨房里,选了一个小茄子,堵住郭月英大张着的嘴巴。此招十分有效,但情景十分可怕,郭月英仰着脸,瞪着眼,嘴里塞着茄子,把那张瘦脸拉得更加狭长,像一只鹿的脸或是狗的脸。胡洪波也像大多数男人一样,结婚后就对妻子的脸视而不见,甚至忘记她的脸的样子,只有一团模模糊糊的感觉在下意识里潜藏着。他好不容易哄睡了娇娇,又一次认真地打量着郭月英的脸,他突然发现,郭月英其实是个相当丑陋的女人,她的呆呆的眼、稀疏的眉毛、狭窄的额头、弯曲的鼻梁、尖尖的下巴,都让他感到厌恶。他伸出手,想把茄子从她的嘴巴里拔出来,又怕她又"哇"个不停;不拔出茄子,难道让她永远叼着?他猛然意识到情形有些蹊跷,郭月英怎么这么老实?他轻轻捏着茄子把儿,想把茄子拽出来,但没拽出来;他手上使了劲,再拽,还是没拽出来。他有些着急,左手攥住郭月英的下巴,右手捏住茄子把,用力往外一拔,只听得一声响亮,茄子出来了,郭月英却倒了。胡洪波慌忙把她抱在床上,摸摸心脏,还跳,试试鼻孔,还喘气,知道没死,心中顿时轻松了许多。再看郭月英,嘴大张着不合,好像还叼着茄子一样,胡洪波少时学过一点按摩正骨,便揉着郭月英的脸,往上托下巴,竟然把那张嘴合住了。嘴合了眼也闭了,并从鼻孔里喷出一些的鼾声。谢天谢地!胡洪波祷告一声,一腚坐在椅子上,浑身臭汗,骨头酸痛,好像从篮球场上下来。

第二天早晨,胡洪波表现极好,一大早就去取回了奶,煮好,喂饱娇娇,然后又煮面条,煎鸡蛋,侍候郭月英吃饭。郭月英的脸像木头一样,没有半点表情。胡洪波相信时间是治疗一切痛苦的良药,女人脸像木头时,最好暂时躲开,于是他推出自行车,把娇娇送去幼儿园,自己跑到办公室里打开水,擦地板,抹桌子,好像要用劳动洗刷罪责一样。胡洪波此刻还不知道,那种叫做"幸福"的东西,已经离他而去。后来他曾想到,所谓的"幸福",就像燕子一样,数量是有限的,它在这家檐下筑了巢,就不会再到别家去垒窝。所以要想得到幸福,首先要盖一栋适合燕筑巢的房子。

　　胡洪波忙完了,在办公桌前坐下来,刚点烟吸了一口,马副部长来了。胡洪波慌忙站起来,低垂着脑袋向马副部长问好。马副部长很严肃地问:"小胡,昨晚上跟小郭闹矛盾了?"

　　胡洪波红着脸说:"吵了两句嘴,主要是我不好。"马副部长语重心长地说:"小胡啊,现在,资产阶级自由化泛滥,使许多丈夫不喜欢妻子,我们身为县委干部,一定要注意影响啊!"

　　胡洪波感到浑身发冷,心情紧张,好像自己就是一个被资产阶级自由化泛滥了的丈夫一样。他连声说:"是,是,是,我一定注意。"

　　正在这时,电话铃响了。胡洪波起身去接,马副部长却就近操起了话筒,拖着长腔:"喂,找谁?是宣传部,找谁?胡洪波?你贵姓?噢,是小郭,小胡欺负你了?我正在训他呢!"

　　马副部长把话筒递给胡洪波,脸上堆着令胡洪波感到恐惧的微笑。他战战兢兢接过话筒,刚喂了一声,就听到郭月英在那边咬牙切齿地说:"只要我的辫子在,你就别想跑!"胡洪波刚要说点什么,郭月英就把电话挂了。

　　胡洪波满面羞愧,窘得连从电话机走回办公桌这几步路都不会走了。郭月英的声音很大,那句像咒语一样的话屋里的人都听得清清楚楚。马副部长笑着说:"小郭又要施展'神鞭'的绝技了。"满屋里的人都笑起来,他们都听说过"郭大辫子"缠住"胡大主笔"的趣闻。

　　胡洪波红着脸说:"玩笑话……一句玩笑话……"嘴里这么说着,

但他的心里却产生了对郭月英的强烈不满。即使我有天大的不是,你也不该把电话打到办公室里来丢我的面子!整整一个上午,他都在发着狠,虚构着各种各样的教训郭月英的情景,五彩缤纷的妙语像潮水一样滚滚而来。

中午下班后,怀着满腔怒火他骑车回了家。支好车,一脚踹开虚掩着的门,想给郭月英一个下马威。他迎面碰上了郭月英呆呆的目光。他看到她光着背,赤着脚,双手攥着大辫子,半张着嘴,下巴耷拉着,怒冲冲地说:"只要我的辫子在,你就别想跑!"胡洪波愤怒地吼着:"郭月英,你不要得理不饶人!我让你剪辫子,也不过是随口说的一句话,没有半点别的意思,愿意剪你就剪,不愿剪你就留着。退一步说,这话就算我说错了,伤了你的心,但我已向你赔了礼,道了歉,投了降,告了饶,好汉不打告饶的。你这样闹,就是胡搅蛮缠,存心不想跟我正经过日子了!"

他怒冲冲说完,自己都感到义正辞严、通情达理。他准备着郭月英撒撒娇,耍耍赖,用辫子抽他。然后抱她上床,亲两口咬两嘴,就重归于好了。但郭月英对他的那番话毫无反应,依然是攥着大辫瞪着眼,怒冲冲地说:

"只要我的辫子在,你就别想跑!"

胡洪波这才感觉到情况复杂,他仔细观察郭月英,见她目光呆滞,反应迟钝,已经是一个标准的精神病人了。但他还不愿承认事实,大声说:"月英,娇娇来了!"

他发现她连眼珠都没动一下,却咬着牙根,重复了一遍那句惊心动魄的话:

"只要我的辫子在,你就别想跑!"

往后的日子就乱七八糟了。胡洪波首先找到马副部长汇报情况,把事情的前后经过毫无隐瞒地说了一遍,他说着说着就流下了眼泪,但他分明看出马副部长的眼睛里藏着许多问号。他捶胸顿足地发誓说如有半句谎言天打五雷轰,马副部长却冷冰冰地说:你即使说的全是假话天也不会打你五雷也不会轰你,我们共产党员不搞赌咒发誓这一套。胡洪波说:我用党性保证我没说假话。马副部长说:先送小郭去医院治病,其余的事组织会调查清楚。

后来他就把郭月英送进精神病医院,医院又让他述说郭月英的发病经过,他又如实说了一遍。医生们都说:就为这么点事就得了神经病?言外之意还是说胡洪波隐瞒了重要内容。胡洪波又是赌咒发誓,用党性、人性,用女儿娇娇的名义保证他一句谎话也没说,但他发现医生们的脸就像木头一样,于是他再也不解释什么,把希望寄托在郭月英身上,他真心希望她能恢复理智,好为他洗刷清白。他把女儿送回老家让爹娘给养着,自己白天上班,晚上去精神病院陪郭月英。半年过去,胡洪波累弓了腰,愁白了头,可郭月英的病没有任何进展,饭送到嘴里,吃;水端到唇边,喝;也不哭,也不闹,也不跑,也不跳,惟一的毛病就是,只要见了胡洪波,就攥着大辫子念咒语:"只要我的辫子在,你就别想跑!"

后来,连精神病院的医生听了这句话也忍不住笑起来,都说胡干事你算是没法子逃脱了,拴在郭月英辫子梢上算啦。

精神病院在半年内使尽了全部招数,郭月英的病不好也不坏,但医疗费海了去了。连年亏损的新华书店领导找县委宣传部哭穷说郭月英再住下去职工们意见就大发了,于是马副部长亲自去精神病院了解情况,医院说住着也是白住着,于是在一个晴朗的秋日下午,胡洪波借了一辆三轮车把郭月英拉回了家。郭月英的娘是个退休的小学教师,胡洪波把她请来照顾她女儿。

不久,马副部长得急症死了,宣传部空出了一个副部长的缺,很多人都暗地里活动,想补这个缺。组织部那位女部长却拍板让胡洪波当了副部长。她的理由是:小胡有文凭,有能力,作风正派,难得是心眼好,侍候郭月英半年,连句怨言都没有,比儿子还孝顺,这样的青年干部不提拔,提拔什么样的?

胡洪波当了副部长,坐在了马副部长的办公桌上,苦闷略有减缓,但只要一进家门,一听到郭月英那句诅咒,他就感到,家里有个神经病老婆,即使当了市委宣传部的副部长,也没有什么意思了。

有一段时间内,他曾生出过离婚的念头,但听人说与精神病人离婚相当麻烦,他既怕麻烦,又怕舆论,何况郭月英大辫还在,何况他这个副部长正是因为侍候郭大辫才得到呢。于是,叹了一口长气,算了,低着头,把日子一天天混下来。

胡洪波当副部长半年,就到了一九九年年底。县广播电视局召开表彰先进大会,请他去参加。他去了,讲了话,鼓了掌,然后就给先进工作者发奖状。他的老朋友、广播电视局局长万年青宣读受奖者名单。老万念一个人名,就上来一个,胡洪波双手把镶在玻璃镜框里的奖状递给这个人,这人自然是用双手恭恭敬敬接了,然后两人都腾出右手,握一握,让人照几张相。然后受奖者就抱着镜框到台下去了。

这些上台来领奖的人,有胡洪波熟识的,也有胡洪波不熟识的,不管熟识还是不熟识的,他都报以微笑。他的老朋友万年青念了一个名字:余甜甜。他接过旁边的人递过来的镜框,低头看到了奖状上用毛笔写着的"余甜甜"三个大字,抬头看到余甜甜昂头挺胸走上台来。他立即认出了她是县电视台女播音员。他觉得她比在屏幕上的形象更有魅力。余甜甜这样的女人自然不会羞涩,她落落大方地走到胡洪波的面前,莞尔一笑,接镜框,握手。他感到她的手潮乎乎的,很小,像想象中的小母兽的爪子。照相的弯着腰照,一副格外卖力的样子。余甜甜抱着镜框转身下台时,把脑后一根大辫子甩了起来,"嗖溜"一声,仿佛有一条鞭子抽在胡洪波的脸上。他感到心中充满复杂的感觉,像惊惧不是惊惧,像幸福不是幸福,像紧张不是紧张。他感到脑袋晕乎乎的,有点醉酒的味道。万年青轻轻地踢了一下他的脚,低声道:"老伙计,小心!"

会后,万年青在金桥宾馆请客,余甜甜作陪,胡洪波不知不觉就把脑袋喝晕了。他感到自己想哭又想笑,心中有一种情绪,叫做"淡淡的忧伤",万年青提议让他唱歌,他很爽快地答应了。他嗓子不错,在县剧团混过。他站起来,想了想,唱了一支民歌:在那遥远的地方,有一个好姑娘……她那美丽的笑脸,好像红月亮……我愿做只小羊,跟在她身旁……唱到愿让那姑娘用鞭梢轻轻抽打脊梁时,他感到有两滴凉凉的泪珠在腮上滚动……他不敢抬头看余甜甜,他听到万年青问:"伙计,用鞭梢还是用辫梢?"

他问:"你说什么?"

万年青笑着说:"抽打脊梁呀。"

陪席的人都笑起来,胡洪波也跟着笑了。他心里很温暖,感到人与人之间的关系十分美好。

万年青说:"行了,胡副部长累了,大家散了吧?"

他站起来,觉得腿像踩在云雾里。万年青吩咐道:"小余,找服务员给胡副部长开个房间休息。"

万年青搀着他的胳膊走出客厅,走到铺了红色化纤地毯的走廊里。他看到余甜甜在前边小跑,脑后那根大辫子像一根鞭子甩打着……

万年青把嘴贴在他耳朵上说:

"伙计,想换条大辫子吗?"

醒酒之后,他感到自己很荒唐,生怕招来流言蜚语。过了几天,没有什么动静,他放了心。

有一天傍晚,他骑着自行车路过这里,有一个女人从槐树林冲出来。他手闸脚闸并用,自行车前轮还是撞在那女人小腿上。他没有发火,因为那女人是余甜甜。他怔怔地望着脸涨得通红的余甜甜,一时竟不知该说什么。后来他醒过神来,不自然地问:"撞坏了没有?"

余甜甜没回答他的问题,却把脑袋一晃,将那条大辫子甩到胸前,双手攥着,咬牙切齿地说:"只要我的辫子在,你就别想跑!"

胡洪波只觉得耳朵里一阵轰鸣,眼前一片漆黑。等他恢复了视力时,余甜甜已经没了踪影。

他怀疑自己在做梦。

晚上,他打开电视机,看着余甜甜一本正经地播报着新闻,心中渐渐升腾起怒火,他认为这个女人在奚落自己。转念一想又觉得不像。

第二天傍晚,骑车路过槐树林时,他虽没放慢速度却提高了警惕,余甜甜跑出树林时,他已跳下了车子。

他没等她开言,就冷冷地说:"余小姐,不要拿别人的痛苦取乐!"

她愣了一会儿,突然大声呜咽起来。吓得胡洪波四处看看,低声下气地劝:"别哭,别哭,让人看见会怎么想呢?"

她说:"爱怎么想就怎么想,我不怕!反正我爱你,我决不放掉你!"说完了又哭,哭着一晃脑袋,甩过大辫子来,双手攥着,没等她念那句由郭月英发明的咒语,他就失去了控制地叫起来:"够了,够了,姑奶奶,饶我一条小命吧!我已经被大辫子女人吓破了苦胆!"

第三天傍晚,暴雨刚过,还是在槐树林边,浑身透湿的余甜甜冲出来拦住胡洪波,从腰里摸出一把大剪刀,伸到脑后"咔嚓咔嚓"几下子,将那根水淋淋的大辫子齐根铰下来,扔到他的怀里。她说:"我不是大辫子女人了。"她的头去掉了沉重的辫子后,显得轻飘飘的,很不自然的样子。她抚摸着脖子,眼里滚出了眼泪。雨后的斜阳照耀着她生气蓬勃的年轻脸庞,显出巨大的魅力来。胡洪波不得不承认余甜甜是个十分美丽的姑娘,郭月英差了她十八个档次。

他双手捧着余甜甜的大辫子,看着她那水淋淋的丰硕身体,浑身像筛糠一样打着哆嗦说:"甜甜,你到底要干什么?"

"我已经属于你了,你让我干什么我就干什么!"余甜甜说着,一步步逼上来。

"瞎说,你怎么会属于我呢?"他着急地辩解着,胆怯地后退着。

"我把辫子都铰给你了,怎么不属于你?"余甜甜拔高嗓门哭叫着。

……

暮色浓重了,湖上升腾起白色的烟雾。他把余甜甜的辫子塞进怀里,推着自行车,昏头涨脑地走进家门。郭月英对着他念那句咒语:"只要我的辫子在,你就别想跑!"

他突然感到余甜甜的辫子在自己怀里快速地颤抖起来,一股浓烈的发香扑进了鼻腔,余甜甜美丽的一切都在对照着面如死鬼的郭月英。他感到一股怒火在心中燃烧,一句脏话脱口冲出。他从怀里抽出余甜甜的大辫子,对准郭月英的脸,狠狠地抽了一下子。随着一声脆响,郭月英倒在地上。他的岳母闻声从厨房里赶出来,大声叫嚷着:"他姐夫,你要干什么?"

"辫子,辫子,该死的辫子!"他红着眼叫嚷着。

"啊呀,你把我闺女的辫子铰掉了,你这个黑了心的畜生!"

他一辫子把岳母抽了一个趔趄,大声吼着:"是,我要铰掉你闺女的辫子!"

他翻箱倒柜地找剪刀,没找到。他冲进厨房,操起一把菜刀,跳过来,一辫子把爬过来保护闺女发辫的岳母打到一边去,然后,把余甜甜的辫子绕在脖子上,腾出左手,拉过一只小板凳。

胡洪波右脚踩住郭月英瘦长的头颅,左脚支撑着身体,左手扯着郭月英的辫子——脖子上挂着余甜甜的辫子——右手高举起菜刀,嘴里骂一声:"狗娘养的!"骂声出,菜刀落,"嚓"的一声,郭月英的辫子齐齐地断了。

胡洪波坐在地上,大口地喘着粗气。

郭月英爬起来,哭着说:"你这狠心的,铰辫子就铰辫子,下这样的狠劲儿干什么?"

(一九九一年)

夜　　渔

经过很长时间的缠磨,九叔终于答应夜里带我去拿蟹子。那是六十年代中期。每年都涝,出了村庄二里远,就是一片水泽。

吃过晚饭后,九叔带我出了村。临行时母亲一再叮嘱我要听九叔的话,不要乱跑乱动,同时还叮嘱九叔好好照看着我。九叔说,放心吧嫂子,丢不了我就丢不了他。母亲还递给我们两张葱花烙饼,让我们饿了时吃。我们披着蓑衣,戴着斗笠。我拎着两条麻袋。九叔提着一盏风雨灯,扛着一张铁锹,出村不远,就没了道路,到处都是稀泥浑水和一棵棵东倒西歪的高粱。幸好我们赤脚光背,不在乎水、泥什么的。

那晚上月亮很大,不是八月十四就是八月十六。时令自然是中秋了,晚风很凉爽。月光皎洁,照在高粱间的水上,一片片烂银般放光。吵了一夏天的蛙类正忙着入蛰,所以很安静。我们拖泥带水的声音显得很大。感到走了很长很长时间,才从高粱地里钻出来。爬上了一道堰埂,九叔说这就是河堤,是下栅子捉蟹的地方。

九叔脱了蓑衣摘了斗笠,又脱掉了腰间那条裤头,赤裸裸一丝不挂,扛着铁锹跳到那条十几米宽的河沟里去,铲起大团的盘结着草根的泥巴截流。河沟里的水约有半米深,流速缓慢。一会儿工夫九叔就在河水中筑起了一条黑色的拦水坝,靠近堰埂这边,开了一个两米的口子,插上双层的高粱秸栅栏。九叔把马灯挂在栅栏边上,便拉我坐在灯影之外,等待着拿蟹子。

我问九叔,拿蟹子就这么简单吗?

九叔说你等着看吧,今夜刮的是小西北风,北风响,蟹脚痒,洼地里蟹子急着到墨水河里去集合开会,这条河沟是必经之路,只怕到了天亮,捉的蟹子咱用两条麻袋都盛不下呢。

堰埂上也很潮湿,九叔铺下一件蓑衣,让我坐上去。他裸着身体,身上的肉银光闪闪。我觉得他很威风,便说他很威风。他得意地站起来,伸胳膊踢腿,像个傻乎乎的大孩子。

九叔那年十八岁多一点,还没娶媳妇。他爱玩又会玩,捕鱼捉鸟,偷瓜摸枣,样样都在行,我们很愿意跟他玩。

折腾了一阵,他穿上那条裤头,坐在蓑衣上,说,不要出动静了,蟹子们鬼得很,听到动静就趴住不爬了。

我们安静了,一会儿盯着那盏放射出温暖的黄色光芒的马灯,一会儿盯着那个用高粱秆栅栏结成的死城。九叔说只要螃蟹爬到栅栏里就逃脱不了了,我们下去拿就行了。

河水明晃晃的,几乎看不出流动,只有被栅栏阻挡起的簇簇小浪花说明水在流动。蟹子还没出现,我有些着急,便问九叔。他说不要心急,心急喝不了热黏粥。

后来潮湿的雾气从地上升腾起来,月亮爬到很高的地方,个头显小了些,但光辉更明亮,蓝幽幽的,远远近近的高粱地里,雾气团团簇簇,有时浓有时淡,煞是好看。水边的草丛中,秋虫响亮地鸣叫着,有嚯嚯的,有吱吱的,有唧唧的,汇合成一支曲儿。虫声使夜晚更显得宁静。高粱地里,还时不时地响起哗啦啦的水声,好像有人在大步走动。河面上的雾也是浓淡不一,变幻莫测,银光闪闪的河水有时被雾遮盖住,有时又从雾中显出来。

蟹子们还没出现,我有些焦急了。九叔也低声嘟哝着,起身到栅栏边上去查看。回来后他说：怪事怪事真怪事，今夜里应该是过蟹子的大潮呀，又说西风响蟹脚痒，蟹子不来出了鬼了。

九叔从河边的一棵灌木上，摘下一片亮晶晶的树叶，用双唇夹着，吹出一些唧唧啾啾的怪声。我感到身上很冷，便说：九叔，你别吹了，俺娘说黑夜吹哨招鬼。九叔吹着树叶，回头看我一眼。他的目光绿幽幽的，好生怪异。我心里一阵急跳，突然感到九叔十分陌生。我紧缩在蓑衣里，冷得浑身打战。

九叔专注地吹着树叶，身体沐在愈发皎洁的月光里，宛若用冰雕成的一尊像。我心中暗自纳闷：九叔方才还劝我不要出动静，怕惊吓了蟹子，怎么一转眼自己反倒吹起树叶来了呢？难道这是一种召唤蟹子的号令？

我压低嗓门叫他："九叔，九叔。"他对我的叫唤毫无反应，依然吹着树叶，唧唧啾啾吱吱，响声愈发怪异了。我慌忙咬了一下手指，十分疼痛。说明不是在梦中。伸出手指去戳了一下九叔的脊背，竟然凉得刺骨。这时，我真正有些怕了，我寻思着要逃跑，但夜路茫茫，泥汤浑水高粱遍野，如何能回到家？我后悔跟九叔捕蟹子了。这个吹着树叶的冰凉男人也许早已不是九叔了，而是一个鳖精鱼怪什么的。想到此，我吓得头皮发炸，我想今夜肯定是活不回去了。

天上不知道何时出现了一朵黄色的、孤零零的云，月亮恰好钻了进去。我感到这现象古怪极了，这么大的天，月亮有的是宽广的道路好走，为什么偏要钻到那云团中去呢？

清冷的光辉被阻挡了。河沟、原野都朦胧起来，那盏马灯的光芒强烈了许多。这时，我突然嗅到一股淡淡的幽香。幽香来自河沟，沿着香味望过去，我看到水面上挺出一枝洁白的荷花。它在马灯的光芒之内，那么水灵，那么圣洁，我们家门前池塘里盛开过许许多多荷花，没有一枝能比得上眼前这一枝。

荷花的出现使我忘记了恐惧，使我沉浸在一种从未体验过的洁白清凉的情绪中。我不知不觉地站起来，脱掉蓑衣，向荷花走去。我的腿浸在温暖的水中,缓缓流淌的水轻轻抚摸着我的大腿,我感到快要舒服死了。离荷花本来只有几步路,但走起来却显得特别漫长。我与荷花之间的距离仿佛永远不变,好像我前进一步,它便后退一步。我的心处于一种幸福的麻醉状态,我并不希望采摘这朵荷花,我希望永远保持着这种荷花走我也走的状态,在这种缓慢的、有美丽的目标的追随中,温暖河水的抚摸,给了我终身难忘的幸福体验。

后来,月亮的光辉突然洒满河道,一瞬间,我看到它颤抖两下,放射出几道比闪电还要亮的灼目白光,然后,那些宛若玉贝雕琢成的花瓣纷纷落下。花瓣打在水面上,碎成细小的圆片,旋转着消逝在光闪闪的河水中,那枝高挑着花瓣的花茎,在花瓣凋落之后,也随即萎靡倾倒,在水面上委蛇几下,化成了水的波纹……

我不知不觉中眼睛里流淌出滚滚的热泪,心里充满甜蜜的忧伤。我心中并无悲痛,仅仅是忧伤。眼前发生的一切,宛若一个美丽的梦境。但我正赤身站在河水中,水淹至我的心脏,我的心脏的每一下跳动都使河水轻轻翻腾,水面上泛起涟漪。荷花虽然消逝了,但清淡的幽香犹存,它在水面上漂漾着,与清冽的月光、凄婉的虫鸣融为一体……

一只有力的大手抓住我的脖颈把我提出水面,水珠一串串,像小珍珠,从我的胸膛、肚腹、蚕蛹大的小鸡鸡上,滴溜溜地滚落到水面上。我听到河水被两条粗壮的大腿开,发出哗啦啦的巨响。随后,我的身体被抛掷起来,在空中翻了一个筋斗,落在蓑衣上。

我想一定是九叔把我从河中提上来,但定睛一看,九叔端坐在堰上,依然那么专注痴迷地吹着树叶,没有一丝一毫移动过的迹象。

我大叫了一声:九叔!

九叔叨着树叶,回头看了我一眼,那目光完全是陌生人的目光,并且那目光中还透出几分愠恼,好像嫌我打扰了他的吹奏。有了下河追随荷花的经历,恐惧竟离我而去,我已不太在乎九叔是人还是鬼,他似乎只是一个引我进入奇境的领路人,目的地到达,他的存在也就失去了意义。这样想着,他吹奏树叶的声音也由鬼气横生变得婉转动听了。

马灯的昏黄光芒向我提示,我们是来捉螃蟹的。一低头,一抬头,就看到成群结队的螃蟹沿着高粱秸栅栏往上爬。螃蟹们的个头很整齐,都有马蹄般大小,青色的亮盖,长长的眼睛,高举着生满绿毛的大螯,威风又狰狞。我生来就没见过这么大、这么大的螃蟹集中在一起,心里又兴奋又胆怯。戳九叔,九叔不动。我很有些愤怒,螃蟹不来,你着急;螃蟹来了,你吹树叶,要吹树叶何必半夜三更跑到这里来吹?我又一次感到九叔已经不是九叔。

一只软绵绵的手摸我的头颅,抬头一看,竟是一个面若银盆的年轻女人。她头发很长、很多,鬓角上别着一朵鸡蛋那么大的白色花朵,香气扑鼻,我辨不出此花是何花。她满脸都是微笑,额头正中有粒黑痦子。她身穿一袭又宽又大的白色长袍,在月光中亭亭玉立,十分好看,跟传说中的神仙一模一样。

她用低沉甜美的声音问我:"小孩,你在这里干什么呀?"

我说:"我在这里捉螃蟹呀。"

她哧哧地笑起来,说:"这么个小东西,也知道捉螃蟹?"

我说:"我跟我九叔一块儿来的,他是我们村里最会捉螃蟹的人。"

她笑着说:"屁,你九叔是天下最大的笨蛋。"

我说:"你才是笨蛋呢!"

她说:"小东西,我让你看看我是不是笨蛋。"

她回手从身后拖过一根带穗的高粱秆,往河沟中的两道栅栏间一甩,那些青色的大螃蟹就沿着秆儿飞快地爬上来。她把高粱秆的下端插进麻袋,那些螃蟹就一个跟着一个钻到麻袋里去了。瘪瘪的麻袋很快就鼓胀起来,里边嘈杂着万爪抓挠、千嘴吐泡沫的声音。一只麻袋眼见着满了,她从脚前揪下一根草茎,三绕两绕,把麻袋口缝住了。另一只麻袋也很快满了,她又用一根草茎封了口。

"怎么样?"她得意地问我。

我说:"你一定是个神仙!"

她摇摇头,说:"我不是神仙。"

"那你一定是个狐狸!"我肯定地说。

她大笑着说:"我更不是狐狸。狐狸,多丑的东西,瘦脸,长尾,满身的脏毛,一股子狐臊气。"她把身体凑上来,说:"你闻闻,我身上有臊气没有?"

我的脸笼罩在她的那股浓烈的香气里,脑袋有些眩晕。她的衣服摩擦着我的脸,凉凉的,滑滑的,十分舒服。

我想起大人们说过的话,狐狸能变成美女,但尾巴是藏不住的。便说:"你敢让我摸摸你的屁股吗?要是没有尾巴,我才相信你不是狐狸。"

"咦,你这个小东西,想占你姑奶奶的便宜吗?"她很严肃地说。

"怕摸你就是狐狸。"我毫不退让地说。

"好吧,"她说,"让你摸,但你的手要老实,轻轻地摸,你要弄痛了我,我就把你摁到河里灌死。"

她掀起裙子,让我把手伸进去。她的皮肤滑不留手,两瓣屁股又大又圆,哪里有什么尾巴?

她回过头来问我:"有尾巴没有?"

我不好意思地说:"没有。"

"还说我是狐狸吗?"

"不说了。"

她用手指在我脑门上戳了一下,说:"你这个又奸又滑的小东西。"

我问:"你既不是狐狸,又不是神仙,那你究竟是什么?"

她说:"我是人呀。"

我说:"你怎么会是人呢?哪有这么干净,这么香,这么有本事的人呢?"

她说:"小东西,告诉你你也不明白。二十五年后,在东南方向的一个大海岛上,你我还有一面之交,那时你就明白了。"

她把鬓角上那朵白花摘下来让我嗅了嗅,又伸出手拍拍我的头顶,说:"你是个有灵气的孩子,我送你四句话,你要牢牢记住,日后自有用处:镰刀斧头枪。葱蒜萝卜姜。得断肠时即断肠。榴树上结槟榔。"她的话还没说完,我便睡眼蒙眬了。

等到我醒来时,已是红日初升的时候,河水和田野都被辉煌的红光笼罩着,那一望无际的高粱像静止不动的血海一样。这时,我听到远远近近的有很多人呼唤我的名字。我大声地答应着,一会儿,我的父母、叔婶、哥哥嫂嫂们从高粱地里钻出来,其中还有我的九叔。他一把抓住我,气愤地质问我:

"你跑到哪里去了?!"

据九叔说,我跟随着他出了村庄,进了高粱地,他摔了一跤爬起来就找不到我了,马灯也不见了。他大声喊叫,没有回音,他跑回家找我,家里自然也找不到,全家人都被惊动了,打着灯笼,找了我整整一夜,我说:

"我一直跟你在一起呀。"

"胡说!"九叔道。

"这是两麻袋什么?"哥哥问。

"螃蟹。"我说。

九叔撕开缝口的草茎,那些巨大的螃蟹匆匆地爬出来。

"这是你拿的?"九叔惊讶地问我。

我没有回答。

今年夏天,在新加坡的一家大商场里,我跟随着朋友为女儿买衣服,正东挑西拣地走着,猛然间,一阵馨香扑鼻,抬头看到,从一间试衣室里,掀帘走出一位少妇,她面若秋月,眉若秋黛,目若朗星,翩翩而出,宛若惊鸿照影。我怔怔地望着她。她对着我妩媚一笑,转身消逝在熙熙攘攘的人流里。她的笑容,好像一支利箭,洞穿了我的胸膛。靠在一根廊柱上,我心跳气促,头晕目眩,好久才恢复正常。朋友问我怎么回事,我心不在焉地摇摇头,没有回答。回到旅馆后,我突然想起了那个帮我捉螃蟹的女人,掐指一算,时间正是二十五年,而新加坡也正是一个"东南方向的大海岛"。

(一九九一年)

鱼　市

凌晨，鱼香酒馆的老板娘凤珠推开临街的窗户，看着窗外的风景。夜里下了一场不大不小的雨，青石板铺成的街道上，积存着雨水和银光闪闪的鱼鳞；没积水的地方也是明晃晃的。雾在街上缓缓地滚动着，一阵浓一阵淡；一阵明一阵暗。这一段铺着青石的街道是高密东北乡著名的鱼市街，浓重的鱼腥味借着潮气大量挥发出来。南海的风和北海的风你吹来我吹去；南海的鱼和北海的鱼在这里汇集。街上的青石滋足了鱼的鼻涕，虾的汁液，蟹的涎水。

太阳在雾里透了红。对面的几家铺子正在下门板。杂货铺老板于疤眼站在门口，朝街心使劲吐了一口痰。几个伙计从井里打上水来，哗啦啦地往街上泼。德生也下了门板，打水冲洗饭馆前的台阶。街两边对着泼，好像要把鱼腥气冲到对家一样。

"德生，别冲了！"她大声说。

德生朝窗户里笑笑，说："姑，今日逢大集，买卖少不了，要不要请我妹妹来帮忙？"

德生二十出头，在县党部当过厨子，现在是鱼香酒馆的掌勺大师傅。酒馆店面小，摆四张桌子，容十几个人。德生是她的血缘不远的侄子。她看到德生用腰间围裙擦着手，踏着鱼市街上的积水，匆匆地走去。他去叫他的妹妹德秀来帮厨。那是个很健康的姑娘，红扑扑的脸上总是沾着一些银灰色的鱼鳞。家住在镇东头，晒干鱼卖。只要来店里，总是很甜地叫姑。

雾渐渐散去。太阳红红的，像个羞怯的女人。骚屄！她听到有个嗓门沙哑的女人在很远的地方骂。高高的朱红色旗杆斗子从对面店铺深处的灰瓦屋顶中挺起来。那是刘举人家的大门口。民国了，那玩意儿还被刘家视为荣耀，一年好几遍上油漆。"刘家的旗杆婊子的屄，一个年年漆，一个天天洗。"这镇上经常流传一些顺口溜，作者不明。保安队刘队长在鱼香饭馆发誓要查出这编造顺口溜的人。"只要让我查出来，"刘队长在桌子上猛拍了一巴掌，高声说，"割掉他的鸡巴喂狼狗！"他解开土黄色军装的扣子，露出腰间宽皮带上挂着的盒子枪。保安队有二十几个人，住在鱼市街西头的大庙里，任务是保卫地方治安。没见到他们干什么捉土匪的事，只看到他们逢集日早上跑操，口号喊得震天响。

他们沿着青石街跑来了。十八个人，分成两排。刘队长跑在队伍外，嘴里叼着一个铁哨子，吱吱地吹着。哨音与队伍的步调不一致，乱七八糟。保安队员们都穿着土黄色制服，腰里扎着牛皮带。脸色都灰着，嘴唇都青着，目光都散着，打不起精神来。石板道坑洼里有水，他们跳跳蹦蹦地躲避着。路过窗口时，都斜过眼来，仿佛行注目礼。窗台变成检阅台。几十只脚都不避坑洼里的水，呱呱唧唧响。脚上都是黑胶鞋，庄户人穿不起。这些兵里，只有颜小九没来过。余下的没个好货。

"都往前看！"刘队长歪着头说，"老板娘，好大的劲儿，拉歪了二十个弟兄的脖子。"

"你的鳖脖子不也是歪过来了吗？"

他嘻嘻笑着，把哨子塞到嘴里吹着，用双手的指头做了一个象征性的姿势，往前跑了。

鱼虾开始上市了。贩鱼的人几乎都是红脸膛，粗脖颈，嗓音沙哑，手上沾着鱼鳞。他们各有各的固定地点，谁也不会侵犯别人的地盘。鱼贩子都是铁肩飞毛腿，每人一条又长又宽的槐木扁担，两只大鱼篓。到南海一百五十里，到北海一百六十里。不管去南海还是去北海，都是挑着两百斤鱼两天一个来回。南海的渔码头和北海的渔码头上，都有这些鱼贩子的相好。临着她的窗那块儿，是鱼贩子老耿父子的地盘。早来的鱼贩子都横了扁担，开了鱼篓，摆出样儿鱼，支起马扎子坐了，守着鱼抽烟。时辰还早，主顾还没上街呢。

又过了一阵子，青石街上热闹起来。鱼贩子们大批拥来，鱼篓上的生皮扣子摩擦扁担发出悦耳的吱悠声。鱼贩子们相互之间的大声问讯，响了半条街。银灰的带鱼、蓝白的青鱼、暗红的黄鱼、紫灰的鲳鱼，黏黏糊糊的乌贼、披甲执锐的龙虾，摆满了街道两侧；浓烈生冷的鱼腥味儿混浊了街上的空气。"扁担六"来了。"王老五"来了。"大黑驴"来了。"程秀才"来了。"老法海"来了。"猴子猫"来了……街上晃动着许多她熟悉的面孔，独独缺少两张她最熟悉的面孔——老耿和他儿子小耿的面孔。窗前的青石板上空着两步距离，那里就是老耿小耿的摊位，往常他们父子总是最早站这里的。最早的变成最晚的。她感到心里空空荡荡，后来又有一丝不祥之感像小蛇一样在那空空荡荡里游动。难道在路上遭了匪？或是得了绞肠痧？散了操的保安队员们三三两两地闲逛回来，土黄色杂在黑色的鱼贩子中间，好像青鱼群里杂着几条黄花鱼。兵们都是馋嘴的猫，少了他们，鱼市街其实就没意思了。他们多数犯着烟瘾、酒瘾、赌瘾、娘们瘾，诸瘾之外还有鱼瘾。这十几个兵爷爷是青石街鱼市里寄生的蛔虫，有他们众人不舒服，没他们也许会更不舒服。兵们在"买"鱼，嘴里说是买，但只拣大个的鱼提着走，没有一个解腰包掏钱。大爷昨夜手气不好，输了，先记在账上吧，老板。老总您说笑呢，吃条鱼，该孝敬。兵们提着鱼，一个个眉开眼笑，轻车熟路地走了。没有一个兵到鱼香酒馆来，他们不够级别。在鱼香酒馆吃鱼喝酒的是刘队长。他是镇上手握着兵权，能指挥二十几条钢枪的人。据他自己说毕业于日本士官学校,谁也不想去证明他说的是谎言。地方小,多几个有资历的人总是好事。

刘队长提着一条红加吉鱼走进酒店。那条鱼有五六斤重,她早就瞅见了。红加吉是一等好鱼,从不成大群,难捕。肉是雪白的蒜瓣肉,不腥。吃完了肉,鱼架子能煮一锅好汤。这家伙今日竹杠敲得挺响,一下子就从鱼篓子底下把这条鱼拽出来,"猴子猫"心疼得直眨巴眼睛,哭丧脸上挤笑纹:

"刘队长,这条鱼是给于大爷留的。他老人家……"

"屁,于大爷吃得难道老子就吃不得吗?你不说留给于大巴掌那老驴,我兴许还不要你的,你一说我偏要提走不可!"说着,手就摸到了腰间的盒子枪,拍着,涨红着脸,一副受了大侮辱的愤怒样子。

"猴子猫"说:"我的亲爷,你尽管提着鱼走吧,别老去拍打那玩意儿,怪吓人的。"

"知道害怕就好办,啥时你连它都不怕了,事情就有些麻烦了。"让"猴子猫"用马兰草穿了鱼鳃,提着,大包大揽地说,"让于大巴掌去找我就是!"

"猴子猫"说:"不敢,不敢,爷您只管走就是。"

"德生!"进店就大声吼叫,"这条红加吉拿去拾掇了,今日四月初八,阎王爷过生日,我与你那个浪姑姑喝个鸳鸯交杯酒!"

德生还没回来。听着刘队长吼叫得太猖狂,她推开一扇通向店堂的小门,懒洋洋地离了窗口,踱过去。

"掌柜的,心口痛又犯了?"刘队长皱着眉头说,"见了我,你永远是这副病西施模样,可是一见了老耿小耿,就脸发红光,像头母豹子,爷孝敬你的难道还不够吗?总有一天爷要搬掉这两块绊脚石,拔掉这两棵障眼草。"

她咳嗽一声,说:"快闭了那张鸟嘴!老娘是你一个人包下的?"

刘队长见店里没人,涎着脸凑上来,伸出沾着加吉鱼鳞的手,摸住了她的胸,说:

"爷就是要学学那卖油郎,独占了你这花魁!"

她冷冷地看着他,随意他那鳗鱼般黏稠的手指在自己胸脯上游走。一个幽灵般的男人,无声无息地从店堂的里间里飘出来,落在了刘队长的身后。他伸出两只抖抖颤颤的手,摸住了刘队长的脑袋,嘴里嘟哝着:

"你是谁?让我摸摸看。"

他的十指苍白,细长,宛若章鱼的生满吸盘的腕足。刘的头在他的手底缩小着,改变着颜色。那只游动在她胸间的手软绵绵地垂下去。他的手上似乎有一种法力,形成了一个看不见的罩子,把刘队长禁锢住了。刘筛糠般地哆嗦着,任由他抚摸。

"刘队长。"瞎子的手停在刘的喉结上说,然后突然松了手,咳嗽着,摸到一张桌子边上,坐下,大声说:"德生,我要喝茶。"

她也大声说:"你等着吧,德生家去叫德秀了。"

他说:"你还心痛吗?"

她说:"还痛。"

他说:"你要学我的样子,喝浓浓的茶。你是鱼毒攻心,一辈子吃了多少鱼?"

德生领着德秀来了。德秀身体壮硕,像条满腹籽儿的新鲜小青鱼。她大声叫着姑姑。瞎子叫德生,要茶。刘队长恢复活力,说:

"瞎老大,你这阴魂八卦掌真是厉害,你摸我一次,我半年不能和女人行房。"

德生提着一把大号南泥茶壶,放在暖套子里,搬到瞎子面前,说:"姑父,茶来了。"

"好茶,好茶。德生,忙你的去吧,你姑父有这壶茶就行了。"瞎子贪婪地抽搐着鼻子,说,"不喝茶,在这鱼市街上就活不过五十岁。鱼毒攻心呐。"

瞎子喝茶,全神贯注,进入忘我境界。她提起那条红加吉,看看,扔到盆里,说:"德生,这条鱼是刘队长的,他要怎么吃,由他吩咐吧。"

刘队长瞅着德秀说:"我要你给我做。"

德秀说:"行啊,刘队长吩咐的事,连黑三都不敢不做!"

他怔了一怔,看看神态自若的德秀,鼻子抽抽,别别扭扭地咳嗽了几声。

她捂着胸口,青着嘴唇,回到窗口。鱼市上的风景亲切地扑入眼帘。"程秀才"摆出了一篓鳗鱼。那些黏腻的东西在阳光下闪烁着,她感到恶心。她想起很早之前的一个早晨,一个男人用鳗鱼戳一个女人嘴巴的情景。她虽然看不见自己的脸,但也知道自己的脸已经苍白了,像死鲇鱼的肚皮一样的颜色。嘴唇一定紫红了,像青鱼的眼睛一样。窗前还空着,老耿父子还没出现。

刘队长坐在她的背后,伸手摸索着她,说:"凤珠大妹子,你可真够狠心的,说不理我就不理我了。那老耿,一个满身腥臭的鱼贩子,到底有什么好?火起来我砸了他的鱼篓子,折了他的扁担。"

她不回头,忍受着他在身上的麻缠,说:"刘队长,凭着你的身份、地位,什么样的女人找不到?何苦来缠我一个满身鱼腥的女人?我是个什么样子你也不是没经过,你放了我行不行?"

刘队长说:"好一个贞女,要为老耿守节哩!你那窟窿里,鳗鱼进去过,青鱼也进去过,鲅鱼进去过,带鱼也进去过,假装什么正经。"

她说:"诸般杂鱼都经过,才知道金枪鱼最贵重!"

刘说:"你准备怎么着?撇下这店,扔了瞎子,跟老耿跑?"

她说:"我凭什么要撇了这店?凭什么要扔了瞎子?我哪儿也不去,铺开热被窝等老耿来睡。"

刘说:"好好好,倒让这臭老耿独占了花魁。"

街上的鱼招引来无数的苍蝇,鱼贩子们挥动蒲扇轰赶着。一个左手端着破毡帽,右手拿着剃头刀子的叫花子出现在鱼市上。他对着鱼摊主人伸出毡帽,横眉竖眼地说:"拿钱!"

鱼贩子一见他那样子,知道这种劈头士比绿头苍蝇还难缠,慌忙掏出一张沾满鱼腥的纸票,打发走了这位爷。"猴子猫"不知犯了哪门邪楞,尖着嗓子说:"这买卖还怎么做? 半上午了,连片鱼鳞还没卖出去,已经赔进去两条红加吉,当兵的抢也罢了,你一个癞皮狗一样的东西也这么霸道,老子前辈子欠你们的吗?"

劈头士把毡帽几乎杵到"猴子猫"鼻子尖上,大声说:"拿钱!"

"猴子猫"说:"没钱,你走吧!"

劈头士举起剃头刀子,说:"不拿钱,我劈头。"

"猴子猫"说:"你就是把头割下来我也没钱。"

旁边的人劝说:"老孙,给张小票打发他走,别耽误了生意。"

"猴子猫"说:"这生意横竖是做不成了,要劈就让他劈吧!"

劈头士呀呀地叫起来,嚷着:"这世道不公哇,逼得人活不下去了呀!"然后,举起剃刀,在额头上一拉,皮肉裂开,鲜血渗出,又伸出手掌,往脸上一抹,顿时面目狰狞,让人从骨头里往外瘆。

鱼市上的闲人们围上来看热闹,"小无赖"从人腿缝里偷"猴子猫"的鱼。

刘队长提着盒子枪过去,用枪筒子戳着闲人们的腰,硬戳开一条道路。走到劈头士面前,用枪的准星顶着他的下巴,笑嘻嘻地说:

"王阿狗,你什么时候练了这一手? 这鱼市街是你吃巧食的地方吗? 喜欢劈头? 好嘛,劈,继续劈,那么一条小伤口就想讹人? 劈,给我连劈四十八刀,我赏你两块大洋!"

劈头士王阿狗扔掉刀子,跪在地上,说:

"刘队长饶了我吧,我家里有八十岁的老娘,靠我要口饭养活……"

"你娘早死个了,还敢来蒙我!"刘队长骂着,掏出哨子,吱吱地吹响。几个在街上打秋风敲竹杠的兵跑过来。

刘队长说:"把这个扰乱社会治安的家伙拉到后河崖上去毙了!"

几个兵如狼似虎地扑上来,叉着劈头士,拖拖拉拉地走。劈头士双腿蹬着地,鬼叫着:"队长饶命! 阿狗再也不敢了……"

刘队长冷笑着看"猴子猫"。"猴子猫"脸冒冷汗,双腿打抖。

"'猴子猫',吃你条加吉鱼,是我瞧得起你。你以为本队长买不起一条鱼吗?"说着拍拍腰间,"有的是光洋! 你说,我欠你多少钱? 用得着你骂大街?"

"猴子猫"抡圆巴掌,啪啪地扇着自己的脸,骂着:

"打,打,打死你这个没出息的东西!"

刘队长骂骂咧咧地走到窗口,说:

"好像我们是吃闲饭的一样! 哼,有我们在,地痞流氓就不敢嚣张,没有我们,只怕一天太平日子也没得过。"

"抖起威风来了! 有本事把黑三的杆子灭了去!"她趴在窗口上说。

"你以为我灭不了他是怎么着?"他说,"这种事儿,你们娘们家根本不懂!"

她歪歪嘴,不去看他。这时德秀跑出店门来喊:

"刘队长,您的鱼烧好了。俺哥让您趁热吃,凉了腥。"

"老板娘,陪我一起吃?"

"没那肚福。"

刘队长讪讪地进了店堂。她的眼睛被光闪闪的鱼鳞耀花了。一条癞皮狗叼着一条大鲅鱼在青石街上跑,两边的鱼贩子一齐喊打,但没人起身。癞皮狗叼着鱼,大摇大摆地跑了。窗前空荡荡,更加空荡荡的是她的心。她问"王老五":"老耿和小耿在路上出事了吗?"

"王老五"说:"八成被北海下营镇上那个白狐狸精给迷住了。"

她说:"死老五,我问你正经话哩。"

"王老五"说:"我回你的也是正经话哩! 你不知道,这世界上有两种男人不能交,哪两种男人? 兵痞子,鱼贩子。那白狐狸一身白花花的蒜瓣子肉,吃一次还想第二次,更妙的是下边,哈哈,寸草不生,一只白虎星……耿大哥是不是一条青龙?"

旁边的小元插嘴道:"耿大哥是不是青龙只有老板娘知道。"

她骂道:"小元,人家西院喂骡子,你东院伸出根鳖脖子!"

小元嘻嘻地笑着,说:"仙姑,什么时候也让咱尝尝鲜,三十岁的人了,连女人的肚皮都没挨过。"

她吐了小元一脸唾沫,骂道:"留着这些话回家去骗你娘吧!你们这些骚鱼贩子,哪一夜不在女人肚皮上旋磨!"

小元道:"那么老耿呢?"

她说:"你们这一群里,就出了老耿这么个老实人。"

老五道:"老实人?老耿那家伙——哎,那不是小耿的驴吗?"

她把大半个身子探出窗户,向东张望着。从太阳升起的方向,来了一匹披着万道光芒的小毛驴。在鱼贩子中,惟一不用扁担挑鱼而用毛驴驮鱼的,就是十四岁的精瘦少年小耿。往常的集日清早,老耿挑着两篓鱼,大扁担忽闪着,好像一只大鸟在飞翔;小耿赶着背驮两篓鱼的小毛驴,歪歪斜斜,跟着老耿,跑得风快,小驴蹄子弹着青石板,啪啪啪啪啪啪啪,一片声儿连着响……那些时候她心潮难平,像一个妻子盼来了丈夫和儿子。

小毛驴无精打采地穿过鱼市,停在了她窗前的石板街上。驴垂着头,一动不动。鱼贩子们都把惊诧的目光投过来。

她从窗口跃出来,揭开了毛驴肚腹两侧的驮篓盖子。

她嚎叫一声,萎软在驴身旁。

(一九九一年)

地　　道

黎明时分,村里的狗咬成一片。方山机警地跳下炕,轻轻拉开房门,站在院子里,竖起耳朵,谛听街上的动静。他听到街西头有男人在咋呼、女人在哭嚎,便慌忙跑回屋子里,把挺着大肚子在炕上昏睡的老婆拽起来。

"来了吗?"老婆问。

"八成是来了,"他兴奋地说,"不怕一万,就怕万一,还是先躲出去吧。"

"我估计着也就是这几天的事了,"老婆说,"他们来了,又能怎么样呢?"

"你好糊涂!"方山说,"这一次比以前更狠,只要是没出肚的,就不算条性命,八点钟生,七点五十九分被捉住,也要打针引产。"

"引产就引产。"老婆说。

"你知道什么!"方山说,"打了引产针,那孩子生出来过不了三天就要死。"

老婆挽起早就收拾好的包袱,蹭下炕沿,嘟哝着,往外走。"我实在是不愿下到你那耗子洞里去。"老婆说。

"好老婆,你不知道下边有多么舒坦。"方山说。

一个七八岁的女孩翻身从炕上爬起来,睡眼惺忪地问:"爹娘,你们去哪儿?"

方山压低嗓门,说:"别吵吵,盼弟,在家好生照顾妹妹,我带你娘出去避难,没事了就回来。"

女孩懂事地点点头。她长得很瘦,头发蓬着,像个鹊巢。

方山又说:"锅里有饼子,瓮里有水,饿了就吃,渴了就喝。有人来问我和你娘,就说到你姥姥家去了。"

女孩点点头。

方山看看炕上那两个酣睡未醒的女孩,心里有些牵挂。外边的狗叫声益发嚣张起来,一种紧张与狂热相结合的情绪攫住了他。他拖着妻子,走到院子里,掀起一口反扣在墙角的破铁锅,露出一个边缘被爬得光溜溜的洞口,他对老婆说:"下去吧。"

老婆说:"我这样,怎么能下去? 下去还不憋死?"

方山得意地说:"放心吧你,不怕憋死你,还怕憋死我儿子呢。"

方山扯着老婆的胳膊,把她放到洞底,自己也纵身下去,然后踩着洞壁的台阶,把铁锅盖在洞口上。

她落到洞底,快速地抽搐着鼻孔,让肺里吸满地道里的气味。他听到老婆在呻吟,便问:"你怎么了?"

老婆说:"下洞时抻了一下。"

方山不在意地说:"反正快要生了,抻下就抻下吧。"

他从老婆挽着的包袱里摸出了一支袖珍手电筒,揿亮,一道狭窄的黄光射出去,照亮了通向前方的地道。老婆惊讶地说:"这么长?"

方山得意地说:"你以为我这半年的工夫白费了? 告诉你,地道一直通向河边,往前爬吧。"

他揿着手电,照亮了弯弯曲曲的地道,夫妻二人一前一后爬行着。他催促老婆快爬,老婆气喘吁吁地说:"我拖着大肚子哩,哪像你那样轻松!"

方山笑笑——他的心情极好,说:"慢慢爬、慢慢爬吧。"爬行了约有三十米,地道变得宽敞高大起来,他们渐渐地直起了腰,终于完全站直了腰。方山从洞壁上摸到火柴,点燃了一盏放在沿壁方孔里的油灯。明亮又温暖的光芒射出来,照亮了洞里的一切,土洞的一角上铺着金黄的麦草,像一个温暖的土炕,还有盛水的瓦罐,还有盛干粮的柳条筐。简直是一个温暖的家。老婆兴奋地说:

"孩他爹,你打算在这里过日子是不是?"

方山卷了一支烟,触到灯火上点燃,吸了一口,干核桃一样的小脸上,绽开狡猾的微笑。他身材矮小,四肢短小,两只小手像瞎老鼠发达的前掌。老婆欣赏着丈夫细小的眼睛和高耸在乱发中的两扇又大又薄的透明耳朵,笑着说:"怪不得人家叫你耗子!"

方山说:"这个外号是糊给咱爹的,爹死了,又传给了我。"

"爹是耗子,儿能不是耗子?"老婆戏谑道,"只怕我这肚子里也是一只小耗子呢。"

方山说:"不管是耗子还是猫,反正你要给我下个公的。"

老婆说:"那谁敢打保票?下出来才知道呢!"

方山说:"你要再敢下个母的,我就掐死你。"

老婆说:"狠的你!谁愿意下母的?要是头胎就下个公的,我还用遭这些活罪?一胎两胎三胎四胎,整日价提心吊胆、东躲西藏,人不是人,鬼不是鬼。要是这胎还是母的,干脆就去结了扎,我受够了。"

方山说:"你敢!你想给我们老方家断了种?"

老婆说:"断了就断了,反正也不是什么好种。"

方山说:"怎么不是好种?俺家八辈子贫雇农,根红苗正。"

老婆说:"别翻那本老皇历了。现在是越富越光荣,穷种不吃香了。"

方山感叹一声,说:"还是毛主席好。"

他揿亮手电筒,把一束黄光照在洞壁上悬挂着的那张毛主席画像上。

老婆说:"咦,我还没有看到呢。"

方山说:"挂上避邪消灾。"

老婆说:"真要在下边过日子呀?"

方山说:"有了这个地方,咱就不怕了。万一这胎还是母的,咱就再生一胎。"

老婆说:"这不是跟那电影《地道战》一样了吗?"

方山说:"我就是想起了《地道战》才想起了挖地道。"

老婆说:"要是暴露了洞口,人家往里灌水,那不像耗子一样?"

方山说:"水是宝贵的,井里来,河里去。"

老婆说:"要是人家往里放毒瓦斯呢?"

方山说:"不会的,工作队也不是日本鬼子,到哪儿去弄毒瓦斯?"

老婆说:"难说哩,你能挖地道,人家还弄不到毒瓦斯?电影《地道战》,放了八百遍,谁没看过?"

方山说:"都看过,可谁也没想到挖地道是不是?这就叫做:会看的看门道,不会看的看热闹。"

"老鼠生来会打洞!"老婆说。

方山说:"我是公老鼠,你就是母老鼠。"

两口子调笑着,见一线光明从洞外射进来。他们停住嘴,听到河里有青蛙的叫声。

"外边就是河?"老婆问。

方山说:"外边是草丛、柳棵子,下边是河。"

老婆说:"天亮了。"

方山说:"天亮了,我上去看看,你等着别动。"

他四肢着地,爬到了隐蔽在河堤半腰上一丛茂密的柳棵子下的洞口。河水在洞口下方。透过碧绿柳条的缝隙,他看到一轮红日,粘连在遥远的河面上。河面上躺着一条漫长的红影子。柳条下垂,与洞口下裸露的棕色树根交叉在一起。河水澄清,他看到自己从洞中运出的大量黄土使洞下的河道变成了浅滩。他欣赏自己的智慧和毅力,在短短半年的夜晚时间里,他神不知鬼不觉地完成了这项对一个小男人来说显得十分巨大的工程。听听堤上,悄无人声,堤外的村子里却十分喧闹。他分拨着柳条和杂草,迅速地钻出洞。拽住柳条,他爬上河堤,将身体隐蔽在一丛紫穗槐中,观察着村里的动静。

他看到街上匆匆跑动着一些莫名其妙的人,一辆火红色的链轨拖拉机挂着高档,在街上隆隆地跑着,团团旋转的轮子驱赶着银光闪闪的履带,倾轧着浮土很厚的街道。拖拉机的两只大眼射出电光,比阳光还要强烈。拖拉机后边小跑着一群人。打头的一位,身高不过一米,穿着一套镶有铜扣子的绿制服,头戴一顶大檐帽,手提着一只红色电喇叭。别人是小跑,他是飞跑。他那两条小短腿像两根鼓槌子,快速地打击着地面。方山认出了这位小个子是乡政府计划生育办公室大名鼎鼎的郭主任,外号"催命大郎"。看到"催命大郎",育龄妇女都恨爹娘少生了两条腿。方山暗暗庆幸。郭主任身后,跟着十几个穿土黄色制服的青年,都弓着腰,小跑步前进,像一队跟着坦克车打冲锋的士兵。

拖拉机停在一栋新盖的瓦房前,那是村里的超生户袁大头家的,袁杀猪卖烧肉,赚钱很多,虽因超生屡遭罚款,但家底还是很厚实。

郭主任指挥着手下的人,拉开一卷钢丝绳,捆住袁大头的新瓦房,又把绳头挂在拖拉机的后杠上。郭主任开了电喇叭,大声吆喝着:

"村民们听着,那些屡教不改的超生专业户听着,上级有了新指示:'宁要家破,不要国亡','上吊不解绳,喝毒药不夺瓶',今日本主任要做出个样子给你们看看。袁大头,让你老婆出来,赶快去流产。"

袁大头家寂静无声。

郭主任大喊:"限你们五分钟,不出来,拉倒房子砸死活该,本主任不负责,国家也不负责。"

袁大头家寂静无声。

郭主任挥手,大吼:"开车!"

拖拉机尖锐地鸣叫起来,圆桶状的烟囱里,喷吐着一圈圈白色的烟雾。方山看到,拖拉机驾驶员戴着墨镜,嘴巴上还蒙着一块黑布,根本看不清他的模样。

拖拉机缓缓前进着,钢丝绳渐渐抽紧。袁大头家瓦房起初岿然不动,拖拉机一加马力,瓦房便摇晃起来。袁大头家的院子里一阵哭嚎,大门洞开,袁大头手持杀猪刀一马当先,后边跟随着他的大肚子老婆,还有三个阶梯样的女孩,最后边,还有一个挂着拐棍的老太太。

袁大头吼着:"'催命大郎',老子跟你拼了!"

郭主任硬挺着架子,说:"你来,你来,杀人要偿命的!"

袁大头说:"管你偿命不偿命!"挥起明晃晃的刀,斜劈下来,郭主任一低头,大檐帽掉在地上。

郭主任捂着头,喊:"抓住他!抓住他!"

十几个青年一拥而上,按倒袁大头,用绳子捆住。郭主任回过气来,下命令:"抓住他老婆,送卫生院。他妈的,开车,拉,让你们劈叉着两条腿养!"

拖拉机声嘶力竭地吼叫着,袁大头家的新房子缓缓地倒塌,一股烟尘升上了天。

郭主任举着喇叭喊:"那些自己钩掉环儿的,那些非法怀了孕的,都给我出来!"他挥舞着一张纸片,喊:"谁也别想蒙混过去,我这儿有名单!"

一些蓬头垢面的女人,哭哭啼啼地集中到郭主任周围。郭主任对着名单点名。

"杨大成家的!"

一个女人哭着举起手。

"李金钢家的!"

一个女人青着脸站出来。

"方山家的!"

没人出来。

"方山家的！"……

郭主任说："跑了和尚跑不了庙,走！"

方山溜下河堤,钻进洞去,对老婆说："今日动了真格的了。"

老婆问："刚才是什么响？"

方山说："拖拉机把袁大头家的房子拉倒了。"

老婆说："咱家的房子呢？"

方山说："怕是保不住了。"

老婆说："那怎么办？"

方山说："三间破草屋,拉倒拉倒。"

老婆说："破家值万贯,拉倒咱住哪？"

方山说："这地洞冬暖夏凉。"

老婆叹息一声,说："真成了耗子了。"

方山："你别嘈嘈了,我先去把孩子们转移到地道里来。"

老婆说："我……怕要生了……"

方山这才注意到老婆满脸汗水,腿间流出鲜血。他兴奋地说："你你你,你麻利着点,生个儿子,给他们一个沉重打击。"

老婆说："他爹,我感到不大好,往常生她们时,都没流这么多血……"

方山说："那一定是个男孩了！"

老婆说："你别走……帮帮我……"

"女人生孩子,瓜熟蒂落,自然现象,帮什么？"方山嘴里说着不帮,但还是把老婆扶到麦秸草上躺下,帮老婆脱了裤子,他看到老婆圆溜溜的青肚皮上那两个红漆大字"儿子",忍不住笑起来。

老婆喘息着,骂道："死鬼,我都这样子了,你还笑……"

方山指指老婆肚子上的字,说："看到儿子,怎能不笑？"

老婆突然挣起来,扯过方山的手腕,狠劲儿咬了一口。

方山疼得嗷嗷叫,抚着流血的伤口："你还真咬？"

老婆说："每次都是我淌血,这次也让你淌点血。"

方山说:"好老婆,你抓紧时间生,我上去把女儿们救下来,别被那些家伙拉倒房子砸死她们。"

老婆哀求着:"好方山,你别走,我试着不好……八成是你上次用铁钩子取环时把我的子宫钩坏了……"

"你别胡思乱想,我的技术绝对没问题。"方山说着,不理老婆哼唧,朝通往家院的地道口爬去。

地道中浓烈的土腥味令他陶醉,正是这种对土腥味的迷恋促使他夜间疯狂地挖掘地道,起初自然是为了老婆挖掘,后来则纯然是为了自己挖掘。在那些日子里,他拖着死鱼样的身体从田野里归来,极度疲倦,仿佛躺下就会死去,但只要到了地道的挖掘面上,他立刻变得精神百倍,周身充满力量。他挖掘地道使用的工具是两把短柄的小镢头。他挥舞着小镢头,让纷纷落下的新鲜黄土落在自己的脑袋上、嘴巴里和赤裸的身体上。在漆黑的地道里,他的眼睛亮晶晶的,能毫不费力地看清黄土落下的情景,能看清镢头在土层上砍出的光滑痕迹,如果不是为了老婆,他不会在地道里放上灯盏,更不会花掉好几块钱去买只袖珍手电筒。挖掘地道时挖出的新鲜草根是他的美味佳肴。寻找新鲜草根也是他挖掘地道的动力。他沿着地道爬行,四肢灵活,脑袋里有流水的感觉。

他站在洞口,透过铁锅上的破洞看到了一块玫瑰花朵般艳丽的天空。只要呆在地道里,他的感觉器官便特别灵敏。他曾想过自己也许真是耗子转世。

他听到郭主任正在严厉地询问自己的女儿。

女儿坚定地按照他教的话回答郭主任。

他听到郭主任指挥人把三个女孩抱到屋外去。

他听到三个女儿一齐用利齿咬破了那些人的手。

他得意地笑起来。

他听到郭主任骂:真是一窝耗子!拖拉机,拖走,今日说什么也要把耗子窝捣了。

他听到女儿们哭叫着被拖走了。听到拖拉机响。听到钢丝绳套住了房子。听到郭主任发号施令。听到一声巨响。

头上的铁锅被倒塌的墙壁砸破,碎砖烂土哗哗落下,他急忙倒退到地道里去。

他心里感到很轻松。

方山爬回大洞,看到老婆膝间多了一个蠢蠢欲动的肉蛋子。他冲上去,一眼就看见了那肉蛋子双腿间凸着一个花生米大的肉芽芽。

"儿子!儿子!"方山喊叫两声,突然感到牙齿发痒,便用嘴啃了一口洞壁上的硬土。他一点不感到牙碜。他感到泥土像酥油。

他从老婆的包袱里找出剪刀,剪断了婴儿的脐带。他拍拍老婆的脸,说:"真是好老婆。"老婆翻动着灰白的眼珠看着他。他用一张草纸擦净婴儿脸上的血迹,看到这个小东西跟自己一样生着尖嘴巴大耳朵。他用一块包袱皮包起婴儿,说:

"老婆,我们胜利了!"

(一九九一年)

地　震

　　蒋四亭捆完了瓜田里最后一棵枯萎的西瓜秧,直起腰,抬头看了一下天。初秋的正午阳光明媚而强烈,湛蓝的天空比夏天时高了许多,有一些大团的白云急匆匆地奔驰着,投下一些飞快滑动的暗影。热热闹闹的西瓜季节过去了,瓜农们的腰包里都有一些皱皱巴巴、充满酸臭气息的钞票,腰杆子显得比春天时直溜了一些。惟有蒋四亭的腰直不起来。他用半握的拳头捶打着酸麻胀痛的腰部肌肉,叹息一声,抱起那颗最后的落秧西瓜,心事重重地往家走。

　　临近村头时,外号"花猪"的中年男人问他:"蒋大叔,大志兄弟的研究成果什么时候见报?"

　　他从"花猪"油滑的脸上读出讥讽来,便冷冷地回道:"总有那么一天,你会后悔今日说的话。"

　　"花猪"道:"大叔,我可没有瞧不起大志兄弟的意思,我跟他从小同学,我知道他有天才。"

　　蒋四亭说:"谁知道你是什么意思!"说完了话,他不去理"花猪"。抱着那个青油油的小西瓜,朝自己家里走。他听到"花猪"在背后说:"爷儿两个都成了神经病。"

　　"他爹,"蒋四亭的老婆愁苦地说,"我端详着咱孩子不大对劲儿,一天到晚关在屋里,嘴里神念八语的,也不知说些什么,人家都说他得了神经病……"

"胡说,"蒋四亭放下西瓜,压低嗓门训斥老婆,"别人糟蹋大志,是他们看着咱孩子有出息妒忌,咱自己怎么也糟蹋孩子?"

"你这个老东西,"老婆说,"我能不巴望咱儿好?我是说旁人说……"

"旁人说什么,咱不能去堵住人家的嘴,"蒋四亭说,"要紧的是咱自己,不能怀疑儿子。"

"我也没怀疑,"老婆说,"千万斤的西瓜,都让他给剁烂了,我不是半句也没抱怨吗?"

蒋四亭说:"不抱怨就好,舍不得孩子套不住狼,何况几个西瓜。等咱孩子把事弄成了,咱就不用种地了,到时候气死那些说风凉话的东西。"

老两口子正说着话,蒋大志从里屋走出来。他面色苍白,头发蓬着,衣衫不整,院子里的光线使他眯缝起眼。他用手掌遮住阳光看了看天,然后急匆匆地转到猪圈墙后小解。回来后,不跟爹娘打招呼,就要往屋里钻。蒋四亭说:"大志,你慢点走,我有话跟你说。"

蒋大志停住脚,问:"爹,你快点,我正忙着哩。"

四亭道:"再忙也听我说几句。"他指着那个青翠的西瓜:"这是咱瓜地里的最后一个瓜了,我抱回来,让你研究。"

大志趋前一步,屈起中指,敲了敲西瓜,自言自语地说:"只要给我足够长的杠杆,我就能移动地球!"

四亭道:"还要什么杠杆,我一只手从地里抱来家的。"

大志道:"爹,你是犯了偷换概念的逻辑错误。"

四亭道:"儿呀,你别给爹撇文喽,爹不明白。爹想跟你说,你那东西要是捣弄得差不多了,就该拿出来显显世,堵堵外人嘴。你憋在家里听不到风,风言风语可不少啊!"

大志道:"如果没人风言风语,那才叫奇怪呢!他们说我得了神经病,说我想入非非,说我异想天开对不对？爹,倒回一百年去,要是有人说坐着飞船上了月亮,谁会相信？但是现在人上了月球。当年老伽利略说地球围绕着太阳转动,教会架起火来要烧死他,他却说:它依然在转动！爹,科学上的任何一次革命都是一些被人骂为疯子的人搞出来的,许多人为此甚至牺牲了性命,爹、娘,想想那些伟大的先驱,想想你们的儿子研究课题的伟大,牺牲几个西瓜算什么？别人说几句风言风语又算什么呢？"

大志一席话,说得蒋四亭眼泪汪汪,他激动地说:"儿啊,俗话说得好,'知子莫如父',别人不相信你,是他们'狗眼看人低',爹相信你,只要你能把事情弄出来,别说剖几个西瓜,就是卖房子卖地,爹也不会犹豫。"

大志的娘也被煽动起昂扬情绪,她双手捧起那个落秧子西瓜,说:"儿啊,别说话耽误工夫了,这是咱家瓜地里最后一个瓜,你快抱去研究吧。"

大志也很激动,苍白的脸上泛起几片红,他接过西瓜,说:"爹,娘,你们是我国农民中思想最解放、行为最果断、风格最高尚、最具远见卓识最少保守思想的空前的杰出代表,能给你们做儿子是我的最大幸福,将来有一天,你们的名字将被铭刻在高大的纪念碑上。"

四亭说:"儿,研究吧,咱家的西瓜虽然没有了,爹准备把圈里的猪卖了,买西瓜供你研究,卖猪的钱花光了,爹再去卖牛,卖完了牛就卖鸡,管什么都卖光了,爹就豁出老命去卖血。"

大志嘴唇颤抖着,抱着西瓜跑到屋里去了。

老蒋肚子饿了,吩咐老婆拿饭吃。老婆端出一摞粗面饼,一碟子萝卜咸菜,放在锅台上。老蒋咬了一口粗面饼,感到粗涩难以下咽,有些不满意地瞟了老婆一眼。他老婆同样不满意地瞟了他一眼。这时,他就想起那上千个被儿子剁烂的西瓜。他意识到这些想法与儿子给自己下的断语相差甚远,便大口地咽粗面饼吃萝卜咸菜,借以驱散卑俗,走向高尚与伟大。

"爹，娘，你们跟我来。"蒋大志对正在伸着脖子吃饼的爹娘招招手，神秘又严肃地说。

蒋四亭扔掉手中的饼，扯了一把欲张嘴问话的老婆，老两口子尾随着儿子，进入那间"实验室"。

"实验室"前窗户上挂着一条破被套，后窗户上糊着几层旧报纸。一盏煤油玻璃灯放射着昏黄、柔弱的光线。屋子里一股霉变味儿。蒋四亭身上冷嗖嗖的，仿佛进入了传说中的森罗宝殿。他看到儿子房间的墙壁上画着一些图画，闪闪烁烁的，看不清楚。

儿子站在摆放着煤油灯的桌子旁边，用一根撑蚊帐用的小竹竿，指指墙上的图画，说："爹，你看不明白吧？"

老蒋把头摇得像货郎鼓一样，连声说："看不明白，看不明白……"

"娘你呢，看明白了吗？"蒋大志又问。

老太婆眯着眼，打量了一会儿，怯怯地说："儿啊，我瞅着你画了块西瓜地。"

蒋大志说："也可以这么说吧！"

老蒋道："我也早看出来像块西瓜地，这些圆的是西瓜，这长的瓜蔓，这些弯弯曲曲的是瓜须子……但我猜想这不会是西瓜地，你闲着没事画块西瓜地干什么？"

大志道："爹，这像块西瓜地，但的确不是西瓜地。这是我画的太阳系结构图。你们看，这是我们居住的地球，这是火星，这是木星……星球之间的藤蔓，实际上就是使它们维持平衡的引力。西瓜的大小、形状，主要是由西瓜在藤上的位置决定的；同理，星球的大小、形状、转速以及诸如地震、火山喷发、山呼海啸等等现象，也都是由连结着星球的藤——引力——决定的。当然，实际的道理要比这复杂一万倍，我说了你们也听不明白。"

老蒋胆怯地问："儿啊，那些像西瓜叶子的东西是什么？"

大志说："那是正在形成的新星球。"

老蒋又问:"儿啊,没听说西瓜叶子能长成西瓜呀。"

大志说:"爹,你这问题问得好。你知道吗?很多植物的果实,就是由叶子进化而成。你切开西瓜,没看到里边有许多筋筋络络?那筋筋络络,原来就是叶子的筋筋络络呀。"

老蒋困惑地摇摇头。

大志道:"爹,你来看张图片。"

老蒋看儿子挂起一张图片,听到儿子说:"爹,这是卫星拍摄的地球照片,你看像不像个西瓜?"

老蒋不敢说话,小蒋用竹竿指点着说:"这是北极,往外凸着,正是瓜蒂连结瓜蔓的地方;这是南极,往里凹着,正是落花坐果的痕迹。"

老蒋说:"我明白了。"

大志放下竿,手按着桌子上的西瓜,神色庄严地说:"爹,娘,叫你们来,是想告诉你们一件大事!"

"儿啊,什么大事?"老两口子一起问。

大志把那颗西瓜往前推了推,拿起一枝削得溜尖的铅笔,指着瓜上一点说:"爹,娘,你们看,这一点,就是咱村所在地,当然,咱村在地球上的比例,比这一点还要小许多许多。根据我的推算——"他指指桌上一大堆纸张,"由于连结着太阳瓜的主藤和蓬勃发展的月亮藤的相互作用,地球瓜上的一点将发生强烈变化,这变化就是一场大地震,时间在十月一日前后。"

"儿啊,怎么办?"老婆子惊呼。

老蒋道:"别急,听孩子说。"

小蒋道:"根据我的推算,这次地震的中心,是以我们村为中心点的方圆五十里的地盘。地震过后,这里的房屋将全部倒塌,地面上将裂开一条五百米宽的大沟,沟深得望不到底,往外涌带油花子、散发硫磺味道的黑水……"

"儿啊,快逃命吧!"老婆子说。

"别急,听儿子的。"

大志道:"爹,娘,我想咱赶快分头通知乡亲们,让大家赶快转移到安全地带,今天是九月十日,还有半个多月的安全期,来得及。"

老蒋道:"不能告诉他们,尤其不能告诉那些用冷言冷语讥笑过我们的人,砸死他们活该!"

大志道:"爹,这就是你的不对了。乡亲们待咱们好不好,那是小事,可这逃脱地震却是性命攸关的大事情。要是全村人都砸死了,剩下咱一家三口有什么意思?"

老蒋道:"儿啊,你说得对。爹刚才说的是气话,几百口子性命,不是闹着玩的。"

大志说:"爹,事不宜迟,你和娘分头通知乡亲们去吧,让他们至迟在五天之后离开村庄,向西南方向迁移,走得越远越安全。"

老蒋道:"大志,我把嘴唇都磨薄了,可是没人听你的话。"

老蒋婆道:"儿啊,咱尽到了心,他们不走咱就走吧!"

大志道:"爹,娘,这样吧,你们把家里值钱的东西收拾收拾,套上牛车拉着,随时准备走,我亲自出马去劝他们。"

傍晚时,老蒋家的场园上燃起了一把熊熊大火,我们提着水桶冲去救火,到那儿一看,见我们的老同学天才蒋大志站在火堆旁边,明亮的火焰照耀着他仿佛全身透了明。

他大声说:"乡亲们,老同学们,火是我点的,不用救了。"

他点燃的是自家的麦草垛。燃烧着的麦秸草发出噼噼啪啪的声音,好像十几串鞭炮在同时爆响。烈火生旋风,他的衣服和头发在风中飘扬,好像整个人都随时会飞起来一样。

"大志,你这是干什么?"我们疑惑地问。

"乡亲们,老同学们,"蒋大志挥舞着双臂,灼热的气流冲激着他透明的身体,使他像一块浅黄色的松香,随时都会燃烧,随时都会熔化,他的脸上流着亮晶晶的液体,大声喊叫着,"听我的话吧,赶快收拾收拾,朝西南方向逃命,十天之后,这里将是一片废墟,地将开裂,涌出黑水……"

我们蓦然想起在小学课本上学到的猎人海力布的故事,海力布为了劝说乡亲们逃离险境,最后变成了石头,蒋大志呢? 他是不是想投身火海?

"大志,背井离乡,抛家舍业,这可不是一件小事情,"我们问他,"你有把握吗?"

他斩钉截铁地说:"我有绝对的把握!乡亲们,把眼光放远点,留得青山在,不怕没柴烧。快回家收拾收拾,跟我走吧。"

我们回头望望被深沉的暮色笼罩着的家园,心中涌起难以割舍的眷恋之情。

"大志,到了那几天,我们搬到田野里去住行不?"我们问。

他悲哀地垂下头,停了一会儿,扬起挂满泪花的脸,说:"乡亲们,老同学们,难道非要我跳进火堆里你们才肯走吗?"

"你千万别这么想,"我们感动地说,"你这番好心我们深领了。我们想,这山崩地裂,是天神爷爷地神奶奶的事,连国家科学院都不敢打保票,万一………不是我们信不过你……"

"乡亲们,老同学们,"他难过地说,"那就随你们吧,记住,十月一日前后三天,万万不可在屋子里呆着……后会有期……"

他大哭着走了。

我们的眼里也盈满泪水。

当天夜里,老蒋家赶着牛车上了路。我们齐集在街上为他们送行。不习惯夜路的老牛走起来摇摇晃晃像个醉汉,崎岖不平的街道使牛车发出嘎嘎吱吱的响声。老蒋两口子坐在车上,拥着铺盖抱着鸡,蒋大志提着马灯牵着牛,慢腾腾地走出村去。我们目送着那盏昏黄的灯光,耳听着嘎吱吱的车声,灯光愈来愈暗,车声愈来愈弱,终于全部消逝。我们默立在昏暗的街道上,感到十分空虚。

十几天后，我们都搬到田野里去躲避灾难。秋天的凉风寒露让村里半数以上的人患了感冒。起初没有怨言，后来怨言渐多。都说蒋大志是不折不扣的神经病，都庆幸没有听他的鬼话抛家舍业去逃难。过了十月二日，大多数的人都回家睡觉去了，只有我们几个老同学还强迫着老婆孩子们与我们一起野营。连老婆孩子也嘲笑我们，说我们和蒋大志一样中了魔怔。我们坐在一起，抽着烟，看着满天闪烁不定的星斗，听着秋风吹拂晚熟的庄稼叶子的飒飒声，也渐渐地悟到了这事情的荒唐。我们决定，立即回家去，不再傻乎乎地遭罪了。我们牵着牛，领着狗，抱着孩子，心情古怪地往村子里走。

临近村头时，"花猪"说："地震！"

我们停住脚，用心体验着。远处传来火车鸣笛的声音。后来便沉入死样的寂静。正南方有一片闪闪的光芒，"花猪"说："地光！"

其实那是胶州城的万家灯火。

"花猪"发誓说他真的感觉到地皮颤抖了几下，大家都拿他取笑，说他将继承蒋大志的事业，把地震预报搞下去。

蒋大志一家今夜宿在什么地方？

"大志，"老蒋不耐烦地说，"过了十月一日三天了，地怎么还不震？要是不震，你让我怎么回去见人？"

蒋大志的娘沿途受了风寒，躺在车上连声咳嗽着、呻吟着。老蒋捶打着她的背，她吐了一口痰，喘息着说："回家……回家……"

蒋大志就着马灯的昏黄光芒埋头计算着，几天的工夫，他又瘦了许多。在父母的嘟哝、埋怨声中，他抬起头来，痛苦万分地说：

"错了，我计算错了……"

"花猪"拿着一个半导体收音机冲进来，大声说：

"听广播没有？秘鲁发生六级地震，就是昨天夜里我感到地震那会儿。看起来蒋大志那小子并不完全是瞎说。"

天　才

蒋大志少时,被村里的尊长、学校里的老师公认为最聪明的孩子。他生着一颗圆溜溜的脑袋,两只漆黑发亮的眼睛,一看模样就知道是个天才。那时候,老师夸奖他,女同学喜欢他,我们——他的男同学,总感到他别扭,总是莫名其妙地恨他——现在,我们知道了那种不健康的感情是嫉妒。老师常常骂我们的脑袋是死榆木疙瘩,利斧劈不开一条缝,要我们向蒋大志学习。我们的一位叫"花猪"的同学反驳老师:蒋大志的脑袋跟我们的脑袋不一样,让我们怎么学?难道让爹娘重新回我们一次炉吗?"花猪"的话把那位外号"狼"的老师逗笑了。"狼"看看蒋大志那颗在一片脑袋中出类拔萃的脑袋,叹一口气,说:是不能学了,你们也无法回炉——出窑的砖,定型了。我们回家把"狼"的话向家长转述了,家长们也只好叹息。

从此以后,"狼"便把大部分精力倾注到蒋大志身上,对我们这些蠢材放任自流。蒋大志也不辜负"狼"的期望,先是在地区小学生作文比赛中获得一等奖,继而又写了一篇题为《地球是颗大西瓜》的科幻文章,在《小学生科技报》发表了。这件事引起了很大的轰动,成了村里人半个月内的主要话题。蒋大志的爹蒋四亭也兴奋得要命,逢人说不上三句话就扯出儿子的话头来。后来,人们一见他的面,索性劈头便说：老蒋,你这个儿子是怎么做出来的？把秘诀传传,我们也去做个天才。老蒋听不出人们话语中的讥讽之意,反而十分认真地说：哪里有什么秘诀？一样的父精母血,一样的炕东头滚到炕西头,要说有什么,就是这孩子生下来就睁着眼。老蒋还说,如果吃得好一点,蒋大志还要聪明。听话的人说：老蒋,别让你儿子再聪明了,他要再聪明俺那些孩子就该捏死了。

我明白了蒋大志的聪明与他那颗大脑袋有关后,就开始酝酿一个阴谋。"花猪"是主要的策划者。我们的目的是打坏蒋大志的脑袋,但又不能被"狼"发现。有人提议夜晚把他骗出来,从后脑勺上给他一闷棍；有人提议放学后躲到胡同里,当面给他一砖头。这些办法都被"花猪"否定了,说这样搞非倒大霉不行。"花猪"想了个办法：拉蒋大志打篮球,用篮球砸他的后脑勺,第一是不破皮不出血,"狼"抓不到把柄；第二可以把事情解释成传球失误。这办法赢得了我们的一致喝彩。我们说："花猪"你才是真天才呢,蒋大志会写几篇破作文算什么天才？

有一天上体育课,"狼"照老例给我们一个篮球,让我们到球场上去胡闹。球场上坑坑洼洼,碎砖烂瓦到处可见,球场边上有一棵槐树,树干上绑一个铁圈,就算篮筐。女生们在一起玩跳绳、跳方、踢毽子,男生在一起抢篮球,嗷嗷叫着跑了一阵子,"花猪"挤挤眼,我们会意,故意拥挤在一起,把蒋大志推来搡去,先把他搞得晕头转向,然后,不知是谁冷不防扬起两把浮土,大喊着：地雷爆炸了。浮土迷了许多人的眼,当然蒋大志的眼迷得最厉害。我看到篮球传到"花猪"手里,他双手抱球,举到头上,铆足了劲,对着蒋大志的后脑勺子砸过去。砰！篮球反弹回去,蒋大志就地转圆圈。我们叫着追篮球去了。蒋大志一个人站在那儿哭。

事后,大家都担心蒋大志向"狼"报告。"花猪"跟我们几个骨干分子订立了攻守同盟。我们等待着"狼"的惩罚,每天上课时都提心吊胆。但什么事也没有发生。我们继续蠢笨,蒋大志继续聪明。

几年之后,我们毕了业,很自然地回家种庄稼做农民,只有蒋大志一个人考到县一中去继续念书。我们与蒋大志拉开了距离,那种莫名其妙地恨人家的感觉无形中消逝了。当我们趁着凌晨水清去河里挑水时,经常能碰到蒋大志背着书包、口粮匆匆往学校赶。我们很恭敬地问候他,他也很礼貌地回答。我记得那时他的脸很苍白,神情很悒郁,走起路来飘飘的,好像脚下没有根基。

又过了几年,听说他考上了大学,而且还是很名牌的大学。我们听到这消息,一点儿也不感到吃惊。我们感到这是应该发生的事情,蒋大志有那么大、那么圆的脑袋,他不去上大学,这个世界上谁还配上大学呢?

好像是在一个阴雨连绵的夏季,我、"花猪"等人在河堤上守护堤坝。河里水很大,淹没了桥梁,但决堤的危险是不存在的,所以我们坐在河堤上下五子棋玩。蒋大志的爹找到我们,说蒋大志放暑假回来了,被河水隔在了对岸,刚才乡政府摇电话过来,让我们绑几个葫芦渡他过来。我们很爽快地答应了。

渡他过河后,他穿着一条裤头站在河堤上发抖,周身的皮肤土黄色,一身骨头,显得那头更大。我们不约而同地想起在篮球场上算计他的事,都觉得心里愧愧的。

"花猪"说:兄弟,当年我打了你一球,原想把你的天才打掉哩。

他笑着说:真要感谢你那一球呢,你那一球把我打成天才了。

"花猪"问:哪有这样的事?

他说:你们等着看吧。

我问:兄弟,你在大学里学什么呢?

他说:大学里学不到什么,我正准备退学呢!

我说:使不得。兄弟,你是咱村多少年来第一个大学生,大家都盼着你成大气候呢。你成了大气候,我们这些同学也跟着沾光。

他摇摇头,显然是走神了。

我们听到蒋大志退学回家的消息,都大吃了一惊。多少人想上大学去不了啊!吃惊之后,我们也感到惋惜,像我们这些蠢猪笨驴,在庄户地里翻土倒粪,原是生就的骨头长就的肉,命定了。但你蒋大志长了颗那样的脑袋,在庄户地里不是白白糟蹋了吗?我找到几个当年合谋陷害蒋大志的同学,想一起去劝劝他。我们想,书念多了的人,有时也会犯糊涂,他哪里知道庄户地里的厉害?要是真有十八层地狱,庄户地里就是第十八层了!权贵人家的狗,也比我们活得舒坦。

我们推开他家的栅栏门,一条尖耳朵的小黄狗摇着尾巴欢迎我们。他家的四间瓦屋还算敞亮,满院子向日葵开得正热闹。我们才要喊,他的爹已经出来了。他压低了嗓门问:你们有什么事?

"花猪"说:听说大志兄弟退了大学,我们想来劝他,让他别犯糊涂。

他爹摇摇头,说:我和他娘把嘴唇都磨薄了!这孩子,从小主意大,认准了理儿,十头老牛也拉不回转。

我说:我们不忍心看着他这样把自己的前程糟蹋了,劝劝,兴许劝回了头。

他爹说:各位大侄子,不必费心了,任由着他折腾去吧。

"花猪"说:不行,我们不能眼瞅着他把自己毁了。咱这个穷村子,五辈子就出了这么个大学生。

我们正吵嚷着,蒋大志从屋里出来了。他弓着腰,脸色蜡黄,一副大病缠身的样子。他摘下眼镜,在衣襟上擦擦,戴上,对我们说:

各位老同学,你们的话,我都听到了。

我们刚要劝说,他伸出一只手,举起来,晃晃,说:老同学们,你们知道唐山大地震吧?

"花猪"说:怎么能不知道!唐山地震那会儿,俺家的房梁还咯嘣响呢。

他问:你知道唐山地震死了多少人吗?

我们不知道。

他说：唐山地震死了二十四万人。这还算少的呢，一五五六年陕西大地震，死了八十三万人。还有日本大地震，智利大地震，死人都在十万以上。

我们说：我们想来劝你回去念大学哩，你给我们说地震干什么？

他说：老同学们，你们不知道，我们这个地区，处在地震活跃带上，随时都有可能爆发大地震。

"花猪"说：那你更不应该回来了。真要来了地震，砸死俺这样的，给国家省粮食，减人口，死一个少一个，砸死你可不得了，你是有用的人，不能死。

他说：老同学，要是家乡的人都砸死，我当了国家主席又有什么意思？我退学回来，就是为了研究地震预报。

我说：这事儿国家还能不搞？

他摇摇头，说：我去参观过他们的设施，那些东西，根本不灵。当然，更落后的，还是他们的观念。他们的地震理论的大前提是根本错误的，所以，他们研究手段愈先进，他们背离真理就愈远。这与"南辕北辙"是一个道理。

我们迷茫地看着他。

他很无奈地说：我看出来了，我说的话，你们既不相信，也不明白。他指指自己的脑袋，说：你们不相信我，总该相信它吧！

他的衣襟上沾满了红蓝墨水，他的脑袋上，似乎冒着缭绕的白气，那不是仙气又是什么？我们心中的敬畏油然而生，嘟嘟哝哝地说着：兄弟，我们相信你，你研究吧，有什么活儿要干，就跟我们打个招呼。我们倒退着离开他的家门。

河边的沙地上，种着一望无际的碧绿的西瓜。这是鲁迅先生用过的句子，我们在小学生语文课本上读到过的。瓜田有张三家的，有李四家的——几乎家家都有一块。我们这地方的土质最适合种西瓜。这里的西瓜个大皮薄，脆沙瓤儿，屈指一弹，便能爆裂。家家的瓜田里，都有一个瓜棚，远看像一座座碉堡。蒋大志退学之后，在家猫了一冬，我们不敢去打扰他，见面问他爹，他爹说他没日没夜地写、画。我们问他写什么？画什么？他爹说写一些弯弯曲曲的外国字，画一些奇形怪状的科学画。这小子，他爹不无自豪地说，没有干不成的事，这小子，没准真能下出个金蛋呢。

开春之后，我们有一半时间泡在西瓜地里，眼见着西瓜爬蔓、开花、坐果。当小西瓜长到毛茸茸的拳头大时，蒋大志出现在他爹的瓜地里。半年多没见，他脸更白，眼更大，瘦弱的身体，似乎已承担不了脑袋的重量。我们原以为他是出来看风景呢，没想到他是来搞研究呢。

他拿着一个放大镜，跪在他爹的西瓜地里，照完了瓜秧照西瓜，翻来覆去地照，一照就是一上午。河里水明光光的，他的头也是明光光的。我们想他是不是不研究地震而研究西瓜了？研究课题的转变使我们高兴，他如果能研究出西瓜的新品种，栽培的新技术，对我们大大地有利。我们不敢直接问他，间接地问他爹，他爹说他也不知道。那时候他爹还是幸福的，天气略有些干旱，正适合西瓜生长。在长势良好的西瓜地里，还成长着一个即将震惊世界的儿子，老头怎能不幸福？

他的娘有时把午饭送到地里来。老太婆看到儿子脑袋上亮晶晶的汗珠和满身的尘土，忍不住地说：儿啊，歇会儿吧，让你那个脑袋瓜子歇会儿吧。

他的刻苦精神让人感动，我们通过他认识到：当个科学家比当农民还要艰难，当农民是要出大力流大汗，但干完了活跳到河里洗个澡，躺在四面通风的瓜棚里睡一觉，享受的也是人间至福。可是我们在瓜棚里吹着凉风睡觉时，科学家还跪在西瓜地里冥思苦想。时间一天天熬过去，西瓜一天天长大，我们眼见着他瘦。他的身子快成了瓜秧，脑袋不见瘦，快成了西瓜。我们劝他爹：大叔，让大志兄弟歇会儿吧，他那膝盖上，是不是扎了根？这样下去，你儿子就变成一颗西瓜了。

　　布谷鸟飞来又飞走。槐花盛开又凋落。麦子熟了。西瓜长得比蒋大志的脑袋还要大了。天气热了。有一天，忽喇喇一个闪，喀隆隆一个雷，第一场雷雨下来了。雨点中夹杂着一些花生米大小的冰雹。我们都躲在瓜棚里避雨。科学家还跪在西瓜地里，擎着头，直瞪着眼，思考着最最深奥的大问题。西瓜叶子被风吹着，翻卷出灰白的、毛茸茸的叶背，闪出了满地油漉漉、圆溜溜的大西瓜。稀疏的冰雹打穿了一些西瓜的叶片，也在西瓜上打出了一些伤痕，我们有些心疼。但我们更心疼正遭受着风吹雨淋雹打的科学家的脑袋。稀疏的头发淋湿后紧贴在头皮上，更像西瓜了，冰雹打上去，洁白的，亮晶晶地弹跳起来，落在一旁。我的瓜棚离他爹的瓜棚最近，我大声喊：蒋大叔，你难道不想要这个儿子了吗？

　　他的爹冒着风雨跑到我的瓜棚里来，浑身哆嗦着，眼泪汪汪地说：怎么办？怎么办？他说了，天上下刀子也不要打扰他，他思考的问题已到了最关键的时刻，今天是最后解决的时间了……

　　我说：也不能眼睁睁地看着他被雨淋死呀。

　　我们拿着斗笠、蓑衣，走到科学家身边，似乎听到了他脑袋里发出隆隆的响声，这是一台伟大的思想机器在运转。我试探着用食指戳了一下他的肩膀，感觉到了冰冷和僵硬。不好，大叔，你儿子已经冻僵了。

　　我们往他的嘴里灌了姜汤，又用烧酒搓了他的全身。他灰白的肉体上渐渐沤出了一些粉红的颜色，凝固了的眼珠慢慢地转起来。

　　他试图站起来，但分明是没有力气。他的眼睛里闪动着满天飞舞的鸟儿也许才有的兴奋，他哆嗦着嘴唇说：

　　伙计们，我想明白了！

　　说完了这句话，科学家一头栽倒。伸手试试他的额头，老天爷，烫得像火炭一样。我们从瓜棚上拆下一面门板，几个人抬着科学家，涉过河水，跑到了乡卫生院。

头批西瓜摘下来时,科学家出院了。我们齐集在他爹的瓜棚里,等待着他向我们宣布他的思想成果。

他双手端着一颗大西瓜,气喘吁吁地说:

兄弟爷们儿们,老同学们,我知道这个问题很复杂很深奥,三言两语说不清楚,我尽量地把问题简单化,形象化,便于你们理解:通过观察研究,我发现:西瓜的生长发育过程,与地球的生长发育过程完全一致,西瓜是一个缩小的地球,或者说,我现在双手端着一个缩小了无数倍的地球……因此,研究西瓜就是研究地球,解剖西瓜就是解剖地球,我已经明白了地震的生成原因,我已经能够准确地预报地震……

他把西瓜放在木板上,从铺下抽出明晃晃的瓜刀,嚓,把西瓜切成两半,指点着那些红瓤黑籽筋筋络络对我们说:

瞧,这是地壳,这是地幔,这是地核,这是灼热的岩浆,这是移动的板块……

我们呆呆地看着他。他宽容地笑了,把那颗熟透的西瓜一阵乱刀剁成了无数小块,分给我们,说:你们一定在想,这小子是不是神经病?我不怪罪你们。吃西瓜,尝尝新鲜,尝尝我爹的劳动成果。

我们捧着那一牙西瓜,感到非常非常沉重,这是一部分地球呀,也许这一牙西瓜上,就有半个中国,这上边有大城市、大森林、大沙漠、大海洋、大雪山……

我们胆战心惊地咬了一口红色的瓜瓤——他说,这是岩浆——我们感到今年的地球成色很好,冰凉的岩浆水分充足,又沙又甜,进口就能溶化……

他说:你们为什么不反驳呢?你们应该问我,蒋大志,我问你:如果西瓜代表地球,那么地球上的海表现在西瓜的什么位置上?长江在哪?黄河在哪?喜马拉雅山在哪?哪是北京哪是华盛顿?西瓜长在瓜秧上,地球呢?是不是也结在一棵秧上?太阳系是一片西瓜呢还是一颗西瓜?宇宙中是否布满四维爬动的西瓜藤?这个枝丫里结着一个太阳？那个枝丫里结着一颗月亮？……你们为什么不问呢？

我们捧着地球皮更加发呆，每个人都感到脑袋发胀，那么多的星球在我们的脑袋里像西瓜一样碰撞着，翻滚着，我们头痛欲裂，脑浆子变成了灼热的岩浆……

他悲哀地看着我们，咬了一口岩浆，吐出一块地幔，扔掉一块啃完的地壳，说：我知道，你们不需要我的解答了。但是，兄弟们，爷们儿们，人类们，我是爱你们的……

从此之后，我们再也无法安宁，尤其是夜晚在瓜棚里看瓜时，抬头看到满天的星星，低头看到遍地的西瓜，就感到一种巨大的恐惧，无数疑问像成群的蚂蚁一样在脑子里爬：西瓜是地球，瓜叶是什么？瓜花是什么？瓜子是什么？玉米是什么？大豆是什么？吃瓜的獾是什么？沙地是什么？尿素化肥是什么？……人又是什么？

（一九九一年）

良　医

　　那时候高密东北乡总共只有十几户人家，紧靠着河堤的高坡上，建造着十几栋房屋，就是所谓的"三份村"了。村名"三份"，自然有很多讲说，但本篇要讲治病求医的事，就不解释村名了。

　　却说我们这"三份村"里，有一个善良敦厚的农民，名叫王大成。王大成的老婆没有生养，老两口子过活。这年秋天，雨水很大，河堤决了口。田野里一片汪洋，谷子、豆子什么的，都涝死了，只有高粱，在水里擎着头，挑着一些稀疏的红米。过了中秋节，洪水渐渐消退，露出了地皮。黑土地上，淤了一层二指厚的黄泥，这黄泥极肥，最长麦子。虽然秋季几乎绝了产，但村里人也不十分难过，因为明年春季如果不碰上风、雹、旱、涝，麦子就会大丰收。那时候人少地多、广种薄收，种地比现在省事得多了。种麦子更简单：一个人背着麦种，倒退着在泥地里走，随手把麦种撒在脚窝里，后边跟着一个人，手持一柄二齿铁钩子，挖一点土，把麦种盖住即可。王大成和他老婆一起去洼地里种麦子。他老婆踩窝撒种，大成跟在后边抓土埋种。他老婆自然是小脚，踩出来的脚窝圆圆的，好像驴蹄印一样。大成和老婆开玩笑，说她是匹小母驴；他老婆说他是匹大叫驴。两口子说笑着，心里很是愉快。然而世界上的事，总是祸福相连，悲喜交集，所谓"乐极生悲"就是这道理。大成和老婆正调笑着,忽觉脚底一阵刺痛,仿佛被什么东西扎了一下。庄户人家,一年总有八个月打赤脚,脚上挨下扎,是十分正常、经常发生的事情,所以大成也没在意,继续与老婆一起点种小麦。晚上洗了脚上炕,感到脚底有点痒,扳起来看看,见脚心正中有一个针鼻大的小孔,正在淌着黄水。大成让老婆弄来一点烧酒,倒在伤口上,便倒头睡了。因为白日里与老婆调笑时埋下了一些情欲的种子,夜晚又被她扳着脚涂酒吹气,吹灯之后,便亲热了一番。临近天亮时,大成做了一个梦,梦见自己把一条脚伸到灶下,点火燃着,煮得锅里的绿豆汤翻浪头。醒来后,感到一条腿滚烫,忙叫老婆打火点灯,借着灯光一看,那条腿已肿到膝盖,肿得明光光的,好像皮肉里充满气,充满了汁液。

天亮之后,不能下地了,老婆要去"黑天愁"村搬先生,大成说:"我自己慢慢悠逛着去吧。""黑天愁"距"三份"三里路,三里路的两边,都是一个连一个的水洼子。大成的腿不痛,只是肿胀得有些不便,一拖一拖地挪到"黑天愁",见到先生。先生名叫陈抱缺,专习中医外科,用药狠,手段野,有人送他外号"野先生"。大成去时,"野先生"还在睡觉。大成坐在门口,抽着烟袋等候,一直等到日上三竿,"野先生"起床,大成进去,说请先生给瞧瞧腿。"野先生"皱皱眉头,伸出三个指头搭了搭大成的脉,说:"家去吧,让你老婆弄点好吃的给你吃,把送老的衣裳也准备准备。"大成问:"先生的意思是说我不中了?""野先生"说:"活不过三天了。"大成一听,心里很有些难过,但既然先生这么说了,也只好回家等死。当下辞别了先生,长吁短叹地往家里走。看到道路两边一汪汪的绿水和水中嫩黄的浮萍,鲜红的水荇,心里不由得一阵难受,眼中滚出了一些大泪珠子,心想与其病发而死,不如跳进水洼子淹死算了。边想着边走到水洼子边。水洼子边上有一些及膝高的野草,他一脚踏下去,忽听到下边几声尖叫,同时那伤脚上、腿上感到麻酥酥一阵,低头一看,原来踩中了两只正交尾的刺猬。大成腿上被刺猬毛扎破的地方,哗哗地淌出黄水来。腿淌着黄水,堵闷的心里,立时轻松了许多。于是也就不想死了。他把腿伸到水里泡着,一直等到黄水流尽了,才上了路回家。回家睡了一夜,早晨起来一看,腿上的肿完全消了。三天之后,健康如初的大成去见"野先生",走在路上想了一肚子俏皮话儿,想羞羞他。一进门,"野先生"劈口便问:"你怎么还没死?"

大成把腿伸给"野先生"看着,说:"我回到家就等着死,等了三天也不死,特意来找先生问问。"

"野先生"说:"天下真有这么巧的事?"

大成问:"什么事?"

"野先生"说:"你的脚是被正在交尾的刺猬咬死的那条雄蛇的刺扎了,夜里你又沾了女人,一股淫毒攻进了心肾;治这病除非能找到一对正交尾的刺猬,用雄刺猬的刺扎出你腿上的黄水,然后再把腿放在浮萍水荇水里泡半个时辰,这才有救。"

大成愕然,说先生真是神医,便把那天下午的遭遇说了一遍。

"野先生"道:"这是你命不该绝,要知道刺猬都是春天交尾啊。"

父亲说,像陈抱缺这样的医生,其实是做宰相的材料,只因为各种各样的原因牵扯着,做不成宰相,便改道习了医。这种人都是圣人,参透了天地万物变化的道理,读遍了古今圣贤文章,几百年间也出不了几个。这样的人最后都像功德圆满的大和尚一样,无疾而终,看起来是死了,其实是成了仙。父亲说陈抱缺一辈子没有结婚,晚年时下巴上长着一把白胡子,面孔红润,双目炯炯有神。每天早晨,他都到井台上去挑水。那时候的年轻人还讲究忠孝仁义,知道尊敬老人,见他打水吃力,便帮他把水从井里提上来,他也不阻拦,也不道谢,只等那帮他提水的人走了,便搬倒水桶,把水倒回井里去,然后自己打水上来,挑水回家。

父亲说越到现代,好医生越少,尤其到了眼下,这几年,好医生就更少了。日本鬼子来之前,还有几个好医生,虽然比不上陈抱缺,但比现在的医生还是要强，算不上神医，算良医。

父亲说我的爷爷三十几岁时，得过一次恶症候，那病要是生在现在，花上五千块，也要落下残疾。

父亲说有一天爷爷正在厢房里弯着腰刨木头，我的三叔跟我的二叔嬉闹，把一块木头弄倒，正砸在我爷爷的尾骨上，痛得他就地蹦了一个高，出了一身冷汗。当天夜里，腿痛得就上不到炕上去了。后来，痛疼集中到右腿上，看看那条腿，也不红，也不肿，但奇痛难挨，日夜呻唤。

我的大爷爷也是一个乡村医生，开了无数的药方，抓药煎给我爷爷吃，但痛疼日甚。大爷爷托人把一位懂点外科的李一把搬来，李摸了摸脉，说是"走马黄"，让抓一只黄鸡来，放在爷爷的病腿上。李说如果是"走马黄"，那黄鸡便卧在腿上不动，如果不是"走马黄"，它便会跑走。抓来一只黄鸡，放在爷爷病腿上，果然咕咕地叫着，静卧不动。直卧了一个时辰。李说这鸡已经把毒吸走了。李又用蝎子、蜈蚣、蜂窝等毒物，制成一种黑色的大药丸子。此药名叫"攥药"，由患者双手攥住。他说此药的功效是逼走包围心脏的毒液。爷爷腿上卧过黄鸡，手里攥过药丸，但病情却日渐沉重，眼见着就不中了。大爷爷眼含着泪吩咐我奶奶为我爷爷准备后事。这时，一个人称"五乱子"的土匪来了。这"五乱子"横行高密东北乡，无人不怕他。他因曾得到过我爷爷的恩惠，听到我爷爷病重，特来看望。

父亲说"五乱子"是个有决断的人，他看了爷爷的病，说："怎么不去请'大咬人'呢？"

大爷爷说："'大咬人'难请，他不治经别人的手治过的病。"

"五乱子"说："我去请吧。"

父亲说"五乱子"转身就走了，第二天就用一乘四人轿把"大咬人"抬来了——"大咬人"出诊必坐四人轿。父亲说"大咬人"是个高大肥胖的老头子，身穿黑色山茧绸裤褂，头戴一顶红绒子小帽。钻出轿来，先要大烟抽。"五乱子"吩咐人弄来烟枪、豆油灯，搓了几个泡烧上,让他过足了瘾。

抽完了烟,过足了瘾,"大咬人"红光满面。"五乱子"一掀衣襟,抽出一支匣枪——腰里还有一支——甩手一枪,把房檐下一只正在结网的蜘蛛打飞了。然后他用青烟袅袅的枪筒子戳着"大咬人"的太阳穴,说:"'大咬人',要坐轿,我雇了轿;要抽大烟,我借来了灯;要钱嘛,我也替你准备好了。这位管二,是我的救命恩人,你仔细着点治。——你咬人,能咬动枪筒子吗?"

父亲说"大咬人"给吓得脸色煞白,连声说:"差不了,差不了。"

"大咬人"弯下腰察看爷爷的病情,看了一会儿,说:"这是个贴骨恶疽,再拖几天,我就治不了了。"

"五乱子"说:"你有把握?"

"大咬人"说:"有把握。"

父亲说"大咬人"用手指戳着爷爷的腿说:"里边都是脓血,要排脓。"

"五乱子"说:"你放心干吧!"

"大咬人"吩咐人找来一根铁条,磨成一个尖,又吩咐人剪来一把空的麦秆草。然后,他挽挽袖子,用铁条往爷爷的腿上插孔,插一个孔,戳进一根麦秆去。绿色的恶臭脓血哗哗地流出来,父亲说爷爷的大腿根处流出的脓血最多,足有一铜盆。排完了脓血,爷爷的腿细得吓人,一根骨头包着皮,那些肉都烂成脓血了。

排完了脓血,"大咬人"开了一个药方,都是桔梗、连翘之类的极普通的药。"大咬人"说:"吃三副药就好了。"

"五乱子"问:"你要多少大洋?"

"大咬人"说:"为朋友的恩人治病,我分文不取。"

"五乱子"说:"好,这才像个良医。不给你钱了,给你点黑货吧!"

父亲说"五乱子"从腰里掏出拳头那么大一块大烟土。这块烟土,起码值五十块大头钱。

"大咬人"接了烟土,说:"都叫我'大咬人',我咬谁了?我小名叫'狗子',就说我'咬人'。"

"五乱子"笑着说:"你真是条好狗!"

父亲说爷爷吃了"大咬人"三副药,腿不痛了。又将息了几个月,便能下地行走;半年后,便恢复如初,挑着几百斤重的担子健步如飞了。

父亲说,"大咬人"的外科其实还不行,远远比不上陈抱缺。陈抱缺能帮人挪病,譬如生在要害的恶疮,吃他一副药,便挪到了无关紧要的部位上。父亲说,大凡有真本事的人,都是性情中人,有他们古道热肠的时候,也有他们见死不救的时候。越是医术高的人,越信命,越能超脱尘俗。所以,陈抱缺那样的医生,是得了道的神仙,是吕洞宾、铁拐李一路的。像"大咬人"这样的,要想成仙,还要经过不知多少年的苦修苦练才能成。而一般的医生,大不过诊脉能分出浮、沉、迟、数,用药能辨别寒、热、温、凉而已,至于阴阳五行,营卫气血、经络穴道上的道理,百分之百的是参悟不透了。

(一九九一年)

神　　嫖

　　民国初年,高密东北乡出了一个潇洒人物,姓王,名博,字季范,后人多呼其为季范先生。

　　我的老爷爷十五岁时,就在这位季范先生家当小伙计,所以就有很多有关季范先生的轶闻趣事在我们家族中流传下来,大爷爷对我们讲述这些轶闻趣事时神采飞扬,洋溢着一种自豪感,这自然是因为我的老爷爷给王家当过差。大爷爷每次给我们讲季范先生轶事时,开首第一句总是说:你们的老爷爷那时在季范先生家当差……

　　春光明媚,季范先生要出去春游,吩咐备马。马夫从槽头上解下那匹胖得像蜡烛一样的大红马,刷洗干净,备好鞍鞯,牵到大门口拴马桩旁。季范先生穿着浅蓝色竹布长袍、浅蓝色竹布长裤,足蹬一双千层底呢面布鞋,叼着一根象牙烟嘴,款款地出了门。由我的老爷爷伺候着他老人家上了马。他说走了,我的老爷爷便牵着马缰走。街上人听说季范先生要春游,都跑出家门观看。五里桥下的化子们听到消息,便飞快地通知了住在关帝庙侧草棚里的化子头李子虚。我老爷爷牵着大红马走到关帝庙前,光着脊梁赤着脚的李子虚便跪在了街当中,拦住了马头。

　　"季范先生开恩吧。"化子头说。

"什么事？"季范先生问我的老爷爷。我的老爷爷说："化子拦路乞讨。"

"告诉他老爷身上没钱。"

"老爷身上没钱。"

我老爷爷大声说。

"季范先生把身上那件袍子赏小的穿了吧。"

"化子要老爷的袍。"我的老爷爷传达着。

季范先生说："这袍子有人喜欢了，我穿着就是罪过，对不对，汉三？"

我老爷爷外号叫汉三，听到东家问，忙说："对对对。"

于是季范先生便在马上脱了长袍，一欠屁股抽出来，扔给化子头李子虚，说："不争气的东西，怎么闯的？连件袍子都穿不上。"

"季范先生，小的脚上还没有鞋。"

于是季范先生又脱下脚上的鞋，扔给化子。

我的老爷爷牵着马往前走，才到狮子湾畔，又一群化子拥出来。

后来，季范先生只穿一条裤头骑在膘肥体壮的大红马上，摇头晃脑，嘴里念念有词，在城东的槐树林子里走。他穿衣戴帽时，显得文质彬彬；脱掉衣服后，露出一身瘦骨头，坐在马背上，活像只猴子。成群结队的孩子在马腚后，嘻嘻哈哈看热闹。季范先生不闻不问，半眯着眼，手捋着下巴上那撮黑胡须，怡然自得。大爷爷说我老爷爷知道季范先生的脾气，便牵着马，专拣树林子茂密的地方走，不一会儿便甩掉了那些胡闹的娃娃。槐叶碧绿，淹没在槐花里，城东的槐树林子有几十亩地大小，槐花盛开，像一片海。槐花有两种颜色，一雪白，二粉红。千枝万朵，团团簇簇，拥拥挤挤。成群结队的蜜蜂嘤嘤地飞着，在花朵上忙碌。城里养蜂人家的蜜几天就要割一次，浅绿色的槐花蜜，只要十几个制钱一斤。老爷爷牵着驮着季范先生的大红马，挤进槐花里，走不快，只能一步半步地挨。沉闷的花香熏得人昏昏欲睡。红马边走边尖着嘴巴揪花叶中那些尚未完全放开的小小的槐叶吃。老爷爷那时矮小，头顶与马腿平齐。他走动在树干间，行动比较自由。马肚子以上的部分他看不完全。季范先生移动在槐花里，像漂浮在白云中。老爷爷从花的缝隙里看到季范先生嘴角叼着一只槐花，一脸的傻相。大爷爷说每年槐花开的季节，老爷爷与季范先生也都要在槐林里游荡好几天，有时候夜间也不回去。家里人都知道季范先生怪癖，无人敢劝；又知道季范先生乐善好施，人缘极好，也不担心他遭匪。

　　老爷爷说月亮上来后，花香更浓，一缕缕的清风把香气的幕帐掀开一条缝，随即合拢后香气更浓。银色的光洒在槐花上，那些槐花就活灵活现地活动起来，像亿万的蝴蝶在抖动翅羽，在求偶交配。花在月光下长，像云在膨胀，这里凸起来，那里凹进去，一刻也不停顿地变幻，像梦一样。红马的皮毛在槐花稀疏的地方偶一闪现，更像宝物出了土，放出耀眼的光来。蜜蜂抢花期，趁着月光采花粉，星星点点地飞行着，像一些小金星。老爷爷说也有四川、河南来放蜂的，在树林子中间寻个空隙撑起帐篷，夜晚在竹竿梢上挂一盏玻璃灯，闪闪烁烁，像鬼火一样。人间的烟火味儿一出现，大爷爷说我们的老爷爷便赶紧拉马避开，否则季范先生就要发脾气了。后半夜，稀薄的凉露下来，花瓣儿更亮。从树缝里看到天高月小，满地上都是被槐树花叶过滤了的银点子。

　　老爷爷说季范先生身上被槐针划出一些血道道。游几天槐花海，他痴迷好几天，说是"花醉"。

　　大爷爷说天地万物，都有灵有性，有异质的高人，能与万物相通，毫无疑问，季范先生就是那样的高人了。

　　老爷爷说季范先生家常年养着四个裁缝，一个制冬衣，一个制夏衣，一个制春秋衣，一个专门制鞋袜。四个裁缝不停地制作，季范先生还是缺衣穿。大爷爷说季范先生的时代里，高密城里穿着最漂亮的，往往是叫化子。这传统至今未绝，外县来的化子总是破衣烂衫招狗咬，高密县出去的叫化子抽血卖也要制套新衣穿上，像走亲戚一样，狗见了摇尾巴。人说：有这么好的衣裳还要哪家子饭？化子说：让季范先生给惯的，成了规矩就不能改。青州、胶州、莱州的人讽刺那些没钱穷讲究的人为：高密叫化子。有一种现在已被淘汰的、外皮鲜艳瓤酸苦的瓜就叫"高密叫化子"。老爷爷说季范先生总是光光鲜鲜出去，赤身露体回来，严冬腊月也不例外。

季范先生好赌，从来都是夜里赌。满城的头面人物都来，大厅里摆开十几张八仙桌，一桌子一局，一摞摞大洋闪着光，在季范先生家赌的人，掉了地上大洋没有好意思弯腰去捡的。这么多人赌通宵，总有十块、八块的大洋滚落到桌下，这些都归了伺候茶水的我老爷爷。我老爷爷一离开季范先生就在城里买房子城外置地，拍出一摞摞银大头，都是在赌桌下捡的。

季范先生从不过问田地里的事，百分之百的玩主。但他家的长工老来都是撇腿弓腰，给季范先生家干活累的。老爷爷说有一年打麦时有一个长工用毛驴往自家偷驮麦子，另一个长工来告状。季范先生骂道：傻种，傻种，他用驴驮，你为什么不用车拉？那长工一赌气，果真套上车，拉回家一车麦子。季范先生知道后，说：这才像个长工样子。季范先生家里有一个正妻六个姨太太。正妻一脸大麻子，六个姨太太却都是如花似玉的美人。大爷爷对我们说：你们的老爷爷说季范先生从来都是自己单屋睡，那些姨太太年轻熬不住，有裹了钱财跟人跑了的，有跟长工私通生了私孩子的，季范先生不管也不问。那些小私孩大摇大摆地在院子里跑，见了季范先生就叫爹。季范先生光笑不答应。你们老爷爷说只有麻老婆生的那个痴呆儿子才是季范先生的真种。

大爷爷说，有一年春节，大年初一日，季范先生要嫖。大家都感到惊奇，好像天破了一样。管家的劝他过些日子再嫖，季范先生说：过些日子就不嫖了。管家说：这事我不帮你操持。季范先生叫："汉三！"

十七岁的我们的老爷爷应声道："汉三在。"

季范先生说:"他们都是些俗人,只好咱爷俩一块玩了。"

我们的老爷爷问:"老爷是到窑子里去呢,还是把娘们搬回来?"

季范先生说:"自然是搬回来。"

我们的老爷爷问:"搬'小白羊'还是搬'一见酥'?"

季范先生说:"你给我把高密城里的婊子全搬来。"

我们的老爷爷吐了吐舌头,也不好再问。便带着满肚子狐疑去搬婊子。

大爷爷说,那时的高密城西部小康河两岸有两条烟花胡同,河东那条胡同叫状元胡同,河西那条叫鲤鱼巷。那时的人们把逛窑子叫做"考状元"、"吃鲤鱼"。每条胡同里都有五六家窑子,各养着三五个姑娘。还有一些"半掩门子",白日经营着一些卖针头线脑的小店,晚上也插了店门留客住宿。大爷爷说去窑子里的人形形色色,有泡窑子的老嫖客,也有偷了爹娘的钱前来学艺的半大小子。

老爷爷那时十七岁,像个"学艺"的。大年初一,家家都是祭祀祖先,即使患色痨的老嫖也不来了。高密城里的窑子过年也放假,婊子们都打扮得花红柳绿,嗑瓜子儿,赌铜钱儿,阳光好时也上街,混杂在人群里看耍。老鸨们也允许婊子们回家去看父母,但十个婊子里有九个是被父母卖进了火坑的,谁还要回去?那些提大茶壶的、扛杈杆的也放假回了家。所以老爷爷一进窑子就被婊子们围住,抢着要当他的师傅。

老爷爷有没有拜师傅大爷爷自然不说。大爷爷说我们的老爷爷常常给季范先生牵马,眼尖的婊子认出他来,笑着说:这不是季范先生的小催班吗?你东家闲着那么多姨娘,下边都生了锈,还用得着来找我们?

老爷爷说不是我要找你们,是季范先生要找你们。

老爷爷一句话,把那些婊子们欢喜得七颠八倒,喊喊喳喳地说:这可是破了天荒!季范先生花起钱来像流水一样,伺候好了他老人家,一年的脂粉钱不发愁了。

老鸨子说：大年初一、例假，姑娘们累了一年，就是钢铸铁打的也磨出了火星子，该让她们歇歇。

老爷爷道：季范先生难得动一次凡心，你们别糊涂，过了这个村就没有这个店了。

老鸨子堆着笑脸说：伺候季范先生，俺们也不敢推辞，孩儿们，可别怨为娘的心黑。

婊子们抢着说：老娘，能让季范先生那神仙棒槌杵杵，是孩儿们的福气。

老鸨子问我们的老爷爷：小先生，我这里有五个姑娘，不知季范先生看中哪一个？

老爷爷说：全包，让她们梳洗打扮等着，待会儿轿车子来拉。

大爷爷说老爷爷办事干练，就把两条烟花巷转了一遍，找来了二十八位婊子，又到大街上雇了十几辆带暖帘的轿车子，把那些个婊子，或两个一车，或三个一车，装载进去。十几辆轿车子，十几匹健骡，十几个车夫，在县府前大街上排成一条龙，轰轰隆隆往前滚。看热闹的人拥拥挤挤，把街都挤窄了。轿车夫见了这情景，又拉着这样的客，格外地长精神，啪啪地甩着鞭梢，嘴里"得儿——驾儿——"吆喝着，把轿车子赶得风快。那些个婊子，不时地打起轿车的帘子来，对着看热闹的人浪笑。有厚脸皮的大喊着：婊儿们，哪里去？婊子们大声应着：到季范先生家过年去！

大爷爷说你的老爷爷骑着大红马，把车队引到季范先生家的大宅院的门前。他吩咐婊子们在外等着，自己进去通报。季范先生听说搬来二十八个婊子，高兴得拍着巴掌说："极好，极好，二十八宿下凡尘！汉三，你真是个会办事的，回头我重重赏你。快回去，把神仙们请进来。"

大爷爷说季范先生家有一间大客厅，能容下一百人吃酒。神仙会自然就在客厅里举行。那时候还没有电灯，季范先生让我们的老爷爷去买了几百根胳膊粗细的大蜡烛，插在客厅的角角落落里，天没黑就点燃,弄得客厅火光熊熊,油烟缕缕,好像起了火灾。季范先生又让老爷爷差人发出帖子去,请城里的军政要人、士绅名流来赴神仙会。季范先生拉回家二十八个婊子的消息传遍了城里的角角落落,那些名流要人们正纳闷着,不知季范先生要玩什么花样,帖子一到,巴不得插翅就飞来。也有心中忌惮这大年初一时日的,怕亵渎了列祖列宗,又一想人家季范先生敢做东,我们还不敢做客吗?于是有请必到。

当天夜晚,季范先生家大客厅里,烛火通明,名流荟萃,二十八个婊子忸怩作态,淫语浪词,把盏行令,搞得满厅的男人们都七颠八倒,丑态毕露,早把祖宗神灵忘到爪哇国里去。夜渐深了,烛火愈加明晃了起来,婊子们酒都上了脸,一个个面若桃花,目迷神荡,巴巴地望着风流倜傥的季范先生。有性急的就腻上身来,扳脖子搂腰。季范先生让我的老爷爷遍剪了烛花,又差下人们在客厅正中铺了几块大毯子。

季范先生吩咐众婊子:"姑娘们,脱光了衣服,到毯子上躺着。"

二十八个婊子嘻嘻地笑着,把身上那些绫罗绸缎褪下来。赤裸裸的二十八条身子排着一队,四仰八叉在毯子上,等着季范先生这只老蜜蜂。

在那个漫长的冬夜里,我们围着一炉火,听大爷爷给我们讲季范先生轶事。

"他是不是有神经病?"我问。

"胡说,胡说,"大爷爷道,"听你们老爷爷说,季范先生是个天资极高的人,诸子百家、兵农卜医、天文地理、数学珠算,没有他不通晓的,这样的人怎么会是神经病?"

"他不是神经病,为什么要干那么稀奇古怪的事?"

大爷爷道:"季范先生是从书堆里钻出来的人,把宇宙间的道理都想透彻了。什么叫圣贤?季范先生就是圣贤。"

其实关于季范先生的轶闻趣事我们已经耳熟能详了,但我们还是兴致勃勃地引导着大爷爷往下讲。

"大爷爷,你讲讲季范先生点化我们老爷爷的事吧。"我的二哥说。

已经有些疲倦了的大爷爷眼睛又明亮起来。他说:"你们老爷爷二十岁那年,有一天陪着季范先生在街上走。季范先生说:'汉三,你已经二十了,该离开我自己去打江山了。'你老爷爷眼泪汪汪地说:'让我再跟你几年吧。'季范先生说:'盛宴必散。'他们走到一棵大槐树下,看到两群蚂蚁争夺一条青虫子,你拖过来,我拖回去。季范先生说:'汉三,你明白了没有?'你们老爷爷摇着头说不明白。季范先生抬起一只脚,踩在那些蚂蚁上碾了碾,又问:'汉三,明白了没有?'你们老爷爷说明白了。季范先生说:'罢了,你其实不明白,不明白就是不明白。'"

"我们的老爷爷果真不明白季范先生的暗示吗?"我问。

大爷爷答非所问地说:"人要明白事理,非念书不可,非把天下的书念遍不可。你们,还早着哩。"

我的二哥又问:"大爷爷,您真的见过季范先生读书过目不忘?"

大爷爷说:"这还能假嘛!那时咱家还没败落,住在城里。有一天,我正在念一本《尺牍必读》,你们老爷爷领着季范先生来了。季范先生问我看什么书,我把书递给他。他接过去,翻了翻,还给我。我说:'爷,听俺爹说您看书过目不忘?'季范先生笑笑说:'你想考考我?'我不好意思地笑了。他把那本《尺牍必读》要过去,一页页翻看,完了,把书还给我,说:'你看着书,我背给你听。'我看着书,他背得一字一句也不差,连个结巴也不打。你们老爷爷骂我:'斗胆的小东西,还不跪下给你爷爷磕头!'我慌忙跪下,季范先生把我架起来,哈哈笑着说:'老了,脑子不灵了。'"

我们齐声感叹着:"天才,真是天才!"

每次听完这一段,我们都是这样说。

大爷爷从来不给我们讲完季范先生嫖妓的故事,总是讲到那紧要处便打住话头,我们也从不追问,其实那后边的情形我们都知道:二十八个婊子脱光衣服并排着躺在毯子上,那些士绅名流都傻了,怔怔地看着季范先生。我们的老爷爷说季范先生脱掉鞋袜,赤脚踩着二十八个婊子的肚皮走了一个来回。然后季范先生说:

"汉三,给她们每人一百块大洋;叫车子,送她们回去。"

(一九九一年)

飞　　鸟

星期六下午,我们去河边放羊。羊在河堤漫坡上吃草;我们在河堤上斗草。斗一会儿斗腻了,又玩八格棋,很快又玩腻了,便看太阳,看云霞,看许宝家的公绵羊用鼻子嗅方昌家的母绵羊的屁股。后来公绵羊跨到母绵羊背上,红红的一个辣椒伸出来,立刻就滑落下来,母羊叫一声,公羊叫一声,然后吃草。河里有很浅的一道水,几只燕子正在水面上穿梭。我们感到很无聊。许宝提议去学校里把尚秀珊揪出来斗争一会,解解闷儿。方昌反对。"斗争了几十遍了,翻来覆去就那么点事:什么用馒头喂兔子啦,泼洗脸水泼到学生身上了……没意思,没意思。"方昌摇着脑袋说。他的头很长,五官拥挤在下巴上方,额头十分空阔。许宝转动着黄色的大眼珠子,神秘地说:"我掌握了尚秀珊的绝密材料,今日的斗争会大有开头。"什么材料?我们问。许宝四处看看,好像怕人听到似的,压低了嗓门说:"……"

这怎么可能呢?我们满腹狐疑地看着许宝。他的脸突然涨红了,黄眼珠子闪着金光,大声呵斥我们:"你们不信是不是? 你们竟敢不信?! 这是俺娘亲口告诉我的!"

许宝的娘是我们村惟一的一位五十多岁没裹小脚的女人,家里有很光荣的历史,把村里的老支部书记打倒之后,她当上了"革命委员会"的主任。那是个嗓门洪亮、身高马大、生死不怕的婆娘,她的话自然不能怀疑。

"真是太可恨了!"瘦子张同意大声嚷着,"她这是'癞蛤蟆剥皮心不死'!走走走,快快去学校,把她揪来,让她交待!"

许宝让方昌看着我们的羊,方昌不愿,想去揪尚秀珊。许宝让他服从命令,否则脱裤子打腚,方昌便不敢啰嗦,老老实实看羊去了。许宝带着我、张同意、杜大饼子、聂鼻、高疤,威风抖擞,沿着胡同,冲向学校。

一进校门,正碰上高疤的姐姐高红英,她原先是一年级的代课教师,现在是学校"革命委员会"的副主任。她刚从主任的屋里出来,眼睛红红的,好像刚哭过的样子,一看到我们,立刻把脸上的肌肉绷紧,恶声恶气地问:"你们来干什么?"然后又吼她弟弟:"小疤,星期六,你不去放羊,来干什么?"高疤不服气地说:"你怎么知道我没去放羊?羊在河边吃草哩!"许宝趋前一步,说:"高副主任,我们想把尚秀珊揪出去斗争一会儿。"高红英没好气地说:"斗争个屁!都滚回去放羊吧!"许宝仗着他娘的威势,顶撞着:"好哇,你敢压制革命小将的革命行动,你站到什么立场上去了?!""革命,你一个小毛孩子知道什么叫革命?竟敢拿大帽子压我,"高红英红着脸说,"老娘闹革命时你还在你娘肚子里没出来呢!"正吵闹着,校"革命委员会"主任王大鼻子从屋里走出来,问:"吵嚷什么?"许宝上前道:"王主任,你给评评理,我们想把尚秀珊揪到河滩上去斗争一会儿,高副主任不但不批准,还讽刺挖苦我们!"王大鼻子看看高红英,对我们说:"高副主任逗你们呢,红卫兵小将的革命行动,谁敢压制,谁就是反革命!揪去吧,斗去吧,就是不能让阶级敌人有喘息的机会。"王主任拍了一下高红英的肩膀,高红英便跟着他进屋里去了。

尚秀珊一家住在学校西侧的小厢房里,我们走过去,看到窗户上、门板上糊满了大字报,屋里静悄悄的,一点点声音也没有。我心里有些虚怯,抬眼去看同学们,发现他们也都脸上显露出怯懦的神色来。我们站在门前,听到房檐上的麻雀发出唧唧的怪叫,抬头看,原来两只麻雀在交配。公麻雀下来后,母麻雀把羽毛蓬起来,身体显大了许多,抖擞几下,才铩羽恢复原状。张同意悄悄地摸出弹弓,装上泥丸,举臂拉皮条,刚要发射,麻雀振翅飞去,落在很远处的一株杨树上,唧喳喳叫,好像在骂我们。

"你敲门!"许宝捅了张同意一下,说。张同意捅了高疤一下,说:"你敲!"高疤捅了我一下,说:"你敲!""你敲!"我捅了许宝一下,说。

许宝骂道:"你们这些怕死鬼,连个门都不敢敲,待会儿可怎么批斗?"

高疤说:"事情是你先挑起来的,你不敲倒要我们敲?"

许宝说:"我敲,你们跟着。"

他攥着拳头,对着门板打了一下。门板"空咚"一声响,我的心一阵急跳。

屋里没有回音,许宝又敲了门板一拳。我们也各敲了几拳。

一声咳嗽从厢房里传出,接着一个沙哑的男人喉咙出了声:"谁?"

我们一时都愣了,互相打量着,都不敢吱声。我有些怕,很想跑开。还是许宝胆大,他故意粗着喉咙说:"我们是红色造反兵团!"

屋子里沉默了许久,接着传来低语声。我们的胆子渐渐壮起来,拳打脚踢着门板,嘴里嘈嘈着:"开门!开门!我们是红色造反兵团!"

厢房的门缓慢地开了一条缝,闪出一张苍白、浮肿的大脸。我们自然认出那是校长的脸。他原本很瘦、很精干,"革命"一起,他就肿胖了,原来溜溜圆的大黑眼也变小了,眼睛里射出的光线阴森森的。我不由得胆怯起来,把身体避在身材比我高许多的杜大饼子背后。

"同学们,有什么事?"校长问。

"我们要斗争地主分子尚秀珊!"许宝说。

校长阴沉沉地说:"她病了。"

"病了?"许宝大声说,"谁说她病了?"

校长说:"她真病了!"

"不行,我们要看看!"许宝说。

"同学们,我与你们无怨无仇……"校长软弱地说,"她真病了,你们发扬点人道主义精神吧……"

"什么话?"从我们背后传来一声怒吼,王主任和高副主任并肩站在我们背后,高副主任接着王主任的话茬儿大声说:"什么'无怨无仇'?怨仇大着呢!什么'人道主义'?对你们这些阶级敌人,没有什么'人道主义'好讲!"

有王主任和高副主任撑着腰,我们胆气壮起来,一窝蜂冲进屋。屋子里很暗,黑暗中散发着一股浓烈的霉味,还有老鼠尿的臊气。

我紧缩着身体。我猜想我的同伴们也一定紧缩着身体。"文化大革命"爆发前我们一进学校大门经常能听到从这间小厢房传出愉快的说笑声。有时还能听到尚秀珊的女儿尚慧敏悦耳的歌唱声。那时我们对这间小厢房向往极了。我那时想,住在这小厢房里的人过着神仙一样的日子,天天吃白面,顿顿吃肥猪肉,一定幸福得要命。我多么想能到这间小厢房里去开开眼界,看看神仙们是怎样生活的。后来我终于实现了愿望。我的在北京念大学中文系的哥哥放寒假回来,因为别无去处,所以天天去学校里玩。寒假里学校里只有校长的小厢房里有人烟,哥哥其实一天到晚都泡在这里。我知道哥哥不愿我跟着他但我还是跟着他踏进了"神仙洞府"。校长一家正在吃饭,三口人围着一张矮脚小饭桌,桌子上有一碟花生米,一碟豆腐干,一堆白蒜瓣,还有几个白面馒头。馒头的味道好闻极了,说实话我馋得要命。校长和尚老师客气地站起来,让我哥哥吃饭,他说吃过了。尚老师是我们的班主任,我认识的字儿都是她教的。她说你哥不吃你吃吧。我说不吃。尚慧敏笑着说别馋瘪了,她抓起一个馒头,扬起来,说:接住!馒头飞到我的眼前,我双手接住,咬了一口,抬眼看我哥,他正用眼睛剜我。我感到很羞愧,放下馒头就跑了。我听到他们在笑。后来我又溜回去,听到我哥正与读高中的慧敏谈《红楼梦》。又后来尚老师和校长好像对我格外亲切。尚慧敏还送给我一只麻雀,我不知道她是怎样捉到的。尚慧敏是尚老师和她前夫的女儿,所以不跟着校长姓王。

我们的眼睛习惯了黑暗,看到校长垂着头站在墙角,看到尚秀珊穿着一条红布裤头躺在床上,屋子里又闷又热又潮湿,柳木床腿上生长出嫩绿的枝条,跳蚤碰得腿响。我看到尚秀珊的肉白生生的,心里乱糟糟,头晕眼花,只想逃出去。

许宝龇着牙,很凶地说:"地主婆,不要装死,滚起来,我们要斗你!"

尚秀珊从床上躬起身子来,接着又倒下。她呜呜地哭着说:"同学们,饶了我吧,我病了。"

张同意说:"谁是你的同学!"

她改口说:"小将们,饶了我吧……"

许宝说:"别装死,你逃避批斗,罪该万死!"

校长说:"我替她去吧!"

许宝说:"不行!她给地主做过老婆,你能替吗?"

尚秀珊说:"好……我去……"

我们押着尚秀珊,沿着胡同向河边走。她用手扶着学校的围墙,一步一步地挪,好像腰腿很痛的样子。胡同里的百姓们一边看一边叹气、流泪,明显地是对尚秀珊表示同情。愈是有人看,尚秀珊愈是做出步履艰难的样子,嘴里还发出嘤嘤的哭声。我觉得她有些装模作样。

谁也没打她,斗几次,不至于斗成这样。但是我后来听我姐姐说——慧敏对我姐姐说的——尚秀珊不是装样,她真的受了酷刑,施刑者就是那位跟许多"革命男人"不清不白的高红英。据说高红英用蘸了辣椒面的老黄瓜狠捅尚秀珊的阴部,真是毒辣到极点。

尚秀珊的前夫好像姓赵,据说是平度城里一家大财东的少爷。他死后,尚带着女儿改嫁我们校长。尚的前夫是怎么死的,我们搞不清楚。据说是被共产党枪毙的,最坏莫过于这一条了,于是我们就说她的前夫是被共产党枪毙的。

我们把尚秀珊押到河滩上的一片葵花地边。我们躲在肥硕的葵花叶片遮出的阴凉里,把尚秀珊面朝西放在毒日头下晒着。方昌跑过来,顶着一脑门子热汗珠,抱怨道:"你们怎么才回来,把我急死了!"

许宝道:"急什么你?揪出个地主婆那么容易?也幸亏我去了,要是你们去,能揪出她来才活见了鬼!"

我们都知道许宝说的是千真万确的话,要不是他带头打冲锋,我们早就败下阵来了。

现在,我们的目光聚在许宝的脸上,等待着他领导我们与地主婆斗争。他眯缝着眼,脸上显出洋洋得意之色。他说:"不着急,这个地主婆一身霉气,晒会儿再斗。"

他带着我们钻进了葵花地里。我们坐在潮气很重的地上,一会儿从葵花秆的缝隙里望望在河滩跑来跑去的羊儿,一会儿仰起脸来,望望那紧盯着太阳的硕大花朵。许宝说:"不行,不能让她这样舒舒服服地站着,金豆子,你去把她按弯了腰!"

金豆子是我。我接到许宝的命令后脸上顿时冒了大汗,头发里的馊味儿涌进嗅觉里。我手掐着奇嫩的葵花秆儿,脸发着胀,结巴着说:"我……我……"

"你怎么啦?"许宝不满地说,"老中农的子孙,缺乏革命性,前怕狼后怕虎,跟你爹一个样儿。"

我大着胆儿走出葵花地,蹭到尚秀珊身边。地上的绿草像火一样地燃烧着,耀得我的眼睛辣辣地痛。尚秀珊身上有一股子樟脑味儿,熏人厉害。我说:"你低头弯腰认罪!"她斜着眼看着我,看得我的心像擂着的鼓。几年前在她家吃馒头的情景晃在眼前。她比我高一个头,发格外黑,皮格外白,虽然老了还是很好看。她女儿慧敏更漂亮,传说我哥哥跟慧敏有点那个意思。慧敏送我的麻雀我没拿住一展翅飞了。我说:"低头,地主婆!"她冷冷地看我一眼,嘴里嘟哝了一句什么。我回头望着葵花地里的伙伴们,用目光向他们求援。葵花地里突然响起了口号声,是许宝带头振臂呼喊,其他人附和着:

"打倒尚秀珊! 尚秀珊不低头,就叫她灭亡!"

我咬着牙,瞪着眼,蹦了一个高,揪住了她的头发,使劲儿往下一拽,她的头一下子耷拉下来,腰也随着弯了。我听到她的喉咙里发出了一阵咕咕的声音,像小蛤蟆的鸣叫声一样。我感到浑身发冷,嘴里分泌出许多苦涩的口水。我钻进了葵花地,说:"这坏蛋,我让她低了头!"

伙伴们都用怪异的眼光看着我。我感到双腿发软,便扶着葵花秆儿坐下来。我难以忘却她的头发留给我的感觉:又黏又腻又冷,好像握着一条毒蛇。

许宝说:"金豆子有进步,我回家把你的表现跟俺娘说说。"

方昌钻出葵花林,把尚秀珊的头按得更低了些。她的头发垂到了地面,显得脖子又细又长。哭泣声从那团黑发的下面冒上来,嘤嘤的,呜呜的,像小孩子的哭声一样。方昌把她叉开的双腿关拢了,双手卡着她的脖颈子死劲往下按了按,说:"好好想想,待会儿向我们交待你的罪行!"尚的哭叫声从地面上返上来:"同学们……我的罪行早就交待完了……"

许宝挖起一团湿泥巴打过去,厉喝道:"狐狸精,你还有一桩大罪行没有交待!"

泥巴准确地打在尚秀珊的头颅上,然后扑簌簌地松散落地。紧接着雨点般的泥巴从葵花林中飞出去,有的击中她的头颅,有的击中她的肩背,她顷刻间变了颜色。

"给你十分钟时间,好好想想!"许宝说着,把嗓门猛地拔高了,带着我们喊:"坦白从宽! 抗拒从严! 拒不交待! 死路一条!"

"歇一会儿吧,"许宝道,"大家都表现得不错,对阶级敌人就是要狠,决不能心慈手软!"

他扳倒一棵向日葵,搓掉硕大的花盘上的花芯儿,撕破盘儿,掐出一些嫩壳籽儿放在嘴里嚼着。他的手指上和嘴唇上都沾上了金黄色的花粉。

羊在远处咩咩地叫着,河堤外的村子里传来敲击钢铁的声音,葵花地里很静,几只肥胖的黄蜂在葵花盘上打着滚儿,沾了一身的花粉。许宝突然像发了疯似的摇晃起身体四周的葵花秆儿来,绿得发黑的葵花叶儿嚓嚓地摩擦着,沉重的葵花盘儿摇头晃脑,胡颠乱动,犹如几个痴呆、懵懂的大头崽子。我们模仿着许宝,几乎把整个葵花地都搅动了,一边摇晃我们一边怪叫着,在我们的叫声里,一株株茁壮的葵花啪啪地折断了。

我们几乎忘了尚秀珊。

她一头栽在沙地上时,我们钻出了葵花地。

"死了吗?"张同意问。

许宝年龄大、劲大、经验多,他把尚秀珊拖到葵花地边的阴凉里,用手试试她的鼻孔,说:"还喘气,没死!"

"吓死我了。"杜大饼子说。

"把她送回去算了,"高疤说,"弄死可就来麻烦了。"

许宝说:"还没开始斗呢,哪能送回去?"

方昌说:"这样怎么斗?"

许宝说:"掐葵花叶儿,到河里舀点水来泼泼她。"

于是我们掐了葵花叶,卷成筒状,到河里盛来水,泼到她的脸上、身上。她哼哼几声,果然睁开了眼。

许宝说:"考虑得怎么样了?"

尚秀珊闭着眼说:"你们杀了我吧……"

许宝说:"我们不杀你,我们要强奸你!"

尚秀珊怪叫一声,打着滚爬起来,跑了两步,跌倒了,便嗥叫着往前爬。

许宝冲上去揪住她的头发,使她的脸仰起来。她双膝跪地,双手拄地,仰着脸,白着眼,木木地说:"饶了我吧……饶了我吧……"

许宝低头看到自己胯间高高撑起,红了脸皮,丢开尚秀珊,说:"你这样的老货,谁要?吓嘘你罢了!只要你交待问题,我们就放了你!"

"我交待……我交待……"

"你男人被枪毙后,你把他的鸡巴割下来,风干后藏着,准备向我们反攻倒算,有这事没有?"

"你把它藏在什么地方了?说!"

"我把它藏在墙缝里了……"

把鸡巴风干了藏在墙缝里?

把鸡巴风干了藏在墙缝里!

许宝拳打脚踢着向日葵大笑起来。鸡巴插在墙缝里!哈哈!稀里哗啦啪啪啪!我们大声嚷叫着:"鸡巴插在墙缝里!"哈哈哈!我们破坏着向日葵:稀里哗啦啪啪啪!

从河堤上望下来,我们像一群嬉戏在向日葵森林里的猴子。

傍晚,红日下去了,晚风清凉了,我牵着羊回了家。院子里扫干净了,饭桌摆在老梨树下了。爹、娘、姐、叔、婶,都坐在树下,都不说话。我知道大事不好了。拴好了羊,刚想夺门而逃,姐姐一个箭步跳上来,揪着我的耳朵,把我拖到梨树下。娘扇了我一巴掌,哭着骂:"孽障!你伤天害理吧!"

姐姐从猪圈旁边提过一把锋利的铁锹,递给爹,说:"爹,铲死他算了!"

爹接过铁锹,把锋利的刃儿抵到我的脖子上。冰凉的铁刃儿顶着我的喉头,吓得我三魂丢了两魂半,屎尿一裤裆,我说:"爹,饶我一条小命吧,是许宝带的头……"

爹的手哆嗦着,我的小命悬着。

这时奶奶拄着拐棍走进了院子。

我一看见奶奶,哭叫着:"奶奶,救命啊!"

奶奶颤巍巍地,举起拐棍,拨开了爹手中的铁锹,说:"什么大不了的事,值得你们铲他的头!"

"娘,你不知道他作了多大的孽!"爹说。

奶奶道:"我知道!都坐下吃饭!"

喝了一口粥,奶奶笑着说:"我给你们讲个古吧,都好生听着!"

从前,有老两口子,好得像蜜一样。有一天,老婆子死了,撇下老头和一个儿子。老头哭了半天,终究割舍不了,瞅个空儿,找了把剃头刀子,磨得风快,把老婆那家什旋了下来,放在房檐下风干了,找了个小木盒装起来,有空说拿出来看看,就跟看见老婆子一样。说话间儿子就长大了,娶了个媳妇。老头儿没事,就一个人躲在屋里,抱着个盒儿翻来覆去地看。天长日久,儿媳妇犯了疑:爹的木盒里一定藏着宝!有一天,老头和儿子下了地,儿媳妇踩着炕沿从梁头上把木盒取出来,拉开盖一看,毛糟糟一团,不知道是什么物事,扒着扯着研究了半天,才恍然大悟了。这个儿媳妇也是个淘气鬼儿,把那物事扔给猫吃了,从房檐下捉来一只麻雀,装进木盒,放到梁头上。老头下地回来,喝了水,回到自己屋里,从梁头上摸下木盒,拉开木盖,才刚要看,就听到扑棱棱一阵响,一团毛茸茸的东西穿过窗棂子飞走了。老头追到院子里,大声喊叫:儿媳快来!

儿媳假装糊涂,跑出来问:爹,什么事?

老头道:快拿扫帚快拿竿,竿子打,扫帚扇。

儿媳问:爹,打什么?扇什么?

老头哭着说:多年的老屄飞上天!

奶奶讲完了古,说:"你们为什么不笑?"

粮　　食

　　正午时分,伊拖着肿胀得透明的双腿一步步挨到家中。伊沉重地坐在那条腐朽的门槛上时,仍然觉得晕眩,好像依然在磨道里旋转,耳畔响着隆隆的磨声。伊的两个孩子扑上来。大一点那个嘴里嚷着饿,手伸进伊的衣兜里掏摸着。小一点那个虽满三周岁了,但步履还不稳,话也说不成句,嘈嘈着跌到伊胸前,用乌黑的手掀起伊的衣襟,将一只干瘪的乳房叼在嘴里,恶狠狠地吮着。大一点儿那个名叫福生,在伊的衣兜里一无所获,失望地哭起来。小一点儿的这个寿生,从伊的乳房里同样一无所获,吐掉那皱裂的乳头,坐在地上,失望地哭起来。伊心中酸酸的、麻麻的,叹息一声,手扶着门框,慢慢站起来。

　　伊的婆母手拄着一根旧伞柄,弓着腰从里屋走出来。婆母乱蓬蓬一头白发,紧闭着双眼,用伞柄笃笃地探索着道路,大声地吵着:"你们娘几个,又在偷吃什么?你们吃什么呢?"

　　伊心中不舒坦,挺起嗓门回答道:"婆婆,您也是八十岁的人了,说话怎般无理!有什么好吃的能不给您先吃呢?真正越老越糊涂了。"

　　婆婆瘪瘪嘴,竟像个小孩子一样,呜呜地哭起来,一边哭一边用伞柄敲打红锈的锅沿,嘴里嚷着:"你们欺负我老,欺负我瞎了眼,把好东西都偷吃了,想把我饿死,这是什么世道哇,老天爷啊,救救我吧,我饿死了……"

伊没有反驳婆母的呼天抢地。伊知道这个瞎眼的老太婆早就神志不清了,没有什么道理好讲的。伊鼓起力气骂那两个嚎哭的儿子:"嚎吧嚎吧,都死了去吧……"

伊骂着,有两滴凉森森的泪水便从干涸的眼窝里渗了出来。

"娘啊,饿死了呀……"福生拽着伊的衣衫哭叫。

"娘……饿……"寿生抱着伊的脚哭叫。

伊低头看着眼前这两个瘦得如毛猴一样的儿子,喉咙憋得厉害,头晕得团团旋转,几乎站不住。伊手扶着门框,擦擦眼,问大一点的福生:"你姐呢,怎么还没回来?"

伊说完话,走到门外,往胡同里望去,隔着几棵剥光了皮的榆树,伊看到有一只很大的盛满野菜的筐子压着一个弯腰如钩的女孩歪歪斜斜地移过来。一股细细的暖流在伊心中涌着,快几步迎上去,把着筐鼻儿,把满筐野菜从女儿背上卸下来。

女孩慢慢地展开细细的腰,细细地叫了一声娘。

伊问:"梅生,你怎么才回来,不知道家里等着菜下锅?"

女孩噘着嘴,泪水在眼眶里打转儿。

伊翻着筐里的野菜,挑剔地说:"啊,这是些什么?婆婆丁,野蒿子,这能吃吗?"

伊抓起一把野蒿子放到鼻下嗅嗅,又把野蒿子触到女孩鼻下,不满地说:"你自己闻闻,什么味道?怎么能吃下去?"

女孩抽抽搭搭地哭起来,一边哭一边用握着镰刀的手搓眼睛。

伊说:"你还委屈是不?十四岁的东西了,连筐野菜都剜不来家,养你还有什么用?不是让你剜那些蓿蓄、苦菜、马齿苋、灰灰菜吗?你还有脸哭!"

伊气喘吁吁地说着,还把一根指头戳到女孩的额头上。

女孩哇地一声哭大了。伊怒上来,也哭了,用脚去踢女孩。女孩捂着脸,只哭,不动。

邻居赵二奶奶出来,劝道:"梅生娘,大晌午头儿,打孩子做什么?"

伊愤愤地说:"死吧,都死了利索!"伊嘴里发着狠,眼泪却流了出来。

赵二奶奶劝着:"回去吧,回去吧,梅生是勤快闺女,这不是剜了一大筐吗?"

伊说:"二奶奶,你看她剜了些什么!"

赵二奶奶从筐里抓了一把野蒿子看看,说:"梅生娘,这又是你的不是了,你在磨房里拉了一春磨,不知道田野里的情景。曲曲芽、灰灰菜是比这苦蒿子好吃,可到哪里去剜?满中国都闹饿荒呢,再下去几天,只怕连这野蒿子都吃不上了。"

伊马上明白委屈了女儿,便叹了一口气,搬着筐说:"别哭了,回家吧。"

梅生抽泣着,跟着伊,回到自家院里。

伊看到梅生扑到水缸边,舀了半瓢水,咕咕嘟嘟往嘴里灌着。伊想说几句慰藉女儿的话,但终究没说出口。

婆婆也摸到院子里来了。老太婆骂累了,暂时闭住嘴,双手拄着伞柄,仰着脸,对着高悬中天的艳丽太阳。明媚的阳光照耀着那张金黄色的脸,反射出绿绿的光线来。

伊将熏人的野蒿放在捶布石上,用一根木棒捶砸着。绿色的汁液沿着白色的石头流下来,苦辣的味道在院子里洋溢着。

女孩喝完水,懂事地对伊说:"娘,你歇一会儿吧,我来砸。"

伊看着女儿干巴巴的小黄脸,想哭,但却没有眼泪流下来。伊说:"我砸野菜,你把观音土筛一筛吧。"

梅生答应着,从墙甬路上搬一块灰褐色的观音土,放在甬路中央,用一柄木锤子砸一阵,然后将碎土捧到箩里,来回筛动着,细如粉面的观音土便纷纷扬扬地落在面前了。

伊让梅生把筛出的细土盛过来,与砸烂的野菜搅和在一起,捏成一个个拳大的团子,摆在一块木板上。

伊与女儿将一木板菜团子抬到屋里,装到锅里。盖好锅盖后,伊让梅生在锅下烧火,伊便挪到墙角上吐黄水。

两个男孩盯着灶里跳动的火,像等待什么奇迹出现。

伊吐了一阵黄水,挪回来,见锅沿上已有白汽冒出,便吩咐梅生停了火。伊揭了锅盖,见那些用奇异原料制成的团子明晃晃的,宛若骡马的粪便。一股难以说清的味道扑进伊的鼻腔。

伊一家围着锅台,像参拜神物一样,看着锅里的东西。两个男孩迫不及待地伸出手来。伊骂退了他们。伊用筷子插起一个团子,先自己咬了一口,只觉得一股毒药般的味道在口中散开,腹中的黄水汹涌上来。伊强忍着不吐,把口中东西和满食道的黄水一起咽下去。

伊说:"吃吧。"

下午,伊感到精神不错,那奇异的食物尽管味道恶劣,但毕竟使空荡荡的胃肠有了沉甸甸的感觉。胃里沉甸甸的,伊自觉脚下也有了基,不像往日那样,轻飘飘的,随时都会飞起来似的。

伊与七个女人在两盘大石磨下工作,四个人一盘。女人们都是小脚,走起路来很艰难,但也正因为这小脚,才没把她们赶到修水库的工地上去。

负责磨坊的王保管是个残废军人,瘸着一条腿,疤着半个脸,样子很凶。他看到伊走过来时,从椅子上起来,大声说:"你是干什么吃的?别人都来了,就等你一个哩,你难道不知道工地上急等面粉吃吗?"

伊连忙低着头认错。

伊进到磨坊里,看到与自己同拉一盘石磨的孙家大娘、马家二婶、李家嫂子业已把套绳挂在肩上,伸着脖子发力,使那磨隆隆地转着,灰白的麦粉从石磨的沟槽里淅淅沥沥地落下来,宛若枯涩的雪。伊惭愧得慌慌忙忙地套上肩绳,手把着磨棍,乱使出了大力气。孙家大娘在伊身后轻柔地说:"梅生娘,悠着点劲儿吧,这个干法如何能熬到天黑?"其余二人也在伊身前身后说了同样意思的话。伊满心里都是温暖,使出的气力更大了。

孙家大娘笑着说:"梅生娘,午饭吃大鱼大肉了吧,这猛劲儿,小毛驴子一样。"

伊咧咧嘴,说:"吃了大鱼大肉?等下辈子了。今晌午,用观音土掺野蒿搓了一锅团子。"

"怎么,"马二婶惊讶地问,"你到底吃了观音土?"

李大嫂说:"听俺家老人说,那东西吃下去,早晚会把人坠死哩。"

伊幽幽地说:"这样的岁月,早死一天是一天的福气。"

孙大娘劝道:"梅生娘,你才三十几岁的人,可别说这丧气话,咬咬牙,把孩子拉扯大了,你就熬出头了。"

伊不说什么,只是摇头。

李大嫂愤愤不平地说:"我就不信,王大哥那么忠厚的人,还会下狠心把耕牛毒死。"

孙大娘说:"你就闭嘴吧。这年头,屈死的鬼成千上万哩!"

马二婶压低嗓门说:"梅生娘,你太老实了,磨坊里饿死了驴?怨你死心眼儿。"

这时,王保管提着一枝长杆大烟袋,进了磨坊,眼睛凶凶地把这八个拉磨的娘们睃了一遍,说:"各人都小心点,生粮食吞下去难消化哩!"

李大嫂嘻嘻笑着,说:"王大哥,你要不放心,何不搬条凳子来坐在这儿?"

王保管说:"八个臊老婆的味儿谁受得了?"

李大嫂又道:"你说俺臊,可俺男人说俺香呢!"

王保管啐了一口,一拐一拐地走了。

下午磨的是豌豆，磨膛里哗哗叭叭地脆响着，清幽幽的香味儿在潮湿、阴暗的磨坊里飘漾着。伊嗅着豌豆粉的香味儿，肠胃一阵阵痉挛绞痛。伊咬紧牙关不吭气，但冷汗却把肩背都湿了。伊脖子一抻一抻地走着，宛若一只挣命的鹅。隆隆的磨声仿佛轻飘飘的云朵，渐渐地飘远了。伊恍恍惚惚地看到，孙家大娘把手伸到磨顶上，抓了一把豌豆掩到嘴里去。马家二婶、李家大嫂都偷着空子往嘴巴里掩豌豆。伊还发现，另一盘石磨上的女人们也都在干着同样的事。张家大嫂又抓起一把豌豆往嘴里掩的时候，对伊使了一个鼓励的眼色；马家二婶也低声在伊身后说："吃呀，你这傻种！"

豌豆的味道对伊施放着强烈的诱惑。伊的手几次就要伸到磨盘上去，又怯怯地缩回来。伊知道，同样的事情，孙大娘可以干，马二婶可以干，李大嫂也可以干，惟独自己不能干。伊的丈夫是富农，前不久，因为毒死社里的耕牛，被送到劳改营里去了。伊不明白丈夫为什么要毒死耕牛。伊想着丈夫被抓时的情景，心里冰凉。马家二婶从背后戳戳伊的腰，伊果断地摇头。

马家二婶说："你这样下去，只有死路一条了。"

伊的腹部绞痛起来，很多汗珠从脸上滚下。起初伊还硬撑着，但终于栽倒了。伊于昏迷中听到女人们大声地咋呼，并感到身体被抬了起来。伊感到几只女人手正在按摩着自己的肚皮，并听到周围一片叹息声。伊呕吐了，有一些黏稠的东西奔涌而出，疼痛立即便减轻了。

伊擦了一下嘴脸，有气无力地向周围的女人道谢，女人们便又唏嘘。

王保管过来，忿忿地说："干什么？都给我拉磨去。"

马二婶说："你这个癞种，一颗心比鹅卵石还要硬。"

王保管："阶级斗争，不硬行吗？"

马二婶道："好你个王癞杂种，俺家可是贫雇农。"

王保管说："贫雇农里也出叛徒哩。"

众婆娘七嘴八舌攻击王保管,他脸涨红着,催促她们拉磨。

婆娘们劝伊回家歇着去,伊摇摇头,硬挺着,回到磨边。马二婶低声劝道:"梅生娘,这年头,人早就不是人了,没有面子,也没有羞耻,能明抢的明抢,不能明抢的暗偷,守着粮食,不能活活饿死!"言罢,抓起一把豌豆,硬塞到伊的嘴里去。伊的心怦怦地狂跳着,环顾左右,见婆娘们都在毫不客气地吃,也就运动牙齿,咀嚼起来。伊听到豌豆被咬破的声音很大,不由得心惊肉跳,但粮食的惊心动魄、牵肠挂肚的味道转瞬间即把恐惧盖住了。伊终于伸出了手,抓一把豌豆,塞到嘴里。

下工前,磨道里十分昏暗,栖息在梁头上的蝙蝠从窗棂间飞进飞出,捕食着飞虫。伊的肚皮很胀,但这是幸福的胀。伊看到女人们都在趁着昏暗,将大把的豌豆塞到裤腰里去。伊呆了。马二婶暗中戳伊,说:"傻种,装呀,你吃饱了,孩子呢?"

伊一横心,抓把豌豆,往裤里一塞,感到那些光滑圆润的豆粒儿,沿着大腿,扑噜噜,直滚下去,聚集在脚脖子之上。伊又抓了两把,便胆寒了。听到王保管在外吼:"下工了!"

女人们装做没事人儿一样,甩着手,走出磨房。院子里的光明让伊大吃一惊。伊感到腿一阵阵发软,心跳如鼓,低着头,不敢迈步。

王保管冷笑着过来,说:"好哇,到底显了形了!"

马二婶护着伊,说:"王瘸,婶子明日给你找个媳妇。"

王保管用烟袋将马二婶隔开,说:"别怪我不客气。"

伊吓傻了,不会说,也不敢动。

王保管把烟袋别在腰里,伸出两只大手,沿着伊的身体往下摸。

马二婶说:"瘸腿,你就缺德吧!"

王保管的双手,摸到伊的小腿处,停了一下,站起来,命令道:"解开扎腿带子。"

伊哭着跪下了,嘴里央求着。

女人们还想说什么,王保管火了,说:"臭婆娘们,一群偷食的驴!

你们干的事,当我不知道?都把裤腿解开!"

女人们见势不好,哄一声散开,都拐着小脚,像鸭一样,走得风快。

院里只剩下伊和王保管。王保管解开伊的扎腿带子,吩咐伊站起来。于是,成百颗豌豆滚到了地上。

王保管说:"你说吧,怎么办?"

伊回到家时,屋子里已是一团漆黑,梅生坐在地上打瞌睡,福生和寿生趴在草窝里睡了。婆婆在黑暗中嘟哝着,仿佛在念一些神秘的咒语。

梅生问:"娘,是你吗?你怎么才回来?"

伊没有吭声。

梅生过来,摸着伊的胳膊,又问:"娘,你怎么不说话?"

伊摸摸女儿的脸,说:"梅生,睡去吧。"

梅生道:"锅里还有一些观音土丸子,你吃吧。"

伊说:"娘今日吃饱了。"

梅生歪在草上,睡着了。

伊逐个摸摸孩子,起身出屋,从檐下摘下一根绳子,搭在树杈上,拴了一个套儿。

绳子勒紧伊的脖子时,伊的身体扭动起来。伊感到极其痛苦,后悔莫及。

绳子断了。

伊解开脖子上的绳子,急喘一阵气,便哇哇地呕吐起来。天下起了雨,伊进屋睡了。

第二天清晨,伊看到自己呕出来的东西被雨水冲开,潮湿的泥地上,珍珠般散着几十粒涨开的豌豆粒儿。

梅生过来,问:"娘,你找什么?"梅生随即就看到了地上的宝贝,大呼着:"豌豆!"扑跪下去,鸡啄米般把豆粒捡起来。

福生、寿生、婆婆都闻声赶来。

男孩和女孩分食了豌豆,跪在地上,瞪着眼睛寻找。

婆婆哭着、骂着,扔掉伞柄,趴在地上,双手摸索。

伊叹息着,向磨坊走去。

在磨坊门口,王保管悄悄说:"我准你每天带回去两捧豌豆,但你也要给我。"

伊冷冷地说:"要是我一粒豌豆也不往家带呢?"

王保管说:"那我当然不要你。"

又到了黄昏的时刻,女人们故伎重演,大把地往裤裆里装豌豆。她们似乎已知道昨晚发生的事。伊却把豌豆一把把塞到嘴里,一点也不咀嚼,囫囵咽下去。伊感到豌豆粒儿已装到了咽喉,才停止。

王保管早等在门口了。伊很坦然地走上去,说:"你搜吧!"

王保管盯着她看了足有一分钟,便放她过去了。

伊回到家,找来一只瓦盆,盆里倒了几瓢清水,又找来一根筷子,低下头,弯下腰,将筷子伸到咽喉深处,用力拨了几拨,一群豌豆粒儿,伴随着伊的胃液,抖簌簌落在瓦盆里……伊吐完豌豆,死蛇一样躺在草上,幸福地看着孩子和婆母,围着盆抢食。

几天后,伊的技术精进,再也不需要探喉催吐,伊只要跪在瓦盆前,略一低头,粮食便哗啦啦倒出,而且,很多粮食粒儿都是干的,一点儿也未被胃液玷污……

后来,粮食日益缺乏,为防止拉磨的女人偷食,王保管在门口准备了八只碗,一桶水,让每个女人出门必漱口,把漱口水吐至碗里,检查有无粮食碎屑,这一招十分有效地控制了偷食现象,但伊照偷不误,因为伊是囫囵吞食,自然无碎屑。

伊就这样跪在盛了清水的瓦盆前,双手按着地,高耸着尖尖胛骨,大张着嘴巴,哗啦啦,哗啦啦,吐出了豌豆、玉米、谷子、高粱……用这种方法,伊使自己的三个孩子和婆母获得了足够的蛋白质和维生素。婆母得享高寿,孩子发育良好。

这是六十年代初期发生在高密东北乡的一个真实故事。这故事对我的启示是：母亲是伟大的，粮食是珍贵的。

（一九九一年）

灵　药

　　头天下午,武装工作队就在临着街的马魁三家的白粉壁墙上贴出了大字的告示,告诉村民们说早晨要毙人,地点还是老地点:胶河石桥南头。告示号召能动的人都要去看毙人,受教育。那年头毙人多了,人们都看厌了,非逼迫没人再愿去看。

　　屋子里还很黑,爹就爬起来,划洋火点着了豆油灯碗。爹穿上棉袄,催我起炕。屋子里的空气冰凉,我缩在被窝里耍赖。爹搁了我的被子,说:"起来,武工队毙人喜早,去晚了就凉了。"

　　我跟着爹,走出家门。东方已显了亮,街上冷清清的,没有一个人影。一夜的西北风把浮土刮净,显出街道灰白的底色来。天非常冷,手脚冻得像被猫咬着一样。路过武工队居住的马家大院时,看到窗户里已透出灯光来,屋子里传出"呱啦呱啦"拉风箱的声音。爹小声说:"快走,武工队起来做饭了。"

　　爹领着我爬上河堤,看到了那座黑黢黢的石桥,和河里坑坑洼洼处那些白色的冰。我问:"爹,咱藏在哪儿?"

　　爹说:"藏在桥洞里吧。"

　　桥洞里空荡荡的,黑乎乎的,冷气侵骨。我感到头皮直发炸,问爹:"我怎么头皮炸?"爹说:"我的头皮也炸。这里毙人太多,积聚着许多冤魂。"黑暗中有几团毛茸茸的东西在桥洞里徜徉着,我说:"冤魂!"爹说:"什么冤魂?那是吃死人的野狗。"

我瑟缩着,背靠着煞骨凉的桥墩石,想着奶奶那双生了云翳,几乎失明的眼睛。偏到西天的三星把清冷的光辉斜射进桥洞里来,天就要亮了。爹划火点着一锅烟。桥洞里立刻弥漫了烟草的香气。我木着嘴唇说:"爹呀,让我到桥上跑跑去吧,我快要冰死了。"爹说:"咬咬牙,武工队都是趁太阳冒红那一霎毙人。"

"今早晨毙谁呢?爹?"

"我也不知道毙谁,"爹说,"待会儿就知道了。最好能毙几个年轻点的。"

"为什么要毙年轻的?"

爹说:"年轻的什么都年轻,效力大。"

我还要问,爹有些不耐烦地说:"别问了,桥洞里说话,桥上有人。"

说话间工夫东方就鱼肚白了,村子里的狗也咬成一片。在狗叫的间隙里,隐隐约约传来女人哭叫的声音。爹猫着腰钻出桥洞,站在河底,向村子的方向侧耳听着。我感到心里非常紧张,在桥洞里转磨儿的那几匹狗,青着眼盯着我看,好像随时都会扑上来把我撕烂似的。我差不多就要拔腿跑出桥洞时,爹猫着腰回来了。在熹光里,他的嘴唇哆嗦着,不知是因为寒冷还是因为恐惧。"听到什么动静了吗?"我问。爹低声说:"别说话了,就要来了,听动静已经把人绑起来了。"

我偎着爹,坐在一堆乱草上,耸起耳朵,听到村子里响起锣声,锣声的间隙里,有一个粗哑的男人声音传过来:村民们——去南桥头看毙人啦——枪毙恶霸地主马魁三——还有他老婆——枪毙伪村长栾风山——还有他老婆——武工队张科长有令——不去看以通敌论处——

我听到爹低声嘟哝着:"怎么会枪毙马魁三呢?怎么会枪毙马魁

三呢？无论枪毙谁也不该枪毙马魁三啊……"

我想问爹为什么就不该枪毙马魁三，还没及张嘴，就听到村里"叭勾——"响了一枪，子弹打着哨儿，钻到很高很远的地方去了。紧接着一阵马蹄声由远渐近，一直响到桥头。马蹄敲打着桥面。"啪啪啪"一路脆响，好像一阵风似的，从我们头顶上刮了过去。我和爹爹缩着身体，仰脸看着桥面上长条石缝隙里漏下来的那几线天，心里又惊恐又纳闷。又呆了抽半袋烟的工夫，一片人声吵吵嚷嚷追到了桥头。似乎都立住了脚。一个公鸡嗓子的男人大声说："别他娘的追了，早跑没了影子！"

有人对着马跑去的方向，又放了几枪。枪声在桥洞里碰撞着，激起一串回音。我的耳朵里嗡嗡响着，鼻子嗅到硝烟的浓烈香气。又是那个公鸭嗓子说："开枪打屌？这工夫早跑到两县屯了。"

"想不到这小子来了这么一手，"有人说，"张科长，论成分他可是雇农。"

公鸭嗓子道："他是被地主阶级收买了的狗腿子。"

这时候，有人站在桥面上往下撒尿，一股臊液泚泚地落下来。

公鸭嗓子说："回去，回去，别耽误了毙人。"

爹对我说，那个公鸭嗓子的就是武装工作队的队长，他同时还兼任着区政府的锄奸科长，所以人们称他张科长。

东方渐渐红了。贴着尽东边的地皮，辐射上去一些淡薄的云。后来那些云也红了。这时我们才看清，桥洞里有冻僵的狗屎，破烂的衣服，一团团毛发，还有一个被狗啃得破破烂烂的人头。我很恶心，便移眼去看河里的风景，河底基本干涸，只有在坑洼处有一些洁白的冰，河滩上，立着一些枯黄的茅草，草叶上挑着白霜。北风完全停止了，河堤上的树呆呆立着，天真是冷极了。我用僵硬的眼睛看着爹嘴里喷出来的团团雾气，感到一分钟长过十八个钟点。我听到爹说："来了。"

行刑的队伍逼近了桥头。锣声"咣咣"地响着。"嚓嚓"的脚步声响着。有一个粗大洪亮的嗓门哭叫着:"张科长啊张科长,俺可是一辈子没干坏事啊……"爹轻轻地说:"是马魁三。"有一个扁扁的、干涩的嗓门哀告着:"张科长开恩吧……我这个村长是抓阄抓到的……都不愿干……抓阄,偏我运气坏,抓上了……开恩饶我一条狗命吧张科长……我家里还有八十岁的老母没人养老哇……"爹说:"是栾凤山。"有一个尖利的嗓门在叫:"张科长,自打你住进俺家,俺让你吃香的喝辣的,十八岁的闺女陪着你,张科长,你难道是铁打的心肠?……"爹说:"马魁三的老婆。"有一个女人的吼叫:"呜……哇……啊……呀……"爹说:"这是栾凤山的哑巴老婆。"

张科长平静地说:"都别吵叫了,吵叫也是一枪,不吵叫也是一枪。人活百岁也是死,不如早死早超生。"

马魁三叫喊着:"老少爷们儿,我马魁三平日里没有对不起你们的地方,帮着求个人情吧……"

听动静有许多人跪了下来,夹七杂八地哀求:"科长开恩,饶了他们吧,都是老实人,都是老实人哪……"

有一个男人拔高了嗓门说:"张科长,我建议让这四个狗杂种跪在桥上,给乡亲们叩一百个响头,然后就饶了他们的狗命怎么样?"

"高仁山,你出的好主意!"张科长阴森森地说,"你以为我张聚德就是杀人魔王吗?你这个民兵队长怕是当够了!乡亲们都起来,大冷的天,跪着干什么?枪毙他们,是上头的政策定的,谁也救不了他们,起来吧起来吧!"

"老少爷们儿,多说好话吧……"马魁三哀告着。

"别磨蹭了,"张科长道,"开始吧!"

"闪开!闪开!"桥头上几个男人吼着,一定是武工队员们在轰赶那些跪地求情的百姓。

随即马魁三大声嚎叫起来:"老天爷,你瞎了眼了!我马魁三一辈子善良,竟落了个枪崩!张聚德,你这个畜生,你这辈子死不在炕上,畜生,你死不在炕上……"

"快点!"张科长吼着,"让他骂着好听是不是?"

踢踢踏踏的脚步声从我们头顶上走过去了。我从桥石缝里看到一些晃动的人腿。

"跪下!"桥南头有人厉喝。

"两边闪开!"桥北头有人厉喝。

"叭——叭——叭——"响了三枪。

尖利的枪声呼啸着钻进了我的耳朵,使我的耳膜高频震荡,几乎失去了听力。这时候,太阳从东边的地平线上冒出了一线血红的边缘,那些高挺的杉树一样的长云,也都染足了血色。一个高大肥胖的肉体,从桥面上栽下来,缓缓地栽下来,好像一团云,只是在接触了桥下的坚硬白冰时,才恢复了它应有的重量,发出了沉重的声响。有一些亮晶晶的血从他的头颅上冒出来。

北边桥头上,炸营般地乱了。听动静是被催来观刑的百姓们纷纷逃窜。听动静武工队员们也没去追赶那些逃跑的百姓。

踢踢踏踏的脚步声又从我们头顶上响到桥南头去了。紧接着又是南头喊"跪下"北头喊"闪开",紧接着又是三声枪响,紧接着身穿一件破棉袍子、光着脑袋的栾风山一头栽到桥下,先砸在马魁三腰上,然后滚到一边。

紧接着一切都仿佛被简化了,一阵乱枪过来,两个披头散发的死女人,手舞足蹈地砸在了她们男人的身上。

我紧紧地抓着爹的胳膊,感到有一股热乎乎的液体洒在棉裤上。

起码有五六个人在我们头顶上站住了。我感到宽大的桥石被他们沉重的身体压得弯曲了,他们的声音也像炸雷一般震耳欲聋:科长,要不要下去验验尸?

验个屁!脑浆子都迸出来了,玉皇大帝来了也救不活他们。

走吧!到小老郭他老婆那儿去喝豆腐脑吃油条去。

他们迈着大山一样沉重的步子往桥北头走去。桥石在他们脚下弯曲着,哆嗦着。这座桥随时都会坍掉,我觉得。

一切都安静了,车轮大的红太阳在远方的白色河冰上滚动着,放射出亿万道红色的光线,光线又从冰上反射回去,又从草梢上反射回去,又从冻土上反射回去。我听到太阳光线与石头桥墩碰撞发出一些的声响,好像细小的雪花抽打着窗户上的白纸。

爹捅了我一下,说:"别发愣了,动手吧。"

我感到眼前一切都莫名其妙,爹也是一个我似曾相识的、莫名其妙的陌生人。

"什么?"我肯定是莫名其妙地问,"什么?"

爹说:"你忘了吗?给你奶奶来偷药!赶紧着点,待会儿收尸的人就来了。"

大概有七八条毛色斑斓、拖着又长又浓重的彩色大影子的野狗从河道里咆哮着扑过来,我想起来适才放枪时它们尖叫着逃跑时的情形。

我看到爹从桥洞里踢下几块冻在地上的青砖头,对准狗们掷过去。狗蹦跳着躲过了。爹又从怀里摸出了一把牛耳尖刀,对着那些野狗挥舞着。黑色的爹身体周围飞划着一些银光闪闪的漂亮弧线,那是爹舞出来的刀花。野狗们暂时退却了。爹紧紧扎腰的绳子,挽挽棉袄的袖子,大声说:"帮我瞧着人!"

爹像只饿鹰一样扑上去,先拖开了两个女人的尸体,然后把脸朝下趴着的马魁三翻了个个,让他面朝着天。爹跪在地上磕了一个头,小声说:"马二爷,忠孝不能两全,对不起您了!"

我看到马魁三伸出一只手抹了抹脸上的血浆子,微笑着说:"张聚德,你这辈子也死不在炕上。"

爹用一只手很不灵便地去解马魁三皮袍子上的黄铜扣子,解不开。我听到爹说:"二狗子,帮我拿着刀。"

我记得伸手接了爹递过来的刀,但却看到爹用嘴叼住刀,双手去解马魁三胸前那些黄铜扣子。那些铜扣子圆圆的,黄黄的,金灿灿的,有豌豆粒儿大,扣在布条襻成的扣鼻里,很不好解。爹很焦急,一使劲儿把它们撕了下来。掀起皮袍子,雪白的羔儿皮掀到肚腹两边,露出一件绸夹袄。夹袄也钉着同样的铜扣子,爹伸手又把它们撕了。把绸夹袄掀到两边去,又露出一件红绸布兜肚子,我听到爹啧了一声。我也感到这位五十多岁的胖老头还暗中穿着一件妖精衣服真是十分地奇怪。爹好像突然发怒,一把便将那玩意撕了,扔到一边。这一下露出了马魁三圆滚滚的肚皮和平坦的胸脯子。爹一伸手,突然站起来,脸色像金子一样,对我说:"二狗子,你试试,他的心还蹦蹦地跳着。"

我记得我弯腰去试他的心,果然感到那儿有个像小兔子一样的东西在鼓涌。

爹说:"马二爷,您脑浆子都迸出来了,玉皇大帝下了凡也救不活您了,您就成全了我这片孝心吧!"

爹从嘴里吐出刀子,攥在手里,在马魁三胸脯上比划着,寻找下刀的地方。我看到他用刀子在马魁三胸脯上戳了一下,竟好像戳在充足了气的马车轮胎上一样被反弹回来。又戳了一刀,又弹回来。爹扑地跪倒,磕着头说:"马二爷,我知道你死得冤枉,你有冤有仇就找张科长报去吧,别对着我个孝子显神通了。"

我看到只戳了两刀,爹的脸上已经汗珠滚滚,胡子上的白霜也融成了露水。远处那些野狗正在逐渐逼上来,那些狗东西的眼睛都红得像火炭一样,颈子上的毛都耸着,像刺猬一样,牙都龇着,像利刃一样。我说:"爹呀,快动手吧,狗们逼上来了。"

爹站起来,挥着刀,发着疯狂,把野狗们逼出去半箭地,然后气喘吁吁地跑回来,大声说:"马二爷,我不剜了你,狗也要撕了你;与其让狗撕了,还不如让我剜了!"

爹一咬牙,一瞪眼,一狠心,一抖腕,"噗哧"一声,就把刀子戳进了马魁三的胸膛。刀子吃到了柄,爹把刀往外一提,一股黑血绵绵地渗出来。爹旋转着刀子,但总被肋条阻隔着。爹说:"人慌无智。"抽出刀,放在马魁三的皮袍子上擦擦,一紧手,便将马魁三开了膛。

我听到"咕嘟"一声响,先看到刀口两侧的白脂油翻出来,又看到那些白里透着鸭蛋青的肠子滋溜溜地窜出来。像一群蛇,像一堆鳝,散发着热烘烘的腥气。

爹一把把地往外拽着那些肠子,看样子情绪烦躁,手头使着狠劲,嘴里嘈嘈地骂着。终于把肠子拽完了,显出了马魁三空荡荡的腹腔。

"爹,你到底要找什么呀?"我记得我曾焦急地问。

"胆,苦胆!他的苦胆在哪里?"

爹捅破了马魁三的膈膜,揪出了一颗拳头大的红心,又揪出了几页肝。终于在肝页的背面,发现了那小鸡蛋般大小的胆囊。爹小心翼翼地用刀尖把胆囊从肝脏上剥离下来。举着,端详了一会儿,我看到那玩意儿润泽欲滴、光华映日,宛若一块紫色的美玉。

爹把胆囊递给我,说:"小心拿着,等我把栾风山的胆也取出来。"

爹此时已像一个经验丰富的外科医生,手段准确、迅速。他用刀尖挑了穷鬼栾风山束腰的草绳子,挑开他的破袍子,对准那瘦骨凸凸的胸腔踹了一脚,刷刷刷三五刀,掀开遮蔽,伸手进去,宛若叶底摘桃,揪下了栾胆。

"跑!"爹说。

我们上了河堤,看见群狗拉着肠子撕扯,又看见太阳的红色已经黯淡,刺目的白光焕发出来,照耀着它应该照耀的万物。

奶奶目生云翳,请神医罗大善人看。罗大善人说,这是三焦烈火上升所致,非大寒大苦的药物不能治了。然后挟着包要走。爹苦苦哀求,希望罗神医开个方子。罗神医说:用个偏方吧——你去弄些猪苦胆,挤出胆汁来让你娘喝,兴许能退出半个瞳仁来。爹问:羊胆行不行?罗神医说:羊胆、熊胆都行——要是能弄到人胆——他哈哈笑着说——你娘定能重见光明。

爹把马魁三和栾风山的胆汁挤到一只绿色的茶碗里,双手端着,递给奶奶。奶奶把茶碗送到嘴边,伸出舌尖品了品,说:"狗子他爹,这是什么胆,这般腥苦?"

爹说:"娘,这是马胆和栾胆。"

奶奶说:"什么马胆、栾胆?马胆,我知道,栾胆,是什么?"

我按捺不住,大声说:"奶奶,这是人胆!马是马魁三,栾是栾凤山。俺爹把他俩的苦胆扒来了。"

奶奶怪叫一声,仰面倒在炕上,顿时就断了气。

(一九九一年)

铁　　孩

　　大炼钢铁那年,政府动员了二十万民工,用了两个半月的时间,修筑了一条八十里长的铁路。铁路的上端连结在胶济铁路干线的高密站上,下端插在高密东北乡那片方圆数十里的荒草甸子里。
　　那时候我们只有四五岁,生活在与"公共食堂"一起建成的"幼儿园"里。幼儿园里只有一排五间泥墙草顶的房子,房子周围圈着一些用粗铁丝连结起来的碗口粗的树干,有两米多高,别说是三四岁的孩子,就是年轻力壮的狗,也跳不过去。我们的父、母、兄、姐……凡是能拿起铁锹铲土的,都被编进民工队伍里去了,吃在铁路工地,睡在铁路工地,我们已有很长时间没见到他们了。我们被圈在"幼儿园"里,有三个很瘦的老太婆看管着我们。三个老太婆都是鹰钩鼻子眍睉眼睛,我们认为她们长得一模一样。她们每天熬三大盆野菜粥喂我们,早上一盆中午一盆晚上一盆。我们都把肚子喝得像小皮鼓一样。喝完了粥我们就把着木栅栏看外边的风景。木栅栏上抽出一些嫩绿的枝条。有柳树枝条。有杨树枝条。有的树干腐烂了,不抽枝条,生出一些黄色的木耳或是乳白色的小蘑菇。我们喝完了粥就把着木栅栏看外边的风景,手掰着木杆上的小蘑菇吃着,看到栅栏外的街道上来来回回走动着一些外乡口音的民工,一个个蓬头垢面,无精打采。我们在这些民工中寻找亲人。

我们哭咧咧地问:"大叔,你看到俺爹了吗?"

"大叔,你看到俺娘了吗?"

"看到俺哥了吗?"

"看到俺姐了吗?"

……

民工们有的像聋子一样,根本不理睬我们;有的歪过头来,看我们一眼,然后摇摇头。有的则恶狠狠地骂我们一句:

"狗崽子们,钻出来吧!"

那三个老太婆坐在门口,根本不理睬我们。木栅栏高约两米,我们爬不出去。木栅栏间隙很小,我们钻不出去。

我们透过木栅栏,看到村外的田野上渐渐隆起一条土龙,一群群黑色的人在土龙上忙忙碌碌地爬动着,好像蚂蚁一样。听木栅栏外边的民工们说,那就是铁路的路基。我们的亲人们,就在那些蚂蚁一样的人群里。有时候,土龙上会突然插起千万面红旗,有时候会突然插起千万面白旗。更多的时候什么旗也不插。后来,土龙上闪烁着许多亮晶晶的东西。栅栏外边的民工们说:要铺设铁轨了。

有一天,木栅栏外走过来一个黄头发的青年,他个子很高,我们觉得他只要一伸胳膊就能摸到木栅栏的尖儿。我们向他打听亲人的消息,他竟然走到木栅栏边,蹲下来,很亲热地摸我们的鼻子,戳我们的肚皮,拧我们的小鸡鸡。这是我们召唤来的第一个大人。

他笑着问我们:"你爹叫什么名字?"

"俺爹叫王富贵。"

"噢,王富贵,"他摸着下巴说,"王富贵我认识。"

"你知道他什么时候来接我吗?"

"他来不了了,前日抬钢轨时,他被钢轨砸死了。"

"哇……"一个孩子哭了。

"你见过俺娘吗?"

"你娘叫什么名字?"

"俺娘叫万秀玲。"

"噢,万秀玲,"他摸着下巴说,"万秀玲我认识。"

"你知道她什么时候来接我吗?"

"她来不了了,前日搬枕木时,她被枕木砸死了。"

"哇……"又一个孩子哭了。

……

最后,所有的孩子都哭了。黄头发的青年人站起来,吹着口哨走了。

我们从中午一直哭到黄昏。老婆子们让我们去喝粥,我们还在哭。老婆子们生气地说:"哭什么?再哭送你们去万人坑。"

我们不知道万人坑在哪里,但都知道那一定是个极其可怕的地方,于是我们都不哭了。

第二天我们还是把着木栅栏望外面的风景。半晌午时,有几个民工抬着一扇门板急匆匆地走过来了,门板上躺着一个血肉模糊的人,分不清是男是女,一滴一滴的黑血沿着门板的边缘,"吧嗒吧嗒"滴在地上。

不知是谁带头哭了起来,大家一齐哭,好像那门板上躺着的就是自己的亲人。

喝完了中午粥,我们又趴在木栅栏上,看着有两个端着大枪的黑大汉押着那个我们熟识的黄头发青年走了过来。黄头发青年双手背着,手腕子上绑着绳子,鼻、眼青肿,嘴唇上流着血。走到我们面前时,他歪着头看看我们,对我们挤眼弄鼻子,好像他心里挺高兴。

我们齐声喊叫他,一个黑大汉用枪筒子戳戳他的背,大声说:"快走!"

又是一天上午,我们扒着木栅栏,看到远处的铁路上,突然又插满了红旗,并且响起了敲锣打鼓的声音,数不清的人在铁路上吆喝着,不知为什么那么高兴。中午喝粥时,老太婆们分给我们每人一颗鸡蛋,并且对我们说:"孩子们,铁路修好了,下午通车了,你们的爹娘就要来接你们回家了,我们也侍候够你们了。每人一颗鸡蛋,庆祝通车典礼。"

我们高兴起来,原来我们的亲人没死,是那黄头发青年骗我们,怪不得把他捆起来哩。

我们很少吃鸡蛋,老太婆告诉我们要剥了皮才能吃。我们笨拙地剥鸡蛋皮,鸡蛋壳里都藏着一只带毛的小鸡,一咬唧唧叫,还冒血水。我们吃不下去,老太婆们用棍子打我们,逼着我们吃,我们都吃了。

第二天上午,我们趴在木栅栏上,看到铁路上的红旗更多了。半晌午时,铁路两边的人嗷嗷地叫起来,有一个头上冒着黑烟的大东西,又长又黑的大东西,呜呜地叫着,从西南方向跑过来。它跑得比马还快。它是我们看到的跑得最快的东西。我们感到脚下的地皮打起哆嗦来,心里很害怕。有几个穿着白衣裳、戴着白帽子的女人不知从什么地方钻出来,拍着巴掌叫着:"火车来了!火车来了!"

火车呼隆隆响着朝东北方向开过去了,我们的眼睛追着它的尾巴,一直到看不见了还在看。

火车开过去后,果然有一些大人来接孩子。狗被接走了,羊被接走了,柱被接走了,豆也被接走了,最后,只剩下我一个人。

三个老太婆把我领到栅栏外,对我说:"回家去吧!"

我早就忘记了家门,哭着央告老太婆们送我回家。老太婆把我推到一边,便急急忙忙地关上了木栅栏大门,门里边还锁上一把黄澄澄的大铜锁。我在木栅栏外哭、叫、求情,她们根本不理。我从木栅门缝里看到,三个一模一样的老太婆,在木栅门里边支起一只小铁锅,锅下插上劈柴点着了火,锅里倒进一些浅绿色的油。火苗子呼呼地响着,锅里的油泛起泡沫。一会儿泡沫消散了,一些白色的烟沿着锅边爬上去。那些老太太打破鸡蛋,用木棍把一些带毛的小鸡扔到油锅里去,炸得啦啦响,扑棱扑棱翻滚。一股焦焦的香气溢出来。老太太们又用木棍把油锅里的小鸡夹出来,吹几口气,就把小鸡塞到嘴里。她们的腮帮子时而这边鼓起来,时而那边鼓起来,嘴里呜噜呜噜响着。她们在吃小鸡时都闭着眼,啪哒啪哒滴着眼泪。任我怎么哭叫,她们也不开门。我眼泪干了,喉咙哑了。我看到一株黑油油的树旁边有一汪混浊的水。我走过去喝水。我喝水时看到水边有一只黄色的蛤蟆。我还看到一条黑色的、脊梁上有白花的蛇。蛤蟆和蛇在打架,我很害怕,我很渴。我忍着怕,跪下用手捧水喝。水从我指头缝里哗哗漏。蛇咬住蛤蟆的腿,蛤蟆头上冒出一些白水。我感到水很腥。我有点恶心。我站起来。我不知道该到哪里去。我想哭。我哭了。我干哭,没有眼泪。

我看到树、水、黄蛤蟆、黑蛇、打架、害怕、口渴、跪下、捧水、水腥、恶心、我哭、没有眼泪……哎,你哭什么?你爹死了吗?你娘死了吗?你家里的人死光了吗?我回头。我看到那个问我话的小孩。我看到他跟我一般高。我看到他没有穿衣裳。我看到他的皮上生着锈。我觉得他是个铁孩子。我看到他的眼是黑的。我看到他跟我一样是个男孩。

他说你哭什么木头?我说我不是木头。他说我偏要叫你木头。他说木头你跟我做伴到铁路上玩去吧。他说那里有很多好看的、好吃的、好玩的。

我说蛇快把蛤蟆吞了。他说让它吞吧,别动它,它会吸小孩的骨髓。

他领着我我跟着他朝铁路那儿走。铁路好像离我们很近可总也走不到,走走、望望,铁路还是那么远,好像我们走它也走一样。我们好不容易走到铁路边。我的脚很痛。我问他叫什么名字。他说你愿意叫我什么名字我就叫什么名字。我说我看你像块生锈的铁。他说你说我是铁我就是铁。我说铁孩。他答应了一声并且咧开嘴笑了。我跟着铁孩往铁路上爬。铁路路基很陡。我看到了两道铁轨像两条大长虫从一定是很远很远的地方爬过来。我想只要我一踩它就会扭动起来,它还会用长得没有头的木尾巴把我缠起来。我试探着踩了它一下。我感到铁很凉,它没有扭动也没有甩尾巴。

我看到太阳就要落山了。太阳很大很红,有一些白色的大鸟落在水边。我听到一声怪叫,铁孩说火车来了。我看到火车的铁轮子是红的,几条铁胳膊捣着它转。我感到车轮下有吸人的风。铁孩对着火车招手,好像它是他的好朋友一样。

晚上我感到很饿。铁孩拿来一根生着红锈的铁筋,让我吃。我说我是人怎么能吃铁呢?铁孩说人为什么就不吃铁呢?我也是人我就能吃铁,不信我吃给你看看。我看到他果真把那铁筋伸到嘴里,"咯嘣咯嘣"地咬着吃起来。那根铁筋好像又酥又脆。我看到他吃得很香,心里也馋了起来。我问他是怎样学会吃铁的,他说难道吃铁还要学吗?我说我就不会吃铁呀。他说你怎么就不会呢?不信你吃吃看,他把他吃剩下那半截铁筋递给我,说你吃吃看。我说我怕把牙齿崩坏了。他说怎么会呢?什么东西也比不上人的牙硬,你试试就知道了。我半信半疑地将铁筋伸到嘴里,先试着用舌头舔了一下,品了品滋味。咸咸的,酸酸的,腥腥的,有点像腌鱼的味道。他说你咬嘛!我试探着咬了一口,想不到不费劲就咬下一截,咀嚼,越嚼越香。越吃越感到好吃,越吃越想吃,一会儿工夫我就把那半截铁筋吃完了。怎么样?我没骗你吧!我说,你没骗我,你真是好人,教会了我吃铁,我再也不用喝菜汤了。他说人人都会吃铁,他们不知道。我说早知这样谁还去种粮食?他说你以为炼铁比种庄稼容易吗?炼铁更难。你千万别告诉他们铁好吃,要是让他们知道了,大家一齐吃起来,就没有咱俩吃的了。我说为什么你要把这个秘密告诉我呢?他说我一个人吃铁没意思,想找个做伴的。

我跟他踩着铁轨往东北方向走。因为学会了吃铁,我一点也不怕铁轨了。我心里说:铁轨铁轨,你放老实点,你要敢不老实,我就把你吃了。因为吃了半根铁筋,我的肚子一点也不觉得饿了,脚和腿都有劲。我和铁孩每人踩着一根铁轨往前走。走得很快,一会儿就望到前边红彤彤的半边天,有七八个大炉子呼呼地冒着火苗子。我闻到好香好鲜的铁味儿。他说,前边就是炼钢铁的了,没准你爹娘在那里呢。我说我一丁点儿也不想他们了。

我们走着走着,铁路忽然没了。四周都是比我们还高的荒草,荒草里有一大堆一大堆的生满红锈的废钢铁,有好几辆火车歪在荒草里,车厢都砸扁了,里边装着的废钢铁都倾了出来。我们又往前走了会儿,发现这儿有很多人,蹲在钢铁堆里吃饭,炉子里的火把他们的脸映得通红。他们正在吃饭,吃的什么饭?大肉包子地瓜蛋。他们吃得那么香,那么甜,都把腮帮子撑得鼓了起来,好像生了痄腮一样。但是我闻到从那些肉包子里、地瓜蛋里发散出一股臭气,比狗屎还要难闻,我感到恶心得很厉害,便赶紧跑到上风头里去。

这时有一个男人和一个女人忽然从人堆里站起来,大声呼喊着:"狗剩!"

我被他们吓了一跳。我认出了那是我的爹和娘。他们跌跌撞撞朝我跑来。我忽然觉得他们很可怕,像"幼儿园"里那三个老太婆一样可怕。我闻到了他们身上那股子比狗屎还要难闻的臭味。在他们伸手就要捉住我的时候我转身逃跑了。我跑,他们在后边追。我不敢回头,但我觉得他们的指尖不断地戳到我的头皮。这时我听到我的好朋友铁孩在我的前边喊我:"木头,木头,往铁堆里跑!"

我看到他的暗红色的身影在铁堆里一闪就不见了。我冲向废铁堆,踩着那些锅、铲、犁、枪、炮等等铁器爬上了堆积如山的废铁堆。铁孩在一个圆的铁管子里向我招手,我一斜肩膀就钻进去。铁管子黑乎乎的,弥漫了铁锈的香味。我的眼睛什么也看不见。有一只凉森森的小手拉住我的手。我知道那是铁孩的手。铁孩小声说:"别怕,跟我走,他们看不到我们。"

我跟着他往前爬。铁管子曲里拐弯,也不知通向哪里。爬呀爬呀,爬出了一线光明。我跟着铁孩钻出去。铁孩领着我手把着一辆破坦克的履带爬到炮塔上。炮塔上涂着一些白色的五角星。一根锈烂得坑坑洼洼的炮管子斜斜地指着天。铁孩说要钻到炮塔里去。炮塔的螺丝都锈死了。铁孩说:"咬开它。"

我们跪在炮塔上,转着圈啃那些生锈的螺丝。一边啃一边吃,一会儿就啃透了。炮塔盖子被我们掀到一边去。炮塔上的铁很软,像熟透了的烂桃子一样。我们钻进坦克肚子里去,坐在那些软绵绵的铁上。铁孩帮我找了一个孔,让我望着我的爹娘。我看到他们在远处的铁堆上爬着,噼里啪啦地翻动着那些铁器,一边翻动一边哭叫着:"狗剩,狗剩,儿呀,出来吧,出来吃大肉包子地瓜蛋……"

我看着他们,像看着两个陌生人一样。当听到他们让我出去吃大肉包子地瓜蛋时,我轻蔑地笑了。

他们找不到我,回去了。

我们钻出坦克,爬到炮筒上去骑着,看远远近近的那些冒火的大炉子和炉子周围忙忙碌碌的人。他们把一些铁锅抬起来,喊一声"一——二——三",抛到半空中去,掉下来跌破,再用大铁锤砸得稀巴烂。我嗅到了铁锅片儿的焦香味儿,肚子咕碌碌地响起来。铁孩好像猜到了我的心思,说:"木头,走,拿口锅吃,铁锅好吃。"

我们避避让让地走进火光里,选中了一口好大的锅,抬起来就跑。几个男人被我们惊吓得连手中的铁锤都丢了,有的还撒丫子就跑,一边跑还一边叫:"铁精来了——铁精来了——"

这时我们已跑到铁堆的顶上,一块块掰着铁锅,大口大口吃起来,铁锅的滋味胜过铁筋。

我们吃着铁锅,看到有一个腰里挂着盒子枪的瘸子走过来,用枪带子抽着那几个喊"铁精"的男人,骂道:"混蛋,我看你们是造谣言搞破坏!狐狸能成精,大树能成精,谁见过生铁蛋子能成精?"

那几个男人齐声说:"指导员,俺们不敢撒谎。俺们正在砸铁锅,从黑影里蹿出来两个小铁人,都生着一身红锈,抢了一口铁锅,抬着就跑,一转眼就没影了。"

瘸子问:"跑到哪里去了?"

那些人说:"跑到废铁堆上去了。"

"胡他娘的造谣!"瘸子说,"荒滩荒地,哪来的孩子!"

"所以俺们才怕了呢。"

瘸子掏出枪,对着铁堆"当当当"就放了三枪,枪子儿打在铁上,迸出了一些金色的大火星子。

铁孩说:"木头,咱把他那支枪抢来吃了吧?"

我说:"就怕抢不来。"

铁孩说:"你在这等着,我去抢。"

铁孩轻手轻脚地下了铁堆,趴在荒草里,慢慢地往前爬,光明里的人看不到他,我能看到他。我看到他爬到瘸子背后时,就在铁堆上抄起一块铁叶子,敲打起铁锅来。

那几个男人都说:"听听,铁精在那儿!"

瘸子刚举起枪来要放,铁孩从背后一跃而起,一把就下了他的枪。

男人们大叫:"铁精!"

瘸子一腚就坐在地上,嘴里喊着:"救命啊——抓特务——"

铁孩提着枪爬到我身边,说:"怎么样?"

我说你真有本事。他高兴极了,一口咬下枪筒子,递给我,说:"吃吧。"

我咬了一口,尝到一股子火药味。我呸呸地吐着,连声说:"不好吃,不好吃。"

他从枪脊上咬了一口,品咂着,说:"果真不好吃,扔给他吧!"

他把枪身扔到瘸子身边。

我把被我咬了一口的枪苗子扔到瘸子身边。

瘸子捡起枪身和枪苗,看了看,嗷嗷地叫着,扔掉破枪就跑了。

瘸子跑,歪歪倒,我们坐在铁堆上笑。

半夜时,西南方向一道耀眼的光柱射过来,并且传来了"咣当咣当"的巨响。火车又来了。

我们看到火车跑到铁路尽头,一头就扎到另一辆火车身上,后边拉着的车厢呼隆隆挤上来,车厢里的铁哗啦啦地泻在车道外边。

从此以后再也没有火车。我问他火车上有没有特别好吃的地方,他说车轮子最好吃。后来我们吃过一次铁轮子,吃了一半就不愿再吃了。

我们还去炼铁炉边找那些新炼出的铁吃,那些铁反而不如生锈的铁好吃。

我们白天钻到铁堆里睡觉,晚上出来和那些炼铁的人们捣乱,吓得他们胡乱跑。

有天晚上,我们又去吓唬砸铁锅的男人。我们看到明亮的灯火里摆着一口锈得通红的大铁锅,便一起奔那铁锅而去。我们的手刚触到锅沿,就听到呼隆一声响,一面用麻绳子结成的大网把我们罩住了。

我们用嘴咬绳子,下多大的狠劲也咬不断。

他们高兴地喊:"抓住了,抓住了!"

后来,他们用砂纸擦我们身上的红锈,好痛,好痛啊!

(一九九一年)

翱　　翔

　　拜完了天地,黑大汉洪喜就有些按捺不住了。虽然看不到新娘的脸,但新娘修长的双臂、纤细的腰肢,都显示出这个胶州北乡女子超出常人的美丽来。洪喜是高密东北乡著名的老光棍,四十岁了,一脸大麻子,不久前由老娘做主,用自己的亲妹子杨花,换来了这个名叫燕燕的姑娘。杨花是高密东北乡数一数二的美女,为了麻子哥哥,嫁给了燕燕的哑巴哥哥。妹妹为自己做出了巨大的牺牲,洪喜心中十分感动。想起妹妹将为哑巴生儿育女,他心情复杂,竟对眼前这个女子生出一些仇恨。哑巴,你糟蹋我妹子,我也饶不了你妹子。

　　新娘进入洞房,已是正晌光景。一群顽童戳破粉红窗纸,望着坐在炕上的新娘。一个大嫂拍了洪喜一把,笑嘻嘻地说:"麻子,真好福气! 水灵灵一朵荷花,轻着点揉搓。"

　　洪喜手搓着裤缝,嘻嘻地笑着,脸上的麻子一粒粒红。

　　太阳高高地挂着,似乎静止不动。洪喜盼着天黑,在院子里转圈。他的娘拄着拐棍过来,叫住儿子,说:"喜,我看着这媳妇神气不对,你要提防着点,别让她跑了。"

　　洪喜道:"不用怕,娘,杨花在那边拴着她哩,一根线上拴两个蚂蚱,跑不了那一个,就跑不了这一个。"

娘两个正说着话,就看到新媳妇由两个女傧陪着,走到院子里来。洪喜的娘不高兴地嘟哝着:"哪有新媳妇坐床不到黑就下来解手的?这主着夫妻不到头呢,我看她不安好心。"

洪喜被新媳妇的美貌吸引住了。她容长脸儿,细眉高鼻,双眼细长,像凤凰的眼睛。她看到了洪喜的脸,怔怔地立住,半袋烟工夫,突然哀嚎一声,撒腿就往外跑,两个女傧伸手去拽她的胳膊,嗤,撕裂了那件红格褂子,露出了雪白的双臂、细长的脖子和胸前的那件红绸子胸衣。

洪喜愣了。他娘用拐棍敲着他的头,骂道:"傻种,还不去撵?"

他醒过神来,跌跌撞撞追出去。

燕燕在街上飞跑着,头发披散开,像鸟的尾巴。

洪喜边追边喊:"截住她!截住她!"

村里的人闻声而出。一群群人,拥到街上。十几条凶猛的大狗,伸着颈子狂吠。

燕燕拐下街道,沿着一条胡同,往南跑去。她跑到田野里。正是小麦扬花的季节,微风徐徐吹,碧绿的麦浪翻滚。燕燕冲进麦浪里,麦梢齐着她的腰,衬托着她的红胸衣和白臂膊,像一幅美丽的画。

跑了新媳妇,是整个高密东北乡的耻辱。男人们下了狠劲,四面包抄过去。狗也追进麦田,并不时蹿跳起来,将身体显露在麦浪之上。

包围圈逐渐缩小,燕燕突然前仆,消逝在麦浪之中。

洪喜松了一口气。奔跑的人们也减慢速度,喘着粗气,拉着手,小心翼翼往前逼,像拉网拿鱼一样。

洪喜心里发着狠,想象着捉住她之后揍她的情景。

突然,一道红光从麦浪中跃起,众人眼花缭乱,往四下里仰了身子。只见那燕燕挥舞着双臂,并拢着双腿,像一只美丽的大蝴蝶,袅袅娜娜地飞出了包围圈。

人们都呆了,木偶泥神般,看着她扇动着胳膊往前飞行。她飞的速度不快,常人快跑就能踩到她投在地上的影子。高度也只有六七米。但她飞得十分漂亮。高密东北乡虽然出过无数的稀奇古怪事,女人飞行还是第一次。

醒过神来后,人们继续追赶。有赶回去骑了自行车来的,拼命蹬着车,轧着她的影子追。只要她一落地,就将被擒获。

飞着的和跑着的在田野里展开了一场有趣的追捕游戏,田野里四处响着人们的呼唤。过路人外乡人也抬头观看奇景。飞着的潇洒,地上的追捕者却因仰脸看她,沟沟坎坎上,跌跤者无数,乱糟糟如一营败兵。

后来,燕燕降落在村东老墓田的松林里。这片黑松林有三亩见方,林下数百个土馒头里包孕着东北乡人的祖先。松树很多,很老,都像笔一样,直插到云霄里去。老墓田和黑松林是东北乡最恐怖也最神圣的地方。这里埋葬着祖先所以神圣,这里曾经发生过许许多多鬼怪事所以恐怖。

燕燕落在墓田中央最高最大的一株老松树上,人们追进去,仰脸看着她。她坐在松树顶梢的一簇细枝上,身体轻轻起伏着。如此丰满的女子,少说也有一百斤,可那么细的树枝竟绰绰有余地承担了她的重量,人们心里都感到纳闷。

十几条狗仰起头,对着树上的燕燕狂叫着。

洪喜大声喊叫着:"下来,你给我下来。"

对狗的狂吠和洪喜的喊叫她没有半点反应,管自悠闲地坐着,悠闲地随风起伏。

众人看看无奈,渐渐显出倦怠。几个顽皮的孩子大声喊叫着:"新媳妇,新媳妇,再飞一个给我们看!"

燕燕扬扬胳膊。孩子们欢呼:飞啦飞啦又要飞啦。她没有飞。她用尖尖的手指梳理脑后的头发,就像鸟类回颈啄理羽毛一样。

洪喜扑通跪在地上,哭咧咧地说:"大叔大爷们,大哥大兄弟们,帮俺想想法子弄她下来吧,洪喜娶个媳妇不容易啊!"

这时洪喜的娘被人用毛驴驮着赶到了。她一个翻滚下了驴,跌得哼哼唧唧叫唤。

"在哪儿?她在哪儿?"老太太问洪喜。

洪喜指指松树梢,说:"她在那儿。"

老太太举手遮住阳光,看到树梢上的儿媳妇,连声骂道:"妖精,妖精。"

村里的尊长铁山爷爷说:"管她是人是妖,得想法弄她下来,凡事总得有个了结。"

老太太说:"老爷爷,就拜托您给操持了。"

铁山老汉道:"这样吧,一是派人去胶州北乡把她娘、她哥,还有杨花,都叫来,她要不下树,咱就留住杨花不回去。二是回去造些弓箭,修些长杆子,实在不行,就动硬的。三是去报告乡政府,她和洪喜是明媒正娶,受法律保护的夫妻,政府兴许能管。就这样吧,洪喜你在树下守着,等会儿让人给你送面锣来,有什么变化,你就敲锣。我看她这模样,多半是中了邪,回去还要杀条狗,弄点狗血准备着。"

众人匆匆走散,分头准备去了。洪喜的娘死活要跟儿子呆在一起,铁山爷爷说:"老嫂子,别痴了,你呆这儿管什么用?万一有点事,跑都跑不及,还是回去好。"铁山爷爷一说,她也不再坚持,让人扶上驴背,哭哭啼啼去了。

吵吵嚷嚷的松树林子里突然安静下来,一向以胆大著称的高密东北乡的洪喜被这寂静搞得心慌意乱。红日西下,风在松林里旋转着,发出呜呜的吼声。他垂下头,揉着又酸又硬的脖子,寻了一张石供桌坐下,掏出纸烟,刚要点火,就听到头上传下来一声冷笑。他的头发被激得竖起来,浑身感到冰凉,慌忙灭了火,退后几步,仰起脸,大声说:"甭给我装神弄鬼,早晚我要收拾你。"

他看到夕阳的光辉使燕燕的胸衣像一簇鲜红的火苗,她的脸上闪闪烁烁,仿佛贴上了许多小金片。没有任何迹象表明适才那声冷笑是由燕燕发出。成群的乌鸦正在归巢,灰白的鸦粪像雨点般落下,有几团热乎乎的落在他的头上,他呸呸地吐着唾沫,感到晦气透顶,松梢上还是一片辉煌,松林中已经幽黑一片,蝙蝠绕着树干灵巧地飞行着,狐狸在坟墓中嗥叫。他又一次感到恐惧。

松林里似乎活动着无数的精灵,各种各样的声音充塞着他的耳朵。头上的冷笑不断,每一声冷笑都使他出一身冷汗。他想起咬破中指能避邪的说法,便一口咬破了中指。尖锐的痛楚使他昏昏沉沉的头脑清晰了。这时他发现松林里并不像刚才所见到的那般黑暗,一座座坟墓、一尊尊石碑还清晰可辨,松树干的侧面上还涂着一些落日的余晖,有几只毛茸茸的小狐狸在坟墓间嬉戏着,老狐狸伏在野草丛中看着小狐狸,并不时对他龇牙微笑。仰脸看时,燕燕端坐树梢,乌鸦围着她盘旋。

一个很白净的小男孩从树干缝里钻过来,递给他一面锣、一柄锣槌、一把斧头、一张大饼。小男孩说,铁山爷爷正在领着人们制造弓箭,去胶州北乡的人也出发了,乡政府的领导也很重视,很快就会派人来,让他吃着饼耐心等待,一有情况就敲锣。

小男孩一转身就不见了,洪喜把锣放在石供桌上,将斧头别在腰里,大口吃起饼来。吃完了饼,他举起斧头,大声说:"你下不下来?不下来我要砍树了。"

燕燕没有声息。

他挥起斧头,猛砍了一下树干。松树哆嗦了一下。燕燕无声无息。斧头卡在树里,拔不出来了。

洪喜想,她是不是死了呢?

他紧紧腰带,脱掉鞋子,往松树上爬去。树皮粗糙,爬起来很省力。爬到半截时,他仰脸看了一下她,只能看到她下垂的长腿和搁在松枝上的臀部。他十分愤怒地想:本来现在是睡你的时候,你却让我爬树。愤怒产生力量。树干渐上渐细,有许多分杈,他手把着树杈,纵身进了树冠,脚踏树杈站定,对着她,悄悄伸出手去,他的手触到她的脚尖时,听到了一声悠长的叹息,头上一阵松枝晃动,万点碎光飞起,犹如金鲤鱼从碧波中跃出。燕燕挥舞着胳膊,飞离了树冠,然后四肢舒展,长发飘飘,滑翔到另一棵松树上去。他惊恐地发现,燕燕的飞行技术,比之在麦田里初飞时,有了明显的提高。

她保持着方才的姿势坐在另一棵树梢上。她的脸正对着西天的无边彩霞,像盛开的月季花一样动人。洪喜哭着说:"燕燕,我的好老婆,跟我回家好好过日子去吧,你要不回去,我也不让杨花给你哑巴哥哥睡觉——"

一语未了,他的脚下嘎叭一声响——松枝压断,洪喜像一块大肉,实实在在地跌在地上。好久,他手按着腐败的松针爬起来,扶着树干走了两走,发现除了肌肉酸痛外,骨头没有受伤。他仰起脸寻找燕燕,看到天上挂着一轮明月,光华如水,从松树的缝隙中泻下来,照亮了坟丘一侧、墓碑一角,或是青苔一片。燕燕沐浴在月光里,宛若一只栖息在树梢上的美丽大鸟。

松林外有人高声喊叫他的名字,他大声答应着。他想起石供桌上的锣,摸到,却怎么也找不到锣槌。

嘈嘈杂杂的人声进入了松林,灯笼、火把、手电筒的光芒移动到林间,把月亮的光芒逼退了。

来人很多。他认出了燕燕的老娘、燕燕的哑巴哥哥和自己的妹妹杨花。还认出了身背弓箭的铁山老爷爷和七八个村里的精壮小伙子。他们有的持着长竿,有的扛着鸟枪,有的抱着扇鸟网。还有一位身穿橄榄绿制服、腰扎皮带、握着公安手枪的英俊青年。他认出英俊青年是乡公安派出所的警察。

铁山老爷爷见他鼻青脸肿,问道:"怎么弄的?"

他说:"没怎么弄的。"

燕燕的娘大声叫着:"她在哪里?"

有人把手电的光柱射上树梢,照住了她的脸。下边的人听到树梢上哗啦啦一阵响,看到一个灰暗的大影子无声无息地滑行到另一棵松树上去了。

燕燕的娘恼怒地骂起来:"杂种们,你们一定是合伙把俺闺女暗害了,然后编排谎言糊弄我们孤儿寡母。俺闺女是个人,怎么能像夜猫子一样飞来飞去?"

铁山老爷爷说:"老嫂子,您先别着急,这事儿如不是亲眼看见,谁也不会相信。我问您,这闺女在家里时,可曾拜过师?学过艺?结交过巫婆、神汉?"

燕燕的娘说:"俺闺女既没拜过师,也没学过艺,更没结交过巫婆神汉,我眼盯着她长大,她自小安守本分,左邻右舍谁不夸?怎么好好个孩子,到你们家一天,就变成老鹰上了树?不把话说明白,我不能算完。不交还我燕燕,我也不会放掉杨花。"

警察说:"大娘,先别吵,您注意看树上。"

警察举起手电筒,瞄准树上的暗影,突然推上电门,一道雪亮的光柱正射在燕燕的脸上。她挥舞手臂,飞起来,滑行到另外的树梢上去了。

警察问:"大娘,看清了吗?"

燕燕的娘说:"看清了。"

"是您的女儿吗?"

"是我的女儿。"

警察说:"大娘,我们不想动武,闺女最听娘的话,还是您把她唤下来吧。"

这时候,燕燕的哑巴哥哥兴奋地嗷嗷乱叫,双手比画着,好像在模仿他妹妹的飞行动作。

燕燕的娘哭着说:"不知道前世造了什么孽,别人碰不上的事都叫我碰上了。"

警察说:"大娘,先别忙着哭,把闺女唤下来要紧。"

"这闺女自小性子倔,只怕我也叫不动她。"燕燕的娘为难地说。

警察说:"大娘,您就别谦虚了,快叫吧。"

燕燕的娘挪动着小脚,走到梢上栖着女儿的那株松树下,仰起脸,哭着说:"燕燕,好孩子,听娘的话,下来吧……娘知道你心里委屈,但这是没有法子的事……你要是不下来,咱也留不住杨花,那样的话,咱这家子人就算完了……"

老太太放声大哭起来,一边哭,一边把脑袋往树干上撞着,树梢上传下来绿緩之声,好像鸟儿在摩擦羽毛。

警察说:"继续,继续。"

哑巴挥动手臂,对着树梢上的妹妹吼叫。

洪喜大喊:"燕燕,你还是个人吗?你要有一点点人味,就该下来!"

杨花哭着说:"嫂子,下来吧,咱姐妹俩是一样的苦命人……俺哥再难看,还能说话,可你哥……姐姐,下来吧,认命吧……"

燕燕从树梢上飞起,在人们头上转着圈滑翔。一阵阵的凉露下落,好像她洒下的泪水。

"都闪开,都闪开,让她落下来。"铁山爷爷大声说。

人们纷纷退后,只留下老太太和杨花在中央。

但事情并不像铁山老爷爷想象的那样。燕燕滑翔良久,最终还是落在树梢上。

眼见着月亮偏西,已是后半夜,人们又困又倦又冷。警察说:"只好来硬的了。"

铁山老爷爷说:"我担心她受惊飞出树林,今夜捉不住,以后就更难捉了。"

警察说:"据我观察,她还不具备长距离飞行的能力,飞出树林,会更容易捕捉。"

铁山老爷爷说:"只怕她娘家人不依。"

警察说:"我来处理吧。"

警察走上前去,吩咐几个小伙子把哑巴和老太太领到树林子外边。老太太哭痴了,丝毫不反抗,哑巴嗷嗷叫,警察举起手枪在他面前晃晃,他也乖乖地走了。树林里只余下警察、铁山老爷爷、洪喜,和一个持棍棒、一个持扇鸟网的小伙子。

警察说:"枪声惊扰百姓,不好,还是用弓箭射。"

铁山老爷爷说:"我老眼昏花,看不清楚,万一伤了她的要害处,就不好了,还是由洪喜来射。"

他把那张用大竹弯成的弓递给洪喜,又递给他一支尾扎羽毛的利箭。

洪喜接过弓箭,沉思片刻,忽然醒悟般地说:"我不射,我不能射,我不愿射,她是我的老婆吗?她是我老婆。"

铁山老爷爷说:"洪喜,你好糊涂呀,抱在怀里才是你老婆,坐在树上的是一只怪鸟。"

警察说:"你们这些人,黏黏糊糊的,什么也干不成!把弓箭给我。"

他把枪插在腰里,接过弓箭,左手拉弓,右手扣弦,瞄着树梢上的影子,脱手放了一箭。只听得噗哧一声响,显然是箭镞钻入皮肉的声音。树梢上一阵骚动,他们看到燕燕腹部带着箭飞起在月色中,沉甸甸地砸在近处一棵矮松上。她的身体分明失去了平衡。警察又搭上一支箭,瞄着横陈在矮松上的燕燕,喊一声:"下来!"声音出口,利箭脱弦,树梢上一声惨叫,燕燕头重脚轻,倒栽下来。

洪喜哭着骂起来:"操你妈,你把我老婆射死了……"

躲在松林外的人打着灯笼火把围上来,一齐焦急地问:"射死了没有?她身上是不是生出了羽毛?"

铁山老爷爷一言不发,拎起一桶狗血,浇在燕燕身上。

(一九九一年)

姑 妈 的 宝 刀

> 娘啊娘,娘
> 把我嫁给什么人都行
> 千万别把我嫁给铁匠
> 他的指甲缝里有灰
> 他的眼里泪汪汪
> ——民歌

　　直到现在,我还是搞不清楚这段民歌里包含的意义。"把我嫁给什么人都行。"嫁个庄稼汉行,嫁个叫化子也行,嫁个杀人越货的土匪也行吗? 好像也行。就是不能嫁给个铁匠。铁匠,在小生产的乡村经济中,应该是具有超出一般庄户人的地位的,他们的技术既可以使他们得到高于庄稼汉的经济收入,又能使他们赢得庄稼人的尊敬。在讲究实际的乡村,那位首先唱出了这支歌的她,为什么会对铁匠如此恐惧——当然也不一定就是恐惧,"他的指甲缝里有灰",好像是她嫌铁匠不讲卫生;"他的眼里泪汪汪",这一句就颇费解了,一般地说,男子汉的眼里———个与钢铁打交道的男人眼里泪汪汪,是一种很文学的表现,可以让人产生许多联想,眼泪汪汪的男人可以博得女人们的怜悯甚至是爱。可首唱此歌的女人竟将此作为她不愿嫁铁匠的理由。所以，我总是感到这首民歌后面一定有一个很曲折很浪漫的故事。

我无意靠编造来演绎这个故事。

我宁愿相信这是一种原本就无意义的、随口而出、只要押韵就行的为儿童的创作。

我是从我家的邻居、孙家姑妈的嘴里听到这首民歌的。当然，叫童谣也完全可以。孙家姑妈是顶着一头白发进入我的记忆的。在我们家乡，妈等于奶奶，而妈妈则以娘谓之。因此，这孙家姑妈，实则是我的奶奶辈，我母亲和父亲以"姑"呼之。我不清楚我们家与她家几代前有过什么样的关系，但孙家姑妈是我童年记忆中的一个重要人物。

我没见过她的丈夫，但她毫无疑问是有过丈夫的，因为她有两个儿子。我没有见过她的两个儿子，我只见过她大儿子的两个女儿和小儿子的一个女儿。这三个女儿年龄差不多，都是我与二姐姐的玩伴。

孙家姑妈家有三间草屋，没有大门，院墙很矮，墙头上生着野草。她家房子后边有十几棵刺槐树，开花季节，香气飘到我家来；落花季节，房顶上一片白。我吃过她家槐树上的槐花，甜甜的，吃多了则感到微涩。有一年姑妈还请我们吃过用高粱面混蒸的白槐花，黏黏糊糊的，很滑溜。她家院子里有过一棵石榴，花开时，红艳艳如火，留给我极鲜明的印象。那石榴似乎开花不结果。她家院墙根上，还生着几十墩马莲草。那是一种扁长叶、开紫白色花的多年生草本植物，叶子很韧，割下晒干后，常卖给屠户捆肉。

孙家姑妈会吸烟，用烟袋吸。她那只烟袋是黄铜锅儿、湘妃竹杆、玉石嘴儿。据她说那玉石嘴很贵。据她说玉石能救人，譬如说一个人登高不慎摔下，只要身上有玉，就伤不了筋骨，只是那玉就惊上了纹。所以玉只能救人一次。孙家姑妈说话时,用后槽牙咬着她的玉石烟袋嘴儿。从她那儿,我才为玉石的贵重找到了一个原因。

她的三个孙女,一个叫大兰,一个叫二兰,一个叫三兰,现在都成了妈妈了。

那时,我与二姐经常约三个兰去邻村听戏。她们的奶奶——孙家姑妈,总是很开通地同意她的孙女与我们一起去。

我记得她家的屋子里黑咕隆咚的,炕上和地下,摞着一些黑色的箱子,箱子里盛着什么,我不知道。当时我也没去想过那些箱子里装着什么。有一天我们去邻村看了一出戏,戏名好像是《罗衫记》,或者是《龙凤面》,记不清了。回来后孙家姑妈让我们说戏给她听,我们七嘴八舌,大概也没说清楚。孙家姑妈听着我们说,很宁静地叼着烟袋,后来她就给我们,更可能是为她自己,哼哼着唱出了那首怕嫁给铁匠的歌子。她唱完了,我们都笑了。我记得我二姐还说道:姑妈嗓子真好听。

姑妈也笑了。

我想起了那时村里小孩中间流传的一段顺口溜儿:

　　从北走到南
　　孙家三枝兰
　　大兰爱哭
　　二兰嘴馋
　　三兰不开言

这是比较典型的儿歌了。但这儿歌是不是儿童的创作也很难说,因为它相当准确地说出了三个兰的特点,小孩能有这样的概括能力?三个兰一个属马,一个属羊,一个属猴,长到十几岁时,已经分不出哪个大哪个小。她们的模样都是比较清秀的,三兰更漂亮些,但三兰是个哑巴。二兰馋,喜欢用舌尖舔嘴唇。大兰虽然年龄最大,但经常被她的两个妹妹弄哭,就好像她是个小妹妹一样。

这三个女孩当中,我最喜欢的是爱哭的大兰。可能因为我也爱哭。我最不喜欢三兰,倒不是因为她哑,而是因为大人们跟我开玩笑,要把三兰给我做媳妇。我说我才不喜欢她呢!我才不要个哑巴呢!本来在这之前我是喜欢三兰的,那时候我感到找媳妇是极其丑恶的事情。也可能是一种惧怕长大的心理在作怪吧。

我们长到十七八岁时,忽然就疏远了,我二姐有时还去她们家玩,我却不去了。有一次我见到孙家姑妈在我家院子里与我父亲说话,我竟然心中乱跳,想:一定是孙家姑妈要把三兰中的一个说给我做媳妇了。三枝兰,各有风韵,但三兰不语,这无论如何也是个重大缺陷,所以三兰是不要了。二兰嘴巴尖,骂起人来嘴巴快得如同利刀切菜一般,也不要,还是要大兰。大兰的辫子很长,性格温顺,最好。那天父亲一边锯着木头一边与孙家姑妈谈话。温暖的天气,锯末子金黄,父亲脸上淌着汗水,孙家姑妈跟父亲谈了很久才走。我走出去时,感到父亲看我的眼神很异样。

第二天,我的脸上起了一些红疙瘩,父亲冷冷地说:"你不要胡思乱想。"

父亲的话像一盆凉水浇在我的心里,我感到极其羞愧和自卑。

又过了几年,大兰找了婆家,紧接着,二兰和三兰也找了婆家。

现在,铁匠们的故事涌到我的眼前来了。

每年的麦收前夕,是我们高密东北乡最美好的季节。这时,是春尾夏头,槐花的闷香与小麦花儿的清香混在一起,温柔的南风与明媚的阳光混在一起,蛤蟆的鸣叫与鸟儿的啼叫混在一起。这是动物发情的季节,也是小伙子们满街乱窜的季节。每年的这时候,那三个铁匠便出现在我们村的街头上。

铁匠们来自章丘县,操着外乡的口音。虽然他们的口音与我们不同,但我们听他们的话和他们听我们的话都不费力。铁匠炉支在老万家院墙外,那儿有一块空场,是第一生产小队的人扎堆等派活的地方。空场上安着一盘石碾子,那碾子整天不闲,吱吱扭扭地响着,碾轧着农家的主食——红薯干儿。墙根处有一棵柳树,树枝上挂着一口铁钟,很小的铸铁钟,这钟发出的声音能把第一生产小队的人随时召唤出来。铁匠炉支在这里是最佳的位置。

三个铁匠,领头的老师傅姓韩,大家都称他老韩;打锤的也姓韩,是老韩的侄儿,大家称他小韩;还有一个拉风箱兼打三锤的是个矮墩墩的胖子,人称他老三,也不知他姓什么。老韩细高,脖子长,脸上皱纹又深又多,秃顶,眼睛果然是永远泪汪汪的。小韩的个头也很高,但比他叔叔魁梧许多。我在创作一篇与打铁有关的小说时,脑子里曾多次出现过小韩的形象,所以也可以说那篇小说中的人物小铁匠,是以小韩为模特儿的。

实事求是地说,当时的乡村生活在物质上是相当清苦的。但回想起来,那时,我的精神绝对比现在要愉快。吃不饱,穿不暖,较之现在的脑满肠肥衣衫臃肿,似乎活得更有滋味,更有奔头;现在真是完蛋了,成了一个对生活绝望的人,成为一个无病呻吟的废物。回忆过去,既是一桩饶有趣味的工作,也有可能成为治疗脂肪多余症的药方。

那时候我们吃几个热地瓜、啃两块红萝卜咸菜就跑到第一生产小队的发令钟下看三铁匠打铁了。铁匠们早晨晚起,我们看他们打铁多数是在中午,有时晚上也去。那时的中午暖洋洋的,阳光促使我们扒掉棉袄里的棉花,我们变得腿轻脚快。狗在湾子里交配,我们坐在土墙边晒太阳。张老三家那箱蜜蜂忙忙碌碌地采槐花粉酿蜜。张老三的妻子有麻风病,长年躲在家中不露面,很神秘很恐怖。张老三是第一生产小队的饲养员,是个口才极好、出语即逗人捧腹的瘦老头。他的儿子张大力,是我二哥的朋友,身材高大,肤色漆黑,活活一座黑铁塔。我很崇拜他。我想象不出那个麻风女人怎么能生出这样一个力大无穷的儿子。

张大力继承了他父亲出语滑稽的特点,村里大多数的男孩子,都愿意跟他去放牛割草,他带领我们偷瓜、摸枣、捉鱼、游泳、打架,还干一些坑害别人的事情。比如在道路上挖陷阱,在棉花地里埋屎雷,去捣乱小学校的教学,把那位留长发的女教师捉出来剥裤子,等等。我父亲曾严厉教训我二哥和我,不许我们和张大力混在一起。我父亲说:你们不怕传染上麻风病,难道不怕跟着他作恶犯法进监狱吗?父亲的话让我们胆寒,但我们还是跟张大力在一起。张大力带我们去割草,总是先给我们"保养机器",烧麦粒吃,新鲜麦穗,放火上一燎,搓掉糠皮,半生半熟,白汁丰富,味道鲜美,没麦粒吃了就烧玉米吃、烧地瓜吃、烧豆子吃,反正都是生产队的,不吃白不吃,吃饱了省下家里的口粮。实在没什么庄稼可偷吃的季节,就捉蚂蚱烧吃,摸鱼儿烧吃,反正只要跟着张大力下地割草,总能搞点东西安慰安慰我们饥肠辘辘的小肚儿。张大力的腰里永远装着一盒用油纸包着的火柴,有一次他的火柴被水湿了,他就用鞋底搓茅草缨儿取火,烧大毛豆吃。我想我们之所以能比较好地发育成熟,与张大力带领我们大量地野餐有一定的关系。

张大力每天都给我们讲一些故事,有鬼怪,有武侠,有神魔。他讲故事时,有一种让我折服的力量,似乎他讲述的一切都是他亲眼看到的。张大力很愿帮助人,我从小窝囊,有时割的草背不动,压得龇牙咧嘴,张大力就说:不中用,不中用,这点草絮个老鸡窝都不够,我用鸡巴都能给你挑回家去。那些大一点的男孩就故意激他,说:不信不信,大力吹牛!张大力被激得下不了台,就说:小子们,今儿张大爷露一手,开开你们的眼界!说完话,他果真褪下裤子,把那杆黑缨枪拨弄得像钢杵一样,挺着,憋足一口气,把我的草筐挂上去。很遗憾没有成功。他双手攥着叫痛,我们弯着腰笑。他倒了架子不沾肉地说:昨天夜里"跑了马"了,钢火不行了,过几天再挑。那时我搞不清楚所谓"跑马"是怎么一回事,我问张大力:怎么叫"跑马",张大力笑着说:跑马嘛,就是——我二哥大声咋呼我:胡乱问什么?我说:问问怕什么。张大力说:别问了别问了,过几年你就知道了。

张大力给我讲过一个关于宝刀的故事,给我留下了极其深刻的印象。他说真正的宝刀软得像面条一样,能缠在腰里,像裤腰带一样。他还说宝刀杀人不沾血,吹毛寸断,刀刃浑圆,像韭菜叶子一样。张大力最辉煌的时刻是在那一年的"五一"运动会上。那时我已上了学。我们村里有一所完全小学,学校里有几位体育很棒的老师,年年都举办"五一"运动会,周围村里学校的老师和学生都来参加,竞赛项目很多,有篮球、乒乓球、跑、跳远、跳高。跳高比赛那天,村里人都围在学校的操场上看热闹。张大力也在,他跟我二哥站在一起,不停地起哄捣乱,我二哥那时已经不上学。几个男老师,跳过了一百五十厘米的横竿,就再也跳不高了;张老师冲一次,把竹竿碰飞,人栽到沙坑里;陈老师再冲一次,把竹竿夹在腿间,人栽到沙坑里。李老师说:行啦,到了极限了,破了我校的纪录了。陈老师不服,把竹竿放在一百六十厘米的高度上,说,让我再跳一次。陈老师在那儿舒腰揉腿,一副认真的样子。这时,张大力从人堆里挤出来,迈开大步,撩起长腿,吆喝着:噢哟哟——朝横竿冲过去,在竿前,他胡乱一个翻滚,竟然过了竿,落在沙坑里。跳起来,他拍着屁股上的土,看着那些老师,说:你们白吃了小馒头,还不如我一个吃地瓜的跳得高。围观的村民们哈哈大笑,学生们也笑。我们的老师都很窘,红着脸。我那位班主任张大个,是在县武术队受过训的,平常日子里每天凌晨就早起去河滩上打拳。那时他握着拳逼近张大力,村里人一看形势不妙,几位年老的忙上去拦张老师,并且说:张老师张老师您别跟他个野小子一般见识。张老师双臂往外一撑,便把老人们弄到一边去。我着实替张大力害怕,也替我二哥害怕,因为我二哥就是被张老师给打退了学,此刻他又站在张大力身边,俨然一个同党模样。张大力好像有些紧张,脸皮紫红,张老师一拳打在他胸上,他低下头,哼了一声。没容张老师打出第二拳,张大力便一个黑狗钻裆,把张老师拱起来,转了一圈,从肩上往后摔去。张老师仰面朝天跌在地上,看样子跌得不轻。村里人围上去,把张大力拉走了。这件事轰动了整个村子,张大力在村人中有了很大的威信,从此他便进入了壮劳力的行列,再也不与我们这些小孩子们结堆了。但我对他的崇拜和友谊与日俱增,现在亦是。张大力还有很多事可以写进小说,譬如他当生产队小队长的趣事,他结婚后的趣事,等等。

我们坐在第一生产小队的铁钟下,一边看铁匠打铁一边听张老三讲故事。我记得有一天张老三说老万家的老婆吝啬,竟当着她的面说,你们家的粪都要在水里淘几遍,看有没米粒什么的。老万家老婆骂:张老三,你不得好死。张老三说:我死了你不是没人戳了吗。张老三说,现如今的人都没劲了,几十年前,他亲眼看到一个人,把一个几百斤重的碾砣子扛到树杈上去放着。那时一队队长是齉鼻子王科,自己说当过志愿军的,动不动就解下皮带抽人,有一次抽二兰,因为二兰偷了队里的萝卜。孙家姑妈捣着小脚,直逼到王科前面,说:王队长,小心着点,别闪了手脖子。

还是说铁匠们吧。炉火熊熊,老三和小韩都光背,胸前挂一块油布遮胸裙,裙子有密密麻麻的被铁屑烫出来的黑色小洞眼。老三和小韩胳膊上的肉都是一条一条的,看上去就有劲。老韩穿一件老粗布的黑裮子,腰背佝偻,还时不时地咳嗽。麦子眼见就熟了,农民们送来锻打的多数是镰刀,也有锄,也有镢。有新打的,那要自己从家里拿铁,有在旧器的基础上翻新的,也要拿铁来。我记得只有一次,村里有位老人来给旧斧头加钢,老韩拿出一块青色的铁来,说,老哥哥,我把这块百炼钢给你加上,让你使把快斧。张老三跟保管员要了一些铁,送来,让铁匠给打一把两头带把儿的切豆饼用刀。豆饼要切成条状,好泡,用豆饼水饮马饮骡子上膘。圆圆的豆饼夹在双腿间,双手攥着刀把,哧哧地往下切。

晚上看打铁,比白天有意思。通红的炉火映着铁匠们的脸,像庙里的金面神一样。老韩掌着钳,不断翻动着炉上铁,那些铁烧软烧白,灼目的光亮使煤火相比变红。老三拉风箱,呼嗒呼嗒响。铁烧透了,老韩提出来,放在砧子上,先用小锤敲敲,那些青色的铁屑爆起,小韩早就挂着十八磅的大铁锤等候在一边了,那柄大锤我用手提过,真沉。锤把子却是用柔软的木头做的,一抡起来颤颤悠悠,抡这样的软把子锤要好技术。小韩得到他叔的信号,便叉开双腿,抡起大锤,往铁上招呼。他打的是过顶锤,用大臂的力量,锤锤都带着风声,打在铁上,不太响亮,但那铁却像面团儿一样伸长,变扁。小韩打锤,得心应手,似乎闭着眼也能打,叮叮当当的,有些惊心动魄的味道。打铁先要自身硬,铁匠活儿累极,但铁匠们却很少出汗,通古博今的张老三说:流汗的铁匠不是好铁匠。老三有时候也扔掉风箱把子掺进去打几锤,但身手一般,尤其是跟小韩比较起来。

淬火时挺神秘,我在《透明的红萝卜》里写过淬火,评论家李陀说他搞过半辈子热处理,说我小说里关于淬火的描写纯属胡写。我写淬火时水的温度很重要,小铁匠为了偷艺把手伸进师傅调出来的水里,被师傅用烧红的铁砧子烫了手,从此小铁匠便出了师,老铁匠便卷了铺盖。根本没有那么玄乎,李陀说。张老三给我们讲的更玄,他说从前有个中国小铁匠跟着一位日本老铁匠学打指挥刀,就差淬火一道关口,打出来的刀总不如日本师傅打出来的锋利。有一次日本师傅淬火,中国小铁匠把手伸到桶里试水温,那个老日本鬼子一挥刀,就把中国小铁匠的手砍落在水桶里。我把这个故事跟李陀说,李陀说那是民间传说。

淬火时水温很盛,嗞嗞啦啦地响。如果是打菜刀,淬完火后要在石头上磨出白刃。磨石的活儿也是由小韩来做。那么大一块长条石,放在一条粗壮的木凳子上,刀用木夹子固定住,小韩便拉开马步,俯下腰,只手撩水上石,然后,嚓——嚓——嚓——一会儿工夫就把那刀磨得铮亮。有人问:快了没有?小韩不说话,找一根手腕粗的木棍子,往凳子上一放,挥臂劈一刀,木棍子两断。你说快不快?小韩反问。据我爷爷说他们打出的刀并不太利,钢火一般,刀断木棍,是因为小韩力大。

那一天,我们看到,小韩在铁匠炉边和面做窝窝头儿,面是玉米面。小韩打铁行,做窝窝头不行,那只大手把一碗面摆成牛粪饼模样,贴一只圆底子黑铁锅里。他们每天吃两顿饭,三个人,一顿要吃五斤干面的窝窝头,饭量很大。有时候,他们也买几斤大肥肉膘子熬着吃,红红白白的肉,被黑的煤一烧,显得出了格的娇嫩,肉味儿香极了,勾得我嗓子眼里往外伸小手儿,二兰曾说过,等长大了一定要嫁个铁匠,吃黄金塔,就大肥肉。我们说你姑妈不是唱:嫁什么人也不要嫁个铁匠吗?二兰说,唱归唱,嫁归嫁。

有一段时间孙家大兰二兰看铁匠打铁入了迷,我和二姐不去时她们也去。后来我听大兰说,是孙家姑妈让她们去看的,看看那些铁匠手艺怎么样。大兰和二兰回来就夸铁匠们的窝窝头格外好吃。二兰跟人家讨要窝窝头吃,周围的人说这个小嫚真馋。小韩却宽厚地笑着,把一个烫手的大窝窝头用一张葵花叶垫着,送到二兰的手里。二兰还跟我们说:小韩胸脯上还有黑毛呢。说完了还哧哧地笑。

四月初八那天,好玩的事发生了,那天是个集,集就在我们街上赶,人很多,铁匠炉周围自然空前热闹。

孙家姑妈弓着腰来了,她穿一件浆洗很白的斜襟褂子,白头发梳得顺溜,脑后的小髻上,插一朵紫色的马兰花,既像个老妖精,又像个老神婆。人们都看着她笑。她不笑,脸板着,严肃着呢。三个兰跟在她身后,都穿着新衣服,像三个护兵一样。张老三说孙家大嫂子,今日是怎么啦?中了邪了还是着了魔了?我说大兰二兰三兰,你们干什么?她们都不理我。三兰既哑又聋,不理我可以;二兰跟我不睦,不理我也行;可你大兰为什么不理我?头天晚上我还给你一块糖吃,你还让我摸了摸你的屁股呢。我很生气。

走到炉前,铁匠们都停了手中活,没风鼓动的煤火上,火苗子软了,黑烟多了,好像要拆炉散伙的样子。

孙家姑妈冷冷地问:"师傅,能打把刀吗?"

老韩问:"您要打什么刀?"

孙家姑妈从怀里摸出一条四棱的银灰色铁,递过去。老韩接了,翻来覆去地端详着,脸色阴沉着又问:

"您要打一把什么刀?"

孙家姑妈从腰里抽出一柄银亮的刀,像抽出一束丝帛,递给老韩。老韩不敢接刀,用双手捧了那块银灰色铁,恭恭敬敬地送到孙家姑妈面前,弯腰点首地说:

"老人家,俺是些粗拉铁匠,打打锹镢二齿钩子,混几口窝窝头吃罢了,请您老高抬贵手。"

孙家姑妈把刀弯起,缠到腰里,又伸手接了铁,揣回怀里,说:"好铁匠都死净了吗?"

说完话,便转身走了,三个兰跟着。

孙家姑妈腰背弯曲,小脚两只,走起路来摇摇晃晃,一阵风就能吹倒似的。倒是她那三个孙女,在那天的阳光里,像三枝兰花一样,高挺着枝叶,散发着幽香。

铁匠们当天晚上便卷铺盖走了,再也没回来过。

几年后,孙家姑妈死了,三个兰也嫁了人。哑巴三兰嫁给了张大力,岁数相差不少。那把柔软的刀也不知下落。张老三说那是一柄缅刀,杀人不见血,吹毛寸断,一般铁匠如何打得出?我听说,那把刀成了三兰的嫁妆,带过去,宝贝一样藏了几年,后来就拿出来,放在厨房里使用,有时剁肉,有时切菜。据三兰和张大力生的儿子说,那刀尽管锋利,但太轻太软,使唤起来,还不如两块钱一把的菜刀顺手。

(一九九二年)

屠户的女儿

我忘不了那些星星。跳跳抖抖,挤鼻子弄眼,像小鬼精灵一样,像那只总是围着我跳来跳去的小黑狗一样。那些星星,在凌晨的天空中,闪烁着宝石一样的光芒。

那时我几岁了?谁能搞清楚?也许我的外公知道,也许我的妈妈知道,反正我不知道,也许连他们也不知道。他们知道也不会告诉我。

最早进入我记忆的,是那些严冬的早晨,村子还沉睡着,狗有一声无一声地叫着,我躺在小推车梁旁边的篓子里,身下垫着厚厚的麦秸草,麦秸草上还铺了一张比我的身体还要长的狗皮。狗皮是金黄色的,软软的,茸茸的,我猜想那一定是条威武雄壮的大狗,叫起来呜呜的,像老虎一样。妈妈总是一边低声嘟哝着:香妞儿,香妞儿,咱去县城卖肉肉,卖完肉肉买包吃,包子香,包子甜,撑得香妞团团转……妈妈把我放在篓子里,在我身上盖一件专为我缝的小棉被子。然后妈妈就去推开了那两扇用树棍子连成的街门,等着外公弯下腰,将车袢挂在脖子上,手攥着油漉漉的小车把儿,直起腰,把我推出去。妈妈拉上柴门,挂上铁鼻子,捏上一把黄澄澄的大铜锁。我的小黑狗在小车前后跑着,汪汪儿地叫着,我在黑暗中看到了它亮晶晶的眼睛和它那一身在星光下闪亮的皮毛。我们家的小黑狗是全村、全县、全省最漂亮、最享福的狗儿,我们家的小黑狗是喝着猪血、吃着肥猪肉长大的,世界上再也没有一只比我们家的小黑狗命更好的小狗儿了。我们家的小黑狗从来不跟村子里那些吃糠渣渣地瓜皮长大的狗儿一起玩,我们家的小狗儿香香的,村子里的小狗儿臭臭的。

妈妈说:

"小黑,回去啦,好好看住门!"

小黑狗叫两声,便从土墙上留出来的洞洞里钻进去了。我听到它在院子里呜呜叫,它说向我们告别,它说它盼着我们早早地卖完猪肉,早早地回家来。

外公推着小车,妈妈走在车侧,走在我身边。我们的小车轮子碾轧着村子里冻得梆梆硬的街道,发出咯咯噔噔的响声。有时,黑暗的墙角上有狗对着我们叫几声;有时,有一匹黑乎乎的小牛犊飞快地从我们身边跑过去,我听到了它钻过篱笆墙时,身体碰撞摩擦树枝发出的嚓嚓啦啦的响声。我闭着眼睛,看到小牛犊那一身缎子般光滑的皮毛像一大块脂油一样,滋溜溜地,挤到篱笆墙的对面去了。我看到它站在那儿,瞪着水汪汪的大眼睛看着我,仿佛要对我说什么话,但是它没有说话——我知道它不好意思跟我说话,它故意不跟我说话,它总有一天会对我说话——用它那紫色花瓣儿一样的小嘴,叼住那些秋天时缠绕在篱笆墙上开紫色喇叭花儿现在干枯了的牵牛花的叶子,用力地撕下去,用力地撕下去,它不吃,它不饿,它叼住撕它们,只是为了使篱笆墙发出哗哗啦啦的好听的声音,给我听。

很快我们就出了村子。外公弓起腰,憋住气,把小车推上一个大土坡儿。妈妈有时转到车前头去手拉住车前的横档棍,助他一把劲儿,有时则根本不管,由着外公哼哧哼哧憋着气把小车拱上去。一上坡儿,我就看到了那条河,严冬的凌晨总是特别黑暗,河里的冰总是在黑暗中闪烁着模模糊糊的白光。外公手拽着车把,身体后仰着,脚使着劲儿,放车下坡了。我听到他的大脚蹭得下坡路响,我能想到那两只大脚在鞋里的模样。

　　下了坡就是一座小石桥,我们从县城卖肉回来时,小石桥总是伏在河上,弓着腰,歪着头,摇晃着尾巴,对我们微笑。我总担心当我们的小车到它的背上时,它会一使劲儿把我们甩到河里。但这种情况从没发生过,但我感到这种情况随时都会发生,总有一天会发生。

　　我听妈妈说我们家离县城有三十里路,所以我们要一大早起身去赶县城的早市。过了石桥,再爬上一个坡儿,就是直通县城的大道了。妈妈说这条路原来弯弯曲曲,凸凹不平,路两边全是野草,夜里走起来叫人害怕。妈妈说她小时候这路两边有很多大坟墓,还有一些黑松树林子,夜里,那些鬼火呀,就像小毛人提着小灯笼,碧绿的,鲜红的,金黄的,好多好多,多得数不清,在坟地里飞来飞去。嗖,一条绿火线;嗖,一条红火线;嗖,一条金火线。多吓人呀,但又多么好看呀。黑松树林子里有很多白色的夜猫子,哇哇地叫,叫得人的脊梁沟里凉飕飕的,头皮一炸一炸的,不知不觉冷汗流出来了。树林子里有一些穿小红袄的小毛人,拖着一根蓬蓬的、像毛谷穗一样的大尾巴,在树林里藏猫猫、过家家。多好玩呀,我真羡慕比我大许多的妈妈,看到过那么多好看的风景,听到过那么多好听的声音。妈妈说后来来了一些人,把路两边的坟墓扒了,把黑松树林子砍了,把路加宽了,填高了,伸直了,路面上铺上碎石头、灰渣子,用大石磙子压实了,又铺了一层沙子。从此下多大的雨路上也能走车了,没有泥巴沾住车轮,糊住车辐条了,也没有泥巴剥掉妈妈的鞋底子了。可是我恨那些人,他们把鬼火撵跑了;他们毁了小毛人的家,更毁了妈妈看过的风景。

　　但是我看到的风景也够好的,比不过妈妈的风景也够好的。路两边总是一排排的树木,在只有星星的时候,我看到它们像一个个高大的、噘着嘴巴生闷气的大男人,我们的小车儿在它们的脚下咪溜溜地滑动着,像它们的玩具儿一样。只要它们发了怒,一抬脚就可以把我们的车,连同我的外公和我的妈妈,当然更跑不了我,踹出去好远好远,我们和我们的车儿在星星中间翻着跟头飞,有时候碰到星星们那些亮晶晶的腿,星星们害羞似的把腿抽回去,我们最后掉在河里,把比猪肉膘子还厚的冰都砸破了。每次想到这儿我就哭起来。妈妈安慰我,侧着身子给我擦眼泪。妈妈的手上有一股生猪肉味道,很好闻。我就是闻着这股味道长大的。妈妈的身上,外公的身上,我们家的被子上,喝水的碗上,都有这股味道。妈妈的手很凉,她的手也很大,我的脸在妈妈手下就像一只没长毛的小雀儿一样。

妈妈说:"香妞儿,香妞儿,又被梦虎子魇着了吧?醒醒,你看,太阳就要出来了,县城快到了。"

外公吭吭了两声,想说话又说不出来的样子。在我的记忆里,总是妈妈在说话,对我不停地说,把一些话翻来覆去地说。外公从来不说话。

太阳果然出来了。先是露出了一条边,从一排排的树木后面,从一个个的草垛后面,从一排排的草尾后面。我们迎着太阳走,县城就在太阳那边。太阳的边缘红红的,嫩嫩的,像刚出壳的小鸡儿一样,像妈妈的眼睛一样。那上边总是有一些云彩,今天这样形状,明天那样形状,没有重过一次样。但各式各样的云彩总是被每天早晨的太阳染得一样鲜红。我说妈妈这个天下真嫩呀,一掐冒水儿,像小蚂蚱,像小蘑菇,像小萝卜,妈妈就笑。

妈妈说:"这个天下真嫩,这个小孩真老。"

太阳照着我们,它一会儿工夫就有了火性,不像个妞妞,像个发威的大黄狗了。它放射出万道金光,好像大黄狗抖擞着一身黄毛。路一直通到光明里去。路边的树梢上,结着一层毛茸茸的霜花,它们那么冷,像那些大男人一样站着,鼻孔眼子里喷着白气。天渐渐地蓝起来,我看天是那么样的方便,天上的星星在跟我告别,它们怕太阳,匆匆忙忙地跑,我看着它们吹熄了手中的蜡烛沉到天的蓝色里去。鱼儿也是这样沉入大海的吧?我没见过大海,妈妈见过一次,妈妈说见过蓝天也就等于见过了大海,于是,我就把见大海的念头打消了。

阳光照着我妈妈,我妈妈是这个世界上最美好的人。我妈妈穿着葱绿色的对襟褂子月白色的肥腿裤子;我妈妈梳着大辫子,我妈妈脸膛红彤彤的,我妈妈唇上有茸茸的毛,我妈妈眼睫毛上有茸茸的霜。我妈妈从来没在我面前流过眼泪,我妈妈总像随时都要流眼泪。我知道我妈妈的眼泪一旦流出来就会不断头地流,像挂在我家房檐下那冰柱子一样,滴滴答答滴个不停,我妈妈就会越来越小,最后消逝,我妈妈就会像一股气一样散在地下,再也找不到了。我生怕我妈妈流眼泪,妈妈你千万别流眼泪。

县城已经跑到太阳底下了,我远远地看着它那些楼那些烟囱,还有它那些生着枯草的城墙。那里冒着许许多多的烟。有比黑夜还要黑的烟,有比雪还要白的烟。

我们穿过城门,与很多人走在一起。人们都看我一眼,就把头正过去再也不看了。他们都像有心事一样,匆匆忙忙往前跑。我们的小车轮子滚上了那条石板铺成的路。一转弯再一转弯后,再转一个弯从那栋有一圈松树围着的小楼旁弯过去就到了肉市了。

外公的脸上挂着汗珠,胡子上沾着一些冰珠珠。到了肉市的时候他总是这副模样。

车子在肉市上停下来,因为一旦平放了车子我的头便要比身子低,所以我们的车子从不平放。外公预备了一根带杈的桃木棍子,把车子支起来,我很舒服地仰在我的篓子里,看着那些油光光的卖肉的架子。我们虽然路远但我们走得早,所以我们从来都是第一家把两大片洗得白生生红灵灵的猪肉挂在肉架子上。肉架子外边有一条很宽的沟,沟里有一些冒热气的脏水,还流动呢,不知道它们从哪里流出来,又要流到哪里去。有几只早起的鸡在沟边的垃圾里刨找着吃食,一只绿毛大公鸡不断地跳到母鸡身上去。公鸡下来后,母鸡就抖擞羽毛,把羽毛蓬大许多抖擞几下,继续刨找食。

妈妈帮助外公把猪肉挂到肉架子上。挂肉的钩子是我们自己带来的,我们家好多把这样的用粗铁筋锻打成的钩子。妈妈把那只扁篓放在肉架子上。扁篓里有刀,有磨刀的铁棍儿,有一杆秤,还有一些柔韧的、捆肉用的马莲草。外公从他的羊皮袄里掏出烟包烟袋,点火抽烟,一会儿工夫白色的烟雾罩住了他那张通红的、肥胖的大脸。那脸上有许多的深皱,皱里有永远洗不净的灰垢。外公的雾昏昏的双眼像两粒磨毛了的玻璃球一样,在烟雾里显露着短短的、怯怯的光芒。外公把毡帽头往脑后推了推,露出了一半秃得光光的脑壳。外公真丑。我不喜欢外公。我离不开外公。只有妈妈在我身边时我总怕别人来打我,有外公和妈妈在我身边我不怕。外公的秃头冒着热气,有一些汗水在发亮。清冷的空气里有炊烟的味道,生猪肉的味道,烟草的味道和外公的汗味。妈妈的汗是香的,外公的汗味是膻的。是不是因为外公老穿那件羊皮袄的缘故呢?他的羊皮袄上抹了几十年猪油,明晃晃的,下雨下雪都不怕。几条瘦狗嗅着味到了肉架子附近,它们夹着尾巴,灰溜溜地,跷腿蹑脚,眼睛贼贼的,鼻子尖尖的,一副又馋又怕的可怜样子。看着它们我更为我的小黑狗骄傲了。我的小黑狗是我的伴儿,是我的宝贝,我心头上的肉儿,就像妈妈说我一样。只要有我吃的就有小黑狗吃的。只要我提出来要喂狗,无论是多么好的肉,妈妈和外公没有不答应过。

妈妈对我说:"香妞儿,好好呆着,妈去买点吃的。"

每天都是这样。妈妈买来三个夹肉的热烧饼,用纸包着,走过来。妈妈走得风快,好像那烧饼烫着她的手。

妈妈先把一个烧饼递给我,然后把另一个烧饼放在肉架子下的扁篓里跟刀放在一起。那是给外公的。妈妈从来不把烧饼递到外公手里。妈妈也从来不招呼外公吃什么。

妈妈与我面对面吃烧饼,夹肉的烧饼越嚼越香。我们习惯了干嚼烧饼不喝汤。卖完了肉我们去吃炉包时,妈妈会弄一碗水给我喝,水面上漂着大油花子,烫嘴的水。

卖肉的人们陆续来了,一会儿就挂满了肉架子。那么多卖肉的人,我都认识,有张庄的张大爷,李村的李大叔,都是男的,只有我妈妈一个人是女的。有时候李大叔的老婆也来帮李大叔收钱捆肉,那时就有两个女的。李大婶总是用手摸摸我的头,说:"可可怜怜的个小闺女哟!"

我不知道我有什么值得她可可怜怜的。

照例,他们跟我外公打着招呼,但外公只是点点头,哼哼哈哈几声,很少回答。外公懒得说话。

那天早晨,李大叔说:"老秦大叔,我看你也别犟劲了,买把小刀子,开剥猪皮吧,国家开着收购站,皮价贵于肉价,国家要用这皮去制革,给干部们、城里人做皮鞋穿呢,吹皮刮毛,又费劲又少钱,何苦呢?"

外公不吭声。

整个肉市上,只有我们一家卖的是带皮的猪肉。带皮的猪肉好吃,有嚼头,所以,我们家的肉卖得最快。

那一天,逢什么节吧,肉要得多,王屯的那个黑大个子在肉架子下安了一张床子,现杀现卖起来。

外公把肉卖完了。我们没照老例去吃炉包,黑大个子要杀猪,我们要看光景。

黑大个子的儿子推着两口肥猪来了,猪四脚被绑,躺在车梁两边,吱吱地叫,嘴角吐着口沫。两口猪,一黑一白,白猪的眼珠子血红,仿佛要沁出血来。

黑大个子和他儿子把猪抬到床子上。猪叫得凶,把我的耳朵都震聋了。

黑大个子抄起一根疙瘩棍,对着猪的耳朵根子,捣了一棍,扑哧一声响,肉肉的,潮潮的,猪不叫了,四条腿挺硬,嗦嗦地抖。黑大个子抄起白刀,攮进去,一搅,拔出红刀,黑血跟着刀,咕嘟嘟冒出来。

黑大个子吼他儿子:"快端盆接血呀!"

他儿子端过盆,放在猪下。黑大个子揪着猪耳朵,抠着猪鼻孔,活动着猪头,让猪血更快更猛地泻到盆里去。一会儿,猪软了,血不流了,刀口往外冒一些血泡泡。黑大个子松了手,抄起刀来,噌噌几下子,就把猪头割下来了,一会儿,又把四个猪蹄卸下来了。

杀猪真热闹,好多人围着看。瘦狗们趁着乱,从人腿缝里钻进去。舔溅在地上的猪血。挨了踢,就赖唧唧地叫着,躲到一边去,一会儿,又溜过去,挨了踢再躲开,真可怜。

我外公和我妈妈杀猪可不这样子。我一闭上眼睛,就能看到我外公和我妈妈杀猪的情景。

我们要杀的猪,都是头天下午去卖猪的人家捉来,放在院子里拴着,它跑不了,小黑狗看守着呢。它想跑小黑狗就咬它的腿。差不多半夜的时辰,妈妈就从炕上起来,点着了灯,只要妈妈一点着灯,外公就必定坐在墙角那个草铺上吧嗒吧嗒抽烟了。然后妈妈就往大锅里倒水,哗哗地响,有时还会有些冰块子砸着锅底咚咚响。妈妈坐在锅前烧水,火红红的,暖暖的,映着妈妈的脸,真好看呀。后来锅里的水就吱吱啦啦地唱起来了,外公也到院子里去了,院子里的猪也叫起来了。院子里的猪一会儿就不叫了,我知道它已经被外公杀死了。外公杀只猪像杀只兔子一样,方圆十几里,谁不知道杀猪的秦六呢？这时锅里的水也开着,妈妈揭开锅盖,热气直冲屋顶,很多灰挂落下来,那盏灯的光模糊了,黄了,只剩下豆粒那么大,那些热气,一缕一缕的,往上冒。妈妈和外公把死猪抬进来了。妈妈在锅上横上一块木板,把猪抬上去。外公用刀在猪小腿上切一个口儿,用铁通条往里捅,然后呀,精彩极了,我外公把嘴贴在那刀口上,憋足气,往里吹——咈,猪腿鼓起来了,咈,猪肚皮鼓起来了——我外公吹一口气,就用手捏住刀口,再运气,再吹,他的气息真大,一会儿工夫,就把只猪吹得像只大皮球一样,一敲嘭嘭地响。妈妈用瓢舀热水,往猪身上浇,浇一会用刀子刮毛,一刮一大片,猪毛褪,白皮出。外公和妈妈配合着,把个猪弄得光光溜溜,真干净。这时候我睡着了,等着妈妈把我抱到车上去。她和外公怎样开猪膛,怎样劈猪肉我看不到。我妈妈和我外公给猪褪毛技术第一。

黑大个子却用刀剥皮,先在猪肚子中间开一条缝,一点点往下剥,剥过肚腩子,皮硬了,便用膝顶着猪,拇指按着刀背,一只手拎着猪肚皮,嗤,一刀通到脊梁,嗤,嗤,果然也很快。一袋烟工夫,那头猪就把皮脱了,但那肉难看极了,周身都是刀口,比不上我外公和我妈妈的猪肉,光光滑滑,干干净净,白是白,红是红,这才是猪肉呢,这样的猪肉才好呢!

有一天,我病了,头痛,发烧,妈妈去买了两片发汗药,喂我吃下,让我蒙着被子发汗。我果然出了汗,汗水把我泡起来了。我要掀被子,妈妈不让。

妈妈说:"好香妞,盖好,妈去卖肉,你在家好好躺着,妈把饭给你放在身边,妈卖完肉就回来。"

我第一次单独在家,我有些怕,但我说:"妈妈,放心去吧,有小黑狗伴着我呢!"

外公悄无声息地过来,把一个洗得干干净净的红皮大萝卜放在我的脸边,我的腮贴着凉森森的萝卜皮儿,很舒服。我最爱吃红皮大萝卜,我谢谢外公。

我听到狗叫柴门响,听着车轱辘转动的声音,想念着那满天星斗和无穷的风景,不知不觉睡着了。

小黑狗的叫声把我唤醒,阳光已经照在我的脸上。小黑狗在炕前蹲着,笑眯眯地看着我。

我说:"小黑狗,咱俩一块儿玩,好不好?"

小黑狗点点头,摇摇尾巴。

我吃了妈妈留给我的饭,没忘了分一些给小黑狗吃。我吃了外公留给我的红萝卜,没忘了分一半给小黑狗吃,小黑狗把萝卜叼到一边去,它说辣,不好吃。

明媚的阳光照着我的家,那些悬挂在梁头上的铁钩子油光闪闪,渴望着我与它们说话。一些绿色的苍蝇在屋子里飞,嗡嗡嗡,唱小曲儿。小黑狗在院子里叫,院子里有鸟的鸣叫,啾啾喳,啾啾喳,这是只什么鸟儿？它生着什么样的羽毛？什么样的嘴巴里能发出这样好听的声音？我挣扎着，跳下炕去，用我的宝贵的手，往院子里爬。小黑狗高兴极了，围着我跑。有时，它还从我的身体上蹦过去，蹦回来，它肚皮上的毛摩擦着我的屁股我的背，茸茸的，热热的，真舒服。

小黑狗说："香妞儿，香妞儿。"

我说："小黑狗，小黑狗。"

我家院子里有棵香椿树，树梢上，蹲着一只黄肚皮、绿尾巴、红头顶的鸟，它在唱歌，跳舞。阳光像猪血一样，茸茸的，暖暖的，涂满我的全身，院子里有一股香椿叶的味儿，还有金色的蜂儿在阳光里飞行，一粒粒，像金星儿一样。

突然，有一块石头打在树上，险些儿就打中了那只漂亮的小鸟，小鸟一抖翅膀飞了。我看着它拖着一道花影子飞到耀眼的光明中去了。街上，传来一阵孩子的欢笑声。

从我生下来，还没跟村里的孩子们一块儿玩过。他们都是些毛茸茸的小东西，都拖着条谷穗般的大尾巴。

"小黑狗，小黑狗，我想上街去。"

"香妞儿，香妞儿，跟我上街去。"

小黑狗笑着，一耸肩，从墙洞那儿钻出去了。它在墙外叫我："香妞儿，香妞儿，快快钻出来。"

我爬到墙洞那儿，学着小黑狗的样子，窄着肩，缩着身子，往外钻，终于钻出去了。

街上的情景真美妙，篱笆上都是扁豆花，扁豆花上落着红蜻蜓。有一个井，井上架有辘轳，有一个人在打水。一大群男孩子，在街上堆沙土、扔垃圾、捕蜻蜓。

他们看到了我。他们围上来看着。

我友好地望着他们笑，小黑狗也对着他们摇尾巴。

一个小男孩大声说：

"你们看，她没有脚！"

他们蹲下,瞪着惊愕的眼睛,看着我那两条像鱼尾巴一样的腿。我生来就是这样的,我曾问过妈妈我为什么这样,妈妈就流眼泪,我最怕的就是妈妈流眼泪。

一个挂着黄鼻涕的小男孩,伸出一根黑指头,戳了戳我的鱼尾巴,我急忙把它缩回来。

小男孩问:"你是个妖精变的吗?"

"我不是妖精,我是人,我叫香妞儿!"

"你是妖精!"小男孩大喊着,领头跑了。男孩们也大喊着:"妖精,妖精,没有脚的妖精。"一齐跑了。

我的眼里流出了眼泪。

小黑狗的眼睛里也流出了眼泪。它走到我身边,伸出刺刺的红舌头,舔着我腮上的泪。

这儿,有一块石头落在了我的身边。我正要寻找石头飞来的方向时,就有十几块砖头瓦片飞过来,有的落在我身上,有的落在狗身上。有一块尖利的瓦片击中了我的额头,我的额头上渗出了鲜血。在血泪模糊中,我看到那些小男孩躲在篱笆后边笑。

我大声叫着:"我要杀了你们,剥你们的皮,褪你们的毛!"

小黑狗像一支利箭,冲向那些小妖,我听到他们像鬼一样哭嚎着逃窜了。

一会儿,有几个老婆子,领着那些被小黑狗咬伤的男孩,骂着走来了。她们说:

"这是什么社会了,哎,还敢养恶狗咬人?这狗咬了人,要得狂犬病,看他秦六怎么办!"

小黑狗一闪身就钻到院里去了。

我也学它的样子往里钻。

我的头在院子里了,但我的腿——鱼尾巴,还在墙外。这时,我感到有一只粗糙的手攥住了它。我听到有人在墙外说:

"都来看呀都来看,都来看看人鱼怪!"

那一夜,妈妈一直抱着我。我感到一会儿在锅里煮着,一会儿在冰里冻着。更多的时候,我感到自己在那像蓝天一样的大海里游着,我从来没这样舒畅过,星星在我身边,舞动着那些闪光的、没有脚的腿,激起了一簇簇的浪花,濡湿了我的脸……

我看到妈妈的眼泪连串儿往我脸上滴。

妈妈的眼泪像猪血一样。

后来,我做了一个梦,在梦中,我看到我们家灯火明亮,妈妈披散着头发,双手高举起那根沾血的木棍子,一下一下地,敲打着萎缩在地铺上的外公。

外公双手护着脸,一声也不吭,一动也不动,妈妈的棍子好像打在一只褪净了毛的死猪身上,发出一种令我难以忍受的"咯唧咯唧"的响声。黑色的血从外公的秃头上冒出来,外公的血又厚又稠,像蜂蜜一样。

外公不见了。

妈妈杀完最后一口猪。

我问妈妈:"他是我的爹吗?"

妈妈怔了怔,然后把那柄弯弯的长刀用力捅进了猪腹,还在刀柄上打了一拳,然后平静地说:"他不是。"

"那我的爹呢?"

妈妈脸上绽开了比太阳还要温暖的微笑。她把我抱起来,用茸茸的嘴巴触着我的脸,说:"你的爹是个漂亮的大汉子,他有两只大眼睛,一嘴黑胡茬子,一头好头发,背着大刀,刀把上拴着红缨子。骑着一匹大红马,马蹬里塞着他一双大脚……"

我的爹有一双大脚。

总有一天,我也会长出一双大脚。

(一九九二年)

麻风的儿子

《旧约全书》里说,麻风病患者周身疼痛,衣衫褴褛,头发蓬乱,一边走一边喊叫:"啊,肮脏透了!"他们不但肉体非常痛苦,内心更加痛苦。健康的人避之如蛇蝎,他们自己也自惭形秽。一次,一群麻风病人结伴到耶路撒冷去,走到撒马利亚与加利利交界的地方,又碰上十个麻风病人。他们聚合在高坡上,彼此相顾,心中痛苦万端,便不约而同地大声喊叫起来:"耶稣,我们的不公平的主啊,可怜可怜我们吧!"随即奇迹出现,他们的病一下子好了。

这群病入膏肓的麻风病人,在极端绝望的情况下,公开表示了对耶稣的不满,于是他们的病好了。由此可见,连耶稣也对麻风病人心怀忌惮,所以,一般草民畏惧麻风病人是完全应该的,不畏惧才不正常。在西方一些著作中,记载着一些大慈大悲的人不顾世人的讥诮和鄙视,给麻风病人关怀和爱,甚至有纯情少女吻麻风病人的极端事件。这些大善人的特立独行,读之虽令人敬重,但一想到少女花瓣般的芳唇触到麻风病人的腐皮烂肉上,心里总是不舒服。似乎在很小的时候,就知道麻风病的厉害。好像说麻风是一种遗传的病,子子孙孙难以穷尽。这也正是麻风病令人闻之色变的主要原因,至于腐皮烂肉、淌血流脓、疤眼钩爪较之代代相传还在次位。中国老百姓素有为下一代不惜牺牲自身幸福的传统,在对待麻风病的态度上,也可见到这种传统的影响。

第一次见到麻风病人是一个秋天。我家西边那条胡同里,有一盘石碾子,石碾子后边一户人家,家主张老三,他的老婆是麻风病患者。但她一直躲在家里,很少有人见到过她的形象。她的儿子叫张大力。那时候农村没有机器磨,吃的东西,玉米、瓜干之类,都要在石碾子上压。我二哥是张大力的马前卒,所以我们要碾东西时,二哥总是通知张大力,让他帮我们占住碾子。我跟着二哥去过大力家一次,进他家院子里,恨不得屏住呼吸。他家有三间草屋,屋子里很黑。大力自住西间屋,东间屋里,住着他娘。大力的爹住在饲养室的火炕上,从不回家睡觉。正屋梁上,有好几窝燕子。我们不敢进东间屋,听到里边有个女人在怪腔怪调地咳嗽。屋里黑咕隆咚的,一股霉味扑鼻子,像有鬼一样。那次是跟着二哥看张大力表演枪技的。张大力自制了一把土枪,木柄,用子弹壳做筒,橡皮筋、钢条做击发装置。筒里装上爆竹中剥出来的黑药,黑药里混上些高粱粒儿,说能打下麻雀来。筒口用棉花堵住。大力握着那支枪站在他家院子里,让我们退后,拉开架式,瞄着树上一只麻雀,一搂机儿,一声大响,枪把子、子弹壳炸碎,麻雀飞了。大力把皮开肉绽的手迅速地插到衣兜里,面不改色地说:试验失败了,药不好,下次弄点好药再试。这时,一个很乖戾的声音在屋子里骂:作死吧,你个穷种! 这声音灰白阴冷,给我留下极恐怖的印象。

有一天去碾瓜干,热了,我脱下褂子,放到碾旁的石头上。碾完了,把褂子忘了。回家后也不知褂子丢了,一直等天凉了才知道褂子丢了。家里人都骂我,说丢了你就别穿,冻着吧。太穷了,就那一件褂子,只好冻着,一直光脊梁光到遍地白霜,皮肤都是青的了。有一天又去推碾子。那个女麻风病人出来了。她的形象当然不好看,但她的手里托着我那件褂子,那件厚布褂子,我一眼就看到了我的褂子。她对我母亲说:这是你家小三的褂子吧? 不及母亲回答,我就说,是我的裤子。她说:我从碾旁拾的,洗干净了放着,几个月了也没人来找。我接过裤子就穿到身上,身上感到温暖,心里感到愉快。母亲说:"亏了你大娘,要不今年冬天你就光着脊梁熬吧。"回到家,姐姐让我把裤子脱下来洗一遍。母亲说:"不用洗了,该得什么病都是命定的,洗能洗掉吗?"

所以我对大力的这个令人望之生畏的有麻风病的娘没有恶感。

后来,不上学了,到生产队里干活,割草放牛,小孩营生。大力是整劳力了,我只是在早晨、中午在铁钟下等待队长派活时才能见到他。

麦收开始,大人割麦,小孩跟着拾穗,与大人们一起劳动,我很兴奋。那时候鸟很多。麦田里有很多鸟窝,窝里有没生羽毛的小鸟雏或者鸟蛋。野兔子也很多,每天都能捉到拳头大小、一身绒绒毛的小野兔。捧在手里,十分可爱。还有狐狸、獾什么的。张大力继承了他爹出语滑稽的特点,平常言语经他一说也能产生令人捧腹的效果。而且他还一肚子故事。见到狐狸,他就讲狐狸,见到獾就讲獾。他说有一年他夜里到南洼里捉蟹子,点着灯笼,披着蓑衣。半夜时分,一个周身缟素的女人抱着个孩子过来,讨吃的。大力说他直对着女人的脸看,越看越觉得那女人眉眼不清,便一口咬破中指,大吼一声,将指上血淋过去。那女人怪叫一声,扔下孩子一溜火光走了。大力惊出一身冷汗,低头一看,哪有什么孩子?原来是只又肥又大的野兔子!这真是天送肉来也!回到家剥了兔子皮,煮了兔子肉,兔子吃了爹,兔子吃了娘,兔子吃了我。吃得眼通红——众人都笑,不想辨真假。

队里还有一位善讲故事的人,外号老猴子,据说他1947年时先是担任共产党的村民兵队长,后来又拐枪投奔了还乡团,解放后定为坏分子,接受村贫下中农的管制。这样身份的人一般都是唯唯诺诺、沉默寡言、郁郁寡欢的,但这老猴子大爷是个例外,他的笑声比贫下中农的还响,他的话比贫下中农的还多,除了他义务扫街时让人想起来是个阶级敌人外,平常无感觉。他双眼叠皮,鼻梁高高,只可惜脸上有麻子——如果没有麻子他是一个美男子。这样的俏麻子往往都是风流场上的好手。老猴子毫不隐讳他年轻时的风流事。队里很多小青年在他的教导下进攻女人得手。他说,对付女人,一要模样二要钱三要工夫四要缠。小伙子模样俊,女人一见就爱。腰里缠着万贯,没有不爱财的女人。没有这两样,就要舍得下工夫,死缠,厚着脸皮上,女人被缠烦了,也就松了腰带……老猴子散布的流毒很多,难以尽述。

　　割麦子那天,不知谁扯起头,把话题绕到麻风病上。老猴子说,最可怕的事是和麻风病女人睡觉,一睡一个准,百发百中,跑不了的。他说江南有一些女麻风病人每逢五月端阳这一天,就要找一个健康男人睡觉,谓之"放毒",把毒气放到男人身上,女人便好了。他说有一年有一个年轻的小伙子,到浙江一带去贩丝绸,晚上宿在一个店里,一个还算漂亮的女人钻进他的被窝。小伙子说,我家里有未婚妻,回去就结婚,不能破了童身。女人百般挑逗,小伙子始终不乱。后来,女人说,天下竟真有你这种躺在被窝里都不乱的男人,枕着鲜鱼睡觉的狸猫,实话对你说吧,我是"放毒"的。小伙子吃了一惊,暗自庆幸。临行时,女人送他一站又一站,小伙子说,姑娘,你跟我走吧,我有个舅舅,治风症有些名气,你跟我去让我舅舅给治治,兴许就好了。姑娘便随小伙子回了山东,自然是山东的高密,自然又是高密的东北乡。回家后第二天就结婚,宾客如云,怕口舌纠缠,将江南姑娘安顿在看场屋子里。女子独栖空屋,听着人家结婚的管乐响亮,心中自然一阵阵凄苦。想死又想活,泪流了很多。后来口渴急了,又不敢出去寻水喝。正好屋里有一口缸,缸里有些许脏污水,不知何年储存。渴急了,就掬缸中水饮。饮罢,周身发痒,一两日后,遍身褪了一层皮,露出了如脂如玉的新鲜皮肉,变成了一个嫩油油的奇俊大闺女。小伙子一见,差点认不出来了。问,姑娘如实告之。小伙子忙去问舅。舅说,那缸里,肯定有一条白花蛇。白花蛇是一种毒性极大、行动如风的蛇,轻易见不到,是宝。用它的水治风症,哪有不好的道理。可见这江南女子是个大福之人。小伙子回去告诉女子。女子哭了半天,说,我家里已无亲人,得了这种脏病后,看透了乡人心,所以我不想回去了。如果相公不嫌我丑陋,我愿给你做个小老婆。小伙子说不敢不敢。我昨天新娶的老婆很凶。女人说,我自己去跟她说。言罢,去了。竟说成了。这小伙子,白捡了一个小老婆。这叫做好心有好报。女子好心无意中好了病,男子好心捡了个奇俊小老婆。又说白花蛇。说捉一条可不容易。发现白花蛇的盘踞地后,要备一匹快马,九根竹筒,一把长镰刀。说白花蛇一般喜欢盘踞在白菜心里,到了那儿,伸镰搂倒白菜,然后打马急驰,白花蛇乘风追上来,赶快把竹筒扔下去,白花蛇缠住竹筒,竹筒断裂。蛇再追,马上人再扔竹筒,一连九次,白花蛇就力竭而死。说白花蛇只有一虎口长,白如银,咬着人的影子人就死,其毒性究竟有多大可想而知。白花蛇难求,所以麻风病人多半要病死。又说日本国把麻风病人用火烧死,以防传染,哪像咱中国?所以村村都有麻风病。说到这里,他忽然看到独坐在一侧的张大力,一丝可以觉察的不安在老猴子脸上浮现出来,他不自然地咳了几声说:"胡扯八拉,瞎说着热闹,其实没一丁点儿是真事……"嘟哝几句,他便低了头"吧嗒吧嗒"抽烟,再也不吭声。

　　张大力在那边站起来,拉开裤子,冲着人群小便。人群里有很多女人,有没结婚的大闺女也有刚结婚的小媳妇,都把头别到一边去,红的红,白的白,不是正常颜色。男人们脸色也古怪,看一眼,触电般低下头,不再去看。我生性好奇,别人不看的我偏要看,看着他那青色的脸上那两只细眯的放射出阴沉光芒的眼睛,心里竟莫名其妙地充满对这个黑大汉的敬意。

　　队长胡寿是个十分乖觉的人,一看阵势,知道紧接着下来不定要发生什么事。张大力虽说是麻风的儿子,但家庭成分却是雇农,按照毛泽东的分析,雇农是农村中的无产阶级,绝对的革命力量,撒起野来谁人敢挡?胡寿虽说是队长,但家庭成分却是中农,隔着雇农还有贫农和下中农两个阶级呢。于是胡寿大声说：

"干活干活，不歇了，多歇无多力！"

众人懒洋洋地站起来，提着镰刀，跟着胡寿往麦田里走。那年老天爷开眼，刮和风，下细雨，麦子长得空前的好。老人们说，自打共产党来了，不是水灾就是旱灾，第一次风调雨顺，长了一坡好庄稼，可见要出圣人了。那天割麦的地点是东南大洼，地垄奇长，从南头到北头足有五里，一个来回就是十里。麦子长得好，人心中高兴。全队的人聚在一起干同样的活儿，自然产生出竞赛心理，略有些气力、技艺的人都想在这长趟子的割麦中露露身手，一是满足一下人固有的争强好胜心，二是为年底评比工分创造条件。老猴子是庄稼地里的全才，镰刀锄头上都是好样的。由于他有出色的劳动技能，虽有一顶"坏分子"的帽子在头上压着，在队里还是有一定的地位。毕竟庄稼人要靠种庄稼吃饭而不是靠"革命"吃饭。大家跟着队长胡寿，排开阵式，一个挨着一个，老猴子提着那把胶州宽镰，当仁不让地站在第一名。过去总是胡寿排在老猴子后，今天却情况突变。张大力提着把破镰刀，把队长胡寿挤到一边，站在了老猴子身后，不说什么，板着张青色脸，盯着老猴子。老猴子也没说什么，看看张大力，嘴角撇撇，显出几丝轻蔑。割麦子三分力七分技，所以老猴子不怵。若论推车扛梁，张大力全村第一；要说割麦子，就数不着他了。我猜想老猴子也是这样想的。

老猴子紧紧腰，拉开架子，蹲下，左脚前，右脚后，上身前倾，脚尖踮地，一口气提得很高。右手挥镰，左手抓麦，镰到手到，刷刷刷，一片响，人就斜着身子杀到麦田里去了。在后边只看到麦梢儿翻动，老猴子哧溜溜地往前滑，割下来的麦子，搁在左大腿与腹部间夹着，夹够了个儿，割一束高麦打根腰子，扔地上，抱出夹中麦，放上，又往前滑去。老猴子割出的麦，穗儿齐茬儿矮，身后无一遗漏。果然是割麦高手，不敢不服。张大力把老猴子让出去十几步远，然后下了手。他弯着腰，下蹲，割下的麦放在双腿间夹着，根前穗后，从后边看像长着沉甸甸的尾巴。双腿夹着麦快速移动。竟然也是一穗不落。张大力手大胳膊长,后娘打孩子,一下是一下。那活儿干得,看上去有一些笨拙,但很是实在。起初,老猴子落下张大力半个麦个子的距离,割进去十几个麦个子的光景,张大力一紧劲儿,逼到了老猴子腚后。老猴子蹲着,张大力裆里的麦根子正好戳着他的背。戳得老猴子龇牙咧嘴,频频回首,而每逢他一回首,大力就把手中的麦子抡过去,那些干透了的麦芒子恰好扫着老猴子的脸。老猴子施出平生本领,想把张大力甩下,但又如何能甩得下!一个来回下来,已是傍晌天光景。老猴子累瘫了,坐在地上,脸上的土有铜板厚,双眼红肿,狼狈透顶,对着张大力作揖道:

"大侄子,适才的话,权当您大叔放了一通屁!"

张大力咧咧嘴,没说什么。

队里割麦的人,被老猴子和张大力拖得像羊拉的屎,漫地都是。队长胡寿割到地头,用拳头捶打着腰,对着地里喊:"都歇歇吧!"

听到胡寿的号令,人们都随地躺了,舒展着委屈了半天的腰腿,死了一样。

那时我是半拉子劳力,跟着割麦人捡丢落的麦穗,好运气让我跟在老猴子和张大力的腚后,几乎没穗捡,跟着走,看他们的精彩表现,看他们的斗争。老猴子的镰快,刷刷刷,像割水一样,大力用一张生锈的破镰,全仗着力气大,割不断的连根就拔出来了。

休息过,又割,老猴子提着镰往后退去。没人敢打头了。胡寿笑着说:"大力,咱爷们不当把头让谁当?领着割吧,什么时候跟村里说说,这队长也让给你来当吧。"

大力也就不客气,当了割麦的把头。

晚上在生产队的记工屋里记工时,墙上的喇叭广播了县气象站的天气预报,说三天内必有冰雹。听完广播,人心都撮起来。熟透的麦子,到了嘴边了,队长胡寿说,说什么也不能让雹子砸了,半夜就起身,早饭送到坡里去吃,钟响为令。

似乎刚躺下,就听到钟响了。人们摸着黑,集合到铁钟下,胡寿大声说,都来了吧?没来的说话。自然没人说话。胡寿说既然没有说话的就是都来了,走吧。还是去东南大洼,一路上听到蛤蟆在道边的水渠里咯咯叫,凉风扑面,潮乎乎的,抬头看,满天都是星斗。到了地头,抽了一锅烟,便摸着黑天割。割了不知多长时间,一抬腰,忽然看到日头在东边冒了红,人人身上都被露水打湿。满天都是彩霞。队长说,歇歇吧,等饭吃。都坐在地头,磨镰。老猴子从渠里吸了一口水,嘴里插了一根麦秆儿,双脚掌夹住镰背,左手拇指和中指挺住镰刀,右手捏着一块鸡肝色的磨石,嘴里的水通过麦秆儿泚泚地洒到镰刀上,真磨得俊秀。大伙都磨镰,只有张大力不磨镰,他只用鞋底子把镰蹭了几下子就把镰扔了,然后用嘲讽的目光看着认真磨镰的老猴子。

忽然有人喊:"来了饭了!"

大伙都把头抬起来,对着太阳升起的方向望去。大地升腾着缕缕白气,日头很大,不圆,像腌鸭蛋的黄儿般红润,似乎在淌鸭蛋油儿。果然看到生产队的保管员王大成和生产队会计员李竹筐的老婆万美丽挑着担子,拖着长长的影子,忽闪忽闪地背着太阳来了。

保管员用两个大篓子挑着各家的饭,万美丽挑着两桶绿豆汤。饭的香气在辉煌的晨光中荡漾,人人都兴奋,嗤呼着鼻子,忘记了浑身的湿冷、腰酸胳膊痛,纷纷站起来,围上饭挑子。各家的包袱各家认识,有拿不准的,保管员指点纠正。张大力也挤到挑子前,伸手去找自家的饭食。

保管员说:"哎哎哎!大力,缩回你的手,别乱扒拉,你家的饭在这儿。"

保管员指指扁担头,那儿悬挂着一个黑色的破旧人造革皮包,襻上吊着一个脱了瓷的搪瓷缸子。

我看到张大力那只小蒲扇一样宽大的、热切切地伸向饭篓的手尴尬地僵住了。那只手骨节粗大、皮粗肉少,宛若一个被囚的响马。

那只手上沾着植物的汁液,显得邪魔鬼魅,令人生畏。

众人都低着头,把喊喊喳喳的兴奋话语压到肚子里去,提着包袱,避到一边去,生怕有厮杀的鲜血溅到脸上似的。二姐扯着我的袖子,低声说:三儿,吃饭去。

我感到心里很沉重,看了张大力那嗦嗦抖动的、像锈烂的铁皮一样的脸心里更难过。我的鼻子堵胀,眼珠子辣辣的,差不多就要流出热泪来。我盼望着又生怕张大力把保管员打翻在地。保管员满脸愧色地说:"大力,不是我愿意这样做……收饭时,都不让把自家的包袱靠着你家的包……饭凉了,你舀碗热汤泡泡吃吧……"

大力从扁担头上摘下自家的包,抡起来,身体随着包旋转,像运动员投掷铁饼一样,把那包连同包里的饭连同拴在包襻上的搪瓷缸子,甩了出去。那黑乎乎的一团,在灿烂的阳光里飞行着,拖着长长的尾巴,像一只倒霉的大鸟,落到远处的麦田里。在包子脱手时,大力嘴里发出一声怒吼——也许更像哀鸣,像受了伤的野兽一样。

大家都看着他,没有一个人说话。二姐把我母亲烙的葱花馅饼递给我,这平日里很难吃到的美味佳肴,我吃到嘴里竟没滋没味。大力远远地坐在沟梁的边上,用他的宽厚的黑背对着我们。我很想把我手里的葱花馅饼送给他吃,但我不敢。队长胡寿端着一碗绿豆汤走过去,但我看到大力没有动没有说话也没有喝汤。本来是一个热闹的愉快聚餐,因为张大力变得既压抑又冷清。保管员站在桶边大声说:"怨我吗?这怎么能怨我?靠着谁家的谁家有意见,不挂在扁担头上挂在哪儿?难道要挂在我的脖子上吗?"

队长胡寿说:"行啦行啦,你就别吵吵了。"

后来有几个年纪大的人拿着自家省下来的干粮,到渠边去劝大力,絮絮叨叨说了很多话,大力终于站起来,跟着一个老人到了人堆这里。胡寿拿着一个白面馒头和一棵葱,递给大力,说:"吃吧,人是铁,饭是钢,一顿不吃饿得慌。吃吧,待会儿还要割麦子呢。"

大力笑笑,大踏步走到土路上,挖起一块新鲜的牛屎,托在手掌里,给众人看了看,然后,大口大口地吃下去。吃完了,抹抹嘴,淡淡地一笑,提着镰刀,呼呼地走到麦田里,弯下腰去,挥舞镰刀,割起麦子来。

我们都不恶心。我们都站起来,看着那个刚吃了一块新鲜牛屎的高大青年在广阔无垠的金黄色麦田里进行着劳动表演。优美的劳动,流畅的劳动,赏心悦目的劳动。我们都急不可耐地扑向麦田。

一年后,胡寿辞职,张大力接任当了队长,过去的诸多不愉快的事情渐渐被忘记,人们都在说,张大力的娘其实不是麻风病人,她生的是牛皮癣,不传染。

我的邻居孙家姑妈把她的第三个孙女哑巴三兰嫁给张大力做了老婆。

几年后,张大力的眉毛和胡子褪光,脸上生了很多疙瘩,这是早期麻风病人的鲜明特征。

村里第三小队那位刚从华山麻风病医院住院回来的麻风病人方宝指手画脚地说:

"张大力不是麻风病才是活见了鬼,别人能糊弄了,我能糊弄了吗?别看我疤眼钩爪,但我已经治好了,身上不带菌了,不传染别人了。张大力带菌,传染人。"

说起来也怪,方宝家门前也有一盘石碾子,张大力家门前的石碾子坏了,我们到方家门前石碾上压瓜干时,见到方宝从华山麻风病院带回来的那个麻风女人抱着一个孩子坐在门口晒太阳。那女人的脸变形严重,十分恐怖,我们几乎不敢看她。她却不停地、主动跟我们说话,说前三辈子伤了天理,杀了刚干完活的老牛,天报应,得了这种恶症候。她的话一点也唤不起我的同情心。

方宝是个心地不太好的人,有一次有个小孩骂了他一句,他扑上去,把那小孩按倒,将一口痰吐到那小孩嘴里去。村里人都说这孩子非得麻风病不可了。

世界上的事情千奇百怪,方宝的老婆那样一副模样,竟然还闹出过一次风流案。村里第三小队有一位名叫袁春光的中年人,家里有一个模样端正的老婆,强似那麻风女人千倍,但他竟舍香花就败絮,夜晚上了方宝女人的炕,摸乳触唇,弄得火上来,就宽衣解带,刚刚入港,方宝就从墙后边冲出来。手提着一根槐木棍,对着袁春光的头就下了家伙。在以后很长的一段时间里,我们碰到方宝,就逗引他。

"方宝,说说你是怎样收拾袁春光的。"

方宝一听到这话头,眼睛顿时就亮了,他嘴里喷着唾沫星子,指指画画地说:"俺老婆对我说:孩他爹,袁春光这个东西不安好心肠,趁你不在时,就来摸我的奶子。于是,俺两口子就定下一条计……我躲在草垛后,看着他一闪身进去,就拿着棍子尾进去,等到他一爬到俺老婆身上去,我便冲出来,对准他的头,一棍子见了血,两棍子血滋滋地蹿出来……"

村里人都说袁春光必得麻风病无疑,但至今已有二十年过去,袁春光身体还是很健康。他的额头上,那个明晃晃的大疤,是他年轻时留下的风流标志,不可磨灭。有人问他头上疤时,他总是说:"小时被驴咬的。"

张大力终于还是去了华山麻风病院,回来后,他带着老婆孩子下了关东,十几年了,没有一点音信。他的爹掉到井里淹死。他的娘无影无踪。

(一九九二年)

马　语

　　像一把粗大的鬃毛刷子在脸上拂过去拂过去,使我从睡梦中醒来。眼前晃动着一个巍然的大影子,宛如一堵厚重的黑墙。一股熟悉的气味令我怦然心动。我猛然惊醒,身后的现代生活背景欻然退去;阳光灿烂,照耀着三十多年前那堵枯黄的土墙。墙头上枯草瑟瑟,一只毛羽灿烂的公鸡站在上边引颈高歌;墙前有一个倾颓的麦草垛,一群母鸡在散草中刨食。还有一群牛在墙前的柱子上拴着,都垂着头反刍,看样子好像是在沉思默想。弯曲的木柱子上沾满了牛毛,土墙上涂满了牛屎。我坐在草垛前,伸手就可触摸到那些鸡,稍稍一探身就可以触摸到那些牛。我没有摸鸡也没有摸牛,我仰脸望着它——亲密的朋友——那匹黑色的、沉重的、心事重重的、屁股上烙着"Z99"字样的、盲目的、据说是从野战军里退役下来的、现在为生产队驾辕的、以力大无穷、任劳任怨闻名乡里的老骒马。

　　"马,原来是你啊!"我从草垛边上一跃而起,双臂抱住了它粗壮的脖子。它脖子上热乎乎的温度和浓重的油腻气味让我心潮起伏、热泪滚滚,我的泪珠在它光滑的皮上滚动。它耸耸削竹般的耳朵,用饱经沧桑的口气说:"别这样,年轻人,别这样,我不喜欢这样子,没有必要这样子。好好地坐着,听我跟你说话。"它晃了一下脖子,我的身体就轻如鸿毛般地脱离了地面,然后就跌坐在麦草垛边,伸手就可触摸那些鸡,稍稍一探身就可以触摸那些牛。

我端详着这个三十多年没有见面的老朋友。它依然是当年的样子:硕大的头颅、伟岸的身躯、修长的四肢、瓦蓝的四蹄、蓬松的华尾,紧闭着的、不知道什么原因盲了的双目。于是,若干的情景就恍然如在眼前了。

我曾经多次揪它的尾毛做琴弓,它默然肃立,犹如一堵墙。我多少次坐在它宽阔平坦的背上看小人书,它一动也不动,好像一艘搁浅了的船。我多少次为它轰赶吸它鲜血的苍蝇和牛虻,它冰冷无情,连一点谢意都不表示,宛如一尊石头雕像。我多少次对着邻村的小孩子炫耀着它,编造着它的光荣的历史,说它曾经驮着兵团司令冲锋陷阵,立下过赫赫战功,它一声不吭,好像一块没有温度的铁。我多少次向村子里的老人请教,想了解它的历史,尤其想知道它的眼睛是怎样瞎的——无人告诉我。我多少次猜测它瞎眼的经过,我多少次抚摸着它的脖子问它:马啊马,亲爱的马,告诉我,你的眼睛是怎么瞎的,是炮弹皮子崩瞎的吗?是害红眼病弄瞎的吗?是老鹰把你啄瞎的吗?——任我千遍万遍地问,你不回答。

"我现在回答你。"马说。马说话时柔软的嘴唇笨拙地翻动着,不时地显露出被谷草磨损了的雪白的大牙。从它的口腔里喷出来的腐草的气味熏得我昏昏欲醉。它的声音十分沉闷,仿佛通过一个曲折漫长的管道传递过来的。这样的声音令我痴迷,令我陶醉,令我惊竦,令我如闻天籁,不敢不认真听讲。

马说:"你应该知道,日本国有一个著名的关于眼睛的故事。琴女春琴被人毁容盲目后,她的徒弟、也是她的情人佐助,便自己刺瞎了眼睛。还有一个古老的故事,俄狄浦斯得知自己杀父娶母之后,悔恨交加,自毁了双目。你们村子里的马文才,舍不下新婚的媳妇,为了逃避兵役,用石灰点瞎了双目。这说明,世界上有一类盲目者,为了逃避,为了占有,为了完美,为了惩罚,是心甘情愿地自己把自己弄瞎了的。当然,我知道你对他们不感兴趣,你最想知道的,是我为什么瞎了眼睛……"

马沉吟着,分明是让这个话题勾起了它的无限辛酸的往事。我期待着,我知道在这种时刻说什么都是多余的。

马说:"几十年前,我的确是一匹军马,我屁股上的烙印就是证明。用烧红的烙铁打印记时的痛苦至今还记忆犹新。我的主人是一个英武的军官。他不仅相貌出众,而且还满腹韬略。我对他一往情深,如同恋人。有一天,他竟然让一个散发着刺鼻脂粉气息的女人骑在我的背上。我心中恼怒,精力分散,穿越树林时,撞在了树上,把那个女人折了下来。军官用皮鞭抽打着我,骂我'你这匹瞎马'!……从此,我决定再也不睁开我的眼睛……"

"原来你是装瞎!"我从麦草垛前一跃而起。

"不,我瞎了……"马说着,调转身,向着那漫漫无尽的黑暗的道路,义无反顾地走去。

(一九九七年)

拇 指 铐

一

  临近黎明时,阿义被母亲的呕吐声惊醒。借着窗棂间射进来的月光,他看到母亲用枕头顶着腹部跪在炕沿上,双手撑着席,脑袋探出去,好像一只鹅。从她的嘴巴里,吐出一些绿油油的、散发着腥臭气味的东西。他跳下炕,从水缸里舀来半瓢水,递过去,说:"您喝点水吧。"母亲抬起一只手,似乎想接住水瓢,但那只手在空中抡了一下便落下了。她抽搐着身体,又搜肠刮肚地吐了一阵,然后呻吟着说:"阿义……我的儿……娘这次犯病,怕是熬不过去了……"阿义的眼里悄悄地涌出了泪水。他鼓着气力,雄壮地说:"您不要说丧气话,我不喜欢听您说丧气话。我这就去胡大爷家借钱,借了钱,去镇上搬医生。"母亲抬着头,脸色比月光还白,双眼幽幽,盯着阿义,说:"儿子,咱不借钱,这辈子……不借钱……"她从脑后拔下两根银钗,递给阿义,说:"这是你姥姥传给我的,拿去卖了,抓两副药吧……娘实在是活够了,但我的儿,你才八岁……"她从炕席下摸出一张揉皱的纸片,说:"这是上次用过的药方。"阿义接过药方,看一眼母亲半掩在散发中的明亮的脸,说:"我跑着去,跑着回。"他将水瓢中的凉水一饮而尽,将银钗和药方仔细地揣入怀中,然后投瓢入瓮,抹抹嘴,高声道:"娘,我去了。"

　　在明晃晃的月光大道上,他看到自己瘦小的身体投射出摇摇晃晃、忽长忽短的浅薄暗影。村子里一片沉寂,月光洒在路边的树木上,发出飒飒的响声。路过胡大爷家的高大院落时,他蹑手蹑脚,连呼吸都屏住,生怕惊动了那两条凶猛的狼犬。但到底还是惊动了那两条狼犬。它们从铁门下的狗洞里钻出来,昂着头咆哮着。在清凉的月色里,它们的眼睛放出绿光,它们的牙齿放出银光。阿义手里抓着一块砖头,胆战心惊地倒退着。那两条狼狗并不积极追他,叫嚣着送了他一段,便退了回去。阿义松了一口气,扔掉了手中的砖头。刚走出村子,他便撒腿奔跑。凌晨的凉风鼓舞着他的单薄衣服,宛若沾满银粉的黑蝶翅羽。

　　跑到著名的翰林墓地时,他的步子慢了下来。他感到急跳的心脏冲撞着肋骨,像一只关在铁笼中的野兔。他抬头看到,八隆镇榨油厂里那盏高高挑起的水银灯遥遥在望,仿佛一颗不断眨眼的绿色晨星。他跑得汗流浃背,腹中如火。沿着杂草丛生的道路斜坡,他下到马桑河边。连年干旱,河里早失波涛。河滩上布满光滑的卵石,在月下闪烁着青色的光泽。断流的河水坑坑洼洼,犹如一片片水银。他跪在一汪水前,双手撑住身体,脑袋探出去,低下去,像一匹饮水的马驹。喝罢水立起时,他感到肚子沉重,脊背冰凉。

　　重新上路后,他的肠胃咕噜噜地响着,腥冷的水直冲咽喉,促使他连连打嗝。他用手挤着肚子,吐出一些冷水。吐水时他想到了跪在炕沿上吐血的母亲,心中不由得一阵酸痛。摸摸怀中的银钗和药方,硬硬软软的都在。起步又要跑时,就听到身后传来一阵凄厉的惨叫。他的脊背一阵酥麻,毛发根根竖起。猫头鹰一叫就要死人,老人们都这样说,母亲也曾说过。母亲惨白的脸浮现在他的眼前。她一张口,吐出了黑色、黏稠的血,仿佛是熔化的沥青。猫头鹰又一声叫,似乎在召唤他。他不由自主地回过脸,看到高大的石墓前,那两匹肥胖的石马,那两只臃肿的石羊,那两个方头方脑的石人,还有那张光滑的石供桌。去年为母亲抓药归来时他曾坐在石供桌上休息过。据说墓地里原有几十株参天的古柏,但现在只余一株碗口粗的松树。在黑黢黢的针叶间,有两点儿火星闪烁,那是猫头鹰的眼睛。它发出一声严肃的鸣叫,华羽翻动,无声地滑翔出去,降落在流金溢彩的麦田里。"阿呜——"阿义大声嚎叫着,以此驱赶恐惧。他的脑袋膨胀,耳朵嗡嗡,忘掉了肠胃疼痛,飞跑月下路,向着水银灯,向着已经能望见模糊轮廓的八隆镇。

阿义跑进八隆镇时,红日尚未升起,但瑰丽的霞光已把青石铺成的街道照亮。街上静悄悄的,没有一个行人。街两边的店铺都关着门。被夜露打湿的酒旗死气沉沉地垂挂在酒店门前。光溜溜的劣质模特在服装店的橱窗里忧悒地蹙着眉头。阿义听到自己的赤脚踩着湿漉漉的街石,发出呱呱唧唧的响声。他高抬腿,轻落脚,小心翼翼,生怕惊了人家的梦。

药铺大门紧闭,里边无声无息。阿义蹲在门前石阶上,耐心地等待。他感到很累、很饿,但一想到很快就能抓到药又感到很欣慰。蹲了一会儿,他感到腿酸,便一屁股坐在石阶上。他的眼睛渐渐蒙眬起来。一辆细轮的小马车从街东头跑过来,拉车的是一匹火红色的小马,赶车的是个肥大的女人。蹄声清脆,车声辚辚。小马目光明亮,宛如一个清秀的少年。女人睡眼惺忪,张开大口,打着无遮无拦的哈欠。在药铺门前,马车停住。女人从车上提下两瓶牛奶,走过来,看着阿义,说:"闪开,鬼东西,好狗不卧当门。"阿义跳起来,闪到门口一侧,看着女人把奶瓶放在门前石阶上。从她半掩的宽大衣服里,抖搂出一些热烘烘的气息。"别偷喝,小鬼。"她说着,回到车边,赶马前进。

阿义专注地盯着那两只水淋淋的玻璃奶瓶,肚子隆隆地响着。牛奶的气味丝丝缕缕地散发在清晨的空气里,在他面前缠绕不绝,勾得他馋涎欲滴。他看到一只黑色的蚂蚁爬到奶瓶的盖上,晃动着触须,吸吮着奶液。那吸吮的声音十分响亮,好像一群肥鸭在浅水中觅食。

药铺的门怪叫一声,门扇半开,一个脑袋半秃的男人探出半截身体,出手如钳,将那两瓶牛奶提了进去。令阿义昏昏欲睡的蚂蚁吮吸牛奶的声音停止了。他咽了一口唾沫,畏畏缩缩地将脑袋从半开的门缝里探进去。他看到秃头男人正在店堂里洗脸,一只母猫站在墙角堆积的药包中伸着懒腰,在它的身下,几只毛绒绒的小猫还在酣睡。男人洗完脸,端着脸盆出来。阿义急忙闪到门边。一片水在空中拉开一道帘幕,响亮地跌落在街石上。阿义不失时机地凑过身去,哀求道:"大叔,我母亲犯病了,抓两副药。"秃头男人冷冷地说:"门外等去,八点才上班呢。"就在秃头男人要将身体挤进门里时,阿义伸手扯住了他的衣襟。"干什么,黑小子?"男人说。阿义漆黑的眼睛望着男人褐色的眼珠,顺势跪在地上,说:"大叔,行行好吧,我母亲病了,她如果死去,我就是孤儿。"那男人嘟哝着:"看不出还是个孝子。药方呢?"阿义急忙把药方和银钗递上去。男人道:"这不行,药铺要现钱,你得先把这钗子换了钱。"阿义的脑袋很响地叩在石头台阶上。他抬起头,说:"大叔,我母亲吐血了……她如果死去,我就是孤儿。"

二

提着两包捆扎在一起的中药,像提着母亲的生命,阿义跑出了八隆镇。赤红的太阳迎着他的面缓缓升起,好像一个慈祥的红脸膛大娘。道路依偎着马桑河弯曲延伸,仿佛永无尽头。快跑,慢跑,小跑,跑,跑,跑,虽然腹中饥饿,但心里充满幸福。河流两边展开着无边的麦田,路边的野草上挑着露珠。青草的气味很淡,麦子的气味很浓。他不时地将中药放到鼻边嗅着。香气弯弯曲曲,好像小虫,钻进了他的心。他抬头看到,温柔的南风像丝绸一样拂拂扬扬;低头听到,辉煌的天空里回旋着野鸟的叫声。跑到翰林墓地时,从河的对岸传来了嘹亮的喊号声。他看到在紫红的大道上,狂奔着一群金光闪闪的牛,一个瘦长的男人在牛后拖鞭奔跑着。跑啊跑,跑回家,先去王大娘家借来熬药的罐子。他嗅到了煎熬中药的浓烈香气。他想起了那只猫头鹰,不由自主地歪头看那株松树。他看到松树笔状的树冠绞动着,变成了一簇跳跃着的金色火焰。树下的石供桌上坐着两个人。他又回头看了一眼,果然在石供桌上坐着两个人。

"喂,小孩,你站住!"

阿义站住。"你过来!"他听到石供桌上人喊叫,并且看到那个人高抬着一只手。阿义怯怯地走过去。他这时清楚地看到,坐在石供桌上的是一个男人和一个女人。男人满头银发,紫红的脸膛上布满了褐色的斑点。他的紫色的嘴唇紧抿着,好像一条锋利的刀刃。他的目光像锥子一样扎人。女的很年轻,白色圆脸上生着两只细长的、笑意盈盈的眼睛。男人严肃地问:"小鬼,你贼眉鼠眼,偷看什么?"阿义困惑地摇摇头。"你的父亲,叫什么名字?!"男人提高了声音,威严地问。阿义结结巴巴地说:"我……没有父亲。"那男人怔了一下,然后突然仰起头来,爽朗地大笑着:"哈哈!你听到没有?他说他没有父亲,他竟然说自己没有父亲!"那女子不理男人的话,只管一个人龇牙咧嘴,对着一面长方形的小镜子,修补她的嘴唇。阿义感到腹中痉挛,强烈的尿意突然袭来。为了不尿在裤头上,他把双腿紧紧地夹在一起,腰背也不自觉地挺得笔直。他看到那男人从衣袋里摸出一个灰白的小瓶,对准嘴巴,嗤嗤地喷了几下,歪头对身边的女子说:"这小杂种!"女子懒洋洋地站起来,对着阳光打了一个喷嚏,她打喷嚏时五官紧凑在一起,模样很是古怪。打完了喷嚏,她的双眼泪汪汪的,她身穿一件紫红色的、皱巴巴的裙子,裸露着两条瘦长的、膝盖狰狞的腿。女子把一本绿色封面的小书摔在石供桌上,拍拍屁股,不声不响地走进麦田。男人站起来,身上的骨头发出"咔吧咔吧"的响声。阿义看到他高大腐朽的身体背着灿烂的朝阳逼过来。他想跑,双腿却像生了根似的移不动。男人伸出大手捏住了阿义细细的手腕。阿义感到那只大手又硬又冷,像被夜露打湿的钢铁。他挣扎着,想把手腕从那人的大手掌里脱出来。但那人用力一攥,他的手腕一阵酸麻,两包中药落在地上,他大喊着:"我的药……我娘的药……"但那男人聋子似的,对他的喊叫不理不睬,只管拖着他往前走。他被拖到那株松树下。男人把他的另一只手腕也捉住,往前用力一拽,阿义的鼻子就碰在了粗糙的树皮上。泪眼蒙眬中,他看到松树已在自己怀抱里。男人用一只手攥住他的双腕,用另外一只手,从裤兜里摸出一个亮晶晶的小物件,在阳光中一抖搂,发出清脆悦耳的声音。"小鬼,我要让你知道,走路时左顾右盼,应该受到什么样的惩罚。"阿义听到男人在树后冷冷地说,随即他感到有一个凉森森的圈套箍住了自己的右手拇指,紧接着,左手拇指也被箍住了。阿义哭叫着:"大爷……俺什么也没看到呀……大爷,行行好放了俺吧……"那人转过来,用铁一样的巴掌轻轻地拍拍阿义的头颅,微微一笑,道:"乖,这样对你有好处。"说完,他走进麦田,尾随着高个女人而去。阳光和麦浪被他伟岸的身影分开,留下一道鲜明的痕迹,宛如小船刚从水面上驶过。

  阿义目送着他们,一直望着他们的背影与金色麦田融成一体。微风从远处吹来,麦田里滚动着层层细浪。结成团体的鸟儿像褐云般掠过去,留下繁乱的鸣叫和轻飘飘的羽毛,然后便是无边的寂静。

  阿义脑袋里乱糟糟的,适才发生的事仿佛梦境。他晃晃脑袋,试图把这些可怕的恍惚感觉赶走。他想起了母亲,想起了药。他想走,却发现自己已经失去了自由。他挣扎着,起初只是用力往后拽胳膊,继而是上蹿下跳,嗷嗷怪叫,仿佛是一只刚从森林里捕来的小猴子。终于,他累了,他把脑袋抵在树皮上,呼噜呼噜地哭起来。随着一股眼泪的涌出,心中的暴躁渐渐平息。他从树干的一侧往前探头,看到那两个紧密相连的铁箍放射着扎眼的光芒。它们紧紧地箍住了拇指的根部,勒得两根拇指充血发红,动一动就钻心痛疼。

  他小心翼翼地把胳膊撑开,身体绕着树转了一圈,面对着马桑河和河边的道路。十几只油亮的燕子紧贴着河面飞翔,暗红的肚皮不时碰破水面,激起一些白色的小浪花。河的对岸也是连绵的麦田,麦田的尽头,有一些凝重的村落,村落的上空,笼罩着蓬松的烟云。他低头看到那两包躺在草丛中的药,母亲的呻吟声顿时如雷贯耳。他的鼻子一酸,眼泪又涌出来。他感到这一次涌出的泪水又黏又稠,好像松树上流出来的油脂。

三

在随后的时间里,不时有提着镰刀的农人从河边的土路上走过,他们都匆匆忙忙,低着头,目不斜视。阿义的喊叫、哭泣都如刀剑劈水一样毫无结果。人们仿佛都是聋子。偶尔有人把淡漠的目光投过来,但也并不止住匆匆的步伐。

他苦熬到半晌午。高悬东南的太阳红色褪尽,变成灼目的白亮。曾经在麦田里飘荡过的薄雾早已消逝得干干净净。干燥的西南风一波催着一波吹来。熟透的小麦摇晃着沉甸甸的穗子。麦芒纵横交叉,茎叶反复摩擦,麦粒蚕屎般落地。田野里涌动着使人心痒难挨的窸窣声。空气中弥漫着麦子的焦香和呛人的尘土。汗水像胶油一样从他头皮上冒出来,流下去。他感到口渴难忍,肚子里像有团熊熊的火焰,鼻孔里呼出的气息灼热如烟。他又一次挣扎起来,强忍着拇指根部骨断皮裂般的痛苦。他靠着双腿和腹部的力量,一耸一耸地爬到树干高处,幻想着能让树冠从自己的怀抱中滑过,然后便能获得自由,但松树繁茂的枝杈顶住了他的脑袋,粉碎了他的幻想。他的肌肉一松懈,整个人从树干高处一滑到地。粗糙的树皮把他的肚皮和小腹拉得鲜血淋漓,被锁住的手指更是爆炸般的奇痛。他惨叫一声,昏晕过去。

不知过了多久,一阵震耳欲聋的机器声把他惊醒了。他努力睁开被眵糊住的眼睛。睁眼时他听到睫毛被拔离眼睑的噼啪声。泪眼模糊,往树皮上蹭蹭。他看到,从早晨跑过的那条路上,开过来一辆鲜红的拖拉机。道路崎岖不平,拖拉机蹦蹦跳跳,宛如一匹不驯服的马驹。开车的人一头乱发,戴着墨镜,腰板笔直,坐在驾驶座上,活像一尊石雕像。车头后灰色的挂斗里,坐着三个人。看不清他们的脸,但能听到他们猖狂的歌唱。他用胳膊夹住树干,艰难地站起来,竭尽了全力地喊叫:"救救我吧——救救我吧——"

拖拉机在墓地前停住,挂斗里的人停止了歌唱,但机器还"扑通扑通"地响着。车头上直竖起的铁皮烟筒里,喷吐出一环顶一环的、刚劲有力的烟圈。阿义不停地喊叫,并且把脑袋从树的一侧极力前伸。车上的人僵了一会儿,都把头歪过来,看着他的头。车后挂斗里的三个人一个随着一个跳下来。当头的是一个身体矮小、动作敏捷的男人,紧随着他的是个高大魁梧的汉子,走在最后的是一个皮肤漆黑、留着短发的女子。他们集中在松树前,仔细地看着那拇指铐,继而交换一下迷茫的眼神。小个子男人眨动着灰白色的冷冰冰的眼睛,严厉地问:"是谁把你锁在这里?"阿义怯怯地回答:"一个老人。"小个男人瘪起缺齿的嘴,轻蔑地哼了一声。他从衣兜里摸出一个放大镜,低下千沟万壑的头面,专注地研究着拇指铐,好像一个昆虫学家在研究蚂蚁。高个男人拍了一下他隆起的脊背,瓮声瓮气地问道:"老Q,干什么你,装神弄鬼吗?"他抬起头,掏出一块砖红色的绒布,仔细地揩着放大镜,赞叹道:"好东西,真是好东西!地地道道的美国货。""老Q,瞎编吧你就!进口彩电有,进口冰箱有,就是没听说过进口手铐。"高个男人说着,也把脸凑上去看了看,"不过这小玩意儿,的确是精致。"黑皮女子用充满同情的腔调问道:"小孩,你怎么搞的呀,是谁把你铐起来的?"

阿义说:"一个老爷爷。"

老Q问:"他为啥把你铐起来?"

阿义困惑地摇摇头。

老Q夸张地笑了几声,转脸对同伴们说:"怪事不?一个老爷爷,竟然无缘无故地把一个少年儿童铐了起来?!"他伪装出一副凶恶面孔对着阿义说:"你一定干了什么坏事!是偷了他家的母鸡呢,还是砸碎了他家的玻璃?"

阿义委屈地说:"我没有偷母鸡,也没砸玻璃。我的母亲病得不轻,吐血了,我去抓药……"老Q厉声道:"住嘴!你以为我们是谁?你以为撒个小谎就能骗我们替你打开铐子?哼!我一眼就看出来了,你是个不良少年。你一定做了特别坏的事,被警察铐在这里的!"

阿义哭着喊:"我没有,我没有……我的母亲快要死了,救救我吧……"

老Q厉声道:"你以为几滴眼泪就能骗过我们?!我们这一代人,眼泪见得太多了!眼泪后面有虚伪也有真诚,但更多的是虚伪!莫斯科不相信眼泪,老实交待!"

"行了吧你老Q,对着个孩子耍什么威风?"黑皮女子怒斥小个男人,转脸又对大个男人说:"大P,想法解放他。"

大P为难地嘟哝着:"这怎么解?"

黑皮女子道:"想想法子嘛,总不能见死不救吧?"

老Q冷笑道:"如果这里锁住的是条狼,难道也要救吗?"

黑皮女子道:"我看你才是一条狼,一条灰眼狼,一条色狼。"

大P笑着,走到松树前,抓住阿义的两条细胳膊,道:"忍着点,看能不能劈开。"

大P用力一劈,阿义杀猪似的嚎叫起来。

老Q冷冷地道:"劈吧,把两条胳膊劈下来,那铐子也是连着的。"

黑皮女子踢大P一脚,骂道:"笨熊,你想把他五马分尸吗?"

大P道:"我这不也是着急嘛!"

黑皮女子招呼正在车边紧螺丝的司机道:"小D,你过来看看。"

小D吹着口哨,从车旁踱过来。他弹了一下阿义的头,道:"你这是玩的什么鸟?伙计!"

黑皮女子道:"你帮他弄开吧,也许只有你才能帮他弄开。"

小D回到车边,提过来一只工具箱。他从箱子里拿出钳子、锉子、锤子,在那拇指铐上比画着。

老Q道:"枉费心机。"

黑皮女子道:"你自己无能,就滚到一边去,别在这时候泼冷水。"

小D皱着眉头,想了想,突然他面有喜色。从工具箱底翻出一根钢锯条,道:"也许能锯断,小兄弟,你忍着点。"

小D分开阿义的拇指,把钢锯条伸进去,别别扭扭地锯起来。阿义咬紧牙关,一声不吭。锯条摩擦钢圈,发出尖利刺耳的声音。折腾了几分钟,低头看时,那铐子上没留半点痕迹,钢锯齿却磨秃了。

小D对黑皮女子说:"黑姐,没办法,这玩意儿,太硬了。"

老Q幸灾乐祸地道:"说吧,你们嫌我多嘴。这东西,是合金钢的,比你那根锯条硬十倍。"

小D无奈地望着黑皮女子,一脸歉疚表情。他拍了一下脑袋,大声说:"嘿,有了。我真笨。咱们把这棵树砍断不就行了吗?"

"休怪我又要多嘴——这树,能砍吗?"老Q指着墓前一块刻着字的石碑道,"这翰林墓,是市级重点保护文物。砍树?吃了豹子胆啦?砍吧,只怕他的拇指铐没解下来,你拇指铐也戴上了。"

黑皮女子道:"这么说没办法了?就只能看着他在这儿受风吹日晒,慢慢地风干,死掉,像一只挂在树枝上的青蛙。"

老Q道:"也许他有好运气,会有高手给他开铐。"

小D道:"我听人说,惯偷'草上飞'能用细铁丝捅开手铐。"

"'草上飞'?"老Q冷笑着说,"三年前就给毙了!"

大P道:"我们何不去找个锁匠来?"

小D道:"我估计用气焊枪也能烧断。"

大P道:"那还不把他的手指给烧熟了。"

"伙计们,别操闲心啦,解铃还靠系铃人。"老Q说着,抬头望望太阳,又道,"再吵吵下去可就误了酒宴了。"

老Q率先朝拖拉机走去,其余三个人也沮丧地离开了。

拖拉机缓缓移动了。老Q在车上喊:"小孩,老老实实呆着。这种铐子,里边有弹簧,越挣越紧,当心勒断你的骨头。"

大P道:"你就别吓唬他了。"

黑皮女子恼怒地大叫:"都给我闭嘴巴!"

四

拖拉机蹦蹦跳跳地开走了,留下了一路烟尘。阿义用额头碰着树干,呜呜地哭了。他的眼睛已经流不出眼泪,只有额头上流出的血,热烘烘地流到嘴边。他的眼前模模糊糊地出现了一幅可怕的图像:一只被绑住后腿的青蛙,悬挂在树枝下,一个斜眼睛的少年,用火把烧烤着它。它的身体滋滋地响着,冒着白烟,渐渐地,白烟没了,火把也熄了,它变成了一具焦黑的尸首。他闭上眼睛,身体软下去。

在昏昏欲睡的状态中,他听到路上又响起了脚步声。鼓足了勇气他睁开眼睛,看到一团暗红的火从路上缓缓地飘过来。他摇头、咬牙,集中心神,幻影消失。果然是一个人走来了,是一个身着酱红色上衣,头戴着大草帽的女人迎着阳光走来了。他喊叫:"救命……"

那个女人怔了一下,立住脚步,摘掉草帽高举在头上,向这边张望着。阿义继续喊叫,但喉咙里只发出一些嘶嘶啦啦的奇怪声响。他焦躁不安,恨不得举手撕破好像被麦糠和猪毛塞住了的喉咙。

女人发现了他,对着墓地走过来。她的脸一片金黄,宛若一朵盛开的葵花,她一步一步地近了。阿义先是嗅到随即看到了一股焦黄的浓郁香气,从她身上,一团一团散发出来,又一片一片落在地上。他被这香气熏得头晕脑胀,飘飘欲飞。女人穿行在焦黄的香气里,时隐时现。她的脸时而椭圆时而狭长,时而惨白时而金黄,时而慈祥如母亲时而凶恶如传说中的妖精。阿义既想看她又怕看到她,他时而睁眼时而闭眼。

他睁开眼睛,看到一个确凿的女人站在自己身旁。她左手提着一把寒光闪闪的大镰刀,右手提着一把古老的、泛着青铜色的大茶壶,两条黑色的宽布带,成斜十字状分割了她丰硕的胸膛,与布带相连的,是伏在她背上的一个大脑袋的婴孩。那婴孩吮吸着拇指,嘴里发出呜哇呜哇的声音。女人慵懒地走到松树前,黏黏糊糊地问:"你这个小孩,在这儿闹什么呢?"说完话,她也不期待回答,放下茶壶和镰刀,匆匆走进坟墓后边的麦田蹲下去,接着响起了明亮的水声。那顶金黄的大草帽,仿佛漂浮在水面上。过了一会儿,她从墓地后走出来。她背上的孩子哇哇地哭起来,越哭越凶,好像被锥子扎着了屁股,女人歪头说:"小宝,小宝,别哭,别哭。"孩子哭得更凶,高音处如同鸽哨。女人慌忙把孩子转到胸前来,一边拍着,一边坐到石供桌上。她解开胸前的带子,揪出一个黄色的奶袋,把一个黑枣状的奶头塞进婴儿嘴里,婴儿顿时哑口无声。墓地里安静极了,两只浅黄色的小松鼠,旁若无人地追逐嬉戏着。它们从石马的背上跳到石人的头上,又从石人的头上跳到石羊的角上,然后踩着阿义的脑袋,蹿到松树上去。它们一边追逐一边尖声吵闹。女人也忘了阿义的存在,只管低着头,慈爱地注视着怀中的婴儿。她的嘴唇哆嗦着,从鼻里哼出柔软绵长像煮熟的面条像拉丝的蜂蜜像飞翔的柳絮一样的曲调。这曲调使阿义十分感动,恍恍惚惚感觉到自己就是那吃奶的婴儿,而那坐在石供桌上的肥大的妇人就是自己的母亲。阿义感到自己口腔里洋溢着乳汁的味道,既甜蜜又腥咸,与血的味道相同。他祈盼着这情境凝结,像几朵玻璃球里的黄色小花。

　　那婴孩叼着乳头睡着了。女人小心翼翼地把奶头从孩子嘴里往外拔。他叼得很紧,奶头拉得很长,像一根抻开的弹弓胶皮,拔呀拔呀,抻啊抻啊,"噗"地一声响,膨胀的奶头脱出了婴儿的小嘴。一群漆黑的乌鸦突然从死水般寂静的麦田里冲起来,团团旋转着,犹如一股黑旋风。它们一边旋转一边噪叫,呱呱的叫声震动四野,腐肉的气味在阳光中扩散。阿义看到女人仰望着鸦群,他也仰望着鸦群,直到它们融在白炽的光海里。

女人把孩子转到背后,扎紧了胸前的带子,提起镰刀和茶壶。阿义嘶哑地鸣叫了一声。女人侧目望了望他,肿胀的嘴唇哆嗦着,脸上显出惶惶的不安的神情。她似乎犹豫不定,目光躲躲闪闪。阿义捕捉着她的在草帽阴影里的眼睛,送过去无限哀怨和乞求的信息。女人踉踉跄跄地走近了。她伸出一根肥嘟嘟的食指,戳戳那泛着蓝色的物件,又拨弄了一下阿义青红的拇指。阿义哆嗦了一下。她好像被热铁烫了似的,迅速地缩回食指,嘴唇又是一阵大哆嗦,眼睛里像蒙了一层雾,像是问阿义,更像是自言自语道:"孩子,这是怎么弄的?是怎么弄的呢?"一边倒退,脚后跟被杂草绊了一下,身体摇摇晃晃,仿佛一架超载的马车。阿义紧盯着她,眼睛里沁出了血。她尴尬地咧嘴一笑,露出了两颗分得很开的门牙,显得既可怜又丑陋。"我也没法子,你这孩子。"她倒退着说:"这物件儿,不是一般物件儿,孩子,你这可怜的孩子……"她猛然转过身,笨拙地往前跑去,背上的孩子和臃肿的臀部,颤颤巍巍地耸动着。阿义的头颅像被鞭子打折的麦穗一样,沮丧地低垂下去。但那女人跑了十几步就停住了。她转回身,望着阿义,呆板的大脸上猝然焕发出一种灿烂的光彩,像朝霞,也像晚霞。"你也许是个妖精?"她紧张的喉咙发出扁扁的声音,"也许是个神佛?您是南海观音救苦救难的菩萨变化成这样子来考验我吧?您要点化我?要不怎么会这么怪?"她的眼里猛然饱含着橙色的泪水,腿脚利索地扑到松树前,放下大茶壶,双手抡起镰刀,砍到树干上。镰刀刃儿深深地吃进树干,夹住了。她摇晃着镰柄,累得气喘吁吁,才把刀刃拔出来。她看了一下镰刀,顿时变了脸色。把镰刀递到阿义面前,她说:"看看吧,镰刃全崩了。这让我怎么割麦子呢?你这小孩!"她哭丧着脸,弯腰提起茶壶,又说:"你亲眼看到了,我的镰刀崩了。"她走了几步,却又折回来,叹息着说:"管你是神是鬼呢,也许你只就是个可怜的孩子。"她扔下镰刀,一手提着茶壶的提梁,一手托着茶壶的底儿,将稚拙地翘起的壶嘴儿插进了阿义的嘴里。"你一定渴了,"她说,"喝点水吧。"阿义顺从地含住了壶嘴,只吸了一口,干渴的感觉便像泼了油的火焰一样轰地燃烧起来。他疯狂地吮吸着,全身心沉浸在滋润的快感里。但是那女人却把壶嘴猛地拔了出去。她摇摇水壶,愧疚地说:"半壶下去了,不是我舍不得这点水,我的男人在地里割麦,等着喝水。他脾气暴,打人不顾头脸,对不起你了,小孩,你也许真是个神佛?"

女人走了。走出十几步时她回一次头。又走出十几步时又回了一次头。虽然她没能解开拇指铐,但阿义心中充满了对她的感激之情。因为喝了水,他的眼里盈满了泪。

五

下午一点多,阳光毒辣,地面像一块烧红的铁。松树干上被镰刀砍破的地方,渗出一片松油。阿义喝下的那半壶水,早已变成汗水蒸发掉。他感到头痛欲裂,脑壳里的脑浆似乎干结在一起,变成一块风干的面团。他跪在树干前,昏昏沉沉,耳边响着"笃笃"的声音。声音似乎是头脑深处传出来的。那两根被铐在一起的手指,肿得像胡萝卜一样,一般粗细一般高矮,宛如一对骄横的孪生兄弟。那两包捆在一起的中药,委屈地蹲在一墩盛开着白色花朵的马莲草旁。粗糙的包药纸不知被谁的脚踩破了,露出了里边的草根树皮。他嗅着中药的气味,又想起了跪在炕上的母亲。母亲痛苦的呻吟声,在半空里响起。他歪歪嘴哭起来,但既哭不出声音,又哭不出泪水。他的心脏一会儿好像不跳了,一会儿又跳得很急。他努力坚持着不使自己昏睡过去,但沉重黏滞的眼皮总是自动地合在一起。他感到自己身体悬挂在崖壁上,下边是深不可测的山涧,山涧里阴风习习,一群群精灵在舞蹈,一队队骷髅在滚动,一匹匹饿狼仰着头,龇着白牙,伸着红舌,滴着涎水,转着圈嗥叫。他双手揪着一棵野草,草根在噼噼地断裂,那两根被铐住的拇指上的指甲,就像两只死青鱼的眼睛,周围沁着血丝。他高叫母亲。母亲从炕上下来,身披一块白布,像披着一朵白云,高高地飞来,低低地盘旋,缓缓地降落。草根脱出,他下坠着,飘飘摇摇,似乎没有一点重量。母亲一伸手抓住了他,带着他飞升,一直升到极高处,身下的白云,如同起伏的雪地,身前身后全是星斗,有的大如磨盘,有的小似碗口,都放光,五彩缤纷,煞是好看。母亲搂着他,站在一颗青色的星上,星体上布满绿油的苔藓,又滑又冷。他仰望着母亲,欣慰地问:"母亲,您好啦,您终于好啦。"母亲微笑着,伸出一只手,摸着他的头。他的头上一阵剧痛,像被蝎子螫了一样。他看到母亲的脸扭曲了,鼻子弯成鹰嘴,嘴巴里吐出暗红色的分权长舌。他惊叫一声,脚下的星斗滴溜溜地转起来,好像漂在水面的皮球。他头脚倒置,直冲着大地降落,轰然一声,钻进了泥土中,冲起一股烟尘……

阿义被噩梦惊醒,额上布满黏腻的油汗。眼前依然是松树、墓地、一望无际的麦田。西南风刮大了,像从一个巨大的炉膛里喷出的热气。汹涌的麦浪层层叠叠,无边的金黄中,有一泓泓银亮,像银的液体在金的液体里流动。一台烫眼的红色机器,在金银海里无声无息地游动着,机器后边,吐出一团团黄云。路上又走来走去着人,男人、女人,但无人理他。他心中燃烧起怒火,疯狂地啃松树的皮,树皮磨破了他的唇,硌酸了他的牙。他恨,恨锁住拇指的铐,恨烤人的太阳,恨石人石马石供桌,恨机器,恨活动在麦海里的木偶般的人,恨树,恨树疤,恨这个世界。但他只能啃树皮。他的牙缝里塞进了碎屑,嘴巴里满是鲜血,松树一动不动,不痛也不痒,不怨也不怒。他想到了死,用额头碰撞树干,耳朵里嗡嗡直响,眼前出现了一条通往地狱的灰色道路……

阿义再次苏醒过来时,浓厚的乌云布满天空,太阳藏匿得无影无踪。一股股的劲风低低地掠过,苍白的麦田浊浪翻滚,喷吐着泡沫。无数的麦穗折断,无数的麦粒落地。一片片血红的闪电照亮天际,雷声滚滚。田野里奔跑着人,都慌不择路,仿佛一些刚从地洞里被水罐出来的耗子。

云越压越低,天越来越黑。风突然停了,空气凝固,燕子飞升到云上去,小动物顾头不顾尾地躲藏。天完全黑了,比没有星光的夜晚还要黑。一个女孩在黑暗中大哭,但只哭了几声便停了,仿佛有一只大手堵住了她的嘴巴,突然有一道淋漓着火花的绿光撕裂了黑暗的幕布,十几颗溜圆的火球在墓地间跳跃滚动着,唧唧有声,像有血有肉的小动物。然后是一连串巨响,空气里立即弥漫了燃烧胶皮的焦糊味。他的耳朵什么也听不到了,好像钻进灯泡里一样,坟墓后边一大片麦子被烧成了灰烬,袅袅的白烟上升,与黑云接手。紧接着天空被一片片抖动的闪电映得彤红,麦子用漩涡状的波动表现出旋风。大地在颤抖,松树在燃烧。他的脑袋一阵钝痛,一个乒乓球大小的灰白的东西弹跳落地。冰雹!白亮亮的冰雹密集地落下来,大的如鸡卵,小的如杏核,噼噼啪啪,宛如堆珠砌玉。最初几颗冰雹打在他的身上时,他还能感到痛楚,但很快便麻木了。他的眼前一片灰白,灰白的冷气浸着他,所有的肢体和器官也变成了灰白冰冷,只有内心深处还有一点点微弱的暖意,像一只小麻雀的心脏,像一点萤火虫的微光……

六

傍晚的时候,阿义又醒过来。地上的冰雹已经化尽,田野里一片狼藉。松树下躺着一只猫头鹰的尸体。松树枝上悬挂着一些鱼肠状的脏物。他的牙齿止不住地打抖,身体又白又亮,像一根通了电的钨丝。我还活着吗?我也许已经死了,已经进入了母亲曾经说过的阴曹地府,这周围渐渐聚拢了绿色的火焰,不就是地狱里的鬼火吗?各种各样的鬼,有的从树上跳下来,有的从地下冒出来,有牛头,有马面,还有些毛茸茸的,穿着红绸小裤衩的小动物,它们龇着两颗大门牙,瞪着玻璃球似的眼睛,耸着两扇比头还要大的透明的耳朵,在他身体周围,咿咿呀呀地唱着歌,不停地跳跃着,有的竟然跳到他的身上,附在他的耳边,用蚊虫般细弱的声音问他一些话,有的啃他的耳朵,有的咬他的鼻梁,有的两只腿盘坐在他的手腕上,啃那两根被锁住的拇指,咯咯吱吱的,像兔子啃冰冻的胡萝卜一样。咬吧,咬吧,他鼓励着小妖精们,咬断我的拇指,我就解放了,小妖精,你们有母亲吗?啊,你们有母亲,我也有母亲,我的母亲,我的母亲病了,吐血了,你们咬断我的手指吧,让我去见母亲……他猛然地格外清醒了,他想起了那两包药。我的药呢?我为母亲抓的药呢?我用母亲头上的银钗换来的药呢?它们已被冰雹打烂,被雨水浸湿,与泥巴和杂草混在一起。阿义感到了彻底的绝望,母亲,母亲,你的药,完了。他又想咬树皮,但牙齿刚一触到那粗糙,便立即心灰意懒了。

西天边一片血红,天空中游走着破云败絮,残缺的天空时而如碧绿的树叶,时而如玫瑰色的花瓣。傍晚的田野里,响起了女人的哭声,东一声西二声,南三声北四声,很快连成了一片。麦子啊,麦子!老天啊,老天!面条没了。馒头没了。饺子没了。什么都没了,都砸到泥里去了。毁了。在遍野的哭声中,却有一个人在歌唱,是一个苍凉高亢的男声独唱,比最高的大树还要高许多的孤独的歌唱:麦子啊麦子——我们的麦子——香香的麦子——甜甜的麦子——亲亲的麦子——麦子啊麦子——我们的麦子——

高亢的歌声起了,哭声低了,落了,哑了。一轮银月升起了,红云淡了,散了,没了。他被这反复咏叹的歌声鼓舞着,站了起来。他哆嗦得如同一根弹簧。歌声如同河水,如同麦子,如同棉衣。歌声如同月亮。歌声如同月光,照亮了他的内心。他往前探过头去,咬住了一根拇指,好像咬住了一个与己无关的、冷冰冰的、令人厌恶的东西。他用力咬着,毫不客气,决不动摇。他感到那节拇指落在嘴里了,便低头张嘴把它吐在了地上。他听到了落在地上。他张嘴咬住另一根拇指,牙齿上贯注着仇恨。他吐掉它,又听到了它落地的声音。他不去看它们,但能想象到它们是如何地欢欣鼓舞着逃跑了。他满怀着希望往后移动身体,双臂僵硬,不能弯曲,像两根铁棍。他感到手腕被树干挡住了。巨大的恐怖袭来。他本能地将身体往后仰去,这时,他听到了拇指铐从拇指残根上脱下又跌落在地的声音。他仰面朝天躺在地上,看着那棵离开了自己怀抱的松树,猛然的惊喜降临。一轮皎皎的满月在澄澈的天空里喷吐着清辉,无数白色的花朵成团成簇地、沉甸甸地从月光里落下来。暗香浮动,月光如洒。白花不停地降落,在他的面前,铺成了一条香气扑鼻的鲜花月光大道。他抖抖索索地站起来,往那诱人的大道扑去,但他却头重脚轻地栽倒了。他感到嘴唇触到了冰凉的地面。

后来,他看到有一个小小的赭红色的孩子,从自己的身体里钻出来,就像小鸡从蛋壳里钻出来一样。那小孩身体光滑,动作灵活,宛如一条在月光中游泳的小黑鱼。他站在松树下,挥舞着双手,那些散乱在泥土中的中药——根根片片颗颗粒粒——飞快地集合在一起。他撕一片月光——如绸如缎,声若裂帛——把中药包裹起来。他挥舞双臂,如同飞鸟展翅,飞向铺满鲜花月光的大道。从他的两根断指处,洒出一串串晶莹圆润的血珍珠,丁丁冬冬地落在仿佛玛瑙白玉雕成的花瓣上。他呼唤着母亲,歌唱着麦子,在瑰丽皎洁的路上飞跑。他越跑越快,纷纷扬扬的月光像滑石粉一样从他身上流过去,馨香的风灌满了他的肺叶。一间草屋横在月光大道上。母亲推开房门,张开双臂。他扑进母亲的怀抱,感觉到从未体验过的温暖与安全。

(初刊于《钟山》一九九八年第一期)

图书在版编目(CIP)数据

爱情故事/莫言著.—杭州：浙江文艺出版社，2017.10
（莫言作品全编）
ISBN 978-7-5339-4913-6

Ⅰ.①爱… Ⅱ.①莫… Ⅲ.①短篇小说-小说集-中国-当代 Ⅳ.①I247.7

中国版本图书馆CIP数据核字(2017)第140251号

策划统筹　曹元勇
责任编辑　周　语　李　灿
封面设计　一千遍工作室
插页设计　何　浩　周伟伟
责任印制　吴春娟

爱情故事

莫言　著

出版	浙江出版联合集团 浙江文艺出版社
地址	杭州市体育场路347号　　邮编　310006
网址	www.zjwycbs.cn
经销	浙江省新华书店集团有限公司
印刷	浙江新华数码印务有限公司
开本	650毫米×970毫米　1/16
字数	260千字
印张	20
插页	5
版次	2017年10月第1版　2017年10月第1次印刷
书号	ISBN 978-7-5339-4913-6
定价	37.00元

版权所有　侵权必究

（如有印、装质量问题，请寄承印单位调换）